FABIO GENOVESI

Vom Mut, das Glück zu suchen

Roman

Aus dem Italienischen
von Mirjam Bitter

PENGUIN VERLAG

Die Originalausgabe erschien 2020
unter dem Titel *Cadrò sognando di volare*
bei Mondadori, Mailand.

Questo libro è stato tradotto grazie ad un contributo alla traduzione assegnato dal Ministero degli Affari Esteri e della Cooperazione Internazionale italiano.

Dieses Buch wurde übersetzt dank einer Übersetzungsförderung des italienischen Ministeriums für auswärtige Angelegenheiten und internationale Kooperation.

MIX
Papier | Fördert gute Waldnutzung
FSC® C014496

Penguin Random House Verlagsgruppe FSC® N001967

1. Auflage

Neumarkter Str. 28, 81673 München
Redaktion: Brigitte Lindecke
Umschlaggestaltung: Sabine Kwauka
Umschlagmotiv: © arcangel images / Sybille Sterk; shutterstock / Barks; Arak Rattanawijittakorn
Satz: Uhl + Massopust, Aalen
Druck und Bindung: GGP Media GmbH, Pößneck
Printed in Germany
ISBN 978-3-328-60315-3

www.penguin-verlag.de

Das Dach ist verbrannt –
jetzt
kann ich den Mond sehen.

Mizuta Masahide

1

Die Aufhebung der Grenzen

Der schönste Sommer meines Lebens war der 10. Dezember 1982. Das mag merkwürdig klingen, aber meine Eltern waren noch merkwürdiger. Merkwürdig und genial darin, den Widrigkeiten des Lebens ein Schnippchen zu schlagen und das Beste aus jeder Situation zu machen.

Wie im Juni jenes Jahres 1982, als ich acht Jahre alt war und es mir vor Aufregung in der Brust kribbelte, weil die Schule zu Ende ging und der Sommer anfing, und wenn es auf der Welt jemanden gibt, der das nicht für den schönsten Moment des Jahres hält, dann kenne ich ihn nicht und will ihn auch gar nicht kennenlernen.

Doch dann bin ich an ebenjenem ersten Ferientag von einem Baum gefallen und gute Nacht.

Ich klaute gerade den Amseln die Kirschen, die sie wiederum dem Besitzer des Feldes klauten, auf dem der Baum stand. Nur dass der Besitzer plötzlich zurückkam, die Amseln stiebend von den Zweigen aufflogen und ich ihnen hinterher. Dann fiel mir ein, dass ich keine Flügel habe, dafür aber hatte ich kurz darauf ein gebrochenes Bein.

Tschüss, Kirschen, tschüss, Sommer.

Der riesige, schwere Gips zog mich tief hinunter in den Morast der Langeweile, während meine Cousine Alessandra und die anderen Kinder ans Meer rannten und nicht einmal Zeit hatten, auf meinem harten weißen Bein zu unterschreiben. Die einzigen Unterschriften waren vom Postboten, dem Besitzer des Kirschbaums und von Papa und Mama. Die unter ihren Namen noch dazugeschrieben hatten: *Sei nicht traurig, Fabio, du wirst den Sommer nicht verpassen, der Sommer wartet auf dich.*

Und an den öden, heißen Nachmittagen habe ich diese Worte wieder und wieder gelesen und sie zwar nicht verstanden, aber sie klangen gut. Dann kam der 10. Dezember, und da wurde mir alles klar.

Nicht sofort, im ersten Moment bin ich von der Schule gekommen, habe die Tür aufgemacht, und mir schwallten tausend Grad Hitze entgegen. Vielleicht waren es auch nur dreißig, aber jedenfalls verdammt heiß, wenn du mit Wollpulli und Mantel von draußen kommst, wo es eiskalt ist.

»Was ist denn hier los?«, habe ich meine Eltern gefragt. »Was ist das für eine Hitze?«

»Tja, so ist es halt im Sommer«, haben sie mir in Badeanzug und Badehose geantwortet. Dann haben sie mich geschnappt und mich ausgezogen, und schon war auch ich in Badehose.

Die Heizungen auf volle Pulle und ein Elektroofen, der brühheiße Luft ausspuckte, im Wohnzimmer, wo auf dem Boden statt des Teppichs zwei Strandtücher lagen, und daneben stand die Kühlbox, die Papa immer mit zum Angeln nahm, voll mit Eis und einer halben Wassermelone, wer weiß, wo sie die im Dezember aufgetrieben hatten.

Die haben wir gegessen, und dann ab ins Bad, die Badewanne war schon voll, und wir sind zu dritt rein, haben gelacht und uns gegenseitig nass gespritzt. Nach einer Weile habe ich darauf aufmerksam gemacht, dass wir den Bauch voller Wassermelone haben und man eigentlich mindestens drei Stunden warten sollte, bevor man ins Wasser geht. Aber sie haben gelacht und mir erklärt, das sei vollkommener Quatsch, das bekämen die Kinder von ihren Eltern zu hören und glaubten dran, und wenn sie größer würden, erzählten sie es dann wieder ihren Kindern und den Kindern ihrer Kinder, und so habe diese Legende von den drei Stunden die Jahrtausende durchquert und bis zum heutigen Tag überlebt. Bis zum 10. Dezember 1982. An dem sie allerdings für immer starb.

Und noch so ein Quatsch war der Kalender: Denn ihm zufolge war schon fast Weihnachten, dabei waren wir gerade erst Baden gewesen, und jetzt lagen wir auf den Handtüchern im Wohnzimmer, um uns zu sonnen und im Kreuzworträtselheft zu blättern.

Dann hat es geklingelt. Ich bin aufgestanden und zum Fenster gerannt, und am Gartentor stand Onkel Ettore mit nacktem Oberkörper und einem Korb unter dem Arm. Er zitterte vor Kälte, denn da draußen war es keineswegs so sommerlich wie bei uns, also habe ich aufgemacht, und er ist schnell rein, hat gehustet, geflucht und dann angefangen zu rufen: »Kokosnuss! Leckere Kokosnuss!«

In seinem Korb hatte er Kokosnussstückchen, schon gewaschen und fertig, er hat uns welche gegeben, und zusammen mit ihm haben wir auch die gegessen, während er mir einen schmutzigen Witz erzählt hat, und obwohl ich ihn nicht wirklich verstanden habe, musste ich ziemlich viel lachen.

Aber nach der Kokosnuss und dem Witz ist mein Lächeln mit der sinkenden Sonne draußen vor den Fenstern langsam untergegangen, denn sie erinnerte mich daran, dass ich bis zum nächsten Tag noch eine Menge Hausaufgaben machen musste.

»Ach was«, hat Mama da gesagt, »im Sommer sind doch Ferien und keine Schule.«

»Ja, Mama, aber morgen ist Schule.«

Und sie: »Nein, Fabio, morgen ist keine Schule – wenn du nicht hingehst.«

Ich habe sie angeschaut, ich habe Papa angeschaut, und sie haben mich auf eine Art und Weise angeschaut, dass es unmöglich war, einander nicht in die Arme zu fallen. Also haben wir uns ganz feste gedrückt, so feste, dass alles ringsum angehalten hat. Auch die Welt. Auch die Zeit.

Und als die Schule dann auch für mich wieder losgegangen ist, ließ uns die Lehrerin doch tatsächlich einen Aufsatz zum Thema *Erzähle von deinem schönsten Sommer* schreiben, und ich habe geschrieben, dass meiner im Dezember gekommen ist, und sie hat zu mir gesagt, das wäre nicht möglich.

Aber das war nicht ihre Schuld. Sie war ja nicht dabei, als meine Eltern die Grenze verschoben haben. Denn das ist es, was das Mögliche vom Unmöglichen trennt: eine irgendwann zufällig gezogene Grenze wie die zwischen zwei Staaten, die wer weiß was zu sein scheint, aber wenn du dort ankommst, ist es bloß ein weißer Strich auf dem Boden mit ein paar Grenzschutzsoldaten hier und ein paar da, in verschiedenen Uniformen.

Und doch hat es Jahrhunderte voller Kriege und Berge von Toten gebraucht, um diese Grenzen auf der unermesslichen, freien Erde zu ziehen, dann schauen wir hoch und sehen, dass wir schon auf die eine oder die andere Seite verbannt sind, Gefangene von Schranken, die wir uns selbst gesetzt haben.

Wie als die Lehrerin uns in der ersten Klasse an Weihnachten für zu Hause aufgegeben hatte, den Weihnachtsmann zu malen, nur dass ich, als ich fast fertig war, den von meiner Cousine Alessandra angeschaut habe, die zwar noch im Kindergarten war, mir aber hatte Gesellschaft leisten wollen. Ihrer war wunderschön. Er sah aus, als wäre sie zum Nordpol gereist und hätte ihn fotografiert, und auf dem Foto war der Weihnachtsmann wirklich gut getroffen. Wenn ich ihn also schon nicht so realistisch wiedergeben konnte, dachte ich, viel hilft viel: Ich malte ihm einen riesigen Bart, der sich mit seinen langen, überall unter seiner Mütze hervorschauenden Haaren vermischte, während ich auf seinen roten Mantel ein Kilo Tempera kippte, um ihn farbenfroher zu machen. Doch ich bin farbenblind und habe statt Rot Braun genommen. Und die Augen wollte ich riesengroß machen, aber je mehr ich daran arbeitete, desto boshafter wurden sie wie auch das tausendzahnige Lächeln auf dem riesigen Mund. Kurz, am Ende war mein Weihnachtsmann kein Weihnachtsmann mehr:

»Das ist ein Wolfsmensch«, hat Alessandra etwas verängstigt gesagt.

Und noch verängstigter war ich selbst. Ich hatte ihn in meinem Zimmer aufgehängt, und nachts konnte ich vor Angst nicht schlafen. Angst vor einem schrecklichen Monster, das ich mir selbst gemalt hatte.

So sind Grenzen. Erfundene Begrenzungen, die uns einengen und den Horizont vor und hinter uns abschnüren.

Aber ebenso, wie man das Bild vom Weihnachtsmann abnehmen und in eine Schublade werfen kann, lassen sich zum Glück auch die Grenzen verschieben.

Alle, nicht nur die zwischen zwei Ländern, sondern auch die tyrannischeren, konkreteren, wie Mauern, die früher oder später einstürzen, wie Flüsse, die bei Hochwasser ihren Lauf ändern. Der Mississippi beispielsweise ist riesig, der Mississippi ist elfmal so groß wie Italien. Elf flüssige Italiens, die in dieselbe Richtung fließen und mit ihrem über die Jahrtausende in die

Erde gegrabenen Verlauf die Grenzen ziemlich vieler der Vereinigten Staaten bestimmen.

Und doch kann der Mississippi bei heftigem Hochwasser manchmal seine Route ändern. Vielleicht verliert er an einer Stelle, wo er einen weiten Bogen gemacht hat, eines Tages die Geduld und beschließt, geradeaus zu fließen, und ein Stück Land, das vorher auf der einen Seite war, befindet sich plötzlich auf der anderen. Kurz, man geht mit dem Fluss zur Rechten ins Bett, und wenn man am nächsten Morgen aufsteht, ist er links. Was vielleicht nichts Weltbewegendes zu sein scheint, aber wenn es in den richtigen Jahren an der richtigen Grenze passierte und du schwarz warst, bist du als Sklave in Missouri eingeschlafen und in Illinois wieder aufgewacht, an deinem ersten Tag als freier Mensch.

Genau so, ich schwörs. Das passiert bei Flüssen, Mauern und auch bei Bergen. Und sogar bei den starrsten und gefürchtetsten Grenzen von allen: denen, die wir in uns drin ziehen. Zwischen schön und hässlich, früh und spät, richtig und falsch. Und ebendiese furchtbare Grenze zwischen möglich und unmöglich, zwischen dem, was wir gerne tun würden, und dem, was man tun darf. Und da halten wir an, lahmgelegt von einem Strich.

Aber hin und wieder kommt plötzlich ein Gefühlshochwasser, und eine außergewöhnliche, unwiderstehliche Flut hebt uns hoch und schleudert uns nach drüben, auf die andere Seite, wo unsere Träume weiden. Dabei spült sie Regeln, Gewohnheiten, Pläne und Vorhersagen weg, all die von kurzen und vorsichtigen, immer gleichen Schritten in den Fels gegrabenen Pfade.

Und genau davon handelt diese Geschichte, die an einem fernen Tag im Jahr 1982 beginnt, einem Dezembertag, an dem eben, auch wenn es unmöglich erscheint, plötzlich der Sommer da war.

Es ist die Geschichte eines weiteren Sommers, dem Sommer des Jahres 1998, als ein Gefühlshochwasser uns mitgerissen und in einem unbekannten Land ausgespuckt hat, das du nicht über vorgezeichnete Seerouten und mithilfe von Berechnungen erreichst, sondern nur, wenn du verrückt genug bist, zu improvisieren und deinen Träumen und Gefühlen zu folgen.

Den Berg hoch bis zu jener Grenze, die uns von dem trennt, was wir das Unmögliche nennen, doch wenn du oben ankommst und richtig hinschaust, siehst du, wie sich da vor dir ein steiler Abstieg hin zu so unermesslichen Horizonten auftut, dass dir die Luft wegbleibt.

Es ist die Geschichte eines Mannes. Besser gesagt, zweier Männer. Oder von wenigstens fünf Menschen.

Aber in Wirklichkeit ist es unser aller Geschichte. Vom Entern des Unmöglichen und vom Knacken seiner Tresore, sodass es ringsum seine unglaublichen, sensationellen Schätze herabregnen lässt.

Schätze, die uns nicht bloß von Armen in Reiche verwandeln, sondern etwas noch sehr viel Besseres tun: Sie finden uns als Sklaven vor und machen uns zu freien Menschen.

2

Postkarten aus der Welt

Wenn 1998 eine Postkarte kam, war das noch normal.

Nicht so wie heute, wenn du heute in einem Laden danach fragst, wirst du komisch angeguckt. Die Ernsten und Pragmatischen schütteln nur den Kopf und bedienen schon den nächsten Kunden, die Freundlichen – oder die, die gerade keine anderen Kunden haben – überlegen kurz, bücken sich dann zu irgendeiner Schublade, die seit Jahrhunderten niemand mehr geöffnet hat, und manchmal kommen sie mit einem Stapel stockfleckiger Postkarten wieder hoch, mit Bildern in Schwarz-Weiß oder in feurigen Farben von Plätzen voller Cinquecentos, Alfettas, Bianchinas und Innocentis. Denn damals gab es noch keine für den Verkehr gesperrten Altstädte, so wie es heute keine Postkarten mehr gibt, und wenn du doch welche haben willst, dann bekommst du solche.

Die wunderschön sind, ja, wenn du eine davon nimmst, *Einen lieben Gruß* draufschreibst und sie abschickst, ist, wer sie bekommt, im ersten Moment, wie wenn jemand spazieren geht und plötzlich eine Kutsche neben ihm fährt. Doch dann lässt er sich auf die Umarmung der Vergangenheit ein, die warm ist und nach deinen Sachen riecht.

Eine weit zurückliegende Vergangenheit, und doch war es erst gestern. Deshalb war es an jenem Maitag 1998 also nichts

Ungewöhnliches, als mir meine Mutter zurief, dass eine Postkarte angekommen sei.

Ich bin in die Küche, um sie zu holen, sie kam aus Spanien, mit dem Foto eines Matadors und eines Stiers, der das rote Tuch angriff, und das Tuch war als echtes Stück Stoff auf die Karte geklebt.

Meine Freunde hatten sie mir aus Sevilla geschickt, meine besten Freunde und vielleicht auch meine einzigen. Sie waren als Erasmusstudenten dort an der Uni, und in drei Tagen würde auch ich zu ihnen stoßen, hatte ich doch gerade die letzte Juraprüfung hinter mich gebracht.

Meine Mama, mein Papa und meine Tante meinten, das sei eine gute Idee, so würde ich mich ein wenig erholen. Ich habe geantwortet, dass ich für Bibliotheksrecherchen hinführe, die bräuchte ich für meine Abschlussarbeit, an der ich schon schriebe. Von wegen Ausruhen und auch sonst kein Quatsch, genau wie meine Freunde, die nur zum Studieren da seien.

Ich habe Mama die Postkarte aus der Hand genommen, sie umgedreht, und hintendrauf stand ihre Nachricht an mich:

Hallo du Trottel!
Wann kommst du endlich?

Hier jeden Abend Party, jede Nacht Remmidemmi! Wir saufen wie die Löcher, gerade sind wir auch wieder blau! Und heiße Bräute ohne Ende, Muschis für alle! Sogar Rino hat eine abgekriegt!

Ich habe mich auf dem Tisch abgestützt, um all die Scham tragen zu können, die mich vor meinen Eltern überkam.

Auch wenn die sich bei bestimmten Dingen sehr viel weniger schämten: Als ich klein war, haben sich Papa und Mama manchmal vor mir umarmt, angefangen, sich zu küssen, und nicht mehr damit aufgehört. Wenn ich sie fragte, ob sie das nicht sein lassen könnten, sagte meine Mutter mit seltsam verzerrter Stimme, ich solle still sein, Küsse seien das Schönste auf der Welt: »Nicht reden, Fabio, küssen!«

»Wen soll ich denn küssen, wenn ich allein bin?«

»Keine Ahnung, küss deine Hand.«

»Wie, meine Hand? Wozu soll das gut sein?«

Da löste sich Papa einen Moment: »Das wirst du in ein paar Jahren schon noch sehen, wie viel Befriedigung dir diese Hand verschaffen wird!«

Er schaute meine Mama an, die da an ihm klebte, und Mama ihn, und beide brachen in schallendes Gelächter aus. Sie nannte ihn *Dummkopf*, er nannte sie *Dummkopf*, und zu mir sagten sie, ich sei eine Nervensäge.

Und vielleicht hatten sie recht, aber bei bestimmten Dingen hatte ich mich vor ihnen schon als kleiner Junge geschämt, auch wenn ich gar nichts gemacht hatte, wie dann erst an jenem Tag mit der Postkarte, auf der von Alkohol und Sex mit Unbekannten die Rede war.

Wer weiß, ob sie sie gelesen hatten, bevor sie mich gerufen haben. Ich versuchte es an ihren Blicken zu erkennen, aber ich konnte ihnen nicht in die Augen schauen und sie mir auch nicht. Der einzige Unterschied: Sie mussten lachen.

Also bin ich bloß schnell in mein Zimmer abgehauen und habe die Stereoanlage voll aufgedreht. Dann habe ich die Karte noch mal gelesen.

Es kam mir so vor, als hörte ich Sergios, Micheles und Giancucas Stimmen, betrunkene Stimmen, tief aus einer überwältigenden Nacht, und da konnte ich nicht mehr in meinem Zimmer bleiben. Es war so eng wie eine Zelle. Aber wahrscheinlich gibt es in den Gefängnissen der Welt nur wenige Zellen, die so klein sind wie mein Zimmer, vielleicht gerade mal in Nordkorea oder irgendwo in Afrika. Daher kam es mir eher so vor, als wäre ich nicht in einem Gefängnis, sondern in einer Telefonzelle eingesperrt. Die es, wie Postkarten, heute ja auch nicht mehr gibt. Aber es war im Mai 1998, und damals gab es alles, und wieder und wieder las ich diese gigantischen Worte in meinem winzigen Zimmer, das halb ausgefüllt war von meinem schon gepackten Koffer auf dem Fußboden.

Denn in Kürze würde ich endlich aufbrechen.

In den Koffer hatte ich T-Shirts und Sommersachen gepackt, weil ich zwar noch nie in Sevilla gewesen war, es dort aber bestimmt heiß war. Nur einen Wollpulli, man weiß ja nie. Und sicher in den Pulli eingewickelt eine Zwölferpackung Kondome.

Die hatte ich in einer Apotheke in Querceta gekauft, nicht in der unweit von unserem Haus, denn da hingen ständig meine Mama und meine Tante herum, die Apothekerin ließ mich jedes Mal Grüße an sie ausrichten, das war also zu peinlich. Aber Kondome brauchte ich nun mal unbedingt. Hoffte ich jedenfalls, ich wünschte mir so, dass ich welche brauchen würde. Ich hatte gelesen, dass man zum Beispiel in Japan keine bekommt. Das heißt, schon, aber kleinere, und wenn du sie anprobierst, sind sie zu eng. Und vielleicht sind sie das in Spanien ja auch, oder vielleicht sind sie dort zu weit, wer weiß.

Ich wusste nur, dass ich auf dem Höhepunkt der Unerfahrenheit war. Ich war vierundzwanzig Jahre alt, aber beim Sex noch ein Debütant, ich konnte mir das Handicap fremder und befremdender Kondome nicht leisten. Na, jedenfalls hatte ich welche gekauft.

Und jetzt war ich mir noch sicherer, dass ich gut daran getan hatte, denn auf der Postkarte stand die unglaubliche Nachricht, dass sogar Rino mit einer abgezogen war. Rino! Das hieß, dass wirklich jeder eine abkriegte. Dass in Sevilla eine ungeheuerliche Welle göttlicher Gerechtigkeit die spitzen Gittertore der Jungfräulichkeit niedergerissen hatte und dass alle der Liebe in die Arme rennen konnten.

Eine wirklich perfekte Gelegenheit: Meine große Scham darüber, so unerfahren zu sein, schleppte ich schon seit der Mittelstufe mit mir herum, und seit damals war mein Leben ein ständiges Hinterherjagen, Sichinformieren, ein serielles Anhäufen von Theorie und ein ermattender Mangel an Praxis, der jedes Jahr schwerwiegender und himmelschreiender wurde. Es war also wunderbar, jetzt in Sevilla aufholen zu können, an einem so weit entfernten Ort, mit fremden Mädchen, die vielleicht enttäuscht sein würden, die du aber nicht hinterher auf den Straßen deines Ortes trafst und die nicht alles ihren Freundinnen erzählten, die es dann wiederum deinen Freunden erzählten.

Nein, Sevilla war einfach perfekt. Vielleicht hatte ich mich mit der Zwölferpackung Kondome sogar noch zu sehr zurückgehalten, vielleicht sollte ich noch mal nach Querceta fahren und noch mehr holen.

Ich erinnere mich, wie ich am nächsten Morgen genau darüber nachdachte. Ich war in meinem Zimmer, und vielleicht sollte ich einfach sofort losfahren, schließlich hatte ich nichts zu tun. Nachmittags dagegen war die erste Etappe des Giro d'Italia, und das Einzige, was mir an diesem spanischen Abenteuer missfiel, war, dass ich den Giro dort nicht so gut verfolgen konnte.

Ich schwöre, dass ich gerade aufstehen wollte, um zur Apotheke zu fahren, aber dann bin ich stattdessen ganz schnell in die Küche gehastet, weil Mama gerufen hat: »Da ist noch eine Postkarte!«

Noch eine? Wer weiß, was meine Freunde noch geschrieben hatten, was auf die von gestern nicht mehr draufgepasst hatte. Orgien, Drogen, Banküberfälle? Ich wusste es nicht, und ich wollte nicht, dass meine Eltern es erfuhren, deshalb bin ich in die Küche gerannt und habe ihnen die Postkarte aus der Hand gerissen.

Aber diese war anders. Keine Fotos, vorne und hinten alles grau. Mein Name stand drauf, aber diese kam vom Wehrbereich.

Ich wollte nicht zum Militär, ich hatte mich entschieden, den Wehrdienst zu verweigern, und tatsächlich wurde meinem Wunsch entsprochen: In einer Woche sollte ich aufbrechen.

Nicht nach Sevilla, sondern zum Zivildienst.

Für ein Jahr.

Oben im Apennin.

In einem Altersheim.

Für Priester.

Ich habe es meinen Eltern erzählt, da in der Küche. Und mein Vater, ich schwörs:

»Na ja, so verpasst du wenigstens nicht den Giro d'Italia.«

3

Wo fährst du hin, alter Junge?

Der Erste, der Samen aufbewahrt, sie in die Erde gepflanzt und mit Wasser begossen hat.

Der Erste, der zwei Flügel aus Eselshaut gebaut, sie sich auf den Rücken geschnallt und sich vom Turm des Ortes gestürzt hat.

Der Erste, der seinen Mund auf den Mund einer anderen Person gelegt hat, um sie spüren zu lassen, wie sehr er sie liebt.

Einer hat den Ackerbau erfunden, einer war der erste fliegende Mensch, einer hat den ersten Kuss der Geschichte gegeben. Und gemeinsam ist ihnen: dass alle sie angeschaut haben, als wären sie verrückt – kurz bevor sie die Welt verändert haben.

Das Gleiche passiert am 5. Juni 1994, vier Jahre bevor diese verfluchte Postkarte bei mir ankommen wird. Jetzt aber beginnt der Anstieg des Mortirolo, und ein unbekannter Jungspund geht aus dem Sattel und reißt aus.

Vor ihm die Ausreißergruppe, darunter auch sein Kapitän Claudio Chiappucci, genannt El Diablo. Der Jungspund dagegen hat noch keinen Spitznamen, man kennt nicht einmal seinen richtigen Namen. Um sich die Aufmerksamkeit der Fans zu verdienen, braucht es erst eine Heldentat auf den Straßen des großen Radsports.

Aber nicht jetzt. Denn sein Kapitän greift gerade an, und er sollte ihn machen lassen und schön brav hinten bleiben, und auf gar keinen Fall sollte er einfach so losschießen, auf die Gefahr hin, dass das Hauptfeld wieder zu den Ausreißern aufschließt.

Das lassen die Fernsehkommentatoren in einer Umschreibung durchblicken; in der Bar La Gazzella dagegen reden mein Papa und seine Freunde immer geradeheraus: »Wo zum Teufel fährt der denn hin?!«

Und aus irgendeinem Grund fragen sie das mich. Vielleicht weil der Namenlose und ich ungefähr gleich alt sind. Es ist eine Frage an unsere nichtsnutzige Generation, die nicht weiß, was sie tun soll, und ja auch tatsächlich nichts tut, und wenn sie es doch mal versucht, macht sie irgendeinen Scheiß.

Ich weiß nicht, was ich antworten soll. Ich bin genau zwanzig Jahre alt, im ersten Unijahr, bald habe ich meine ersten Prüfungen, daher wäre ich heute zum Gucken der Etappe fast gar nicht in die Bar gekommen: »Vielleicht bleibe ich zu Hause und gucke da, dann kann ich nebenbei ein bisschen lernen.«

Das habe ich zu Papa gesagt, und er hat genickt, dann hat er mich am Kragen gepackt – mit seiner Hand, die von der Krankheit immer mehr zittert. Aber noch ist er stark, er hat mich nämlich auf die Ape gesetzt, zwischen die Gerätschaften und ein Stück Rohr, und los gings zur Bar. Wer hat behauptet, es wäre schwierig, sich zu entscheiden? Manchmal ist es ganz einfach. Es reicht, sich nicht allzu steif zu machen, wenn das Schicksal einen am Kragen packt.

Und heute kommt es mir sogar so vor, als hätte ich eine gute Entscheidung getroffen, denn der Anstieg des Mortirolo hat gerade erst angefangen, und schon gibt es Attacken im Fernsehen und aufgeregt durcheinanderschreiende Leute entlang der Straße und hier in der Gazzella-Bar.

Und die schreien eben: »Wo zum Teufel fährt der denn hin?!«

»Der« ist der abgedrehte Jungspund, der die gestrige Etappe gewonnen hat. Eine irrwitzige Attacke im Finale, er hat auf dem letzten Anstieg einen Vorsprung herausgeholt und die Champions im Regen abgehängt, dann runter mit neunzig Stundenkilometern auf dem nassen Asphalt, in einer Haltung mit dem Arsch hinter dem Sattel, sodass er, wenn er ein Steinchen erwischt hätte, gar nicht erst ins Krankenhaus, sondern direkt zum Friedhof gebracht worden wäre. Aber es ist gut gegangen: Er ist nicht gestürzt, und niemand war so wahnsinnig, dass er versucht hätte, an ihm dranzubleiben. Er hat sein erstes Profirennen gewonnen und dann gleich eine Etappe beim Giro d'Italia! Ein Tag Ruhm, Interviews, Anrufe in Tränen von seiner Mama und seiner Verlobten, das sollte ihm reichen.

Doch es reicht ihm nicht. Denn seiner Mama hat er gesagt, er sei nicht dafür gemacht, mitten im Hauptfeld dahinzuzockeln, bei diesem Giro müsse er irgendetwas Großes vollbringen, sonst schmeiße er alles hin und mache mit ihr an ihrem Imbissstand Piadine.

Und eine Verlobte hat er gar nicht. Oder besser gesagt ist sie sowieso hier bei ihm, denn er ist mit seinem Fahrrad verlobt. Schon seit seiner Kindheit sind sie den ganzen Tag zusammen, und abends nimmt er das Rad mit ins Haus, stellt es in die Wanne und badet es, trocknet es gründlich ab, lehnt es an sein Bett und schläft neben ihm ein.

Was eine schöne Geschichte ist, fast rührend, aber dem Hauptfeld ist das gerade scheißegal. Heute ist die härteste und wichtigste Etappe des Giro, sie haben schon das Stilfser Joch erklommen, und jetzt ist der Mortirolo dran, dann kommt noch der Santa Cristina und die Ankunft in Aprica. Gigantische Berge, die den Sieg der Giganten des Rennens fordern.

Vielleicht des Nationalhelden Gianni Bugno, der einen Giro d'Italia gewonnen hat, bei dem er immer vorne war, von der ersten bis zur letzten Etappe. Oder des Russen Berzin, der das Rosa Trikot trägt und beim Zeitfahren alle anderen demütigt. Aber was am wahrscheinlichsten ist, des großen Miguel Indurain, Gigant unter den Giganten, der erst zweimal den Giro, aber schon dreimal die Tour de France gewonnen hat und hier ist, um das wieder auszugleichen.

Als der Mortirolo angefangen hat, waren diese Champions an der Spitze des ehrfürchtigen Hauptfelds und haben sich gegenseitig beäugt, um herauszufinden, wer sich besser fühlt, haben einander gemustert, mit versteinerten Mienen, um sich die Anstrengung nicht anmerken zu lassen. Lebende Denkmäler, Statuen auf Pedalen, den ersten Antritt abwägend.

Aber dann greift plötzlich aus dem dunklen Schatten dieses Radsport-Olymps der Jungspund da an.

Also, wirklich: Wo zum Teufel fährt der denn hin?!

Zum Sterben fährt er. Auf die Rampen des Mortirolo, der das italienische Wort für Tod schon im Namen trägt, *la Morte*. Ein erbarmungsloser, böser und heimtückischer Anstieg, der dir bei jedem Tritt ein Stück Leben raubt. Es sind mehr als zwölf Kilometer, aber er ist losgesprintet, als wäre die Ankunft hinter der nächsten Kehre. Denn er ist jung, er kann seine Kraft noch nicht einteilen, kennt noch nicht die Taktiken, die Regeln, die ein Jahrhundert an Rennen, Triumphen und Zusammenbrüchen ins Fleisch geritzt hat. Bald wird auch er sie lernen, wenn er sich gleich am Straßenrand die Seele aus dem Leib kotzt.

Bisher hält der Jungspund aber durch, er hat das Hauptfeld abgehängt und sichtet vor sich schon die Gruppe der Ausreißer mit seinem Kapitän. Der sich umdreht und ihn kommen sieht, und da wird mit einem Mal alles klar:

»Jetzt gehts los, jetzt reißen sie zusammen aus!«, ruft Franca, auf den Tresen der Bar gestützt. Sie ist die Barbesitzerin, aber als junges Mädchen ist sie für den Radsportverein Unione Ciclistica Pozzese gefahren, dreimal hat sie den Stazzema-Pokal gewonnen: Wenn sie den Mund aufmacht, dann nicht ohne Grund. »Jetzt flüchten der Diablo und er zu zweit, und im Finale donnert der Kapitän dann los und gewinnt!«

Ein genialer Schachzug, sicher gestern Abend im Hotel mit dem Teammanager ausgetüftelt. Auf den ersten Blick sah es nach bloßem Unfug aus, aber jetzt offenbart es sich in seiner ganzen Genialität.

Und tatsächlich schließt der Jungspund zu der Ausreißergruppe auf, sein Kapitän schaut ihn an und hängt sich an ihn dran, doch statt in regelmäßigem Tempo weiterzufahren, geht der Jungspund erneut aus dem Sattel, und ohne sich umzudrehen, sprintet er noch mal los und lässt alle hinter sich zurück.

Verwirrt und verloren wie Reisende am Bahnhof, die schon ewig auf den Zug warten und ihn kommen sehen, ihre Koffer schnappen und sich dem Gleis nähern – aber der Zug hält nicht an. Er bremst nicht einmal ab, wie eine Rakete rauscht er durch zu seinem geheimnisvollen Ziel, und wer schnell aufzuspringen versucht, der wird am Abend geborgen, mit Handschuhen und Eimer, um die Einzelteile im Unkraut aufzusammeln.

Und so rast der verrückt gewordene Zug weiter, hin zu der drückenden Hitze, die ihn bei der Ankunft erwartet, nachdem er das Stilfser Joch zwischen zwei weißen Wänden aus Schnee erklommen hat, während ihm der frostige Wind den Schnee auf dem Gesicht zerquetschte. Heute Morgen nach dem Aufstehen hat er den Masseur gefragt, wie das Wetter wird, und der: »Von allem etwas, Jungchen. Heute gibt es alle Wetter, denk nicht darüber nach.«

Und er versucht, nicht darüber nachzudenken, während

er den Mortirolo hochfährt, aber es wäre einfacher, nicht zu atmen. Vor sich hat er jetzt nur noch Franco Vona, der seit dem Morgen und achtzig Kilometern auf der Flucht ist, ein einsamer Versuch. Er holt ihn ein und fährt so schnell an ihm vorbei, dass die Fernsehkameras den Moment verpassen. Man sieht nur ihn, wie er davonfliegt, und Vona, wie er auf seinen Lenker gestützt zusammensackt.

Aber das ist normal, das hier ist eigentlich kein Anstieg für Fahrräder. Und nicht mal für Motorfahrzeuge: Bergauf müssen die Rennfahrer im Zickzack zwischen Autos und Motorrädern der Veranstalter durchfahren, die dort stehen geblieben sind, mit ruinierter Kupplung und qualmendem Motor, ein Auto fängt sogar Feuer.

Das Feuer im Leib hat da oben allerdings vor allem und vor allen dieser Jungspund, der immer noch die Zähne zusammenbeißt und weiterfährt.

Im Stehen auf den Pedalen, so wie auch wir in der Bar La Gazzella jetzt alle stehen. Papa, Franca, Stelio und sogar Urano, der normalerweise nur vom Tisch aufsteht, um noch mehr Wein zu holen oder den auszupinkeln, den er schon getrunken hat, in einer Wolke aus Flüchen vor Anstrengung.

Auch jetzt hallen Flüche durch die Luft, aber vor Aufregung. Sie steigen nicht auf, um den Himmel zu beleidigen, sondern prallen an der Decke ab und kommen als erregte Schreie zu uns zurück.

Denn es ist zwar immer noch nicht klar, »wo zum Teufel der denn hinfährt«, mit seiner irrwitzigen, hitzköpfigen Attacke, aber jetzt wollen wir bloß noch, dass er ankommt. *Fahr, Jungchen, fahr!*

Sie nennen ihn »Jungchen«, weil es im Fernsehen heißt, er sei vierundzwanzig, aber vielleicht ist das ein Irrtum: Dem Augenschein nach wirkt er älter als alle anderen. Mager und gebeugt, das Gesicht zu einer Grimasse verkrampft, unter den wenigen Haaren, die nur auf und hinter den Schläfen wachsen. Er ist ein junger Mann, der gerade erst als Profiradsportler angefangen hat, aber gleichzeitig ist er ein Gespenst aus der Vergangenheit, das den Radsport mindestens fünfzig Jahre in der Zeit zurückwirft.

Er ist in einer Welt der Berechnungen gelandet, der Computer, die den Tritt vorgeben, vorsichtiger Strategien und Champions, die ihr Rennen auf Regelmäßigkeit und Taktik stützen, auf absolute Kontrolle. Nie übertreiben, nichts riskieren. Das ist die Gegenwart, das sind die Zutaten einer Formel, die den Radsport ins Koma und in einen sanften, stinklangweiligen Tod begleiten wird.

Doch da kommt aus dem Nichts ein Jungspund, der aussieht wie ein alter Mann, und alles steht kopf.

Es heißt, große Champions sind diejenigen, die eine Sportart schlagartig einen Satz nach vorne machen lassen. Der hier dagegen lässt sie gerade in der Zeit zurückspringen. Zu jenem alten, zornigen Ort, von dem der Radsport kommt. Als wäre er an einem sonnigen Morgen der Fünfzigerjahre aufgebrochen, Fahrradschläuche über Kreuz vor der Brust, eine Schotterstraße hoch. An einer Weggabelung ist er falsch abgebogen, und jetzt steht er plötzlich, verdutzt und verloren, hier, im Jahr 1994. Und weil er nicht weiß, was er in dieser neuen, absurden Welt tun soll, flüchtet er.

Er flüchtet, und wir, noch verdutzter als er, hüpfen und krakeelen, während hinten in der Gegenwart die Einzigen, die nicht zu viel Boden verlieren, ein ungleiches Paar sind: der winzige Kolumbianer Rodríguez, genannt »Cacaito«, und der Koloss Indurain, Champion unter den Champions.

Der Anstieg endet, und bei der Abfahrt holen die beiden ihn ein, also werden sie durch die Ebene und bis zum Schluss gemeinsam in die Pedale treten, wobei für jeden ein Gewinn herausspringt: Indurain wird Berzin abhängen, der sich hinter ihm dahinschleppt, und wird den Tagessieg Rodríguez und dem Jungspund überlassen, die beim Endspurt darum spielen werden.

So läufts, so muss es laufen. Um das noch klarer zu machen, setzt sich Indurain an die Spitze und zieht. Seine Schenkel sind Kolben, die einen unmenschlichen Rhythmus vorgeben und den beiden Winzlingen zeigen, dass es schon eine Ehre ist, neben ihm in die Pedale zu treten, während sie gleichmäßig und präzise bis ins Ziel fahren.

So ist es, das weiß Indurain, das wissen die Leute in den Teamwagen und die Kommentatoren im Fernsehen. Das wissen auch die Fans, die eine Weile ganz aufgeregt waren, sich jetzt aber wieder bequem hinsetzen, um die Gegenwart zu verfolgen, die vorsichtig wieder das Steuer übernimmt. Wie früher in der Schule, wenn der Lehrer rausging und zur Klasse sagte, wir sollten schön brav bleiben, aber sobald der Lehrer weg war, blieb niemand brav, es wurde geschrien, auf die Tische gehauen, und es wurden Sachen durch die Gegend geworfen. Es war fabelhaft, es war frevelhaft, aber es war nur ein Moment. Dann kam der Lehrer wieder, und es blieb nur ein wildes Lächeln auf dem Mund zurück, das nach und nach seine Krümmung verlor, bis es im allgemeinen Gähnen unterging.

Aber heute ist da dieser neue Schüler in der Klasse, und der weiß noch nicht, wie man sich benimmt. Er weiß nur, dass die Straße sich nach der Ebene wieder aufschwingen wird, auf den Colle di Santa Cristina, den letzten Anstieg des Tages, und wie ein Zündholz streicht er sich kräftig über den rauen Rücken der

Steigung, entzündet sich erneut und düst mit einer weiteren irren Stichflamme los.

Im ersten Moment glaubt es keiner. Am wenigsten Indurain. Er ist der größte Champion von allen, im Hauptfeld verehren sie ihn wie einen Gott, es gibt Rennfahrer, die ihn siezen. Und jetzt sprintet dieser halb kahle Jungspund schon wieder vor seiner Nase los?

Nein, das darf nicht sein. Taktik, Regelmäßigkeit, Kräfteeinteilen schön und gut, aber ein Affront dieser Art ist nicht hinnehmbar. Also umklammert Indurain seinen Lenker, schüttelt den Kopf und macht das Einzige, was er sonst nie macht: einen Fehler.

Er beschleunigt und versucht mitzuhalten. Er verbraucht alle Energie, die ihm geblieben ist, um dem anderen zu zeigen, dass der ihn nicht abhängt, dass Big Mig ihn sich vor dem Gipfel wieder einverleibt.

Eine Weile hält er durch, sitzend, den Kopf gesenkt, und ab und zu schaut er hoch, um zu prüfen, wie viel ihm noch fehlt, bis er den Jungspund eingeholt hat. Nur dass der Jungspund immer weiter weg ist.

Indurain schaut sich um, und zum ersten Mal in seiner langen, ruhmreichen Karriere stellt er fest, dass er an dem geheimnisvollen Ort angelangt ist, von dem er bisher nur in den Legenden alter Radrennfahrer gehört hat: Indurain ist über seine Grenzen gegangen. Und er ist auf ausgedörrter Erde gelandet, wo die Energie aufgebraucht ist und die Luft fehlt, und unter jedem Stein, hinter jeder Kurve lauert der Zusammenbruch, wenn dein Körper sagt, es reicht, und du alles verlierst, was du auf vielen Kilometern Weisheit angesammelt hast.

Also verlangsamt der Champion, atmet durch, setzt den Anstieg zusammen mit Rodríguez in einem menschlicheren

Tempo fort, das ihn wieder auf diese Seite der Grenze zurückbringt, in kartierte und bekannte Gebiete, geeignet für die Muster des Gewöhnlichen.

Da vorne hingegen, schon außer Sicht, rast der alte Jungspund in eine Welt, die nur für ihn existiert, erleuchtet vom Schein des Begeisterungstaumels.

Und Begeisterungstaumel herrscht auch hier in der Bar, wo alle durcheinanderschreien für dieses Jüngelchen, das kein Junge mehr ist, sondern einer von ihnen, einer aus ihrer Zeit, die ernsthafter, härter, stärker war, in der man keine Müdigkeit kannte. Heute entdecken Papa und seine Freunde, dass ihre Vergangenheit gar nicht vergangen ist: Da fliegt sie ja und lässt alles andere hinter sich.

Ich dagegen kann im wilden Geschrei noch Fetzen des Fernsehkommentars hören und stelle fest, dass ich einen älteren Bruder habe.

Er heißt Marco Pantani.

Er ist vier Jahre älter als ich.

Er ist in einem Touri-Ort am Meer geboren, wo er auch lebt – wie ich.

Er ist der Sohn einer Hausfrau und eines Klempners – wie ich.

Wie ich! Wie ich! Der ich schreie und springe, und Schreien und Springen tun auch die Alten in der Bar und das Menschenmeer aus Jung und Alt, das den Anstieg von Santa Cristina überschwemmt und sich erst im letzten Moment teilt, um ihn durchzulassen. Sie sind heute Morgen zu Fuß da hinaufgepilgert oder haben die Nacht dort verbracht, um die Rennfahrer zu sehen, um Indurain, Bugno, Berzin, Chiappucci und die anderen Großen des Radsports zu erkennen und sie anzufeuern.

Und nicht ihn. Den keiner kennt.

Aber auf irgendeine mysteriöse, magische Art erkennen sie ihn doch: die Fans auf dem Santa Cristina wie auch die Millionen Menschen in den Häusern, Läden, Krankenhäusern und Bars.

Wir haben ein bisschen gebraucht, ja, aber logisch: Schließlich verbringen wir unser Leben damit, vergeblich auf ein Wunder zu warten. Und wenn das Wunder nach so langem Warten eines Tages dann endlich passiert, ist es so unmöglich, so anders als alles Übrige, dass wir es für einen Fehler halten.

Aber nur kurz, dann verstehen wir.

Dass das hier kein Jungspund ist, der versucht hat, die Großen anzugreifen, nein, wer hier vor unseren aufgerissenen Augen davonfliegt, zwischen den zum Himmel gereckten Fäusten, den Wasserspritzern und dem animalischen Gebrüll, das ihn bis ins Ziel treiben soll, ist ein neuer, ein gewaltiger, ein außergewöhnlicher Champion.

Und so ist in der Zeitspanne eines Anstiegs und einer Abfahrt passiert, was oft in einer ganzen Karriere nicht gelingt: Aus dem halb kahlen Jungspund ist Pantani geworden.

Er fliegt zum Triumph und gewinnt mit derart großem Vorsprung, dass er, wenn es weitere ernsthafte Steigungen gäbe, Gefahr liefe, den Giro zu gewinnen.

Stattdessen wird er Zweiter. So aus dem Nichts, mit vierundzwanzig.

Also wird er den Giro nächstes Jahr bestimmt gewinnen. Man muss zwar zwölf Monate warten, aber was sind schon zwölf Monate für so ein Talent, das in einem Augenblick den Radsport ein halbes Jahrhundert in der Zeit zurückkatapultiert hat? Nichts ist das, wir blinzeln nur einmal, und schon beginnt der Giro d'Italia von 1995.

Aber Pantani ist nicht dabei.

Dann der von 1996, aber Pantani ist nicht dabei.

Dann der von 1997, aber Pantani ist wieder nicht dabei.

Wegen einer Reihe von Unglücksfällen, wo sie dir, wenn du dir das für einen Roman ausdächtest, sagen würden, das wäre zu viel, du hättest übertrieben, und es wäre nicht glaubhaft, nicht realistisch. Autos, die Stoppschilder missachten, Autotüren, die sich plötzlich öffnen, Jeeps, die direkt aus dem japanischen Dschungel geschossen kommen, Amputationen, die wie ein Damoklesschwert über dir schweben, verfluchte Katzen …

All das kann die Wirklichkeit passieren lassen, um diesen jungen Mann ans Bett zu fesseln und weiter auf seine Chance warten zu lassen. Aber jetzt sind vier Jahre vergangen, der Giro von 1998 fängt an, und diesmal hat die Wirklichkeit beschlossen, dass Pantani dabei ist, und bereitet sich darauf vor, seine Geschichte zu schreiben.

Und die Wirklichkeit ist die größte Schriftstellerin, die es gibt.

4

Erzieher

Erzieher. Das stand auf der Postkarte, dazu ein Ort und ein Tag.

Der Tag war heute, der Ort war dieser hier, und der Erzieher war ich.

Denn da gab es eine Schule, eine private Mittelschule in einem Priesterkonvent, eine Art Internat oben in den Bergen, wo die Kinder lebten und lernten. Und ich kam, um sie dabei zu unterstützen.

Darum hatte ich selbst gebeten, als ich beschlossen hatte, nicht zum Militär zu gehen, sondern aus Gewissensgründen den Kriegsdienst zu verweigern. Es gab ein Recht darauf, aber dieses Recht wurde vom Verteidigungsministerium verwaltet, die Kriegsdienstverweigerer wurden der Armee anvertraut. Als würde man ein Schwein einem Schweineschlachter anvertrauen. Deshalb war ich nun wie eine Salami hier aufgehängt, auf einem riesigen Betonplatz, um ein Jahr lang mitten im Nichts zu reifen.

Ich stand unter der sengenden Sonne mit der Postkarte in der einen, dem Koffer in der anderen Hand, ringsum viele Fenster, die in einem grauen Rechteck den Platz beäugten, alle geschlossen.

Nach dem Zufallsprinzip bin ich auf eine der Fassaden zugegangen, habe gehüstelt und gefragt: »Ist niemand da?« Dann habe ich mich umgedreht und es noch mal an der anderen Seite probiert, diesmal lauter: »Ist niemand da?« Aber zurück kam nur das Echo, um mich hören zu lassen, wie dumm meine Frage war.

Das war mir schon bei der Herfahrt passiert, als ich das letzte Dörfchen durchquert hatte, sieben an die Straße geklammerte Häuschen. Aber nicht sieben im Sinne von wenige, nein, wenn man durchzählte, waren es exakt sieben. Und danach wurde die Straße immer enger und schotteriger, und es schien unmöglich, dass da außer Wäldern, Wölfen und Bären noch irgendetwas kommen würde. Ich wollte jemanden fragen, aber da waren nur die sieben Häuser, still und verschlossen.

Also bin ich halt weitergefahren, aber nach einer Weile hörte die Straße ganz auf, an einem Gittertor, auch das verschlossen, mit einer Kette. Und daneben eine Klingel mit zwei Schildern, die die Zeit ausgebleicht hatte, eins drüber, eins drunter. Auf dem darüber stand »Konvent«, auf dem anderen »kaputt«.

Ich habe trotzdem geklingelt, aber der Klingelknopf ist ächzend im Torpfosten verschwunden und nicht mehr rausgekommen. So habe ich ein paar Minuten gewartet, aber nichts ist passiert. Zwischen Tor und Zaun war ein Spalt, wo ich durchpasste, also habe ich das Auto draußen stehen lassen, meinen Koffer genommen und bin durch die Lücke geschlüpft, dann hoch bis zu einer Kurve hinter den Bäumen, wo der Wald sich lichtete und diese gigantische rechteckige Konstruktion stand und einem den Blick in den Himmel raubte. Das Sträßchen endete an einem viereckigen Torbogen, und von da bin ich hier auf den leeren Platz gelangt, wo ich jetzt zu den geschlossenen Fenstern redete, den Koffer immer noch in der Hand.

Denselben, den ich für Sevilla gepackt hatte. Ich hatte nur eine Jacke dazugetan, weil meine Mama und meine Tante meinten, dass es in den Bergen vielleicht frischer würde.

Meine Freunde dagegen hatten mich angerufen und mir SMS geschickt, alle, um mich einen Trottel zu nennen, während sie auf Partys die Sau rausließen, ginge ich zu den Priestern in die Berge. Wo es abends vielleicht frisch sein mochte, aber bis dahin wurde ich hier auf dem Platz gegrillt, und meine Worte prallten immer weniger überzeugt von Fenstern und Mauern zurück. Und je länger sie auf mich zurückfielen, desto mehr klang meine Frage wie eine Feststellung: »Ist niemand da? Ist niemand da?« *Nein, es ist wirklich niemand da.*

Es hätte merkwürdig sein sollen, aber das einzig wirklich Merkwürdige war, dass ich hier war, hier mitten im Nichts.

Bis heute Morgen war ich bei mir zu Hause gewesen. Bis vor ein paar Tagen noch sollte ich nach Sevilla fahren. Gestern und vorgestern war ich in der Bar La Gazzella, mit Papa und den anderen dicht um den Tresen geschart, um die ersten Etappen des Giro d'Italia zu gucken.

Wo nach Jahren voller Unglücksfälle endlich auch Pantani wieder dabei war, mein großer Bruder.

Der an jenem Tag 1994 aus dem Nichts aufgetaucht war und das Rennen auf den Kopf gestellt hatte, der gedrängt und angegriffen hatte, als gäbe es kein Morgen. Und er hatte recht, denn es sollte wirklich kein Morgen geben und nicht mal ein Übermorgen. Das Karussell des Ruhms hatte sich vor ihm gedreht und gedreht, aber wegen des einen oder anderen Unglücks war es ihm noch nicht gelungen aufzusteigen.

Aber dieses Jahr schon. Und wer weiß, was er anstellen, was er sich ausdenken würde. Und wer weiß, ob ich ihn würde sehen können. Hier. Wie ich hier so reglos auf einem leeren Platz oben in den Bergen herumstand, war ich nicht bloß runter vom Karussell, es waren nicht mal irgendwelche Karussells in Sicht.

Dann, aus dem Nichts: »Sie da! Wer sind Sie, was wollen Sie, warum haben Sie nicht geklingelt?!«

Ich habe mich umgeschaut, es war niemand zu sehen. Also habe ich in die Luft geantwortet: »Ich habe geklingelt, ich schwörs, aber die Klingel funktioniert nicht!«

»Schade!«, hat die Stimme gesagt. Die von irgendwo dahinten kam, gegenüber dem Eingang, wo noch ein anderer Durchgang war. Da bin ich hin, ein paar Stufen führten etwas nach unten, auf einen offenen Platz mit einem Fußballfeld, einem Gemüsegarten und einem Hühnerstall. Und einem gelben Schulbus, der alt, aber gleichzeitig nagelneu aussah.

Und einem alten Mann mit weißen Haaren und Besen in einem mit Ölschlamm und Farbe bekleckerten Blaumann. »Schade, dass ich es einfach nicht hinkriege, diese Klingel zu reparieren, das ist meine große Schmach!«

Er hat sich die riesige Hand an seinem Blaumann abgewischt und dann meine gedrückt. Ich habe gespürt, wie die Knochen in meinen Fingern ihre Plätze getauscht haben.

»Sehr erfreut, ich bin Don Mauro. Hüter und Hausmeister des Konvents. Ich bewache und repariere alles. Bis auf diese Klingel da, die plagt mich schon seit Jahren. Habe ich Ihnen schon gesagt, dass das meine große Schmach ist?«

»Ja.«

»Ach so. Manchmal wiederhole ich mich. Dafür erzähle ich nie irgendwelche Lügen. Nie. Das kann ich gar nicht. Und Sie, sind Sie gekommen, um zu beichten? Dann müssen Sie warten, oder Sie erzählen mir alles, während ich den Spiegel am Bus in Ordnung bringe. Schön, oder? So was mache ich, wissen Sie, ich repariere alles.«

»Bis auf die Klingel.«

»Sehr gut! Die ist meine Schmach. Woher wussten Sie das?«

»Das war nur geraten. Aber ich muss nicht zur Beichte, ich bin für den Zivildienst hier.«

»Ah!«, hat Don Mauro gesagt. »Aber hier macht gerade keiner Zivildienst, wissen Sie?«

»Ja, das heißt, ab heute mache ich das, glaube ich.«

»Ah!«, hat er wieder gemacht. Und: »Oh! Wie wunderbar! Dann werden wir viel Zeit miteinander verbringen, freut mich, dich kennenzulernen!«

Und leider hat er wieder seine riesige Hand ausgestreckt. Mit Ergebenheit habe ich meine hineingelegt, und die Knochen haben sich noch ein bisschen vermischt.

»Also, sag mal, mein Sohn, brauchst du irgendetwas?«

»Ja. Das heißt, alles. Ich weiß nicht, was ich tun soll, wo ...«

»Ah, solche Sachen musst du mit dem Direktor besprechen.«

»Ja, bestens! Können Sie mir sagen, wo er ist?«

»Er ist nicht da. Besser gesagt, er ist zwar da, bleibt aber meistens für sich. Warte ein wenig, dann wirst du ihn schon noch kennenlernen. Erst mal informiere ich ihn, dass du da bist.«

»Danke, sehr freundlich. Also, wenn ich da niemanden störe, gehe ich auf den Platz zurück und warte dort auf ihn.«

»Nein, besser du richtest dich schon ein, es wird ein Weilchen dauern.«

»Das macht nichts, ich habe nichts zu tun, ich kann auf ihn warten, solange er will. Eine halbe Stunde, Stunde?«

»Sagen wir ein paar Tage.«

»Wie? Ein paar Tage?! Ich weiß nicht, was ich tun soll, ich ... Also, die Schule ist ja bald zu Ende, gibt es vielleicht Sommerkurse? Kann ich nicht mit jemand anderem reden? Mit irgendeinem Lehrer vielleicht.«

»Mit wem?«

»Mit einem Lehrer, einer Lehrerin, einem stellvertretenden Direktor.«

»Hör zu, komm mal mit.« Er hat den Schraubenschlüssel und zwei Schrauben auf den Boden gelegt, ist Richtung Treppe gegangen und ich hinter ihm her. Verwirrt, aber etwas beschwingter, denn endlich gingen wir irgendwohin. Über den großen Platz und bis zu dem Torbogen, durch den ich gekommen war. In der Betonmauer war ein quadratisches Fensterchen mit Schiebeglas, das mir vorher nicht aufgefallen war. Don Mauro hat es mir gezeigt.

»Solange kannst du schon mal auf deinen Platz gehen, in die Pförtnerloge.« Er hat mich angelächelt und wollte schon wieder dorthin zurück, von wo er gekommen war.

»In die Pförtnerloge?«

»Ja, die Tür ist dahinten, immer an der Mauer entlang. Geh rein und mach es dir bequem, das ist dein Platz. Entschuldige den Staub, aber dein letzter Kollege ist schon vor einer Weile hier weg, es werden drei oder vier Jahre sein, dass wir keinen Pförtner mehr haben.«

»Aber nein, Padre, ich bin kein Pförtner, ich bin Erzieher!«

»Erzieher? Von wem denn, von uns? Sind wir etwa schlecht erzogen? Ah, entschuldige! Ich habe vergessen zu fragen, ob du Durst hast, willst du ein Glas Wasser?«

»Nein, nein danke, ich habe keinen Durst, und Sie sind sehr gut erzogen.«

»Schon gut! Brauchst du vielleicht irgendetwas anderes?«

»Ja, Padre. Ich müsste mit dem Direktor sprechen, und zwar sofort.«

»Ja, ja, das hab ich dir doch schon gesagt, erst mal spreche ich mit ihm. Sonst noch was?«

»Nein danke. Das heißt, also ... Hier steht nicht zufällig irgendwo ein Fernseher?«

»Ein Fernseher? Was willst du denn damit? Im Fernsehen läuft doch nur dummes Zeug, damit vergeudet man nur seine Zeit, die man zum Arbeiten nutzen könnte.«

»Ja, aber es kommt der Giro d'Italia.«

»Ah! Der ist schön! Aber ich habe keine Zeit. Ich muss arbeiten.«

»Ja, aber wenn einer Zeit hätte, gäbe es dann zufällig einen Fernseher, um den Giro zu gucken?«

»Natürlich, einen gibts.«

»Juhuu, und wo ist der?«

»Den hat der Direktor. Aber in der Pförtnerloge steht ein Radio. Das kannst du hören, deine Arbeit ist ja sowieso dadrin.«

»Ja. Aber ich wiederhole noch einmal: Ich bin nicht der Pförtner, ich sollte ein Erzieher sein.«

»Erzieher? Von wem denn, von uns?«

»Nein, nein, Padre, Sie sind sehr wohlerzogen. Ich soll die Kinder erziehen.«

»Die Kinder? Welche Kinder denn?!«

»Wie, welche Kinder? Die, die hier zur Schule gehen, oder nicht?«

»Ah! Natürlich, die Schule!«, und ein Lächeln erschien auf seinem Mund voller riesiger perfekter Zähne. Der starke Kiefer eines Mannes von früher, als man noch in ganze Äpfel biss, Nüsse mit den Zähnen knackte. Als ich ihn angeschaut habe, musste auch ich lächeln. Einen Augenblick, dann er: »Die Schule gibt es nicht mehr, mein Sohn. Bei der wird es auch drei oder vier Jahre her sein.«

Mir ist die Luft weggeblieben, aber Don Mauro hat für uns beide weitergeredet. Er hat mir erklärt, dass ein großes auf

Luxushotels und Thermalbäder spezialisiertes Unternehmen auf diesen Konvent aufmerksam geworden sei – so viel kostbarer Beton mitten im Naturpark der Apuanischen Alpen – und ein hohes Angebot gemacht habe. So richtig hoch, denn die Diözese habe sofort die Schule geschlossen und wollte schon unterschreiben. Dann seien allerdings irgendwelche Schwierigkeiten aufgetreten, das Gebäude war nämlich die Schenkung einer reichen und sehr frommen Dame, die es der Kirche unter der Auflage überlassen hatte, dass es der christlichen Erziehung von Kindern dienen würde. Die Anwälte des Unternehmens behaupteten, Thermalkuren wären auf alle Fälle im Einklang mit den Lehren Jesu, da sie ja Leidenden Erleichterung verschafften, und die Angelegenheit lag nun den Richtern zur Prüfung vor.

Aber während die Justiz in ihrem Tempo voranschritt, also nicht voranschritt, hatte die Diözese die Schule und alles drumherum bereits geschlossen und sie in ein Hospiz für Priester umgewandelt, die zu alt waren, um in anderen Gemeinden behilflich zu sein, aber noch zu lebendig, um sie auf den Friedhof zu bringen. Wo sie in äußerst regelmäßigem Rhythmus einer nach dem anderen landeten, sodass mittlerweile hier oben nur noch Don Mauro und der Direktor übrig geblieben waren. An diesem gigantischen Ort, der für Priester und Kinder zusammen mindestens dreihundert Schlafplätze bereithielt, lebten sie nun zu zweit. Vielmehr ab heute zu dritt, mit mir, der ich als Erzieher ins Hospiz gekommen war.

»Wir brauchen hier gar keinen Erzieher«, wiederholte unterdessen Don Mauro. »Hier braucht es nur einen Pförtner, um die Leute in Empfang zu nehmen, die uns besuchen kommen.«

»Wie ist das nur möglich, dass es die Schule gar nicht mehr gibt, derentwegen bin ich doch hier!«

»Glaub mir, du bist hier, um die Leute in Empfang zu nehmen, die uns besuchen kommen.«

»Aber nein, ich bin nicht ... Außerdem, was soll ich denn machen, wenn die Leute kommen, ich habe damit keine Erfahrung, keine ...«

»Mach dir keine Sorgen, es kommt sowieso niemand.«

Das hat Don Mauro gesagt, und diesmal ist er wirklich gegangen. Er ist auf der anderen Seite des Platzes die Treppe runter verschwunden, und alles wurde wieder still und leer.

Also habe ich das Türchen gefunden, es aufgemacht und bin rein in die Pförtnerloge, eine kleine Kammer mit Mauern zu drei Seiten, die den modrigen Geruch hüteten, einem Stuhl, einem Holztischchen und vor dem Tischchen das Schiebefenster. Sie war fast so eng wie mein Zimmer zu Hause. Daran dachte ich jetzt, dann an meine Eltern, daran, was sie wohl gerade machten, meine Eltern und mein Zimmer, da unten, weit weg von mir.

Ich habe den Koffer auf den Tisch gestellt und ihn aufgemacht, um Wasser rauszuholen, denn Don Mauro gegenüber hatte ich es zwar verneint, aber ich hatte Durst. Als ich die Flasche zwischen den Klamotten suchte, habe ich etwas Glattes, Kantiges gespürt. Das Zwölferpäckchen Kondome, das ich für Sevilla gekauft hatte. Ich hatte vergessen, es wieder auszupacken. Oder vielleicht hatte ich es auch extra dringelassen, denn na ja, man weiß im Leben ja nie, wann sich die Gelegenheiten ergeben.

Ich habe es rausgeholt, angeschaut und wieder in den Koffer gelegt. Ich habe mich hingesetzt, einen Schluck Wasser getrunken und das Fläschchen auf den Tisch gestellt.

Und da, unter dem Fenster, stand tatsächlich das Radio. Ein altes Transistorradio mit verbogener Antenne. Die heutige Etappe hatte noch nicht angefangen, aber ich musste sie komplett verfolgen, denn es war eine ganz besondere Etappe: Die Ankunft war in meinem Ort, gegen Ende ging es sogar an unserer Bar vorbei.

Franca hatte ihr Fahrrad von damals, als sie noch Rennen fuhr, rausgestellt und sich in Radsportkluft geworfen, und alle gingen ihr zur Hand, wenn sie mit dem Rosa Trikot servierte. Nicht dort zu sein, tat so weh, dass es mir den Atem raubte, das bisschen Atem, das mir in dieser modrig riechenden Kammer noch geblieben war. Aber wenigstens wollte ich das Rennen im Radio hören.

Ich habe es eingeschaltet, und es funktionierte, aber als ich das Rädchen drehte, kam nur Rauschen, ein leidendes Seufzen und zwischendurch gelegentlich eine elektrische Entladung. Und in diesem Meer wirrer Geräusche erst gegen Ende ein Sender, den man gut hörte, sehr gut sogar: die Gebete von Radio Maria.

»Ein Vaterunser von Mirella aus Frascati für die kleine Simonetta und ihre Mama Piera, die Fieber haben. Vater unser im Himmel …«

Ich habe es ausgeschaltet. Ich habe es auf den Tisch neben die Flasche gestellt.

Dann habe ich dort auch die Ellbogen aufgestützt und starr geradeaus geguckt, auf das Panorama hinter dem Schiebeglas meiner Pförtnerloge.

Eine Betonmauer.

Ohne Eile habe ich angefangen zu weinen.

5

Der Trick mit den Früchten

Ein einziger, genialer Trick hält seit jeher und für alle Zeiten die Welt am Laufen: die Früchte. Die schön aussehen und so süß schmecken, aber ein Trick sind sie trotzdem. Denn wir stellen uns immer in den Mittelpunkt und denken, die Früchte wären für uns da, damit wir sie pflücken oder kaufen und uns in den Mund stecken können. Und das Einzige, was uns dabei nicht interessiert, was für uns nutzlos und lästig ist, sind die Kerne.

Dabei sind die Kerne der Sinn von allem. Ihretwegen gibt es die Früchte und nicht etwa unseretwegen.

Sie wachsen um sie herum, um sie zu beschützen und zu nähren, und sie sind so farbenfroh und saftig, damit die Vögel und die anderen Tiere sie sehen, fressen, mit den Kernen im Bauch weit wegfliegen und sie am Ende meilenweit entfernt von den unbeweglichen Wurzeln ihrer Eltern wieder abladen – also die Fruchtsamen säen – und so ihre Existenz über die Welt verbreiten.

Diesen Trick wenden die Pflanzen bei den Tieren an, und denselben nutzt das Leben bei uns: Es wedelt mit farbenfrohen Träumen und den süßesten Wünschen vor uns herum, mit funkelnden Zielen und aufsehenerregenden Hoffnungen, die in uns die Lust entfachen, hartnäckig nach etwas zu streben, uns in Bewegung zu setzen und etwas zu wagen. Doch das sind alles Tricks des Lebens, um uns loszuschicken, und zwar dahin, wo es uns haben will, denn während wir voller Leidenschaft nach etwas oder jemandem suchen, finden wir am Ende immer etwas anderes, was damit überhaupt nichts zu tun hat und was wir gar nicht wollten – aber das Leben wollte es so.

Du verliebst dich in ein Mädchen, du hast sie in einem Lokal gesehen und weißt nur, dass sie in einer Tierhandlung arbeitet, du kurvst durch die Provinz, um sie zu finden, und wenn du sie schließlich vor dir hast, parkst du, überquerst mit heftig klopfendem Herzen die Straße und gehst im Kopf noch mal durch, was du zu ihr sagen willst, und … *bumm*, ein Lastwagen fährt dich platt und tschüss.

Oder vielleicht bist du gerade auf dem Weg zu einem Kongress über Verkehrssicherheit, etwas so Sterbenslangweiliges, dass du dir lieber eine halbe Stunde die Augen mit Schmirgelpapier abreiben würdest, findest aber den Veranstaltungsort nicht und betrittst nach langem Herumirren eine Tierhandlung, um nach dem Weg zu fragen, und dort drinnen lernst du die Frau kennen, mit der du den Rest deiner Tage verbringen wirst.

So funktioniert das Leben, es bringt uns mit seinen Früchten in Gang, aber das Wichtige daran sind die Samen, die wir, ohne es zu wissen, in uns tragen. Und tatsächlich kommen die dicksten Dinger, die uns passieren – ob fantastisch oder furchtbar –, immer so, ohne dass wir sie uns ausgesucht hätten, von etwas anderem, das wenig oder gar nichts mit ihnen zu tun hat.

Also ist es normal, dass ich Anwalt werde, weil die Miesmuscheln, die unten an der Landungsbrücke in meinem Ort wachsen, die besten im gesamten Mittelmeer sind.

Und es ist normal, dass Pantani zum Champion wird, weil die Stadtverwaltung von Cesenatico nicht weit von dem Platz entfernt ist, an dem er wohnt.

Bei der Stadt arbeitet nämlich Roberto Amaducci, der allerdings gleich nach dem Mittagessen abhaut und ins Auto des Sportvereins Fausto Coppi steigt; und weil ebenjener Platz zwischen der Stadtverwaltung und seinem Zuhause liegt, ist dort sein Treffpunkt mit den Kindern, die mit ihm Radrennen fahren.

Marco nicht, er spielt Fußball. Aber er ist nicht gut, er sitzt viel auf der Bank, und da fragt er sich, was es bringt, sich Schuhe und Shorts anzuziehen, um dann am Spielfeldrand herumzusitzen. Er ist elf Jahre alt, und wenn er zu lernen versucht, schläft er sofort ein, aber beim Rennen wird er nie müde. Er ist gerade erst mit seinem Papa und seiner Mama hierhergezogen, und während er sich auf seinen Einsatz auf dem Spielfeld vorbereitet, hört er dieses Geschrei auf dem Platz, Kinder seines Alters, alle gleich angezogen, mit Helmen und Mannschaftstrikots, die auf den Trainer warten und sich solange gegenseitig mit kurzen Sprints auf ihren sagenhaften Fahrrädern herausfordern. Bis Amaducci kommt, die Hupe seines Autos voller Schriftzüge und geheimnisvoller, schaukelnder Antennen auf dem Dach drückt und alle los, schnell hinter ihm her.

Alle, auch Marco.

In Fußballshorts, normalem T-Shirt, auf dem Schrottrad seiner Mama.

Er wagt es nicht, sich in die Gruppe einzufädeln, aber er hält sich direkt dahinter. Und so wird er von heute an sein ganzes Leben lang Radrennen fahren, vom Platz vor seinem Haus wie auch auf den Straßen des Giro und der Tour: immer am Ende des Hauptfelds, fast abgehängt, als wäre er zwar dort, hätte zugleich aber nicht wirklich viel damit zu tun.

Wie auch sein Fahrrad nichts damit zu tun hat, das hat seine Mama für fünftausend Lire gebraucht gekauft, um zu dem Hotel zu fahren, in dem sie putzt. An jenem Tag muss sie zu Fuß gehen, man wird ihr Vorwürfe machen, weil sie zu spät ist, und am Abend würde sie gerne genauso mit Marco schimpfen, doch kaum sieht er sie, springt er auf, um sie zu umarmen, und mit von ihrer Schürze fast verschluckter Stimme sagt er immer wieder: »Oh, Ma, sie haben mich nicht abgehängt! Ich habe gelitten wie ein Hund, aber sie haben mich nicht ein einziges Mal abgehängt!«

Er drückt sie so fest, schaut sie zwischen den Stirnlocken mit diesen vor Glück funkelnden Augen an, dass in Tonina jedes Fünkchen Ärger erlischt. Sie sagt, gut gemacht, sagt aber auch, er solle seine Hausaufgaben fertig machen, denn gut Rad fahren zu können sei schön, aber gut in der Schule zu sein noch schöner.

Anders sieht das Amaducci, der sich an jenem Nachmittag am Steuer ständig umgedreht hat, weil er dieses Jüngelchen mit den Segelohren so unglaublich fand. Normal gekleidet, auf einem alten Wrack ohne Gangschaltung, ist er nie hinter den anderen zurückgefallen, im Gegenteil, bei der Überführung hätte er sie alle hinter sich lassen können, wenn er gewollt hätte.

Kurz, da sind sie wieder, die Früchte und die Samen des Lebens: Wegen eines Platzes, der in der Nähe der Stadtverwaltung liegt, wurde aus diesem kleinen Jungen der Radprofi Marco Pantani.

Und wie ich schon sagte, würde ich genau auf diese Art Anwalt werden, weil die Miesmuscheln an der Landungsbrücke meines Ortes die besten im gesamten Mittelmeer sind.

Das ist allgemein bekannt. Es gibt keine wissenschaftliche Erklärung dafür, auch wenn mein Papa und seine Freunde sie kennen und es dir stundenlang erklären können, mit Abhandlungen über Meeresströmungen und Meeresbrisen und den richtigen Abstand zwischen den Mündungen der Flüsse. Aber das ist nicht wichtig, wichtig ist nur, dass unsere Miesmuscheln die besten sind, weshalb alle sie haben wollen. Die Leute von hier, die Touristen, die Restaurants. Und mein Papa war zwar Klempner, aber um sein Gehalt aufzubessern, tauchte er häufig nach Miesmuscheln und verkaufte sie.

Seine Lungen waren wie Blasebälge, er tauchte bis runter zu den Stützpfeilern aus Beton, wo die größten und fleischigsten leben, steckte sie in einen Beutel und kam wieder hoch. Doch an jenem Tag nicht. Er war zur Landungsbrücke gegangen, um zu prüfen, ob das Meer zu aufgewühlt war zum Tauchen, und tatsächlich war es extrem aufgewühlt. So sehr, dass die Gischt der Wellen bis nach da oben spritzte und uns entgegenschlug.

Und sie machte Papa nass und auch mich und meine Cousine Alessandra. Wir waren mitgekommen, um ihm Gesellschaft zu leisten und um zu pfeifen, wenn versehentlich welche vom Hafenamt zur Kontrolle vorbeikamen.

Alessandras Papa war Papas Bruder, aber er war gestorben, als wir noch klein waren, und vielleicht war sie deshalb, obwohl sie ein Jahr jünger war als ich, im Kopf schon sehr viel weiter. Sie sagte, dass Papa wegen dieser Miesmuschelgeschichte Probleme bekommen könnte, aber wir genauso, die wir Schmiere standen. Sie erklärte uns auch, was für Probleme, denn wir waren zwar noch auf dem Gymnasium, aber sie hatte schon entschieden, dass sie sich hinterher für Jura einschreiben und Anwältin werden würde, um die Unschuldigen zu verteidigen, oder Richterin, um die Schuldigen zu verurteilen. Sie wusste schon über die ersten Prüfungen Bescheid und in welcher Straße in Pisa die Fakultät lag. Sie kannte sogar die Paragrafen, gegen die wir beim Miesmuschelfischen mit Papa verstießen.

Das heißt, an jenem Tag nicht, weil es eben nicht möglich war, welche hochzuholen, denn das Meer war zu ungestüm. Es war schon schwierig, da auf der Landungsbrücke stehen zu bleiben, und tatsächlich waren dort auch nur wir drei und eine Frau mit einem Hündchen und einem kleinen Mädchen.

Und die Wellen sind wie wir, jede kommt mit ihrem eigenen Charakter zur Welt. Es gibt höhere und niedrigere, ruhige und nervöse, aber die schlimmsten sind die, die bis kurz vor Schluss ganz still und brav bleiben, dann läuft irgendwas schief, und sie gehen in die Luft. Diese Welle war so eine. Aus dem Nichts hat sie sich aufgeschwungen und ist bis hier oben hochgestiegen, hat dem Festland eine schwarz-weiße Ohrfeige ins Gesicht geklatscht und ist dann wieder zu ihrem Meer da unten zurückgekehrt. Aber sie hat etwas mitgenommen.

Das Hündchen der Frau. Und das kleine Mädchen.

Die klatschnasse Frau starrte nach unten auf das schwarze Wasser, zeigte darauf und schrie. Ich war gerade noch dabei zu verstehen, was überhaupt passiert war, und habe mich Papa zugewandt, um ihn zu fragen, was man tun könne, aber da war er schon gesprungen, um es zu tun.

Er ist zu dem Mädchen geschwommen, das auf der Achterbahn der hohen Wellen auf und ab fuhr, und wenn es nach unten ging, verschwand es und schluckte Wasser. Papa hat es gepackt, aber eine riesige Welle nahm sie alle beide in ihren Griff und schleuderte sie gegen die Pfeiler der Landungsbrücke. Papa steckte den Schlag für das kleine Mädchen ein, dann sah ich ihn allein wegtreiben. Reglos. Erloschen. Und das Mädchen immer noch da, mitten in den Wellen, mehr drunter als drüber. Und die Frau, die schrie. Da habe ich mich zu Alessandra umgedreht, um herauszufinden, ob wir zum Hafenamt rennen sollten oder zur Polizei oder …

Oder das schwarze Meer anstarren, dessen spritzende Gischt unter uns explodierte. Besser gesagt, unter mir, denn die Spritzer kamen von Alessandra, die gerade reingesprungen war.

Sie tauchte mit dem Mädchen im Arm wieder auf, hielt sich da unten am Pfeiler fest, umklammerte ihn mit einer Hand und mit der anderen das Kleidchen des Kindes. Jede Welle schleuderte sie gegen den Beton, aber sie hielt stand. Stark, dickköpfig, ernst. Sie wusste, was sie zu tun hatte, und tat es, bis zum Schluss. Meine Cousine überführte die Schuldigen, meine Cousine verteidigte die Unschuldigen.

Ich schrie und schrie, bis ein Mann kam, ein Freund von Papa, der sein Gehalt ebenfalls mit Wilderei hier in der Gegend aufbesserte. Er hat ein Tau ausgeworfen, Alessandra ließ das Kind sich daran festklammern, das mit einer letzten heftigen Welle hochgestiegen ist, ein Arm des Mannes hat es geschnappt und es endlich auf die Landungsbrücke gezogen. Dann ging der Arm wieder nach unten, um zwischen den Wellen, die immer weiter gegen die Landungsbrücke schlugen, im Leeren herumzustochern.

Aber Alessandra war nicht mehr da.

»Mir fehlen die Worte, mir fehlen die Worte«, sagte der Papa des Mädchens, obwohl er seit einer halben Stunde redete. In dem Zimmer im Krankenhaus, wo mein Papa zur Beobachtung lag, weil er sich im Meer zwei Rippen gebrochen hatte, und dann hatten die Ärzte ihn gefragt, ob das Zittern in seiner linken Hand neu sei oder ob er das schon länger habe. Er hatte es schon länger.

Mama und ich waren bei ihm, und in einem anderen Zimmer war Tante Cinzia, Alessandras Mama. Kaum hatte sie erfahren, was passiert war, war auch sie gesprungen, und zwar aus dem Fenster. Sie hatten ihr so viele Medikamente gegeben, dass sie seit einem Tag schlief, und nun war der Papa des geretteten Kindes zu uns gekommen.

Er war groß und gut gekleidet, es war der Anwalt Ferroni. Vom Namen her kannten wir ihn schon, weil die Leute im Ort, wenn sie anderen drohten, nicht sagten »Ich verklage dich«, sondern »Ich verklage dich mit Ferroni«, und damit war das Gespräch beendet. Denn vielleicht war es nur ein Streit um einen Blechschaden, aber wenn der Anwalt Ferroni mit im Spiel war, konnte lebenslänglich dabei herauskommen.

Ganz ernst hatte er das Krankenhauszimmer betreten, erst Mama die Hand gegeben, die sich daraufhin frisierte, dann Papa. Und da hat der Anwalt Ferroni geweint.

Geräuschlos, eine Hand vor den Augen, nur der Kopf bewegte sich ganz leicht. Dann hat er aufgehört, um Entschuldigung gebeten und Papa mit einer Rede gedankt, bei der auch ich gerührt gewesen wäre, doch seit dem Vortag wusste ich nicht einmal mehr, wie ich hieß.

Aber die Rede reichte nicht, der Anwalt wollte ihm ein Geschenk machen, und zwar ein Geldgeschenk. Er hat sogar gesagt, wie viel, und es war viel Geld.

So viel, dass Mama aufgehört hat, sich zu frisieren, sich mit derselben Hand vor den Mund geschlagen und Papa angeschaut hat, der sich mit verzerrtem Gesicht aufgesetzt und geantwortet hat: »Nein danke.«

»Wie, nein?«, hat der Anwalt gefragt. Und in seinen Augen sah man, dass er schon eine andere, noch höhere Summe ausrechnete. Aber nur einen Augenblick. Dann muss sich in seinem Gehirn etwas aufgesetzt haben, wie Papa im Bett, und er hat verstanden. Dass sein kleines Mädchen, sein einziges Kind, am Leben war, aber Alessandra nicht: Das war nicht der richtige Zeitpunkt, um über Geld zu reden.

»Entschuldigen Sie, Sie müssen mich entschuldigen. Ich stehe noch unter Schock und Sie sicher noch viel mehr, aber … Jedenfalls sollte das kein Geschenk sein, das Geschenk haben Sie mir gemacht, indem Sie Rebecca gerettet haben. Ich will nur, ich wollte nur …«

Der Anwalt hat innegehalten und sich mit verlorenem Blick zu mir umgedreht. Vielleicht fehlten ihm nach etlichen Jahren unerschöpflicher Plädoyers nun wirklich die Worte. Und wie da erst mir, der ich überhaupt nichts mehr wusste. Ich habe die Hand gehoben, ein wenig damit herumgewedelt, und das wars.

Und er hat mich mit nur wenig festerer Stimme als vorher gefragt, wie alt ich sei.

Ich war achtzehn, in der Abschlussklasse des Gymnasiums.

»Ah!«, hat der Anwalt gesagt, und auf seinem Mund erschien ein neues Lächeln. Denn er hatte zwar einen Augenblick gebraucht, war nun aber auf die schnurgeraden Gleise des Schicksals zurückgekehrt. Jetzt wusste er, was zu tun war: »Dann kommst du also nächstes Jahr an die Uni.«

Ich habe bejaht und Mama auch. In unserer Familie war noch nie jemand auf der Uni gewesen. Auf dem Gymnasium auch nicht, aber die Uni war etwas noch Größeres. Mama brüstete sich schon vor ihren Freundinnen und auch bei Passanten damit, sie streute es in jedes Gespräch ein. Im Lebensmittelladen sagte sie: »Gib mir zweihundert Gramm rohen Schinken, Teresa, aber schnell, mein Sohn geht doch bald an die Uni.« Im Kurzwarengeschäft: »Patrizia, ich bitte dich, nicht so weite Unterhosen wie beim letzten Mal, meinem Sohn sind sie sonst unbequem, und dann stören sie ihn, wenn er an die Uni geht.«

Solche Sätze kamen aus ihr heraus, wo das eine nichts mit dem anderen zu tun hatte. Die des Anwalts dagegen waren wie

Pfeile, und jeder traf mitten ins Ziel: »An welcher Fakultät wirst du dich denn einschreiben?«

Ich habe nicht geantwortet. Denn ich wusste es noch nicht. Das Gleiche hatte uns auch die Italienischlehrerin in der Klassenarbeit gefragt, dazu sollten wir noch die Gründe für unsere Wahl erläutern. Ich hatte geschrieben, dass ich es noch nicht wisse, und statt Gründe zu nennen, hatte ich auf der Tatsache herumgeritten, dass ich bis zum letzten Moment darüber nachdenken wolle, weil mich die Uni zwar interessiere, ich aber auch noch andere Projekte abwägen würde. Nur dass es diese Projekte in Wirklichkeit gar nicht gab, und um auf die drei Seiten der Klassenarbeit zu kommen, habe ich noch einmal die Zeit unterstrichen, die wir noch vor uns hätten, bevor wir uns entscheiden müssten.

Aber von wegen, heute war die Zeit abgelaufen. Und die Frage des Anwalts, ob ich schon eine Idee hätte, musste ich mit Nein beantworten.

»Gut!«, hat er gesagt, nicht zu mir, sondern zu Papa und Mama. »Dann brauchst du nicht weiter darüber nachzudenken: Du wirst Jura studieren. Ich helfe dir, bei allem. Du machst deinen Abschluss, und das Referendariat machst du dann in meiner Kanzlei, so wirst du Anwalt in meinem Team. Ab heute musst du nicht mehr darüber nachdenken. Ab heute ist alles geregelt.«

Papa war im Bett, also in Sicherheit, Mama dagegen war aufgestanden, als der Anwalt hereingekommen war, und seitdem stehen geblieben, und jetzt war sie kurz davor, in Ohnmacht zu fallen und auf dem Boden aufzuschlagen.

Und mit der Zeit hatte sich auch meine Tante, die in jenem Moment nicht einmal wusste, ob sie tot oder lebendig war, an diese sensationelle Chance geklammert. An die Tatsache, dass

Alessandra zwar nicht mehr da war, dass ihr Opfer aber das Leben eines Kindes gerettet und meins geregelt hatte. Alessandra konnte ihren Traum, Anwältin oder Richterin zu werden, nicht mehr realisieren, aber dank ihrer konnte ich das tun.

Der ich mich auf diese Weise für Jura eingeschrieben und in vier Jahren alle Prüfungen abgelegt hatte, es fehlte nur noch die Abschlussarbeit, dann würde ich als Referendar in die namhafteste Kanzlei der Provinz eintreten.

So bin ich also zu meinem Schicksal gekommen, genau wie Pantani: Das Leben hat uns herumkurven lassen, immer seinen Früchten hinterher, aber am Ende hat es uns an einen bestimmten Punkt gebracht, dahin, wo die Samen seinem Willen nach landen sollten.

Und nach so viel Einsatz standen wir nun vor dem entscheidenden Moment: Ich musste meine Arbeit schreiben und meinen Abschluss machen, Pantani konnte am Giro d'Italia teilnehmen und versuchen, ihn zu gewinnen.

Sein Papa und seine Mama hatten sich einen Wohnwagen gekauft, um ihm hinterherzureisen und ihn im Ziel zu umarmen. Mein Papa und meine Mama hatten sich Kleider für den Tag meiner Abschlussprüfung gekauft, um mich dann auf dieselbe Weise zu umarmen.

Genau gleich.

Der einzige Unterschied: Marco ist der geborene Radrennfahrer, das ist sein Talent, seine Leidenschaft, sein Leben.

Ich finde Jura zum Kotzen.

6

Blutrot

Vier Jahre vor diesem Giro, den ich von einem Hospiz oben in den Bergen aus im Radio verfolgen musste, war ich eines Nachmittags wie immer in der Bar La Gazzella, um mit Papa, Franca und den anderen Fans die Tour de France zu gucken. Und alle dachten wir, dass Marco angehalten hätte, um zu weinen.

Er stand vornübergebeugt da, sein Rad auf dem Boden, das Hauptfeld fuhr weiter, und er weinte.

Aber das stimmte gar nicht. Marco schaute.

Auf dem Col du Glandon, vor den drei Bergen, die die härteste Etappe der Tour von 1994 auszeichneten, ein Monat nach dem Giro, bei dem die Italiener seinen Namen gelernt hatten. Heute wollte er ihn der ganzen Welt beibringen, aber gleich zu Beginn des Wettkampfs haben Elli und er sich berührt, und er ist am Straßenrand gestürzt. Wo in den Pyrenäen nicht etwa Gras oder Büsche wachsen. Die Pyrenäen sind nichts als schroffes Gestein und am Wegrand nur Staub und spitze Felsen.

Das weiß Pantani jetzt, er ist wieder aufgestanden, bleibt aber vornübergebeugt stehen. Hinter sich hat er seine Teamkollegen und den Teammanager, der Mechaniker hat das Rad aufgehoben und hält es bereit, damit er wieder losfahren kann. Aber Marco fährt nicht wieder los. Er bleibt einfach stehen. Sie fragen ihn, wie es ihm geht, ob alles in Ordnung ist. Aber er hört sie nicht. Er sieht auf seine Hände, das aufgeschlitzte Knie und schaut.

Er betrachtet fasziniert diese Farbe und hört Stimmen. Stimmen von Leuten, die nicht hier sind, die es nicht mehr gibt. Sie sagen: »Gefällt es dir, Marco? Schön, oder?«

Es sind Papa und Opa. Sie haben ihn zum Laden von Signor Vicini in Cesena gebracht, der bestausgestattete der Gegend. Sie haben ihn damit überrascht, gestern waren sie schon hier und haben sich auf ein Fahrrad verständigt, Vicini hat es poliert und für Marco da in der Mitte platziert, sodass der Kleine, gleich wenn er kommt, sein erstes Rennrad sehen würde, schon für ihn bereit. Und heute haben sie ihn hergebracht, er hat den Laden betreten, und mit dem letzten Atem, der ihm geblieben ist, hat er gesagt: »Mein Gott, das ist ja wunderschön!«

Alles nach Plan. Oder fast. Denn sie sehen ihn an, schauen dahin, wo er hinschaut, und: »Entschuldige, Marco, aber … welches meinst du?«

Denn mit diesem Jungen funktionieren Pläne nicht, nie. Du zeigst ihm etwas, und er sieht anderswohin, weiter oben, weiter hinten. Und auch jetzt schauen seine aufgerissenen dunklen Augen anderswohin, sein *wunderschön* gilt einem anderen Fahrrad.

Das ganz hinten steht, an die Wand gelehnt, bei denen, die sie nicht in Betracht gezogen hatten, weil sie zu teuer sind. Vierzigtausend Lire mehr. Und Geld gibt es zu Hause wenig, vor allem jetzt, wo sie nicht mehr bei Opa wohnen, jetzt gibt es gar keins mehr.

Aber der Junge weiß das nicht. Er weiß nur, dass er reingekommen ist und das da gesehen hat, dahinten. Er starrt es an, nähert sich ihm langsam, und als er den Mut findet, streckt er einen Finger nach dem Rahmen aus, zwei Finger, fängt an, es zu streicheln. Dann fährt er zu Papa und Opa herum. Und angesichts dieser Zärtlichkeit, mit der er das Fahrrad streichelt, angesichts dieser Augen – was soll man da jede Lira dreimal umdrehen? Da gibt es nichts zu überlegen, man braucht es Herrn Vicini gar nicht erst zu sagen, der auch schon die Pedale richtet und die Kette ölt.

Das zusätzliche Geld gibt Opa Sotero, von der Pension, die jeden Monat kommt und im Nu aufgebraucht ist. Es ist Marcos erstes ernst zu nehmendes Fahrrad, ein Rennrad, er nimmt es mit nach Hause und am Abend mit hoch in sein Zimmer, badet es in der Wanne und schläft mit ihm ein, um es mit in seine Träume zu nehmen.

Träume, in denen er weiterhin tut, was er auch tagsüber tut: in die Pedale treten. Es ändert sich nur der Weg, die Szenerie ringsum. Und wenn Marco seinem Opa davon erzählt, werden aus den Träumen Versprechungen: »Danke, Opa! Danke! Das ist kein rausgeworfenes Geld, weißt du, nicht wie die Fußballschuhe. Mit dem Radfahren höre ich nicht auf, damit werde ich nie aufhören, ich schwörs. Ich trainiere richtig viel, und eines Tages gewinne ich den Giro d'Italia, verstehst du, Opa? Ich gewinne ihn für dich, Opa, freust du dich?«

Er redet mit ihm, schaut dabei aber weiter sein Fahrrad an, das einen herrlichen verchromten Lenker hat und glänzende Felgen, aber am meisten verliebt er sich in die Farbe.

Rot, ein lebhaftes, tiefes Rot, das Marco noch nie zuvor gesehen hat. Und auch danach nie mehr sehen wird.

Bis jetzt, jetzt sieht er es wieder, am Straßenrand oben in den Pyrenäen. Er hatte nicht mehr daran gedacht, aber jetzt kann er an nichts anderes denken als an das Rot, das ihm vom Knie hinabrinnt und sich im Staub am Rand des Anstiegs verliert. Und während der Rest des Rennens weiterfährt, bleibt er gebeugt stehen und betrachtet sein Blut.

Und denkt über all die Zeit nach, die seither vergangen ist. Jahre des Trainings, der Rennen unter Jugendlichen, ungeregelter Sprints und auf den Kopf gestellter Vorhersagen. Bis er den Baby Giro gewonnen hat. Was zwar nicht der richtige Giro ist, aber trotzdem wichtig. Damit hatte er ein erstes Fitzelchen des Versprechens an seinen Opa Sotero eingelöst.

Und tatsächlich wollte er, als er nach Hause kam, sofort mit dem Pokal zu ihm. Aber seine Mama hat ihm erklärt, dass Opa sich nicht wohlgefühlt habe, dass er im Krankenhaus sei. Und Marco ist da hingerannt, aber es war zu spät. Sein Opa war zwar da, im Bett, aber gleichzeitig war er nicht mehr da.

Der Opa, der ihm beigebracht hatte, wie man angelt, wie man die Geduld aufbringt, den reglosen Schwimmer ein oder zwei Stunden lang anzuschauen, und auch wenn nicht passiert, was passieren soll, brauche man nur zu warten, brauche man nur daran zu glauben, dann werde es irgendwann passieren.

Aber das stimmt nicht, das stimmt überhaupt nicht. Jetzt könnte Marco ein ganzes Jahrhundert hier in diesem weißen Krankenhauszimmer bleiben und ihn anstarren, wie er dort mit geschlossenen Augen auf dem Bett liegt, aber Opa wird nicht wieder aufwachen. Marco wird ihm nie sagen können, dass er gewonnen hat. Doch er sagt es ihm trotzdem. Und weil er sich vor den Pflegern schämt, flüstert er ihm ins Ohr, dass er bald auch den richtigen Giro gewinnen wird, für ihn.

Als er ganz nah an ihn herangeht, nimmt er seinen Geruch wahr, Opas Geruch, und da tut Marco, was er sonst nie tut, was er nicht einmal getan hat, wenn Mama ihm als kleines Kind den Hintern versohlte, weil er irgendetwas angestellt hatte: Da neben seinem Opa hat Marco den Kopf gesenkt und geweint.

Aber jetzt nicht, hier bei der Tour weint er nicht. Sein Team, die Fans an der Straße und wir zu Hause, wir alle fragen uns, was er da tut. Die ganze Welt schaut ihn an, aber er ist dort ganz allein. Und betrachtet jenes herunterrinnende Rot.

Während das Hauptfeld vor ihm weiterfährt. Der Rückstand wird groß, zu groß vielleicht, um wieder einzusteigen, auch weil Marco es nicht einmal versucht.

Aber dann, aus dem Nichts, richtet er sich auf, nimmt sein Rad, steigt auf den Sattel und fährt wieder los. Und wenn man vorher schon dachte, er hätte wenig Chancen, ist jetzt, wo man ihn in die Pedale treten sieht, klar, dass Marco wirklich verloren ist.

Er wirkt nicht wie er selbst, er wirkt nicht mal wie einer, der weiß, wie man Fahrrad fährt.

Er hängt schief im Sattel und eiert unrhythmisch dahin, langsam und so plump, dass seine Teamkollegen Mühe haben, um ihn zu bleiben. Das Hauptfeld ist weit entfernt, und an dessen Spitze zieht das Team des großen Indurain, der weder Sympathien für noch Mitleid mit diesem Jungspund hat, der sich vor einem Monat, beim Giro, erlaubt hat, ihm vor der Nase wegzufahren.

Marco dagegen fährt mehrmals zum Auto des Arztes. Sie desinfizieren ihn, machen ihm schnell einen Verband. Er hält den Blick weiterhin gesenkt, auf den Verband, auf die Beine. Der Rückstand zum Hauptfeld ist gewaltig, aber das scheint ihm nichts auszumachen.

So ist Marco. Er fährt seine Rennen nie gegen die anderen. Die anderen sind da, ja, aber nur als Bezugspunkte. Etwas, das man einholen, hinter sich lassen kann und los. Wenn etwas andere Menschen braucht, dann ist es die Einsamkeit: Sie braucht Menschen, die du hinter dir lassen kannst, während du verschwindest.

Die Teamkollegen, die Fernsehkommentatoren, wir in der Bar La Gazzella können nur zusehen, wie sein Kopf unter der Kappe hin und her baumelt, wie er langsam, leidend in die Pedale tritt und bei jedem Tritt denken: »Das ist der letzte.«

Aber nach vielen letzten Tritten kommt Pantani irgendwie oben auf dem Berggipfel an. Bei der Abfahrt fährt das Auto des Teammanagers neben ihm her. Vielleicht, um herauszufinden, was er zu tun gedenkt, denn es gibt zwei Möglichkeiten: Entweder er versucht, wieder ins Spiel zu kommen, oder er zieht sich zurück. Aber wie immer, wenn du ihm etwas zeigst, sieht Marco woandershin, auf einen Punkt weiter oben, weiter hinten.

Und tatsächlich, nach fast hundert Kilometern Anstrengung, gelingt es ihm auf dem Col de la Madeleine, das Hauptfeld wieder einzuholen. Und damit sollte er erst mal zufrieden sein, wieder Luft holen, Kräfte sammeln und auf Gelegenheiten bei den nächsten Etappen warten. Ja, das ist der Plan, und er ist nicht nur richtig, er ist der einzig mögliche.

Doch stattdessen schert Marco auf den furchterregenden Rampen des letzten Anstiegs, der auf die 2275 Meter von Val Thorens führt, nach links aus, geht aus dem Sattel und schießt los!

Und mit ihm schießen wir in die Höhe. Und schreien. In der Bar La Gazzella und in jedem Haus, auf den Straßen Italiens und der Tour. Wir können es kaum glauben, das ist nicht möglich, und doch passiert es gerade, da vor unseren Augen.

Und es passiert in Marco drin, der eben noch so aussah, als könne er nicht Fahrrad fahren, und der jetzt fliegt. Das verbundene Knie blutet weiter, hin und wieder schaut er runter, und er spürt es unter dem Mull, diesen Schmerz, dieses hinreißende herabrinnende Rot.

Es ist die Farbe der Ergriffenheit. Die auf seinem Fahrrad

wieder glänzte, wenn er ihm abends in der Wanne den Staub abwusch, die Farbe seiner Träume, wenn er es nachts mit ins Bett nahm. Die Farbe des Versprechens, das er seinem Opa gegeben hatte.

Und mit alldem in sich tritt Marco und fährt. Hinter ihm hat Indurain schon verstanden, dass du dir nur wehtust, wenn du diesem Jungen folgst, andere verstehen es jetzt, als sie es versuchen und mit Beinen wie aus Beton ans Ende des Hauptfeldes zurückfallen.

Er dagegen ist aus Luft gemacht, Luft und Blut, und fliegt auf diesem elendig langen Anstieg davon, der mit Marcos Angriff schlagartig eine andere Welt zu sein scheint, wie plötzlich vom Himmel gefallen: Gerade eben hat sich Pantani noch unter der riesigen Julisonne dahingeschleppt, jetzt hängt er die Champions ab, während er in die Dunkelheit fährt, in die Kälte, in einen Nebel, der alles erfunden erscheinen lässt. Eine Fantasie. Der Traum davon, was passieren müsste, wenn die Welt ein gerechter und großzügiger Ort wäre, nicht wie in der Wirklichkeit, wo Marco bestimmt ausgestiegen ist und im Wagen der Teamleitung sitzt, der die Straße in entgegengesetzter Richtung hinabgleitet und sich vom Ziel immer weiter entfernt, während man ihn mit einem Handtuch um die Schultern zurück ins Hotel bringt.

Aber nein, es ist alles wahr, und da ist Pantani, wie er diesen grausamen Berg hochfährt, bis er oben im Ziel die Arme hochreißt. Und auch wir springen auf und reißen die Arme hoch, fallen uns in die Arme und schreien laut in den Himmel, wir brüllen aus Leibeskräften, auch wenn uns die Worte fehlen.

Ein Wort aber findet *L'Équipe*, die Sportzeitung, die die Tour veranstaltet. Es ist nur ein einziges Wort, aber wenn du es ganz groß schreibst, reicht es, um am nächsten Tag die Titelseite auszufüllen: *Heroique*.

Und mit den Serpentinen klettert Pantani auch im Klassement, bis er schließlich als Unbekannter den dritten Platz bei der Tour de France erobert.

Auf dem Podest im Herzen von Paris wirkt er wie ein verlorener kleiner Junge mit einer zu großen Kappe. Er nimmt sie ab und schaut zu Indurain über ihm, der ihm nicht die Hand gibt. Er trägt seine Kappe noch, also setzt auch Marco seine wieder auf.

Dann dreht er sich nach vorne, wo ihn die Blitzlichter Tausender Fotografen erwarten, die Mikrofone und Fernsehkameras der ganzen Welt, das Menschenmeer, das die Champs-Élysées füllt.

Aber er sieht sie nicht. Denn wie immer, wenn er etwas vor sich hat, sieht Marco daran vorbei. Als suche er etwas, von dem er selbst nicht genau weiß, was es ist, wo es ist noch wie er da hinkommen soll. Aber es ist irgendwo und wartet auf ihn, es wartet auf ihn und ruft nach ihm. Er hört es ganz deutlich, spürt es so warm im blutroten Rot.

7

Zufällige Zahlen

Freitag, 22. Mai 1998. Das habe ich ins Datumsfeld geschrieben und wie jeden Morgen anschließend meine Unterschrift auf die Anwesenheitsliste für den Zivildienst gesetzt.

Auf der Liste stand, das hier wäre eine Schule, und sie verlangte auch die Unterschrift des Direktors; aber die Schule gab es nicht mehr, und nach vier Tagen, in denen Don Mauro ihn mir immer noch nicht vorgestellt hatte, glaubte ich langsam, dass es den Direktor genauso wenig gab.

Vielleicht war er wie die anderen Priester des Hospizes schon ein Weilchen tot, und Don Mauro hatte ihn irgendwo versteckt, damit alles weiterging wie zuvor. Wo man sich fragt, was das für einen Sinn hat, einen Konvent weiterzuführen, in dem es keine Priester mehr gibt. Was es für einen Sinn hat, jeden Tag den Schulbus einer Schule ohne Schüler zu polieren.

Aber noch weniger Sinn hatte es, dass ich da war, als Erzieher von niemandem, allein in die enge Pförtnerloge gepfercht, um das Nichts in Empfang zu nehmen.

Eigentlich die perfekte Lage, um an meiner Abschlussarbeit zu schreiben. Ruhe, Einsamkeit, sehr viel freie Zeit. Meine Bücher hatte ich mitgebracht, sie lagen vor mir auf dem Tisch. Ich hatte es auch versucht, ich schwörs, aber ich war zu traurig, zu bedrückt von dem immensen Nichts, das sich um mich zusammenzog: Wenn ich dem noch den Trübsinn draufsetzen würde, den die Rechtsstudien in mir auslösten, riskierte ich eine Überdosis Kummer. Echt jetzt, vielleicht würde ich dann das Buch zuschlagen, aufs Klo gehen und mich am Spülkasten erhängen.

Also bin ich statt aufs Klo in die hintere Ecke des Platzes gegangen. Dorthin, wo die Treppe runter zum Fußballfeld, zum Hühnerstall und zum Schulbus führte. Denn aus irgendeinem mysteriösen Grund war das der einzige Ort, wo mein Handy Empfang hatte.

Letzteres hatten mir Anfang des Jahres meine Mama und meine Tante gekauft, damit ich es abends mitnehmen konnte und sie sich keine Sorgen machen mussten, wenn ich spät heimkam. Doch ich ließ es immer zu Hause, und so war es zu nichts nütze. Bis jetzt, wo ich hier oben war, da war das Ding plötzlich praktisch, damit man voneinander hören konnte.

Aber es funktionierte eben nur in der einen Ecke auf dem großen Platz. Und tatsächlich, an ebenjenem Morgen, kaum war ich dort angekommen, Pieptöne von drei verpassten Anrufen, zwei von zu Hause, der dritte aus der Kanzlei. Plus eine Nachricht, auch von der Kanzlei, ich solle umgehend zurückrufen. Allerdings war die Nachricht vom Vortag, umgehend war vorbei, da konnte ich zurückrufen, wann ich wollte. Also habe ich nicht zurückgerufen.

Stattdessen habe ich das Radio eingeschaltet. Denn wie das Telefon funktionierte in der Ecke auch das Radio. So konnte ich den Etappen des Giro folgen, der vor Kurzem angefangen hatte, bis jetzt alles flach, sowohl auf der Strecke als auch emotional, aber in dem Koma, das den Konvent regierte, kam es mir trotzdem wie die Apokalypse der Leidenschaft vor.

Das Klassement führte seit dem ersten Tag Alex Zülle an,

der Schweizer Champion, den dir in einem Roman keiner als glaubhaft abnehmen würde, weil er zu sehr Gemeinplatz war, um real zu sein, die Witzfigur eines Schweizers: präzise und berechnend, Meister der Taktik und der Vorsicht, er war der einzige Rennfahrer mit Brille in einem immer ernsten Gesicht, und weil er aus dem Heimatland der Uhren kam, war seine Spezialität das Zeitfahren. Fehlte bloß noch, dass er von einer Schokoladen- oder Kuckucksuhrenmarke gesponsert würde.

Doch Zülle war durch und durch real: massiv und kräftig, ein perfekter Erbe Indurains, der sich vor Kurzem zurückgezogen hatte. Zülle hatte zweimal die Vuelta gewonnen, und jetzt wollte er auch den Giro d'Italia gewinnen. Bei den ersten Etappen hatte er schon einen ordentlichen Vorsprung vor Pantani aufgebaut, der in Ermangelung richtiger Berge auszubrechen versuchte, sobald die Straße eine Steigung andeutete: Hügel, Überführungen, alles war ihm recht. Oder auch nicht, denn er verbrauchte viel Energie, ohne auch nur eine Sekunde aufzuholen.

Ich klebte förmlich mit dem Ohr am Radio, und nach jeder Etappe, nach zweihundert Kilometern Kampf um wenige Sekunden im Klassement, kam es mir so seltsam vor, mich hier im Konvent wiederzufinden, in dem sich die Zeit in unzähligen Stunden bemaß, die man irgendwie totschlagen musste.

Während der Giro meine Nachmittage rettete, begann das eigentliche Problem, wenn die Etappe und auch mein Arbeitstag zu Ende waren und ich einen Abend und eine nicht enden wollende Nacht vor mir hatte, in der ich im Treibsand der Langeweile versank.

Ich hatte nicht einmal ein Zimmer, in das ich gehen konnte. Das heißt, eigentlich schon, und zwar ein riesiges, aber es war kein Zimmer. Es war der Schlafsaal für die Schüler, die, weil es nur Jungs waren, alle zusammen in diesem elend langen Raum geschlafen hatten, der einen kompletten Flügel des Gebäudes einnahm. Auf der gegenüberliegenden Seite des Platzes waren die Privatzimmer der Lehrer, das heißt der Priester, und ich hätte lieber eins davon gehabt. Stattdessen war ich hier in diesem Schlafsaal mit zwei endlosen Reihen Stockbetten. Es werden mindestens dreihundert gewesen sein, ich musste mir nur eins aussuchen und mich hinlegen.

Beziehungsweise nicht ganz: »Das hier ist dein Bett«, hatte Don Mauro mir am ersten Abend gesagt, als er mich herbrachte. Er hatte die Tür mit einem der tausend Schlüssel an seinem Schlüsselbund aufgeschlossen und auf die Pritsche gezeigt, die dem Eingang am nächsten war.

»Das da? Kann ich nicht eins weiter hinten nehmen, näher am Fenster? Oder das obere Bett?«

»Besser nicht. Du bist der Erste, und das ist das erste Bett. Die Betten werden der Reihe nach verteilt, sonst herrscht Chaos.«

»Kommt denn noch jemand?«

»Nein. Aber wer weiß? Wir wussten ja auch nicht, dass du kommst, und du bist trotzdem hier.«

»Wie, Sie wussten nicht, dass ich komme?«

»Ich wusste von nichts. Aber der Direktor bestimmt.«

»Ach ja, richtig, wann kann ich denn jetzt mit ihm reden?«

»Bald, bald.«

»Wann bald?«

»Bald. Wozu die Eile? Du bleibst ja ein ganzes Jahr hier«, hatte er gesagt mit seinem festgeleimten Dauerlächeln im Gesicht. Auch wenn es wirklich nichts zu lachen gab.

Ein festgeleimtes, übertriebenes Lächeln voller großer weißer Zähne, unter zwei ebenfalls fast weißen weit aufgerissenen Augen.

Das irre Lächeln von einem, der alle anderen Priester mit der

Axt ermordet hat und den Konvent allein weiterführt. Auch deshalb waren meine Nächte sehr lang und fast schlaflos, in diesem Schlafsaal voller nackter, leerer Betten, mit den alten Drahtrosten, die hin und wieder quietschten und alle zusammen ein unaufhörliches Stöhnen von sich gaben.

Aber auch wenn Don Mauro seine Mitbrüder beseitigt hatte, Flora hatte er verschont, eine Frau, die unten im Dorf wohnte und jeden Tag zum Kochen und Putzen heraufkam. Sie war kaum größer als ein Meter, und ihre Augen waren so klein, dass man nicht sehen konnte, welche Farbe sie hatten. Und wenn sie mit einem redete, schaffte sie es nie, einen dabei anzusehen, sie äugte immer anderswohin, aus Schüchternheit vielleicht oder weil sie schon daran dachte, was sie als Nächstes zu tun hatte.

Das erste Mal habe ich sie in meiner Ecke getroffen, da, wo das Radio funktionierte, sie ging gerade mit einem Eimer voll altem Brot zum Hühnerstall, streckte den Arm nach mir aus und sagte, ich solle sie die Stufen runterbegleiten.

Ich dachte, es wäre, weil sie schlecht laufen könnte, aber: »Bis ich im Hühnerstall bin, musst du ununterbrochen mit mir reden, hör auch nicht eine Sekunde damit auf, ja?«

»Guten Tag, sehr erfreut«, habe ich gesagt und mich zu ihr gesellt. »Worüber soll ich denn reden?«

»Egal. Irgendwas, was dir so einfällt, von mir aus auch nur Zahlen. Früher haben sie das im Kino so gemacht. Die Schauspieler haben zufällige Zahlen vor sich hin gesagt, bloß um den Mund zu bewegen, anschließend wurden sie synchronisiert. Weißt du, diese bewegenden Szenen, wo sie so wunderschöne Sätze sagen, an die du dich den Rest deines Lebens erinnerst? Tja, in Wirklichkeit sagen sie da sechsunddreißig, fünf, vierundzwanzig, siebenundsiebzig.«

»Wirklich? Das wusste ich nicht. In allen Filmen?«

»Sehr gut, weiter so, red weiter und hör ja nicht auf. Vor allem wenn wir an Don Mauro vorbeilaufen, sonst fängt er von dem Schulbus an und hört nicht mehr auf.«

Ich habe genickt, bin die Stufen runter und habe versucht, ihren Arm zu halten, was sich aber schwierig gestaltete, weil sie so klein war, dass ich mich ganz krumm machen musste. Und dabei habe ich gesagt: »Neunundzwanzig, zweiunddreißig, dann sechs, sieben, acht, neun, zehn …«

»Nein, nicht der Reihe nach, sonst merkt er es!«

»Ah, Entschuldigung. Neunundfünfzig, sieben, hundertzweiundzwanzig«, aber während ich mir die unterschiedlichsten Zahlen ausdachte, fiel mir ein, dass ich Flora wirklich etwas zu erzählen hatte. Vielmehr zu fragen: »Entschuldigen Sie, aber wissen Sie zufällig, wo der Direktor ist?«

»Ja, natürlich, warum?«

»Weil ich mal mit ihm sprechen müsste. Ich habe ihn noch kein einziges Mal gesehen.«

»Den wirst du schon noch sehen. Ich habe ihn auch schon eine Weile nicht gesehen.«

»Wie lange denn?«

»Seit die Schule zu ist. Vielleicht zwei Jahre? Es war mehr oder weniger um diese Zeit.«

»Zwei Jahre? Aber dann wohnt er ja vielleicht gar nicht mehr hier.«

»Aber natürlich wohnt er hier. Glaubst du etwa, der Direktor wohnt nicht in seinem Konvent? Das wäre doch absurd, oder?«

Ich habe nicht geantwortet. Nur gedacht, dass, wenn ich die Absurditäten abziehen würde, hier ringsum praktisch nichts mehr übrig bliebe außer vielleicht der Parkplatz und der Hühnerstall.

Obwohl, selbst der war nicht wirklich normal, denn jetzt, wo wir in der Nähe waren, hörte ich aus dem Blechschuppen einen schrillen Schrei, wie von einem Huhn, das versucht, ein Lied zu singen.

Ich habe Flora gefragt, was da im Hühnerstall ist. Sie hat sich ruckartig zu mir umgedreht und mich angeguckt, hat gesagt »Hühner« und dann gar nichts mehr.

Aber wir kamen gerade bei Don Mauro vorbei, der die Motorhaube des Schulbusses polierte, also habe ich wieder angefangen: »Fünfundsechzig, drei, zweiundzwanzig, achtundneunzig.« Bis zur Tür des Hühnerstalls, die aus einem aufgestellten Lattenrost bestand, ansonsten aber wie eine richtige Tür aussah, mit Riegel zum Öffnen und Schließen.

Flora ist reingegangen und hat die ersten Hühner zurückgescheucht, die zum Fressen angelaufen kamen.

Ich wollte ihr gerade hinterher, aber sie hielt mich zurück.

»Warum nicht? Lassen Sie mich rein, dann tue ich wenigstens mal was.«

»Nein. Das geht nicht. Ich hatte vergessen, dass Freitag ist, du musst sofort zu Don Basagni.«

»Zu wem?«

»Don Basagni. Oben in seinem Zimmer.« Ich habe sie angeschaut, und sie muss in meinen Augen gesehen haben, dass ich keinen blassen Schimmer hatte, jedenfalls: »Na gut, ich bringe dich bis in den ersten Stock, aber in den zweiten gehst du allein.«

»Ja, aber was soll ich denn da?«

»Das Übliche, wie jeden Freitag.«

»Aber das ist mein erster Freitag. Ich bin erst vor drei Tagen hier angekommen.«

Als ich das gesagt habe, kam es mir seltsamer vor als ihr. Ich hatte das Gefühl, schon ewig hier zu sein, zwischen dem großen Platz und der Pförtnerloge. War es möglich, dass erst drei Tage vergangen waren?

Die Zeit ist wirklich die größte Lüge, die es gibt. Und auch eine ziemliche Verarsche.

Nicht einmal Pantani versteht sie, die Zeit. Diese Zeitfahretappen, bei denen du allein losfährst und von Anfang bis Ende die Anstrengung dosierst und dir dann die Stoppuhr sagt, wer am schnellsten war. Kurz, bei diesen Etappen fährst du ganz allein gegen die Zeit. Und gegen die Zeit ist wenig auszurichten, da verlierst immer du.

Nur Zülle nicht. Der ist im Zeitfahren sogar Weltmeister geworden und wird daher diesen Giro mit so wenigen Bergen und so vielen Zeitfahrkilometern ziemlich sicher gewinnen.

Die Zeit, was für eine Verarsche die Zeit doch ist. Was für eine schreckliche Lüge.

Aber während ich darüber nachdachte, waren Flora und ich wieder auf den Platz zurückgegangen und standen jetzt vor dem Priestereingang.

»Komm«, hat sie gesagt. »Ich bringe dich in den ersten Stock, dann gehst du die Treppe allein weiter hoch bis zum zweiten.«

»Und welches Zimmer ist das von Don Basagni?«

»Das findest du ganz leicht, im zweiten wohnt nur er.«

»Gut. Aber was muss ich tun?«

Flora hat nicht geantwortet. Das heißt, doch: Sie hat unter der Treppe einen Eimer hervorgeholt und ihn mir in die Hand gedrückt, darin ein Schwamm, ein Handtuch, eine Plastikplane und ein Stück Seife.

»Aber … aber ich … Flora, eigentlich bin ich ja Erzieher«, auch wenn ich mir mittlerweile selbst leidtat, wenn ich das sagte. »Sauber machen tun doch Sie hier, oder etwa nicht?«

»Ja, ich mache hier überall sauber. Aber nicht bei ihm.«

Und *ihm* hat sie anders gesagt, so, als wären es nicht drei Buchstaben, sondern drei Eidechsen oder Spinnen oder Schlangen, als ekelte sie sich, sie in den Mund zu nehmen. Dann hat sie ihre Äuglein in den Marmor der Treppenstufen gebohrt, und wir sind hoch bis in den ersten Stock.

»Da sind wir, geh hier weiter hoch und dann los.«

»Ja, aber … Flora, ich weiß nicht, das ist wirklich nicht mein Job. Beim Zivildienst hat man ganz bestimmte Aufgaben und nicht …«

»Geh hoch. Es ist Freitag, irgendjemand muss gehen, und ich gehe da nicht mehr hin.«

»Ach, und deshalb muss ich gehen?«

»Ja, mein Junge, das musst du. Außerdem wolltest du den Direktor doch unbedingt kennenlernen.«

8

Riders on the Storm

»Ich will kein Geschwätz hören, und stell dich gar nicht erst vor. Es interessiert mich nicht, wer du bist und was du denkst, das ist sowieso nur der übliche Mist. Keine Fragen und vor allem keine Vertraulichkeiten, kapiert? Und jetzt los, wasch mich.«

Die ersten Worte von Don Basagni und die einzigen.

Na ja, eigentlich hatte er vorher noch ein paar andere Worte zu mir gesagt, als ich nach langem Herumirren durch den zweiten Stock zwischen lauter offenen Türen zu leeren Zimmern vor einer geschlossenen ankam. Ich habe geklopft, keine Antwort. Ich habe noch mal geklopft, aber leiser, denn wenn keiner antwortete, auch gut, dann konnte ich ja wieder runtergehen, den Eimer in einer Ecke abstellen und tschüss.

Ich bin einen Schritt zurückgetreten, dann noch einen, da kam von drinnen: »Was klopfst du denn? Komm rein.«

Ich bin stehen geblieben, schon halb zur Treppe und zur frischen Luft gedreht. Dann habe ich eine Hand nach der Klinke ausgestreckt und versucht, die Tür aufzumachen.

»Ja, aber es ist abgeschlossen.«

»Natürlich, schließ auf!«

»Aber wie denn, ich habe doch keinen …«

»Im Eimer.«

Ich habe reingeschaut: Da war der Schwamm, da war die Seife, da war das Handtuch. Und darunter ein Schlüssel.

Ich habe ihn in sein Loch gesteckt, aber nicht sofort aufgeschlossen. Denn, na ja, wenn einer sich im Zimmer einschließt, dann heißt das, dass er allein sein will. Wenn die Tür aber von außen zugeschlossen ist, dann hat man ihn dadrin eingesperrt.

»Wirds bald?«, die Stimme von hinter der Tür.

Also habe ich mir einen Ruck gegeben, den Schlüssel im Schloss gedreht und die Tür aufgemacht, dieses Stück Holz zwischen uns entfernt. Und vor mir: Dunkelheit.

Totale Dunkelheit, noch schwärzer wegen all der Sonne, die den Tag erfüllte, draußen auf dem großen Platz und durch die Fenster bis überallhin. Außer hier drinnen, in dieser Finsternis, die nach verbrauchter Luft roch, nach Schimmel und irgendetwas anderem, das ich nicht kannte und auch gar nicht kennen wollte.

»Komm rein, na los, beweg dich. Und mach die Tür zu!«

Ich bin rein und habe die Tür wieder zugemacht. Dunkler konnte es ohnehin nicht mehr werden. Und in dieses Dunkel hinein habe ich gesagt: »Guten Tag, guten Abend.«

»Ja, ja, beeil dich, mach deine Arbeit.«

»Aber … so im Dunkeln, ich …«

»Wo ist das Problem, kannst du deine Arbeit nicht im Dunkeln machen?«

»Ich weiß nicht mal, was meine Arbeit ist.«

»Was für ein Scheiß. Na gut, zieh den Rollladen ein bisschen hoch, aber nur ein kleines bisschen, ja!«

Ich blieb, wo ich war. Und vielleicht hat er das gesehen, denn er hat geschnaubt und mich mit Worten bis zum Fenster dirigiert. Irgendwie bin ich da angekommen, habe die Schnur gefunden, daran gezogen, und die Lamellen des Rollladens sind ein kleines bisschen auseinandergegangen. Ganz dünne Lichtstreifen fielen herein, und die Stimme sofort: »Das reicht! Das reicht so!«

Und auch wenn es nicht wirklich reichte, habe ich mich umgedreht und da auf dem Bett endlich den Direktor gesehen.

Jetzt war ich wenigstens sicher, dass es ihn gab, dass er lebte, Don Mauro hatte ihn nicht an die Hühner verfüttert. Sondern ihn nur in dieses winzige Zimmer gesperrt, so eng wie eine Gefängniszelle. Ja, mehr noch: so eng wie meine Pförtnerloge. Mit nur einem Fenster, das von außen gesehen eines der vielen Fensterchen rund um den Platz war, außerdem ein Schränkchen, ein Rollstuhl, ein Nachttisch mit zwei Pillendosen, einer Bibel und einer Tüte Erdnüsse und ein Bett.

Und auf dem Bett, unter einem weißen Laken, Don Basagni.

Das heißt ein kahler Kopf, zwei winzige schwarze Augen, die auf mich gerichtet waren, und seine Stimme, die etwas nuschelig klang, weil seine Lippen keine Lust hatten, sich zu bewegen. Um jene ersten, schlichten Worte zu sagen:

»Ich will kein Geschwätz hören, und stell dich gar nicht erst vor. Es interessiert mich nicht, wer du bist und was du denkst, das ist sowieso nur der übliche Mist. Keine Fragen und vor allem keine Vertraulichkeiten, kapiert? Und jetzt los, wasch mich.«

Er hat einen Arm hervorgeholt und sich, wie in einer Zaubernummer, ganz plötzlich das Laken vom Leib gerissen.

Er war in Unterhemd und Unterhose, und unten an den dürren Beinen, die gewaltsam in den runden Bauch gerammt waren, Socken.

Langsam haben sich meine Augen an das Halbdunkel gewöhnt und seinen daliegenden Körper immer besser gesehen. An die Vorstellung, diesen Körper jetzt waschen zu müssen, konnte ich mich allerdings nicht gewöhnen. Auch weil ich das in Wirklichkeit überhaupt nicht musste.

»Aber ich … Das ist nicht meine Aufgabe, Padre, das obliegt mir nicht.«

»Ach nein? Wem denn dann, mir?«

»Ja. Das heißt, nein, aber ich bin für den Zivildienst hier.«

»Na eben, also komm in die Gänge und tu deinen Dienst.«

»Aber ich bin hier als … Also, ich sollte eigentlich Erzieher sein.«

Als ich das gesagt habe, ist ein Lachen aus Don Basagnis Kehle herausgeplatzt und hat sich so weit ausgebreitet, dass sein Bauch gebebt hat wie weiße Schlammwellen, die mich seekrank machten.

Ich habe den Blick abgewandt und runter auf den Eimer geguckt, den ich in der Hand hielt. Darin waren das Handtuch, die Seife, die Plastikplane und der Schwamm. Und mir war danach, ihn fallen zu lassen, um leichter zu sein bei meiner Flucht. Einer sofortigen und so pfeilschnellen Flucht, dass ich schon weit weg wäre, bevor dieses Ding den Boden berühren würde.

Aber nichts dergleichen ist passiert, ich bin einfach regungslos so stehen geblieben, weil ich nicht den Mut dazu hatte abzuhauen. Denn wenn einer abhaut, wird er zwar Feigling genannt, aber das stimmt gar nicht. Um auszureißen, um alles hinzuschmeißen und so schnell wegzulaufen, wie du nur kannst, ohne zu wissen, wie lange du durchhältst und wo du landen wirst, braucht es verdammt viel Mut.

Den Mut des Ausreißers Pantani. Der aus dem Sattel ging, als wollte er sehen, was da vor ihm war. Dabei konnte er es gar nicht sehen. Da waren nur die gemeine, steile Straße und eine Kehre, die den Horizont versperrte, und die ganze Anstrengung, all das Ungewisse des Lebens, die ihm ins Gesicht sahen. Und Pantani ging aus dem Sattel, umklammerte mit den Händen den unteren Teil des Lenkers, schloss die Augen und stürzte sich hinein ins Ungewisse.

Man braucht einen Haufen Mut, um auszureißen.

Mut, der mir fehlte. Folglich bin ich da in der Dunkelheit stehen geblieben, den Eimer in der Hand.

Und Don Basagni: »Du musst Wasser reinfüllen, das Bad ist da drüben.«

»Ja, aber wirklich, ich …«

»Jetzt sag nicht noch mal, dass du Erzieher bist. Wenn ich noch mal so lachen muss, mache ich mir in die Hose, und dann musst du mich doppelt so gründlich waschen.«

»Ja, aber ich müsste Sie eben eigentlich gar nicht waschen. Ich sollte mit den Kindern zusammen sein. Ich verstehe, dass die Kinder nicht mehr da sind, und tatsächlich tue ich auch andere Dinge, die mir nicht obliegen. Aber Sie zu waschen, ich … Also, meiner Meinung nach wäre das doch eher Signora Floras Aufgabe, oder nicht?«

»Stimmt, aber sie kommt nicht zu mir.«

»Das hat sie mir gesagt.«

»Ah, und hat sie dir auch gesagt, warum?« Ich habe den Kopf geschüttelt, und er: »Gut, dann erzähle ich es dir. Denn am Ende denkt sie sich noch sonst was aus, dabei ist die wahre Wahrheit, dass sie mich nicht waschen kommt, weil ich sie überall begrapsche. Das ist alles. Sonst erzählt sie dir noch wer weiß was und rückt mich in ein schlechtes Licht.«

Das hat der Direktor gesagt. Und ich habe mich gefragt, wie Flora ihn in ein noch schlechteres Licht rücken könnte. Offenbar hat er das in meinem Gesicht gelesen, denn er fuhr fort: »Ach, Jungchen, was denkst du denn? Ich war vierzig Jahre lang Missionar, kapiert? Vierzig! Südamerika, Schwarzafrika,

Amazonas. Im tiefsten Dschungel, an reißenden Flüssen, wo außer mir nur die Eingeborenen waren und wilde Tiere, die noch keinen Namen haben. Vierzig Jahre lang in der Unendlichkeit des Abenteuers, mein Dach war der Himmel, die Wände der unermessliche Horizont. Und jetzt bin ich in dieser beschissenen Kammer eingesperrt. Dann kommt da diese Frau hoch, die zum Anbeißen aussieht, und zieht mich aus: Was soll ein Mann da tun?«

Ich wollte antworten, dass er kein Mann sei, sondern ein Priester. Aber vor meinem geistigen Auge sah ich Flora und stellte mir vor, wie Don Basagni ihre Schürze beiseiteschob und sie begrapschte, und ein Schauer überlief mich. Dann habe ich daran gedacht, dass ich jetzt ihn begrapschen musste, und mir wurde ganz anders.

»Und jetzt komm endlich in die Gänge, ich habe nicht viel Zeit«, hat der Direktor gesagt. Und wer weiß, weshalb er es so eilig hatte, wo er doch seit Jahren in diese dunkle Kammer eingesperrt war. Aber es hätte so viel zu fragen gegeben, stattdessen bin ich ins Bad gegangen und habe den Eimer gefüllt, ihn neben dem Bett abgestellt und den Schwamm eingetaucht.

Je eher ich anfing, desto eher war ich fertig. Und ich hatte es wirklich eilig: Es war schon fast eins, jeden Moment fing die Liveübertragung der Etappe an, die heute endlich die ersten Berge enthielt. Pantani musste sich etwas einfallen lassen, und dieses Etwas musste ich sehen. Das heißt hören, im Radio, aber besser als nichts.

Ich versuchte, mir vorzustellen, an welchem Punkt er angreifen könnte, wer mithalten könnte, was seine Teamkollegen tun könnten, um ihm zu helfen … Alles, um nicht an das zu denken, was ich da gerade tat, während ich den Schwamm aus dem Eimer nahm und ihn Don Basagni näherte. Seiner Haut, seinem

Fleisch. Ich habe ihn etwas durch die Luft schweifen lassen und dann an den Beinen aufgesetzt, vor denen ich mich weniger ekelte als vor dem Bauch.

»He! Erst musst du doch die Plane auf die Matratze legen, sonst lässt du mich im Sumpf schlafen! Hast du etwa noch nie jemanden gewaschen, Jungchen?«

»Nein!«, schoss die Antwort aus mir heraus.

Denn ich hatte noch nie jemanden gewaschen, wie fast alle in meinem Alter. Der Einzige, der in unserer Familie gewaschen werden musste, könnte Opa gewesen sein, in seinen letzten Jahren, aber wenn, hatte das Mama gemacht, ich hatte nie darüber nachgedacht.

Doch jetzt kam es mir seltsam vor, mit dem Schwamm diesen unbekannten Alten zu schrubben und das nie für Opa getan zu haben.

Meinen Opa, der, als ich klein war und einmal wegen einer Mittelohrentzündung nicht schlafen konnte, die ganze Nacht bei mir geblieben war und mir von dem Finken erzählt hat, der um die ganze Welt flog auf der Suche nach dem Land, wo man nie starb, es aber nicht fand und deshalb nie aufhörte herumzufliegen. Mein Opa, der sein Leben damit verbracht hatte, den Boden der Eternittanks im Wasserwerk mit Schmirgelpapier zu scheuern. Mein Opa, der am Ende kaum noch atmen konnte und ein schiefes Pfeifen von sich gab, wenn er Luft holte, und doch weiß ich, dass er, wäre er an jenem Tag mit uns zur Landungsbrücke gekommen, als das Meer zu ungestüm zum Muschelfischen war, sofort reingesprungen wäre, um das Kind zu retten, vielleicht noch vor Papa, und vor Alessandra. Und ganz sicher vor mir, der ich überhaupt nicht gesprungen bin.

Daran dachte ich jetzt und hatte das Gefühl zu ersticken. Auch weil sich dieser Gedanke mit den Gedanken an Sevilla mischte, wo meine Freunde sich gerade in Partys und heißen Nächten verloren und schöne, freie, fremde junge Frauen befingerten.

Und ich befingerte Don Basagni.

Ich spürte, wie die Übelkeit vom Hals bis in die Nase aufstieg. Also tat ich, was alle tun, um nicht zu denken: Ich habe angefangen zu reden.

»Wie viele entlegene und geheimnisvolle Orte Sie gesehen haben müssen, Padre, bei ihren Missionen.«

Aber er, trocken: »Kein Geschwätz, habe ich gesagt. Mach deine Arbeit, aber schnell, und dann ab mit dir.«

Er hat seine Hand zum Nachttisch ausgestreckt, eine Handvoll Erdnüsse aus der Tüte geholt und sie sich alle auf einmal in den Mund gesteckt. »Am besten«, mit vollem Mund, »mache ich Musik an, dann gehst du mir nicht mehr auf den Geist, und ich vergesse, dass du da bist.«

Das hat er gesagt und wieder den Arm ausgestreckt, aber diesmal unters Bett. Er hat einen Gettoblaster hervorgeholt, ihn auf die Bibel auf dem Nachttisch gestellt, eine Taste gedrückt, und die Musikkassette fing an zu laufen.

Und da, im fast völligen Dunkel, über dem Schrubben des Schwamms, habe ich mich auf das Schlimmste gefasst gemacht: klassische Musik, gregorianische Gesänge, vielleicht irgendwelche Stammesgesänge von den verlorenen Orten, an denen er gelebt hatte.

Das war sicher. So sicher, dass ich, als ich das Regenprasseln hörte, an eine dieser CDs mit Entspannungsmusik gedacht habe, so was wie Walgesänge und derartiger Unsinn. Und ich schwöre, dass ich nicht mal beim ersten entfernten Donner erkannt habe, was es war.

Dann fing das Becken an, dann die Orgel und der Basslauf.

Da habe ich es erkannt, konnte es aber gleichzeitig nicht glauben. Und meine Hände stockten, als im Zimmer Jim Morrisons Stimme aufstieg, die wiederholte *Riders on the Storm, Riders on the Storm.*

Nein, das war nicht möglich. Don Basagni hatte nicht das Radio angemacht, das war kein Sender, der statt des üblichen Mists wie durch ein Wunder eines der großartigsten Stücke einer der großartigsten Bands aller Zeiten spielte. Nein, er hatte eine Kassette eingelegt, das war tatsächlich die Musik, die er hören wollte. Und während ich wieder anfing, mit dem Schwamm seine Knie zu schrubben, habe ich bemerkt, dass sein schmaler Mund, seine Lippen, die sich beim Sprechen kaum öffneten, jetzt gemeinsam mit Jim sangen, mit genau den richtigen Worten.

Reiter im Sturm,
Reiter im Sturm,
in dies Haus sind wir geborn,
in diese Welt geworf'n.

So war es, es passierte vor meinen Augen: ein alter, in seinem Zimmer eingeschlossener Priester, der die Doors hörte und ihre Lieder mitsang. Wie war das möglich …

Aber das wollte ich ihn nicht fragen. Erstens weil er sowieso bloß gesagt hätte, ich solle die Klappe halten. Zweitens weil ich diesen wunderbaren Song bis zum Ende genießen wollte, von dieser Band, die mich wie keine andere zum Ausflippen brachte, die ich aber schon seit vier Jahren nicht mehr gehört hatte.

Während der gesamten Zeit auf dem Gymnasium hatten die Doors mir Halt gegeben, sie hatten mir geholfen, morgens aufzustehen, die Schule und deren Insassen zu ertragen, die Straße entlangzugehen und mit ihnen mitzusingen, um nicht zu hören, was meine Mitschüler, die Lehrer und die Eltern sagten, all den Schwachsinn um mich herum. Durch sie verstand ich, dass im Leben nicht alle nur von Zukunft, Verantwortung, Fußball, Frauen, Autos, Markenklamotten und Computern redeten. Im Leben gab es auch Wunderwerke wie diese und wunderbare Menschen, die sie spielten und sangen.

Doch dann war meine Cousine Alessandra vom Landungssteg gesprungen und ertrunken, und ich war in einem Jurastudium gelandet, um Anwalt zu werden, ich hatte mir die Haare abgeschnitten und auch aufgehört, die Doors zu hören. Aber das war nicht meine Entscheidung gewesen, das hatte Jim Morrison so beschlossen.

Ganz genau, so war es: Eines Nachts hatte ich geträumt, ich liefe gerade irgendwohin und wollte über Kopfhörer *Strange Days* hören. Aber eine Hand hielt meinen Arm fest, ich schaute hoch, und da war er. Eng anliegende Jeans, Lederweste über der nackten Brust, dieses traurige Lächeln, das Röntgenbilder von deiner Seele macht. Jim schüttelte den Kopf, während er die Kassette an sich nahm.

»Nein, Jim, das ist meine, das ist eine großartige Platte.«

»Ich weiß. Aber du darfst sie nicht mehr hören. Nie mehr.«

»Hä? Warum denn nicht? Das ist nicht fair, nicht …«

»Du weißt selbst, warum, Herr Anwalt.«

»Aber ich bin doch kein Anwalt, Jim! Gut, ich habe mich für Jura eingeschrieben, aber was hätte ich machen sollen, ich konnte doch nicht Nein sagen, das war eine zu große Chance, und meine Eltern … und ich …«

»Verlorene Lampe meines Lächelns, entzünde das Morgen mit einer Vergangenheit, die bebt, ich halte dich an der Mähne fest, Pferd der Abgründe, Muscheln sind deine Augen.«

Das hat Jim zu mir gesagt. Und ich habe ihn angestarrt und geantwortet, ich hätte ihn nicht so wirklich verstanden.

»Natürlich nicht, in deiner Welt der Jacketts und Krawatten können meine Worte nicht leben, Herr Anwalt.«

»Welche Jacketts denn, welche Krawatten! Ich besitze nicht mal welche, ich trage immer T-Shirts und Jogginganzug …«, aber mir fiel auf, dass ich im Traum einen dunklen Anzug anhatte und eine Krawatte in derselben Farbe. »Nein! Das war ich nicht! Das habe ich mir nicht angezogen, das habe ich nicht ausgesucht, ich schwörs! Ich … ich …«

»Blonde Täler des Begehrens, biegt euch im heißen Wind meines Sommers, jungfräuliche Inseln der Ektase, zu euch bin ich unterwegs.«

Und auch diesmal hatte ich nichts verstanden, aber ich sagte es ihm nicht. Denn Jim hatte recht, es war meine Schuld. Ich verstand nichts und würde nie wieder etwas verstehen. Ich hatte mich für ein so anderes Leben entschieden, geregelt und stinknormal. Es hatte keinen Sinn mehr, die Doors zu hören, es tat mir fast weh, es erinnerte mich nur daran, was ich gewesen war, was ich hätte sein können.

Er hat mir noch einmal eingeschärft: »Ich bitte dich, nie wieder, hörst du, nie wieder!« Dann hat er mir zum Abschied noch einmal zugewinkt, ein einziges Mal, hat sich umgedreht und ist in einem unermesslichen orangefarbenen Sonnenuntergang verschwunden. Und dabei hat er gesungen:

Wenn die Musik zu Ende ist,
wenn die Musik zu Ende ist,
wenn die Musik zu Ende ist,
mach das Licht aus.

Da bin ich aufgewacht. Ich war schweißgebadet und zitterte, und seit jener Nacht habe ich meine Lieblingsband nie mehr gehört.

Doch jetzt hörte ich sie wieder, nach vier Jahren Uni, während meine Hände einen alten, nackten Priester schrubbten, der zusammen mit Jim den Text murmelte.

Und ab und zu, wenn ich ihn gut wusch, grunzte er, und wenn ich ihn schlecht wusch, grunzte er anders. Während die wunderbare und zugleich langsame, warme und sinnliche Musik das Dunkel des Zimmers einnahm und Gefahr lief, eine fast zweideutige, warme, erotische Situation entstehen zu lassen.

Doch inzwischen folgte ich dem Rhythmus mit dem Schwamm, hoch und runter, den Bauch und dann auch den Rücken, den Hals und die Arme. Ich machte einfach weiter, wie diese von Explosionen und Massakern verblödeten Soldaten, ohne zu wissen, was ich tat, ohne zu wissen, wo ich war, wie spät es war, ob sie im Radio schon die Etappe übertrugen. Ich machte einfach weiter, immer so weiter, und ich hätte bis in alle Ewigkeit so weitergemacht, wenn mich Don Basagni nicht plötzlich unterbrochen hätte.

Er hat mit einer Hand meinen Arm festgehalten, wie Jim es getan hatte, mit der anderen das Handtuch genommen und sich kurz damit abgerubbelt, dann hat er auf dem Nachttisch etwas gesucht. Und dabei: »Okay, verschwinde jetzt. Und lass dich bis nächste Woche nicht wieder blicken.«

»Hä? Nein, Padre, also ein Mal … na ja, aber nächste Woche, nein …«

»Du sollst verschwinden, habe ich gesagt!«

Er fand, was er gesucht hatte, zielte damit auf das Fußende des Bettes, und in einem elektrischen Schnauben wurde das Zimmer blau erleuchtet. Denn ich hatte ihn zwar bisher nicht bemerkt, aber dahinten stand ein Fernseher. Der Bildschirm flackerte ein paar Sekunden, dann war das Bild da.

Und Don Basagni, ohne die Augen vom Bildschirm abzuwenden: »Verschwinde und lass mich in Frieden, der Giro d'Italia fängt an.«

9

Die Träume enden im japanischen Dschungel

Ganz plötzlich und riesengroß sind sie da, direkt vor ihm. Berge tauchen nie nach und nach auf: Bis eben war noch nichts von ihnen zu sehen, auf einmal nehmen sie den gesamten Horizont ein. Und wecken in ihm dieses pyromanische Kribbeln, das sein Herz und seinen Atem entflammt, bis ihm vor Lust die Beine brennen.

Immer. Heute beim Giro d'Italia, aber auch schon damals, an jenem Abend, als sein Papa nach einem langen Arbeitstag mit Händen schwarz vom Öl, dem Rücken hart wie ein Brett und einem Hunger, der im Magen heulte, nach Hause kam.

Doch Marcos Mama rennt ihm entgegen, und der Hunger ist schlagartig weg: Marco ist noch nicht zurück.

Sein Papa fragt nicht mal, wohin er wollte. Wenn Marco von der Schule kommt, wirft seinen Ranzen in die Ecke und stürzt sich aufs Mittagessen, wenn er gefragt wird, wie sein Vormittag war, antwortet er gerade noch gut, schon sitzt er auf seinem Rad, winkt, und weg ist er. So geht das jeden Nachmittag, den Gott auf die Erde schickt. Aber jetzt ist nicht mehr Nachmittag, sondern schon Abend. Und es ist dunkel. Doch von Marco keine Spur.

Sie können ihn nicht einfach anrufen oder ihm eine SMS

schicken: Es sind die Achtzigerjahre, und wenn du da das Haus verlässt, ist es egal, ob du zum Zeitungskiosk gehst oder Schwarzafrika erkunden – bis du zurückkommst, ist für die anderen vollkommen schleierhaft, wo du dich herumtreibst.

Doch schließlich kommt Marco zurück. Seine Augen sind so weit aufgerissen und sein Lächeln so breit, dass sie beides schon von unten leuchten sehen, während er mit seinem Fahrrad auf dem Rücken die Treppe hochkommt.

»Papa! Mama! Heute bin ich geradelt wie ein Gott! Den ganzen Fumaiolo habe ich geschafft und auch Le Balze!«

Sein Papa bleibt wie versteinert stehen, die Arme in der Luft eingefroren, bevor sie Marco ohrfeigen oder umarmen können, was davon, weiß nicht mal er selbst.

Marco redet von Orten, die auch er gut kennt, er ist dort geboren und hat seinem Sohn selbst davon erzählt, der als kleiner Junge keine Märchen hören wollte, sondern lieber Geschichten von diesen hohen, strengen Bergen. Der Fumaiolo, der Carnaio, der Cippo und der Carpegna gefielen ihm besser als Rotkäppchen oder die drei kleinen Schweinchen, denn das waren Märchen, die er eines Tages wirklich würde erleben können.

»Bist du verrückt, Marco? Das sind hin und zurück bestimmt hundert Kilometer!«

Und er, als wäre es das Normalste von der Welt: »Ja, Papa, aber da sind die Steigungen!«

Denn Steigungen sind alles, ohne Steigungen hat Radfahren keinen Sinn.

Und keinen Sinn hatten auch die ersten Etappen dieses Giro. Alle flach, gut für die Sprinter, und ein kurzes Zeitfahren zum Einstieg, das Zülle gereicht hatte, um ihn im Klassement abzuhängen und sich schon mal den Gesamtsieg zu reservieren.

Aber heute änderte sich das, heute fingen endlich die Berge an, und das Märchen begann. Nicht die ganz hohen Berge der Alpen, wir waren in Kampanien, und die Ankunft war am Lago Laceno. Doch bei diesem mit Steigungen so geizenden Giro war das schon viel, und Marcos Beine kribbelten vor Lust, während er mit gesenktem Blick am Ende des Hauptfelds fuhr, in der Erwartung, dass die Straße endlich anfing, gen Himmel zu zeigen.

Dieselbe Erwartung machte mir das Atmen schwer, hier in der Hitze auf dem großen Platz, in der magischen Ecke, wo nie Schatten war, aber das Radio funktionierte.

Und ich hörte Radio, auch wenn es ab und zu von jenen seltsamen Lauten, die von da unten aus dem Hühnerstall kamen, übertönt wurde, dieser ominösen Mischung aus Hühnergegacker und fernem Kindergesang, die sich mir ins Hirn bohrte und von der ich vorige Nacht sogar geträumt hatte. Aber jetzt versuchte ich, nur dem Radio zu lauschen, und weil ich nichts zu gucken hatte, versuchte ich dabei, in dem Buch über Zivilrecht zu lesen. Allerdings hing ich, seit ich es aufgeschlagen hatte, immer noch auf derselben Seite fest. Ich schaute meine Hände an, roch daran, und obwohl ich sie hundertmal gewaschen hatte, kam es mir so vor, als haftete noch immer der Geruch von Don Basagni an ihnen. Da habe ich in der glühenden Luft auf dem Platz den Blick gehoben und zu den vielen stummen, verschlossenen Fenstern ringsum hochgeschaut, zu seinem Fenster, dem einzigen, bei dem der Rollladen heruntergelassen war.

Aber ich wusste, dass auch der Direktor dadrinnen wach war und sich die Etappe anhörte. Oder vielmehr anschaute, denn er schaute sie sich sogar im Fernsehen an, deshalb hatte er mich ja weggeschickt, weil sie anfing. Und mit dem Eimer in der Hand hatte ich zu sagen angesetzt, dass auch ich Radsportfan sei, aber mit einer Geste hatte er noch einmal unterstrichen, dass ich verschwinden solle.

Als ich jetzt sein geschlossenes Fenster anstarrte und mir die Etappe anhörte, kam es mir trotzdem so vor, als wäre ich irgendwie mit ihm verbunden. Und nicht nur mit ihm, sondern mit ganz Italien und noch darüber hinaus, ein Hochspannungskabel verband uns alle, entlang der Straßen, auf den Plätzen, in den Bars, in den Häusern, wild schlagende Herzen, zitternd wie Glühbirnen, kurz bevor sie angehen, Unmengen wehender schwarzer Totenkopffahnen, die darauf warteten, beim Entern geschwenkt zu werden.

Aber auch die seeräuberischste Galeone des Meeres muss still stehen, wenn der Wind ausbleibt. Die Segel sind schlaff, der Blick schweift umher, die Hand malträtiert den Säbelgriff wie der Fuß das Pedal. In der zermürbenden Erwartung, endlich angreifen zu können, angetrieben vom Geschrei einer Schiffsmannschaft aus Millionen von Menschen, die rufen: *Vai, Pirata! Los, Pirat!*

Ein Spitzname, der mit den Bergen rein gar nichts zu tun hat, trotzdem passt er perfekt zu ihm.

Und tatsächlich nennen ihn jetzt alle so. Erst war er Panta, bei den Spaniern El Calvito – der Kahle –, in Frankreich – wegen der Segelohren – Dumbo oder Petit Éléphant, Kleiner Elefant. Und das hat ihn verletzt, einen Haufen Geld hat er für den Versuch ausgegeben, die Locken wieder wachsen zu lassen, die ihm schon mit zwanzig ausgegangen waren.

Eines Tages hat er dann gesagt, jetzt reichts. Und auf seine radikale Art – für ihn ist alles entweder weiß oder schwarz, an oder aus – hat er einen Rasierer genommen und sich die wenigen verbliebenen Haare abrasiert. Seine Segelohren, die er ohnehin nicht verstecken konnte, hat er der Welt mit einem großen glänzenden Ohrring vor den Latz geknallt, und dann los, auf zum Rennen. Und wenn jemand damit ein Problem hatte: bitte sehr. Er jedenfalls nicht.

Allerdings brannte ihm die Sonne auf den nackten Schädel, damals trug man noch keinen Helm, und sein Kopf war zu klein für die Kappe, die ihm immer über die Augen rutschte. Daher eines Morgens seine Mama: »Warum bindest du dir nicht einfach ein Kopftuch um?«

So was fällt nur Müttern ein.

Du gehst mit dem Mädchen tanzen, das dir gefällt, und deine Mama: »Heute Abend ist es etwas frisch, hast du dir dein Wollunterhemd angezogen?«

Oder du willst nachts irgendwo an der Küste mit deinen Freunden die Sau rauslassen, und sie: »Da in der Nähe wohnt doch Tante Mara, warum gehst du nicht auf einen Sprung bei ihr vorbei? Sie würde sich so freuen.«

Mamas sagen eben solche Sachen, das gehört zu ihrem Beruf. Und die Rolle der Kinder ist es, zu lächeln, sie vielleicht ein wenig auf den Mond zu wünschen und dann weiter ihr Leben zu leben.

Marco aber war an jenem Morgen zum Spaßen aufgelegt, und die Sonne brannte wirklich stark. Also hat er seiner Mama das Kopftuch aus der Hand genommen, es sich scherzeshalber um den Kopf gebunden und ab auf die Straße.

Und der Pirat war geboren.

Denn die wirklich wichtigen Dinge im Leben, die, die alles verändern, machen nicht vorher einen Termin aus und studieren die Landkarte, sie wachen eines Tages auf und beschließen, dass es an der Zeit ist, sie suchen sich den unwegsamsten und umständlichsten Weg aus, den es gibt, und platschen dann als Arschbombe auf dich drauf.

Und der richtige Zeitpunkt war der hier, denn einen neuen

Namen brauchte Marco jetzt wirklich. Er hatte zwei so schwarze Jahre im Abgrund der Schicksalsschläge hinter sich, dass es gar nicht möglich war, da wieder rauszukommen. Deshalb war der, der da auf der ersten Steigung des Giro von 1998 angriffslustig in die Pedale trat, zwangsläufig ein anderer Mensch, körperlich wie seelisch.

Während der Radrennfahrer Marco Pantani, jener Junge, der noch ein paar Haare auf dem Kopf und viele Hoffnungen im Herzen gehabt hatte, an einem Nachmittag im Herbst 1995 gestorben war.

Nach dem Brandstifterdebüt im Vorjahr sollte 1995 die Saison der großen Bestätigung sein. Doch dann hat Pantani im Mai draußen trainiert, ein Auto hat ein Stoppschild überfahren, und statt beim Giro fand er sich im Krankenhaus wieder.

Für die Tour ist er wieder auf den Sattel gestiegen und hat Leben in das langweilige Rennen gebracht, indem er Etappensieger in L'Alpe d'Huez wurde, und in Guzet-Neige hat er mit einer Attacke gewonnen, die so wild und ungeheuerlich war wie das über die Etappe hereinbrechende Unwetter, durch das der Fernsehbildschirm nur noch ein graues Nebelquadrat war. Was man aber auch im Nebel klar und deutlich sehen konnte, war, dass Marco wieder am Start war, und auch wenn er den Giro 1995 verpasst hatte, würde er das beim Giro 1996 wettmachen.

Vorher aber wird er gegen Ende der Saison bei Mailand–Turin noch ein wenig die Beine kreisen lassen: Im letzten Abschnitt wird sich eine Fluchtgruppe um den Sieg streiten, er bleibt ruhig hinten, und vom Superga fährt er ohne allzu große Wagnisse Richtung Pino Torinese ab.

Er ist in einem Grüppchen, aber sie lassen ihn vor, weil er bei Abfahrten die Kurven zeichnen kann wie kein anderer. Rechts, links, rechts, noch mal rechts, dann … dann nichts mehr. Denn er geht mit einer entschlossenen Neigung in die Haarnadelkurve, aber dahinter landet Marco statt auf der weiter abwärts führenden Straße im fürchterlichen, undurchdringlichen japanischen Dschungel.

Der wildes, feindseliges Terrain ist, deshalb hat Nissan den ersten japanischen Geländewagen gebaut, ein massives, mächtiges Militärfahrzeug, entstanden, um dort im Dickicht zu patrouillieren, weshalb sie ihn auch Patrol genannt haben.

Heutzutage wird er nicht mehr von der Armee genutzt, jetzt sitzen Zivilisten am Steuer, um zum Supermarkt oder zur Post zu fahren oder hier und da herumzukurven, und doch ist der Patrol heute aus irgendeinem Grund noch größer und verheerender und schleppt seine zweieinhalb Tonnen über alle Straßen der Welt.

Über alle, aber auf dieser hier hätte er eigentlich nicht sein dürfen.

Denn heute ist sie für den Verkehr gesperrt, heute ist das Radrennen. Absperrungen riegeln die Zugänge ab, jede von zwei Verkehrspolizisten kontrolliert.

Nur dass die schon seit dem Morgen da sind, und es gibt eine Grenze, wie viele Beschimpfungen, Beleidigungen und Drohungen von Autofahrern, die vor einer Absperrung beschleunigen und zu blutrünstigen Bestien werden, zwei Männer an einem Tag ertragen können. Wenn diese Grenze erreicht ist, kommt es vor, dass sie eine Dummheit begehen. Und diese Dummheit ist, zu denken, dass das Rennen schon vorbei wäre, die Absperrung zu öffnen und den Nissan Patrol durchzulassen. Der, nachdem er so lange gewartet hat, jetzt die Straße hochdüst, um schnell nach Hause zu kommen, so wie die Radrennfahrer schnell die Straße hinunterdüsen, Richtung Ziel.

Keiner von ihnen wird irgendwo ankommen. Drei Rennfahrer erwischt es voll, wie Bäume im japanischen Dschungel werden sie plattgemacht. Der erste ist Marco.

Er liegt da auf dem Boden, ist aber bei Bewusstsein. Er versucht, wieder aufzustehen, doch er schafft es nicht. Es ist wie damals, als er ganz verzaubert das wunderbare Rot seines Blutes am Knie angestarrt hat, er setzt sich auf, um es auch heute dort vorzufinden und wieder und wieder anzusehen.

Doch was er da sieht, lässt ihn schnell den Blick abwenden. Die reglosen Beine am Boden sind auf eine Art verdreht, die gar nicht möglich ist, wenn drinnen ein Knochen ist, der sie lenkt. Aber die Knochen sind gebrochen, er hat ihr seltsames, falsches Weiß da aus dem Fleisch rausgucken gesehen, und da schaut Pantani weg und richtet seinen Blick auf den Asphalt neben sich, auf die Bäume ringsum, auf den erbarmungslosen Himmel, der da über ihm ist, ohne irgendetwas zu tun.

Er weiß nicht, wo er hinschauen soll, er weiß nicht, wo er ist, Marco weiß nicht einmal, was er ist.

Denn ein Rennfahrer ist er nicht – nicht mehr.

Prellungen im Gesicht, an Armen, Ellbogen, Schultern, Knien, Rücken, kurz überall, nicht ein Zentimeter seines Körpers, der nicht blauschwarz wäre. Aber vor allem ein offener Splitterbruch an Schien- und Wadenbein: Das linke Bein kann man wegschmeißen.

Der Teammanager Martinelli und seine Teamkollegen besuchen ihn am Krankenhausbett, sie stammeln irgendwelche Floskeln, aber sie denken alle dasselbe: »Tschüss, Panta, auf Nimmerwiedersehen.«

Manch einer, der es nicht kapieren will, fragt die Ärzte, ob Pantani wieder Rennen fahren wird, und die antworten, dass man im Moment erst einmal sehen müsse, ob er überhaupt wieder laufen werde.

Denn es ist schon ein Wunder, dass er noch lebt. Das wissen sein Papa und seine Mama, die den Unfall im Fernsehen gesehen haben und sofort mit ihrem Wohnwagen auf der Autobahn waren, den sie vors Krankenhaus stellen, um in seiner Nähe zu sein.

Als sie ihn sieht, denkt Tonina sofort: »Das ist nicht mein Marco.« Und bei allen Röntgenaufnahmen und noch so ausgeklügelten Untersuchungen der modernen Medizin macht dir nichts so klar, wie übel du zugerichtet bist, wie wenn deine Mutter dich nicht wiedererkennt.

Aber sie meint gar nicht seinen Körper. Mamas haben auch eine Art Röntgenblick, der durch Haut und Fleisch hindurchgeht, sie sehen Dinge, die andere nicht sehen. Völlig lädiert und voller blauer Flecken hat sie ihn schon tausendmal gesehen, als kleiner Junge ist er nach einem Sturz sogar ins Koma gefallen. Jetzt aber sind es die Augen, die anders sind, es ist nicht mehr sein Blick. Der Blick ihres Sohnes schießt immer umher, stürmisch und voller Leben, um nach wer weiß was zu suchen. Jetzt dagegen suchen seine Augen nichts mehr.

Während das Blut nicht aus dem Bein abfließt, das schwarzblau angelaufen und steinhart ist und sich schon anfühlt wie ein Stück Holz. Tatsächlich werden die Ärzte bald versuchen, den Muskel aufzuschneiden, sie werden mit dem Skalpell hauchdünne Zeichen einritzen, die das Wort *Ende* hinter Marcos Karriere setzen. Denn wenn das nicht funktioniert, ist die Alternative eine Amputation.

Deshalb suchen Marcos Augen nichts mehr: weil er nur noch das Nichts vor sich hat.

Als er ein junger Mann war, hatte sein Freund Andrea eines

Tages nach dem Training zu ihm gesagt, dass er das Radfahren sein lassen würde: Es sei ein zu hartes Leben, man müsse zu viele Opfer bringen, er wolle aufhören und wieder an die Uni gehen. Marco hatte an den Tag gedacht, an dem er – er war gerade sechzehn – in die Schule gegangen war, um am Schwarzen Brett nach seinen Ergebnissen zu sehen, und feststellte, dass er im September drei Fächer noch mal wiederholen musste. Da hatte er seine Bücher weggeworfen und war einfach nicht mehr hingegangen. Deshalb hatte er Andrea geantwortet: »Sehr gut, richtig so, du kannst das. Aber wenn ich aufhöre, was soll ich dann machen?«

Die Antwort ist dieses unermessliche Nichts, das jetzt seinen Blick ausfüllt.

Doch an jenem Tag hatte er Andrea nach Hause begleitet, und obwohl er schon trainiert hatte, war er auf seinem Rad noch einmal losgebraust, heftig, fuchsteufelswild, um sich abzureagieren, um diese Gedanken hinter sich zu lassen, sie auszuschwitzen. Jetzt dagegen, da er ans Bett gefesselt ist, erstürmt das Nichts den Horizont und geht nicht mehr weg. Schwarzblau wie sein Bein, das so dunkel und hart ist, dass er gar nichts mehr spürt, wenn er es berührt, als würde es gar nicht mehr zu ihm gehören. Da ist nur noch das Nichts.

Dann fragt Professor Terragnoli aus Brescia am Telefon, wie oft sie bei ihm das Eis wechseln. Papa antwortet, dass sie ihm nie Eis drauf gemacht hätten. Terragnoli fragt, ob er Witze mache, und er: »Herr Professor, ich weiß nicht mal mehr, wie das geht, Witze machen.«

Also Eis, sehr viel Eis, bis das ganze Bein bedeckt ist. Das nach kurzer Zeit reagiert. Das Blut läuft langsam wieder ab, das Fleisch wird wieder hell, nach ein paar Tagen verschwindet auch die holzige Härte, zusammen mit dem Gedanken, dass das Bein vielleicht doch noch abgenommen werden muss.

»Noch mehr Eis!«, ruft Marco. Er redet mit den Pflegern, aber seine Augen starren immerzu auf das Bein. Und so wie dieses werden auch seine Augen wieder wie früher. Sie blicken nicht mehr verloren, im Gegenteil, in ihnen lodert das alte Feuer, und sie sind auf einen einzigen Punkt gerichtet, exakt auf diesen einen wunderbaren Punkt. Deshalb verlangt er nach mehr Eis, immer mehr, fast zu viel, weil er es auf sich drauf haben will, aufgehäuft zu einem atemberaubenden Spektakel, das ohnehin sein liebstes ist: ein Berg, direkt vor ihm, eisig und durchscheinend, ganz für ihn allein, den es zu erklimmen gilt.

Was mit dem zermalmten Bein und einem knüppeldicken Stützverband, der es zusammenzuhalten versucht, ein extrem hartes, fast unmögliches Unterfangen ist. Die Ärzte glauben nicht daran, sein Team glaubt nicht daran, und auch er ist sich nicht sicher, ob er wirklich daran glaubt.

Doch wer daran glaubt und ihm das immer wieder sagt, sind seine Großväter.

Einer davon ist Sotero, der jede Nacht in seinen wirren Morphiumträumen zu ihm spricht. Der andere ist ein neuer Großvater, denn Seelenverwandtschaft zählt genauso viel wie Blutsbande, und schon als Marco das erste Mal mit ihm gesprochen hat, hat er ihn spontan und wie durch Zauber ins Herz geschlossen: Luciano Pezzi.

Wie alle Menschen, mit denen Marco sich gut versteht und wohlfühlt, ist er sehr viel älter als er. Aber das ist normal, Marco kommt aus der Vergangenheit, aus einer zeitlosen Zeit, in der sich urtümliche und sagenhafte Kräfte miteinander vereinen. Genau diese Kräfte treiben Luciano Pezzi an, der fünfundsiebzig Jahre alt ist, Anführer einer Partisanengruppe war, mit Coppi und Bartali Rennen gefahren ist und dem jungen Gimondi dazu verholfen hat, die Tour de France zu gewinnen. Und jetzt ist er überzeugt, dasselbe mit ihm tun zu können, mit Marco, der nicht einmal aus seinem Bett aufstehen kann.

Und das sagt er ihm, sagt es ihm immer wieder, er besteht darauf, dass er sich beeilt, wieder auf die Beine zu kommen, weil er ihn zum Giro d'Italia und zur Tour de France bringen und ihn gewinnen sehen will. Da in seinem Bett fragt Marco ihn, wie das gehen soll, und Pezzi antwortet, dass er aufstehen und wieder aufs Rad steigen müsse.

Stimmt, Luciano, du hast recht. Wenn er mit ihm redet und wenn er an ihn denkt, nickt Marco und fasst Vertrauen. Den Journalisten, die ins Krankenhaus kommen und ihm ein Mikrofon unter die Nase halten, sagt er, »das Wichtigste ist, dass man es tut, dass man bereit ist zu leiden, denn ich glaube, das Wichtigste ist der Kopf, nicht das Bein«.

Und mit dem Kopf beginnt er seine Übungen im Schwimmbad, er beißt die Zähne zusammen und erträgt den Schmerz, nimmt Anstrengungen auf sich, die den Physiotherapeuten und die anderen Patienten im Wasser ringsum beeindrucken. Sie drehen sich um, halten mit ihrer Arbeit inne und feuern ihn an. Sie rufen ihm dasselbe zu, was sie entlang der Straße gerufen haben, und jetzt ist Marco tatsächlich wieder dort. Am Fuß des furchterregendsten Berges. Er schaut hoch, und seine Augen funkeln, er starrt auf die Steigung, die, heute wie damals als Kind, als er so viele Kilometer gefahren ist, um zu ihr zu gelangen, seinem Leben einen Sinn gibt.

»Ich lebe noch«, sagt er. »Ich bin noch da, und ich kann mich glücklich schätzen.«

Nicht mehr da ist Opa Sotero, dem er versprochen hat, den Giro zu gewinnen.

Und auch Alessandro Ercole, ein junger Mann aus Cerro Tanaro bei Asti, ist nicht mehr da. Am Tag des verfluchten Rennens, bei dem der Jeep Marco umgefahren hat, radelte Alessandro extra dorthin, um ihn vorbeifahren zu sehen, als ihn ein Herzanfall ereilte, mit zweiundzwanzig, und tschüss.

Als Marco daran denkt, beißt er die Zähne zusammen, seine Augen verengen sich zu schmalen Schlitzen, und er fokussiert sich auf den Gipfel. Er fühlt sich stark, so stark, dass er sie alle beide, den Opa und Alessandro, auf seine Schultern laden und sie mitnehmen kann. Das Gewicht ist egal, der Schmerz im Bein ist egal. Wichtig ist nur der Anstieg vor seinen Augen, in den Ohren die Stimmen der Ärzte und Patienten ringsum: »los Marco, los, los!«

Und entgegen jeder Vorhersage steigt Pantani, fünf Monate nach dem Unfall, der ihn beinah hinweggerafft hätte, wieder auf sein Rad. Den Stützverband, der sein Bein zusammengehalten hat, hat er sich ohne Narkose abnehmen lassen, weil solche Substanzen nicht gut sind für einen Rennfahrer. Der Schmerz dagegen ist gut für ihn, das ist sein Benzin. Das ist das Geheimnis, das ihn unschlagbar macht: Sobald Rennfahrer den Schmerz spüren, hören sie auf zu fahren, Champions dagegen spüren ihn zwar ebenfalls, fahren aber trotzdem weiter. Und dann gibt es noch Marco, der auf dem Schmerz entlangfährt, ihn als eine Art Sprungbrett benutzt, er braucht ihn zum Fliegen.

Es ist der 23. März 1996, zum Laufen braucht er noch Krücken, aber zum Fahrradfahren nicht. Das linke Bein ist jetzt fast einen Zentimeter kürzer. Was enorm viel ist, für ihn, der zwischendrin immer wieder anhält, um den Sattel nachzujustieren. Aber dieser fehlende Zentimeter verschwindet an jenem Tag auf den wenigen Kilometern, die er zurücklegt, zusammen mit einigen Teamkollegen, ein paar Freunden und sogar seiner Schwester Manola, die noch nie Fahrrad gefahren ist, aber aufpassen will, dass Marco keine Dummheiten macht.

Die Menschen am Straßenrand erkennen ihn und flippen aus, sie lassen alles stehen und liegen und folgen ihm, auf dem Fahrrad, zu Fuß, mit Autos und auf Motorrädern. Es wird zu einem richtigen Fest, einem Umzug, einer improvisierten Parade hinter Marco, der einfach weiterfährt, einem Ziel entgegen, das niemand kennt, nicht einmal er selbst. Aber es wird wunderbar sein, dort anzukommen.

Nicht beim Giro jenes Jahres, der schon zu bald stattfindet, aber bei jenem von 1997. Wo Marco endlich zurückkommt und gekommen ist, um zu siegen, um unter der Leitung von Opa Luciano das Versprechen, das er Opa Sotero gegeben hat, einzulösen.

Aber das Unglück spricht tausend Sprachen und hat tausend Gesichter.

Es kann die Motorhaube eines japanischen Jeeps sein, aber auch eine graue Katze in Kampanien, die eine Gasse überquert.

Das Ergebnis unterscheidet sich nicht sonderlich. Du schließt die Augen, hältst den Atem an und stürzt erneut.

Doch wie General Custer gesagt hat: Es kommt nicht darauf an, wie oft du fällst, sondern darauf, wie oft du wieder aufstehst. Das Jahr 1997 ist vorbeigezogen, wir schreiben jetzt das Jahr 1998, ich schmore hier in der magischen Ecke des Platzes vor mich hin, und der Schweiß meiner Hände macht das Transistorradio nass, das mir von Marco erzählt, der beim Giro dabei ist und es erneut drauf anlegt. Wieder sind wir in Kampanien, vor ihm endlich ein neuer Berg, oben ist das Ziel, und der Pirat greift an.

In seinen Pedalen stehend, reißt er aus, wie nur er es kann, auf diese geschmeidige Art, die etwas Tänzerisches hat. Der Tanz von der Tarantel Gestochener, die in ihrer Raserei andere

Welten erreichen. Und niemand schafft es, mit ihm zu tanzen, während er zum Lago Laceno hochfährt, hinauf auf die Berge der Irpinia.

Aber es ist, als wäre es hier, als wäre der verlassene Platz des Konvents plötzlich abschüssig, und Marco wäre hier vor mir, vor Don Basagni, vor uns allen, die wir seit Jahren darauf warten, ihn so zu sehen. Einmalig, bärenstark, unerreichbar, dafür gemacht, allein bis ganz nach oben zu fliegen, dabei auf den Schultern aber das ruhmreiche Gewicht unserer tausend Träume tragend.

Doch dann ist es schlagartig Zeit aufzuwachen. Wir reiben uns die Augen, sein Tanz ist immer weniger märchenhaft. Und als die von hinten es schaffen, ihn einzuholen, sind wir hellwach.

Sie sind zu dritt. Zwei davon sind Bartoli und Le Blanc, der Dritte ist ausgerechnet Zülle. Der Favorit, unschlagbar auf jedem anderen Terrain, aber theoretisch schwächer auf Steigungen wie dieser. Theoretisch oder in unserem wunderbaren Traum.

In der Wirklichkeit aber holt Zülle ihn ein und fängt dann an, regelmäßig und kraftvoll in die Pedale zu treten, und – auch wenn das unmöglich erscheint –, hängt nun seinerseits Pantani ab.

Ohne ein Lächeln, ohne ein Anzeichen von Enthusiasmus macht er sich daran, die Etappe zu gewinnen, und lässt Marco hinter sich, zusammen mit den anderen beiden, zusammen mit uns allen.

Verloren und verwirrt, wie wenn du manchmal morgens aufwachst und das Gefühl hast, dass du einen wunderschönen Traum hattest. Aber es war nur ein Traum, und du erinnerst dich schon nicht mehr daran.

10

Im Jahr 2000

Im Jahr 2000, ja, da essen wir nicht mehr
Spaghetti bolognese oder Steaks, nein, bitte sehr,
wir werfen einfach nur vier Pillen ein,
fort wird der Hunger sein.
Raketen hier, Raketen da,
wir fahren zum Mond mit der Rakete um drei Uhr,
sie fliegt nach hier, sie fliegt nach da,
dann fahrn wir noch zur Venus, auf 'nen Kaffee nur …

Das sang Mama mir immer vor. Und dabei ließ sie den Löffel durch die Luft fliegen, als wäre er jene Rakete auf ihrem Flug in den Weltraum, also schaute ich hoch und öffnete vor Staunen den Mund, und sie steckte mir den Löffel mit seiner Ladung Gemüsesuppe rein.

Ich schluckte die dünnflüssige Pampe und schüttelte mich, aber gleich darauf wurde ich wieder ganz aufgeregt wegen dieses Raumschiffs, das in eine sensationelle Zukunft reiste, ins Jahr 2000 eben, wo es reichte, zum Abendessen vier Pillen zu schlucken, und tschüss, Gemüsesuppe. Und dann Odysseen im Weltraum, Krieg der Sterne, Roboter, die für uns arbeiteten, und ich, der im Jahr 2000 sechsundzwanzig Jahre alt und vielleicht Astronaut sein würde, und bevor ich aufbräche, würde ich meine wunderschöne Frau und meine sagenhaften Kinder umarmen, die so stolz auf mich wären wie der Rest der Welt, während ich neue Planeten erkunden ginge.

Oder nein, im Jahr 2000 war es kein Abenteuer mehr, Astronaut zu sein: Man flog zum Kaffeetrinken auf die Venus, durch den Weltraum fliegen war wie Lkw-Fahren. Also würde ich vielleicht besser ein Gladiator, ein Trapezkünstler, ein Tiefseeforscher oder irgend so etwas. Genau wusste ich das noch nicht, denn das Jahr 2000 glitzerte da vorne zwar ganz stark, aber es war noch zu weit weg, um es deutlich zu sehen.

Heute jedoch war Dienstag, der 26. Mai 1998, bis zum Jahr 2000 fehlten nur noch anderthalb Jahre, und mich mochte vielleicht eine sagenhafte Jahrtausendwende erwarten, aber vorerst hatte ich hier noch eine Kelle und einen Eimer in der Hand und sammelte Hühnerkacke vom Asphalt auf.

Am schwierigsten war das bei der unter dem Schulbus, um da ranzukommen, musste ich mich hinknien und einen Arm ausstrecken, aber hier störte sie Don Mauro noch mehr als überall sonst. Er sagte, wenn sie ihm den Schulbus dreckig machten, würde er dem ganzen Hühnerstall den Hals umdrehen, aber meiner Meinung nach würde er so was nie tun und auch Floras Meinung nach nicht.

»Aber man weiß ja nie, bei seinem Problem.«

»Welches Problem?«

»Nichts, mach da gut sauber, dann gibt es keine Probleme.«

»Okay und im Hühnerstall? Soll ich da vorher oder nachher sauber machen?«

»Nein! Da machst du überhaupt nicht sauber. Da gehst du nicht einmal rein, verstanden?«

Ich habe sie angeschaut, und sie: »Der Hühnerstall ist zu, und er bleibt zu, verstanden?«

Ich habe genickt, aber sie wollte es hören. Also habe ich »Ja« gesagt, und sie hat »gut« geantwortet und ist verschwunden, während ich mich hinkniete und unter den Schulbus kroch.

Aber es lief gar nicht so schlecht, denn Don Mauro war für einen Sehtest wer weiß wo, deshalb konnte er mich mit seinem Gerede über das perfekte, einsatzbereite Gefährt nicht dumm und dusselig quatschen. Jetzt machte ich also schnell sauber und dann im Laufschritt in mein Kämmerchen, um die heutige Etappe zu gucken.

Genau, *zu gucken*, denn endlich hatte ich einen Fernseher.

Nachdem ich am Freitag den von Don Basagni in dessen Zimmer gesehen hatte, hatte ich mich noch mehr danach gesehnt, und zum Glück konnte ich am Samstag nach dem Dienst für den freien Sonntag nach Hause zurück. Zwei Stunden Runtergekurve durch die Wälder, dann eine weitere Stunde regungslos am Gartentor, eingeschlossen in die Umarmung meiner Mama und meiner Tante.

Die hat mich gefragt, wie weit ich mit meiner Abschlussarbeit sei, ob schon Kapitel fertig wären, die sie lesen könne. Mama hat zu ihr gesagt, sie solle mit diesem Gerede aufhören, und Papa hat zu allen beiden gesagt, sie sollten mit der Umarmerei aufhören, denn jetzt sei er mal dran.

Dann bin ich in mein Zimmer und war ganz erstaunt, dass alles noch an seinem Platz war, dass auf den Platten und Zeitschriften noch kein Schimmel, dass das Holz der Möbel noch nicht verrottet war, dass die Pflanzen von draußen noch nicht die Fenster durchbrochen hatten und hineingewachsen waren, um alles mit Zweigen und Sträuchern und Wildtierbauten zu füllen. Denn es kam mir so vor, als wäre ich schon ein Jahrhundert da oben im Konvent, dabei waren – auch wenn ich mir geschworen hatte, nicht die Zeit zu zählen – erst fünf Tage vergangen. Und ich musste noch fast ein ganzes Jahr dableiben.

Ein Gedanke, der mir den Atem aus den Lungen saugte und mein Herz zum Stillstand brachte. Ich versuchte, ihn zu verscheuchen, aber es war unmöglich, schlimme Gedanken sind zu sehr daran gewöhnt, verscheucht zu werden, sie machen sich nichts draus. Vielleicht wäre die beste Art, sie loszuwerden, besonders intensiv an sie zu denken, wieder und wieder, um zu sehen, ob man sie so überrumpeln kann und sie nicht mehr wissen, was sie tun sollen.

Dieser hier dagegen wusste genau, was er tun sollte, er drang in mein Hirn ein und füllte alles aus bis an den Horizont, wie ein böser Geist, der wächst und tausend schreckliche Schwänze bekommt, Gedankenschwänze wie die Tatsache, dass ich nach dem Jahr da oben wieder in mein normales Leben zurückmusste, und das gefiel mir keinesfalls viel besser. Also schüttelte ich wieder und wieder den Kopf, um an etwas anderes zu denken, aber der böse Geist wurde immer größer, bis ich nur noch ihn sah.

Doch als ich beim Abendessen gefragt wurde, wie es im Konvent laufe, habe ich erzählt, es wäre ein wunderschöner Ort, die Priester sympathisch, die Schulkinder liebten mich schon, und wir machten viele schöne Dinge zusammen, ich fände aber auch Zeit, an meiner Abschlussarbeit zu schreiben. Und nach all diesen Lügen, eine einzige große Wahrheit: Ich bräuchte einen Fernseher.

Und so hat mir Papa Sonntagabend, bevor ich losgefahren bin, den kleinen aus der Küche gegeben. Während meine Tante mich daran erinnert hat, ihr meine Abschlussarbeit zu schicken, und Mama mir ihre üblichen Ratschläge zum Studium gab, nämlich nicht zu viel zu studieren. Das sagte sie mir schon seit der Grundschule, dass zu viel Lernen nicht guttut: Das Leben liebt dich und wartet auf dich, aber wenn du zu viel lernst und nie rausgehst, ist es am Ende zu Recht beleidigt und geht weg. In der Tat sind Menschen, die viel studieren, immer allein, ziemlich traurig und sehr unsympathisch, weil sie denken, sie wüssten alles über das Leben, dabei sind sie noch nicht einmal mit ihm ausgegangen.

Ich habe ihr und auch meiner Tante zugenickt und beide fest umarmt, während sie mindestens sechzigmal wiederholten, wie lieb sie mich hatten. Dann habe ich Papa gedrückt, der es mit Worten nicht sagen konnte, aber für mich auf den Fernseher in der Küche verzichtete: Ein größerer Liebesbeweis war nicht möglich.

Nun konnte ich dank ihm den Giro nicht nur mit den Ohren, sondern auch mit den Augen verfolgen. Und Italien und seine wunderschönen Orte sehen, für die die Rennfahrer sich die Seele aus dem Leib schwitzten, um vor den anderen dort anzukommen. Auch wenn die Horizonte alle ganz flach waren, Etappen für Sprinter wie die von heute nach Macerata, die in Kürze anfangen würde.

Und bis dahin sammelte ich diese Hühnerkacke auf, von der ich nicht verstand, warum ich sie überall wegmachen sollte, nur nicht im Hühnerstall, wo dreimal so viel davon war.

»Da darfst du nicht rein«: Was ist das für eine Erklärung? Das ist überhaupt keine Erklärung, sondern eine unwiderstehliche Einladung, heimlich reinzugehen und herauszufinden, warum ich nicht reinsollte, was da war, woher dieser seltsame Laut kam, irgendwo zwischen einem Huhn und einem Kleinkind, das gerade erwürgt wird, aber im Sterben noch singt.

Auch jetzt hörte ich ihn ab und zu aus dem Schuppen in der Mitte aufsteigen, vermischt mit dem Gegluckse eines der herumlaufenden Hühner.

Was sollte ich also tun? Don Mauro war weg, Flora machte

gerade im Refektorium sauber, ich war vierundzwanzig, und die Welt sollte mir gehören. Mehr noch, nicht nur die Welt, es war schon fast das Jahr 2000, also sollten auch die Venus und die anderen Planeten mir gehören. Stattdessen war ich hier, eingeschlossen in einen Konvent, der in Wirklichkeit ein Hospiz für scheintote Priester war, ich konnte nicht ausgehen, konnte nicht nach Sevilla fahren, wo meine Freunde Sex hatten, und auch nicht in die Bar in meinem Ort, um mit Papas Freunden den Giro zu gucken. Also würde ich jetzt wenigstens in diesen Hühnerstall gehen, verdammt noch mal! Denn alles hat seine Grenzen, auch die Trübsal. Und ich war schlimm dran, so schlimm, dass in einen stinkenden Hühnerschuppen zu schlüpfen, ein Abenteuer war, ein Akt der Freiheit. Und dem konnte, dem durfte ich nicht widerstehen.

Ich habe mich dem Gitter genähert, wobei ich die Kelle und den Eimer mitnahm, sodass ich, falls ich dadrin erwischt wurde, so tun konnte, als machte ich sauber. Auf dem Stückchen Erde beim Zaun wuchs schon kein Gras mehr, da standen nur eine Schüssel Wasser und ein Plastikbehälter mit Futter, Obst- und Gemüseschalen, ein aufgeweichtes Stück Brot. Und direkt dahinter, der Asbestschuppen mit Wellblechdach.

Die Sonne fiel durch die Bäume des Waldes und zeichnete lange Schatten von Ästen, Blättern und vorbeifliegenden Vögeln, die mich nicht in Ruhe ließen. Aber aus dem Schuppen kam jetzt kein seltsamer Laut mehr. Im Gegenteil, es herrschte richtiggehende Stille.

Ich habe die Hand ausgestreckt, da war ein halbmondförmig gebogenes Stück Draht als eine Art Griff, ich habe die mit Wellblech versehene Lattenrosttür einen Spalt weit geöffnet und ein Auge der Dunkelheit, der Hitze und dem Gestank genähert. Aber je weiter ich aufmachte und je mehr Licht einfiel, desto mehr gewöhnten sich meine Augen, und ich sah allmählich die Holzstangen, die von einer Wand zur anderen gingen, voller Hühnerkacke, und noch viel mehr Hühnerkacke lag in Haufen darunter. Eine in der Mitte durchgeschnittene Plastikkanne mit vielleicht Wasser gefüllt. Und dahinten in einer Ecke ein dunkler Haufen aus zerzausten Federn oder Haaren oder Lumpen. Es gab also nichts hier drin, keine Ahnung, warum man mich hier nicht reinlassen wollte, hier war nichts Merkwürdiges. Merkwürdig waren die Priester, merkwürdig war Flora.

Teils erleichtert, teils enttäuscht, wollte ich gerade wieder gehen. Doch da habe ich einen Laut gehört. Jenen Laut. Aus dem Nichts, so nah, dass es mir vorkam, als hätte ich ihn in mir drin. Er kam von hinter dem dunklen Haufen aus Federn oder Haaren da drüben.

Ich habe mich gebückt und bin einen Schritt hineingegangen, auf dem Boden lag Stroh, sodass ich keine Geräusche machte. Trotzdem hat der Haufen mich gehört, denn er hat sich bewegt.

Und ich habe gemerkt, dass der Laut nicht von dahinter kam, er kam tatsächlich aus dem Haufen selbst.

Denn der Haufen lebte, der Haufen hatte einen Rücken, der mir zugewandt war, und er hatte sich in die Ecke gekauert. Ich wusste nicht, was ich tun sollte, ob ich den nächsten Schritt in seine Richtung machen sollte oder lieber in die andere Richtung, um abzuhauen. Aber es gab nicht viel zu entscheiden, denn im Moment war ich wie gelähmt und konnte gar nichts tun. Also versuchte ich zu sprechen. *Ciao* zu sagen. Nur ein Wort und ein kurzes dazu. Und doch habe ich es nicht fertig aussprechen können, denn sobald der Haufen mein »C« gehört hat, ist er aufgesprungen und hat ohrenbetäubend geschrien.

Der Schrei eines Tieres, eines Menschen, in jedem Fall von etwas Leidendem. Wie die beiden runden Augen, die mich jetzt, wo der Haufen sich ruckartig umgedreht hatte, ganz weiß in der Dunkelheit anstarrten.

Er hat sich auf seine Stelzen gestellt, oder vielleicht waren es Beine, unter den Federn war das schwer zu sagen. Er hat die Flügel ausgebreitet und noch lauter geschrien, dann ist er auf mich zugeflogen.

Der ich aber gar nicht mehr da war. Ich war schon abgehauen, wobei ich ein paar Hühner und einen Futterkrug umgerissen hatte, tschüss, Kelle und Eimer mit all der Kacke, die meinen Tag ausgefüllt hatte. Und schon die Tatsache, einen Tag mit Hühnerkackeschippen zu verbringen, ist schlimm, aber noch schlimmer ist, wenn du dann herausfindest, dass es der letzte Tag deines Lebens war.

Das Heute endete, am 26. Mai 1998, ohne das berühmte Jahr 2000 zu erreichen, wo alles neu und fantastisch werden würde, und auch ohne zu erfahren, wer dieses Jahr den Giro gewinnen würde.

Aber noch rannte ich, raus aus dem Hühnerstall und am Schulbus vorbei, die Treppen hoch und bis zum Platz. Und da, ganz oben, stand, kerzengerade aufgerichtet und mit einer Sense in der Hand, Flora und starrte mich mit zwei Augen an, die genauso aussahen wie diejenigen, die mich gerade im Hühnerstall in Angst und Schrecken versetzt hatten, als ich das letzte Mal geatmet hatte.

Im Jahr 2000, ja, da wird alles anders sein,
doch die Liebe ist weiter ohne Pillen fein,
und Küsse gibt man sich im Jahr 2000 so wie heut,
hoffen wir, dass es so läuft,
hoffen wir, dass es so läuft,
hoffen wir, dass es so läuft.

11

Das Untier aus dem Hühnerstall

Ich hatte das schreckliche Geheimnis des Konvents gelüftet, ich hatte das Untier aus dem Hühnerstall gesehen, und jetzt musste ich sterben.

Aber ich wollte nicht, also bin ich Richtung Pförtnerloge gerannt, dann durch den Torbogen, der vom Platz wegführte, und runter zum Eingangstor, wo mein Auto stand.

Während Flora mir ohne Eile folgte, mit dieser Sense in der Hand. Wie in einem Horrorfilm, und tatsächlich wusste ich schon, dass ich jetzt ins Auto springen und den Zündschlüssel drehen, es aber nicht anspringen würde. Ich würde es wieder und wieder versuchen, aber keine Chance, und dabei würde ich sie durch die Windschutzscheibe immer näher kommen sehen, langsam, aber sicher. Und obwohl es nicht funktionierte, würde ich doch hartnäckig weiter den Zündschlüssel umdrehen, aus dem einzigen Grund, der es dich im Leben immer und immer wieder versuchen lässt: weil du nichts anderes tun kannst.

Ja, ich rannte Richtung Eingangstor und war schon sicher, dass es so laufen würde. Stattdessen bin ich nicht einmal bei meinem Auto angekommen. Ich ließ den Torbogen hinter mir und lief die Schotterstraße runter, da stand aus dem Nichts Flora vor mir, mitten auf dem Weg.

Ich habe wie am Spieß geschrien, die Arme vor das Gesicht gehoben, um mich zu schützen, und gerufen, dass es nicht meine Schuld sei, ich sei bloß reingegangen, um den Hühnerstall sauber zu machen, ich versuchte nur, meine Arbeit gut zu machen. Auch wenn das nicht meine eigentliche Arbeit sei: Ich sei Erzieher, was mit dem Hühnerstall gar nichts zu tun habe, und nur aus Versehen hätte ich entdeckt, dass dadrin ein Untier sei!

Und Flora mit aufgerissenen Augen: »Ein Untier?«

»Ja! Nein! Also, es war dunkel, es hätte alles sein können, ich muss mich verguckt haben!«

Immer näher kommend, starrte sie mich mit weit aufgerissenen Augen an, mittlerweile konnte ich die Äderchen um ihre Pupillen sehen und die Falten um ihre Augen, die auf der Haut diese schmalen dunklen Linien weiterzeichneten. Ich dachte, dass das wirklich ein trauriges Spektakel war, als letzter Anblick vor dem Sterben.

Aber als Flora bis auf einen Schritt an mich herangekommen war, ist sie stehen geblieben und hat tonlos gesagt: »Das ist meine Tochter.«

Und dann Stille. Sehr viel Stille.

Ich hätte gerne etwas gesagt, aber meine Kehle war vor Schreck und Überraschung wie zugeschnürt. Außerdem, also, es ist nicht leicht, einer Mutter etwas zu sagen, womit du wiedergutmachen kannst, dass du ihre Tochter ein *Untier* genannt hast.

»Sie heißt Gina«, hat zum Glück sie gesagt. »Sie ist zwölf Jahre alt. Sie begleitet mich hierher zur Arbeit. Am Anfang kam sie mit in die Küche und in die Zimmer, aber dann hat sie den Hühnerstall entdeckt, und seitdem will sie nur noch dort sein.«

Sie hat sich zum Wald umgedreht, zweimal in die Hände geklatscht, Blätterrascheln, leichte Schritte, und Gina kam zum Vorschein, ohne sich zu nähern.

Tatsächlich war es ein kleines Mädchen, ihre Strickweste war voller Federn, genauso wie ihr langes, ungekämmtes Haar. Ob sie die Federn extra so drapiert hatte oder sie durch das ständige Herumhängen im Hühnerstall auf ihr gelandet waren, weiß ich nicht.

»Aber … entschuldige, Flora, geht es ihr gut?«

»Ja, es geht ihr gut so.«

»Nein, also eigentlich wollte ich nicht sagen, dass … Das heißt, also, obwohl, ich muss schon sagen …«

»Du musst nicht.«

»Nein, ich muss nicht, ich weiß. Ich wollte nur sagen, wenn ich darf, dass ihr das nicht guttut, den ganzen Tag in diesem Hühnerstall zu verbringen.«

»Immer noch besser als draußen«, hat Flora geantwortet. »Draußen hat sie vor allem und jedem Angst. Nur mit den Hühnern versteht sie sich gut. Von klein auf. Nicht mal zum Doktor kann ich mit ihr gehen: Wenn der Arzt hier raufkommt, um die Priester zu untersuchen, geht er auch zu ihr in den Hühnerstall und tut so, als wäre er der Tierarzt.«

»Und was ist mit der Schule?«, habe ich gefragt. Aber bei diesem Wort hat Gina im Hintergrund aufgehört herumzuschauen und mich mit weit aufgerissenen Augen angestarrt. Sie fing an, hin und her zu laufen, wobei ihr Kopf bei jedem Schritt vor und zurück wackelte wie bei einem richtigen Huhn. Zum ersten Mal hatte ich den Eindruck, dass sie verstand, worüber wir redeten. Und es gefiel ihr überhaupt nicht.

»Zur Schule geht sie nicht.«

»Aber das ist wichtig. Es gibt Menschen, die ihr helfen können, die sie auf die richtige Art begleiten können.«

»Diesen Quatsch hat mir schon deine Freundin erzählt«, hat Flora gesagt. Und sie hat mir erklärt, dass meine Freundin eine Sozialarbeiterin sei. Ich habe geantwortet, dass das nicht meine Freundin sei, dass ich sie gar nicht kenne. Und sie: »Na gut, aber ihr erzählt denselben Unsinn.«

»Das ist kein Unsinn. In der Schule würde sie Zeit mit anderen Kindern in ihrem Alter verbringen. Das würde ihr guttun, weißt du.«

Als ich das gesagt habe, ist Gina noch unruhiger geworden. Sie trippelte und gab seltsame, kurze und kehlige Laute von sich, die immer spitzer wurden.

Flora dagegen umklammerte die Sense noch fester und zischte: »Gut? Das würde ihr *guttun*? Hör zu, Jungchen, hast du mal Kinder in ihrem Alter gesehen? Bösartig sind die, richtig bösartig. Hast du nicht gesehen, wie sie abgehauen ist, als du den Hühnerstall betreten hast? Wenn du noch ein paar Jahre jünger wärst, wäre sie vor Schreck in Ohnmacht gefallen.«

»Na ja, kein Wunder, sie ist ja nicht an andere Kinder gewöhnt. Wenn sie statt in den Hühnerstall zur Schule gehen würde oder in irgendeine Einrichtung, dann wäre …«

»Hör zu, Jungchen … oder nein, vergiss es, es reicht jetzt mit dem Gerede. Komm und sieh es dir selbst an, na los!«, hat Flora gesagt. Sie hat die Sense hingeworfen, mich am Handgelenk gepackt und mich zu Gina gezogen, die versucht hat zu fliehen, aber Flora hat sie mit der anderen Hand festgehalten, während ihre Tochter schrie und dabei Laute von sich gab, die ich nur deshalb als menschliche Laute identifizieren konnte, weil sie aus ihrer Kehle kamen.

Ich wusste nicht, was ich tun sollte, aber solange schaute ich auf das, was Flora mir zeigte. Die Schultern, die Arme, dunkle

Male, einige frischer, andere hatten als Narben die Zeit überdauert.

»Da hast du sie, deine Kinder! Deine Freunde, mit denen Zeit zu verbringen ihr so guttut. Hin und wieder verbringt sie nämlich Zeit mit ihnen, und sieh dir nur an, wie gut ihr das tut! Warte, schau auch mal hier!«, hat Flora gesagt. Sie hat Ginas Haare beiseitegeschoben, und darunter war die Haut schwarz vor Dreck, aber da war ein noch schwärzeres tieferes Mal, das um den ganzen Hals herumging. Wie von etwas, das sie fest gedrückt hatte, so fest, dass es sogar mich erstickte, jetzt, wo ich es anschaute.

»Weißt du, was sie ihr angetan haben? Weißt du, was deine lieben Kinder ihr angetan haben?«

Ich habe aufgehört, Ginas Hals anzustarren, um nun Flora anzustarren, ich habe den Kopf geschüttelt, und die Worte sind ihr bis zum Mund hochgestiegen, aber sie muss sie einen Moment früher im Hirn gehört haben, da hat sie sie wieder runtergeschluckt.

Sie hat Gina losgelassen, die immer noch schrie, jetzt aber weniger verzweifelt, während sie die Schotterstraße hinunterfloh. Da waren zwei echte Hühner, die hochschauten, als warteten sie auf sie, und in einer Wolke aus Federn und Gekreische sind sie zusammen verschwunden.

Und ein furchtbarer kleiner, ja winziger Teil, fast ein Nichts, tief in mir drin, hat sich wieder Flora zugewandt, um zu erfahren, was sie mit ihrem Hals gemacht hatten.

Aber Flora war schon weggegangen und hat ein paar Tage lang nicht mit mir geredet.

Bis Freitagmorgen, als ich in der Ecke stand, wo das Handy Empfang hatte. Ich las gerade die SMS meiner Freunde aus Sevilla und lachte und weinte. Ich lachte ihretwegen und weinte meinetwegen. Ich hatte gar nicht gemerkt, dass sie gekommen war, plötzlich stand sie vor mir und hat den Eimer mit dem Schwamm vor mir abgestellt und gesagt, es sei Freitag und der Direktor warte auf mich.

Ich habe mich bei ihr bedankt und sie um Entschuldigung gebeten, sie hat genickt und ist gegangen.

Und ich bin ebenfalls gegangen, mit dem Eimer in der Hand in den zweiten Stock.

»Der Schweizer ist stark, nicht?«, habe ich im Dunkel des Zimmers gesagt.

Denn an jenem Tag hatte Don Basagni nicht die Doors aufgelegt, ich hörte nur das Knistern der Tüte, wenn er sich ein paar Erdnüsse rausfischte, dann seine Kaugeräusche, die Tüte, das Kauen, die Tüte, das Kauen …

Und ich, um das zu übertönen: »Der Schweizer ist stark, ich fürchte, dass er am Sonntag beim Zeitfahren den Giro schon für sich entscheidet.«

Tütengeknister, Kaugeräusche, Tütengeknister, Kaugeräusche. Dann: »Kein Gequatsche, wasch mich und beeil dich.«

Da habe ich nur noch gewaschen und mich wirklich beeilt. Denn ich wollte so kurz wie möglich hier drinnen bleiben, wo meine Hände sein weißes Fleisch kneteten. Ich wollte das dreckige Wasser auskippen und raus in die Welt da draußen, wo die Sonne schien und die Luft nicht nach Erdnüssen roch und wo jeden Moment die Etappe anfing.

Die heute ein paar Steigungen enthielt. Keine wirklich ernst zu nehmenden, aber wenn Pantani angriff, konnte er ein bisschen Zeit gutmachen. Ja, angreifen würde er ganz sicher. Dieser Tage hatte er das bei jeder noch so kleinen Steigung getan. Mittwoch war die Ankunft in San Marino gewesen, nicht weit von seinem Zuhause entfernt, und er hatte sich völlig verausgabt, um Zülle abzuhängen, aber am Ende hatte er nur ein paar Sekunden gutgemacht und dabei viel Energie verschwendet, die er heute, morgen und vor allem am Sonntag hätte brauchen können. Wenn eben das Zeitfahren in Triest sein würde.

Und Zeitfahretappen sind anders als Anstiege, besser gesagt, sie sind das genaue Gegenteil. Die wichtigsten Gaben dafür sind – neben Kraft –, Beständigkeit, Gleichmäßigkeit und das vorsichtige und achtsame Einteilen der eigenen Kräfte. Also war Pantani am Sonntag geliefert.

Während sein Rivale Zülle, aus dem Land, wo sie die Zeitmesser herstellen, in dieser Disziplin Weltmeister war. Und die Welt ist groß, Milliarden Menschen leben auf ihr. Menschen jeglicher Art, jeglicher Religion, und doch gibt es etwas, was sie alle eint: Beim Zeitfahren sind sie alle langsamer als Zülle.

Kurz, am Sonntag würde es wirklich hart werden. Deshalb tat Pantani nicht gut daran, Kräfte zu verschwenden, deshalb durfte er eigentlich nicht so viel angreifen. Das sagten ihm Radsportexperten, ehemalige Rennfahrer, Journalisten.

Es ist so einfach zu wissen, was zu tun ist, wenn du es nicht selbst tun musst.

»Hör mir gut zu, ich sag dir jetzt, was du tun musst«, hatte mir nämlich genau an jenem Morgen der Anwalt Ferroni gesagt. Er rief aus dem Ausland an, ich weiß nicht, von wo und was er da machte, aber sicher etwas Wichtiges. »Du hast den Aufschub des Wehrdienstes beantragt, sie hätten dich gar nicht einziehen dürfen. Also nimmst du jetzt den Beleg und faxt ihn mir zu. Aber sofort, verstehst du?«

Denn wenn man studiert, kann man den Aufschub des Wehrdienstes beantragen. Es reicht, wenn man zwei Prüfungen pro Jahr abgelegt hat, sie auf einem Formular vermerkt und es dem Wehrbereich schickt.

Ich habe dem Anwalt gesagt, dass ich nicht sicher wäre, wo ich den Beleg hingetan hätte, und er hat geantwortet, dass ich nur danach suchen müsse. Also habe ich gesagt, dass ich nicht sicher wäre, ob ich das Formular richtig ausgefüllt hätte, aber er hat geantwortet, dass ich es vollkommen richtig ausgefüllt hätte, die vom Wehrbereich seien es, die mich fälschlicherweise hätten ausrücken lassen.

So war der Anwalt, zielgerichtet, präzise und selbstsicher. So sehr, dass ich kurz davor war, ihn zu fragen, ob er Zülle-Fan sei. Aber dann ließ ich es doch bleiben, schließlich hatte er wichtigere Dinge zu tun, er rief aus dem Ausland an und gab viel Geld aus. Außerdem war klar, dass er keinen Radsport verfolgte, er war ein Motorsporttyp, ein Formel-1-Mann: Wenn starke Motoren erfunden wurden, die dich in kürzester Zeit überall hinbringen, was hat es da für einen Sinn, sich auf einem Fahrrad abzustrampeln? Das ist was für Bekloppte, für Bekloppte und Kinder. So dachte wahrscheinlich der Anwalt, und vielleicht hatte er sogar recht.

»Mögen Sie Motorsport, Padre?«, habe ich Don Basagni gefragt. Einfach so, weil er kein Wort über den Giro verlor und ich das Bedürfnis hatte, die Stille auszufüllen und an etwas anderes zu denken, während ich von den Beinen zum Bauch überging, der furchtbarste Part beim Waschen. Er war noch schwabbeliger als alles andere, es war, als würde man bei einer toten Qualle eine Herzmassage machen. Um ihn ordentlich zu waschen, musste ich ihn mit einer Hand festhalten und mit der anderen schrubben. Und als ich dachte, das wäre der schlimmste Part, musste ich ihm helfen, sich auf den Bauch zu drehen, und ihn von hinten waschen, und da war ich mir dann nicht mehr so sicher.

Aber andererseits: Wenn es Leute wie den Anwalt gibt, die sich immer bei allem sicher sind, muss es auch welche wie mich geben, die sich nie sicher sind. Ich glaube, man wird so geboren. Es hängt von irgendetwas ab, einer höheren Macht irgendwo im Universum, die über jeden von uns entscheidet, oder es passiert in uns drin, wenn wir noch klein sind, und das entscheidet für immer darüber, wie wir sein werden. Denn die Wirklichkeit, über die sich eine Person absolut sicher ist und eine andere überhaupt nichts weiß, ist ja im Grunde dieselbe. Und meiner Meinung nach ist sie schillernd und immer in Bewegung, sie verändert sich und wabbelt wie diese riesige weißliche Qualle, die ich gerade fertig wusch.

Jedenfalls habe ich den Direktor am Ende wieder auf den Rücken gedreht, er hat wieder nach der Tüte Erdnüsse gegriffen und geschnaubt, als hätte er mir einen Gefallen getan. Er mir. Ich bin ins Bad, um den Eimer auszuleeren. Schnell, weil ich mir sofort die Hände waschen musste und weil die Etappe gleich anfangen würde. Auch Don Basagni hat seinen Oberkörper hochgezogen und den Erdnussstrom unterbrochen, um nach der Fernbedienung zu greifen.

Er zielte damit auf den Fernseher, wartete aber und sah mich an, er würde ihn erst anschalten, wenn ich ging.

Ich habe mir die Hände abgetrocknet, daran gerochen, sie noch einmal gewaschen. Ich habe den Lappen und den Schwamm in den Eimer zurückgelegt, bin um das Bett herumgegangen und wollte gerade das Zimmer verlassen.

Vorher habe ich ihn noch gefragt, ob ich den Rollladen etwas hochziehen soll. Er hat nicht geantwortet, also habe ich ihn so gelassen, wie er war, und bin zur Tür, die ich gerade hinter mir schließen wollte.

Aber er: »Motorsport ist Schwachsinn. Wenn ich vorbeifahrende Autos sehen will, gehe ich auf die Straße. Und der Schweizer ist nicht das Problem. Die wahre Gefahr ist der, der nicht auf der Weltkarte verzeichnet ist.«

Ich bin wie angewurzelt und mit offenem Mund hinter der halb geschlossenen Tür stehen geblieben. Ich wollte ihn noch etwas fragen, ich weiß nicht mehr genau, was. Aber Don Basagni hat den Fernseher eingeschaltet und eine Hand gehoben, und mit einer Geste hat er mich verscheucht.

12

Was geschehen muss, geschieht

Zu wissen, dass etwas geschehen wird, sich dessen hundertprozentig sicher zu sein, ist eine Sache, aber zu erleben, dass es dann wirklich geschieht, ist etwas völlig anderes. Das ist bei den großartigsten Dingen so und auch bei den furchtbarsten. Zu wissen, dass sie dich liebt, ist wunderbar, aber wie schmilzt du erst dahin, wenn sie es dir mit zitternder Stimme sagt und dich dabei auf diese besondere Weise anschaut, wie sie nur dich anschaut?

Und genauso tut es weh zu wissen, dass sie dich nicht mehr liebt, aber was dich richtig fertigmacht, ist, wenn du sie zufällig vorbeispazieren siehst mit einem Lächeln auf dem Gesicht und mit diesem verliebten Blick, mit dem sie jetzt die ganze Welt anschaut.

Denn das wahre Leben ist nicht in deinem Kopf, sondern dringt durch die Augen und Ohren in dich ein, und durch die Millionen Hautporen, die es aus der Luft saugen, um es bis tief in dein Blut rinnen zu lassen.

Und genau das geschieht gerade, auf den windigen Straßen von Triest.

Wo Marco es schon seit dem Start wusste, er wusste es schon heute Morgen, als er aufgewacht ist, und auch gestern Abend auf der Massageliege, nach einer Etappe, bei der er sich für eine

Handvoll Sekunden abgehetzt hat. Mehr noch, er wusste es schon seit Monaten, seit dem Abend, an dem die diesjährige Strecke des Giro d'Italia vorgestellt wurde. Er hat diese gnadenlosen flachen vierzig Kilometer Zeitfahren gesehen und angefangen, an den Knöpfen seines Jacketts herumzuspielen, das er für die Gelegenheit hatte anziehen müssen.

Denn schon da wusste Marco, dass geschehen würde, was gerade geschieht.

Auf der Strecke am Meer entlang, der Adria, seinem Meer.

Bei diesem besonderen Etappentyp, wo jeder allein startet und der Schlüssel in der Regelmäßigkeit liegt, darin, die Kraft einzuteilen, nah am Limit zu bleiben, aber ohne es je zu überschreiten. Konstanz, Einteilung der Kräfte, kontrollierte Haltung auf dem Fahrrad, niemand auf der Straße, den man einholen oder hinter sich lassen könnte, nur der strenge, präzise Mechanismus der Uhr, die deine Zeit misst.

Und Marco quält sich mit den Zeitfahretappen, während Zülle darin Meister ist. Aber das muss man gar nicht wissen, es reicht, einen Blick auf die beiden zu werfen: der Schweizer und sein mathematischer Blick hinter der Brille und unter einem tropfenförmigen Helm, der ihm die maximale Aerodynamik bietet und mit dem er aussieht wie ein Astronaut, der aufbricht, um neue Grenzen menschlicher Kraft zu erforschen.

Pantani dagegen ist zwei Minuten vor ihm mit nacktem, gerötetem Kopf und gelber Sonnenbrille losgefahren. Er ist kein Astronaut, er ist ein Tourist, der Mitte August an den Strand kommt und dem, noch bevor er herausgefunden hat, wo er sich hinlegen kann, schon Portemonnaie und Handtuch geklaut wurden.

Und zwei Minuten sind beim modernen Radsport viel, in den letzten Tagen hat Marco sich die Seele aus dem Leib gestrampelt, um ein paar Sekunden gutzumachen, zwei Minuten sind eine Ewigkeit. Und doch wusste er schon, dass Zülle ihn unterwegs einholen würde.

Das hat er nicht nur befürchtet, Marco wusste es ganz genau. Aber, wie gesagt, zu wissen, dass etwas geschehen wird, hat nichts mit dem Moment zu tun, in dem es tatsächlich geschieht. Und dieser Moment ist jetzt.

Zehn Kilometer vor dem Ende dieser Tortur, wo Marco mit heraushängender Zunge in die Pedale tritt, das Meer zur Rechten, so unermesslich wie die Zeit, die in sich unendlich ist, aber so kurz, so begrenzt für jeden von uns. Genau hier hört Marco hinter sich ein Geräusch.

Zülle, der näher kommt, begleitet von sechs Autos und einem Dutzend Motorrädern, aber nicht die machen dieses Geräusch. Es ist Zülles beständige und unerschöpfliche Kraft, er ist ein Zug, der schnurgerade auf sein Ziel zufährt, zwei Minuten nach ihm aufgebrochen und ihm trotzdem schon auf den Fersen.

Es ist die Wirklichkeit, die sich pünktlich einstellt, die dich, sadistisch, wie sie ist, eine Weile mit deinen Träumen spielen lässt, dir verstohlen dabei zuschaut und lächelt, während du immer mehr entflammst, immer mehr an deine Träume glaubst. Dann schaut sie auf ihre Uhr, die keine Sekunde auslässt, und beschließt, dass es jetzt reicht, dass es Zeit ist, dich aufzuwecken. Da senkt sie sich schlagartig auf dich herab und wickelt dich ein, zwingt dich in ihren engen und dornigen Horizont, erwürgt deine Träume und begräbt sie unter dem tonnenschweren Licht der Tatsachen, Regeln und Gewohnheiten, der Notwendigkeiten und Vorsichtsmaßnahmen und Konformität.

All das sieht Marco, und er dreht sich um. Aber das darf er nicht, er sollte lieber weitertreten, um ihn, solange er kann, hinter sich zu halten, um …

Aber nichts zu machen, Zülle ist schon da. Er überholt ihn links, ohne ihn anzuschauen, die Augen auf den Horizont gerichtet, wo er gleich darauf verschwindet.

Vor Marco bleiben nur die Begleitfahrzeuge, dann der Fernsehhubschrauber, der Zülle vom Himmel aus aufnimmt, dann nichts mehr.

Also senkt er den Blick, auf sein Fahrrad, seine müden Beine, die treten und sich im Kreis drehen. Und er fühlt sich unbeholfen, plump, dumm. Die anderen Kinder mit ihren Rennrädern haben ihn nie abgehängt, wenn er ihnen auf dem klapprigen Drahtesel seiner Mama gefolgt ist. Auch die Profis in seiner Gegend haben ihn nie abgehängt, wenn er sie auf den Trainingshügeln getroffen hat. Sie waren erstaunt, ihn bis oben auf den Fersen zu haben, und wussten nicht, dass er hätte beschleunigen und sie hinter sich lassen können, er sich aber aus Respekt zurückhielt.

Jetzt dagegen hat Zülle ihn eingeholt und ihn wie ein Hindernis überholt, wie einen in die Straße gerammten Pflock, und Marco fühlt sich nicht nur geschlagen, er fühlt sich geradezu lächerlich.

Lächerlich angesichts der tausend Ausreißversuche, die er beim Giro bisher unternommen hat, angesichts des zermürbenden Trainings, um dafür in Form zu sein. Im Schwimmbad, um nach dem zersplitterten Bein, den Motorhauben, den vorbeilaufenden Katzen, dem fleischfressenden Asphalt und den fleischaufreißenden Steinen wieder zurückzukommen. Angesichts der Samstagabende als Jugendlicher, wenn er früh ins Bett ging, während seine Freunde tranken, tanzten und herumalberten. Angesichts der Mitschüler, die ihre Hausaufgaben machten, um dann aufs Gymnasium und zur Uni zu gehen und was zu werden, während die einzigen Hefte, die er führte, schon mit zwölf die Trainingshefte mit Fahrten, Zeiten, Kilometern und Leistungen waren.

Wenn du all das zusammenwirfst, umrührst und es auf die Straße kippst, ist es Marcos Leben. Und heute ist es dumm, unnütz, pathetisch, das zeigt ihm jetzt Triests sonnige breite Allee am Meer entlang, ohne einen Hauch von Mitleid.

Während Zülle die Etappe gewinnt, mit einer Durchschnittsgeschwindigkeit von 53,71 Kilometern pro Stunde, die jeden Rekord in fast hundert Jahren Giro d'Italia schlägt.

Und dazu erklärt die Stoppuhr mit ihrer trockenen Stimme aus Zahlen und Zahnrädern etwas noch Gnadenloseres: Heute Morgen war Marco noch Zweiter im Klassement, zweiundzwanzig Sekunden hinter Zülle, jetzt steht er mit einem Abstand von fast vier Minuten nicht einmal mehr auf dem Podest.

Ein Rückstand so riesengroß wie seine Scham, wie das stille Meer da vor ihm, das er weiter anstarrt, während er im Ziel ankommt, wo er sofort gepackt, gestützt und zusammen mit dem Fahrrad weggebracht wird.

Einen Moment lang nimmt die Kamera seine Augen auf, starr hinter dem dunklen Glas, und ich schalte den Fernseher aus, weil sie mir zu sehr wehtun. Und doch sehe ich sie weiter vor mir. In meinen eigenen, die sich im schwarzen Bildschirm spiegeln.

13

Rotes Heft

»Na, Herr Direktor, was hatten Sie gesagt? ›Der Schweizer ist nicht das Problem‹, richtig? ›Der Schweizer bringt es zu nichts‹, das hatten Sie doch gesagt, nicht wahr? Mit diesem überlegenen Tonfall, ein paar Worte hingeworfen wie ein Wahrheitsgeschenk aus dem Himmel. Es ist leicht, sich bei allem sicher zu sein, was? Man braucht nur Luft zu holen und Unsinn abzulassen, ohne weiter drauf zu achten, ob die Wirklichkeit nicht vielleicht ganz anders aussieht. Man haut einfach noch mehr Unsinn raus und fertig. Stimmts, Herr Direktor?«

Das hätte ich Don Basagni nach der Zeitfahretappe gerne gesagt. Wegen Zülle, der seiner Meinung nach nichts zustande bringen würde, der den Giro aber praktisch schon in der Tasche hatte. Und wegen dieser »wahren Gefahr«, die dem Direktor zufolge »nicht auf der Weltkarte verzeichnet« ist. Ich wusste zwar nicht, was das bedeuten sollte, aber er wahrscheinlich auch nicht, nur ein Auswurf fortgeschrittener Arterienverkalkung von den ganzen Erdnüssen, die er in sich reinstopfte.

Aber es war Sonntag, also musste ich nicht hoch zu ihm in sein Zimmer. Eigentlich hätte ich nicht einmal hier im Konvent sein müssen. Nur dass ich am Abend vorher meinen Dienst beendet hatte, zum Eingangstor runtergegangen und ins Auto gestiegen war, um nach Hause zu fahren, es aber nicht angesprungen war. Ein minimales Geräusch, ein leises Knistern, als wollte es mir sagen, es habe bemerkt, dass ich den Zündschlüssel drehe, aber es nutzte nichts.

Ich bin wieder ausgestiegen, so verzweifelt, dass ich die Motorhaube öffnen und versuchen wollte, etwas zu tun. Aber ich wusste nicht einmal, wie man die Motorhaube aufmacht. Also habe ich meinen grünen Ford Fiesta nur angeschaut. Und gedacht, dass Fiesta ein unpassender Name ist für ein so trauriges Auto. Die wirkliche Fiesta machten gerade meine Freunde, jeden Tag und jede Nacht in Sevilla, von wo sie mir ihre SMS voller Rechtschreibfehler schickten, weil sie sie bestimmt im Suff und in Eile schrieben, zwischen einer Fiesta und der nächsten, während sie tranken und lachten und Sex hatten.

Ich dagegen saß hier oben im Konvent fest, sogar an meinem einzigen freien Tag. Als ich nach der ruinösen Etappe die Pförtnerloge verlassen hatte, mischte sich daher meine Enttäuschung über Pantanis Untergang mit der Wut auf mein Auto und der Bitterkeit wegen der Fiestas, die ich mir entgehen ließ.

Deshalb hätte es mir wirklich gutgetan, zu Don Basagni hochzugehen und etwas von dieser giftigen Mischung an ihm auszulassen.

Doch stattdessen bin ich auf dem großen Platz Don Mauro in die Arme gelaufen.

»Hoppla, junger Mann!« Er hob den freien Arm. »Genau dich habe ich gesucht!«

Unter dem anderen Arm trug er einen riesigen Reifenmantel, dessen Gewicht ihn krumm und langsam machte, aber wie das unerbittliche Schicksal kam er trotzdem irgendwie bei mir an.

Und ich hoffte zumindest, dass er das Problem bei meinem Fiesta gelöst hatte, denn es war schwierig, einen Automechaniker aufzutreiben, der hier hochkommen würde, er dagegen war begeistert gewesen, dass es etwas zu reparieren gab.

»Sind Sie sicher, dass Sie das hinkriegen, Padre? Vielleicht braucht es Ersatzteile.«

»Ach was!«, hatte er mit dem Kopf in der offenen Motorhaube gemeint. »Originalersatzteile sind eine Teufelei, die die Industrie erfunden hat, um dir das Geld aus der Tasche zu ziehen. Ersatzteile kauft man nicht, man baut sich welche! Holz, Nägel, ein bisschen Gummi, mehr braucht es dazu nicht. Ich habe die Lastwagen auf Feuerland wieder zum Laufen gebracht, du glaubst doch nicht, dass es da Ersatzteile gab. Du wirst schon sehen, wie dir Don Mauro dieses Schmuckstück hier wieder in Ordnung bringt!«

Und ein Winkel meiner Seele, ein enger und verzweifelter Winkel ganz weit hinten, wollte daran glauben. So wie ich jetzt daran zu glauben versuchte, dass dieser Reifenmantel unter seinem Arm irgendwie dazu dienen würde, meinen Fiesta wieder in Ordnung zu bringen.

»Schau mal, was für ein Wunderwerk, ich wusste doch, dass ich den noch irgendwo hatte. Ich hatte ihn beiseitegelegt, wusste aber nicht mehr, wohin. Er lag im Olivenhain, beim Brunnen! Den bringe ich jetzt sofort beim Schulbus an. Ich hatte ihn schon überall gesucht. In der Garage habe ich gesucht, auf dem Platz habe ich gesucht, unten hinter dem Gemüsegarten habe ich gesucht, oben in der Abstellkammer habe ich gesucht. Hinter dem Hühnerstall habe ich gesucht, hinter …«

Don Mauro verlor sich mal wieder in einer seiner zermürbenden Aufzählungen und würde für mindestens eine halbe Stunde so weitermachen. Da habe ich es nicht etwa beschlossen, ich habe nicht einmal darüber nachgedacht: Es war einer jener eigenständigen, dem Überlebensinstinkt geschuldeten

Geistesblitze. Dank ihrer sind wir trotz Jahrtausenden voller Erdbeben, Vulkane, Mammuts, Säbelzahntiger, gieriger Wölfe und Bären noch am Leben. Jedenfalls habe ich mich mit dem Handy am Ohr wiedergefunden, ein paar Schritte weiter, zur Rückseite des Platzes hin, während ich so tat, als telefonierte ich, und bedeutete Don Mauro, dass ich ihm gerade nicht zuhören könne.

Er hat geschnaubt, den Reifen abgestellt, die Arme vor der Brust verschränkt und sich da aufgepflanzt, um zu warten. Während ich in der magischen Ecke des Platzes angelangt bin, wo das Telefon wirklich Empfang hatte und ein Haufen Nachrichten bei mir ankamen. Eine war von meinen Freunden aus Sevilla, deren SMS ich, so hatte ich es in jenen Tagen beschlossen, nicht mehr las, weil sie mir zu sehr wehtaten. Die anderen dagegen benachrichtigten mich, dass sie von zu Hause oft versucht hatten, mich anzurufen.

Also habe ich, statt nur so zu tun, jetzt wirklich telefoniert. Ich hörte das Freizeichen, stellte mir das Telefon bei mir zu Hause vor, wie es im Flur klingelte und das Klingeln bis in die Zimmer gelangte, wo ich jetzt gerne gewesen wäre. Um was auch immer zu tun. Ich hätte es unterbrochen, wäre an den Apparat gekommen und hätte zu mir gesagt: *Hallo, Fabio, ciao, alles gut hier, alles bestens.*

Stattdessen ist schließlich meine Mama rangegangen. Oder meine Tante, im ersten Moment war ich mir nicht sicher: Auch wenn sie keine Schwestern waren, klangen ihre Stimmen, wenn sie sich aufregten, fast identisch, schrill und klagend. Jetzt klang es wie der Schrei verrückt gewordener Adler.

»Er ist nicht da! Wir finden ihn nicht! Wo ist er?! Wo ist er?!«

»Wer denn?!«

»Der Beleg für den Aufschub, er ist nicht da, wir finden ihn nicht!«

Denn der Anwalt hatte mir zwar eingeschärft, ich solle sie sofort anrufen und sie bitten, den Beleg für den Aufschub des Wehrdienstes zu suchen. Aber ihrem Geschrei entnahm ich, dass er sie selbst angerufen hatte. Er hatte mir nicht getraut, und er hatte recht gehabt.

Doch jetzt musste mein Zimmer aussehen, als hätte eine Bombe eingeschlagen: umgeworfene Möbel, ausgeräumte Schränke, ausgekippte Schubladen. Das Geschrei meiner Mutter und meiner Tante hallte in einem dem Erdboden gleichgemachten Zimmer wider.

»Das ist doch nicht möglich, dass du nicht weißt, wo du den hingetan hast, etwas so Wichtiges! Denk nach, Fabio, denk mal scharf nach! Herr im Himmel, wenn wir ihn nicht finden, ogottogott!«

Sie hatten sogar das Bett abgezogen, den Lattenrost umgedreht, sie hatten die bis zur Decke gehenden Stapel mit Musik- und Kinozeitschriften umgeworfen, um eine nach der anderen durchzublättern, in der Hoffnung, dass dieser äußerst wichtige Fetzen Papier zum Vorschein käme. Aber nichts dergleichen.

»Und wo ist Papa?«

»Vergiss es! Dem ist ja alles egal, er ist nach dem Mittagessen zur Bar gegangen, um die Etappe zu gucken, kannst du dir das vorstellen? Das muss an seiner Krankheit liegen, an den Medikamenten, die er nimmt. Und wir hier haben den Schlamassel, Fabio. Wenn wir den Beleg nicht finden, weißt du, was wir dann tun müssen? Dann müssen wir den Anwalt anrufen und ihm sagen, dass wir ihn nicht finden!«

Denn das war es, was sie so schreckte. Klar, auch dass sie mich nicht sofort aus dem Hospiz hier oben in den Bergen befreien konnten, aber die größere Angst war, dem Anwalt diese beschämende Wahrheit gestehen zu müssen, ihn zu enttäuschen und wie Taugenichtse dazustehen, die seiner nicht würdig waren.

Also würden sie, statt ihn anzurufen, gleich noch die Tapete abkratzen, in der Hoffnung, der Beleg wäre durch irgendeinen faulen Zauber dahinter geraten.

»Denn wenn er da nicht ist, gibt es keinen! Wir haben schon dein ganzes Zimmer auf den Kopf gestellt!«

Mein Zimmer, auf den Kopf gestellt, bei diesen Worten ist mir schlagartig das Herz stehen geblieben. Denn unter all den Bergen mit meinen Sachen gab es etwas, was meine Mama und meine Tante auf keinen Fall finden durften!

Wie die Pornofilme auf dem Schrank, wie die Pornozeitschriften und -comics unter der Matratze, nur schlimmer, sehr viel schlimmer: Ganz hinten in der untersten Nachttischschublade lag mein rotes Heft.

Das hatten sie bestimmt gesehen, ein Heft ist ja der perfekte Ort, um wichtige Zettel darin aufzubewahren, du legst sie zwischen die Seiten, damit sie nicht zerknittern. Also war klar, dass sie es genommen und geschüttelt hatten, und sie werden es sorgfältig durchgeblättert haben. Und vielleicht, leider, werden sie auch gelesen haben, was drinstand.

So was wie:

Fabio, ich habe dich gestern am Bahnhof gesehen, du hattest deinen Parka an, du warst allein und hast auf den Zug nach La Spezia gewartet. Ich wäre am liebsten zu dir gegangen, um mich mit dir in der Bahnhofstoilette einzuschließen und mich von dir nehmen zu lassen. Hart, so richtig hart, aber auch sanft und dann wieder hart. Und dabei hätte ich dir in die Augen geschaut und dir gesagt, wie sehr ich dich will, dann hätte ich mich wieder zur Wand gedreht, und du hättest mich von hinten genommen, und dann …

Und dann ging das noch eine ganze Weile so weiter mit der Beschreibung, was wir in der Bahnhofstoilette alles machten. Das konnten meine Mama und meine Tante lesen, wenn sie diese Seite aufschlugen. Aber auch wenn sie eine andere Seite aufschlugen, würde das nicht viel ändern, nur die Situation und wer sie mir beschrieb, aber das rote Heft war voller solcher Briefe.

Mädchen, die ich kannte, die Freundinnen meiner Freunde, ehemalige Mitschülerinnen vom Gymnasium, eine aus meiner Straße, die Bäckersfrau, meine Englischlehrerin aus der Oberstufe. Alle schrieben mir, wie sehr sie mich begehrten, wie sehr sie wollten, dass ich sie nahm, was sie alles mit mir machen wollten, was ich alles mit ihnen machen sollte, Seiten um Seiten voller Details, voller Fleisch und Hitze und brodelnder Säfte, die über unsere Körper rannen. Auf jeder Seite eine andere Fantasie, eine andere Handschrift.

Oft las ich sie abends, und auch wenn ich sie mittlerweile auswendig kannte, zeigten sie Wirkung, sie erregten mich, ich sah die Szenen im Kopf, und es kam mir so vor, als wäre ich wirklich dort. Ich vergaß, dass ich nicht mit ihnen in der Bahnhofstoilette, im Wartezimmer beim Zahnarzt oder im Lehrerzimmer war. Ich vergaß, dass ich allein in meinem schmalen Bett lag, in meinem Zimmer mit einem Heft in der Hand, in dem ich diese erotischen Briefe las. Und für einen Moment, einen kurzen, aber erhabenen Moment, gelang es mir sogar zu vergessen, dass ich mir diese Briefe selbst geschrieben hatte.

Ich hatte im Gymnasium damit angefangen und nie mehr

damit aufgehört. Ich war gut darin, Situationen zu erfinden, sich jede auf ihre eigene Art ausdrücken zu lassen, mit anderem Tonfall, anderer Persönlichkeit. Das gelang mir wirklich gut.

Aber das gehört nicht zu den Talenten, die man seiner Mama zeigen will.

Und doch hatten sie und meine Tante das rote Heft jetzt bestimmt gefunden. Wenn ich daran dachte, versank ich im Erdboden. Ich habe aufgehört zu reden und nur noch zugehört, um anhand ihres Tonfalls herauszufinden, ob sie es gelesen hatten, ob sie Bescheid wussten.

Aber sie fragten mich nur nach dem verfluchten Beleg:

»Wie sieht er denn aus? Welche Form hat er?«

»Er ist … er ist normal.«

»Wie denn, normal?!«

»Er ist viereckig, weiß, aus Papier.«

»Na, ist er groß oder klein?«

»Normal. Hm, ungefähr eine halbe Seite.«

»Aber hier ist alles voller Papiere!«

Und ich dachte immer noch an das rote Heft. Daran, was mir die Dame von der Apotheke in ihrem Brief vorschlug, die unter anderem eine Freundin von Mama war. Ich schluckte trocken.

»Und was steht drauf?«

»Wo drauf, Mama?«

»Wie, wo drauf? Auf dem Beleg!«

»Na, der Poststempel, ansonsten erinnere ich mich nicht so genau.«

»Aber du musst doch wissen, was draufstand …«

»Nicht genau.«

»Wieso denn nicht?!«, hat meine Tante hinter ihr verzweifelt gerufen: »Wie sollen wir ihn finden, wenn wir nicht wissen, was draufsteht, was …?«

»Na, es wird Empfangsbestätigung draufstehen, oder? Es wird Einschreiben draufstehen, was zum Teufel soll denn draufstehen?«

Das habe ich gesagt. Vielmehr geschrien. Ich habe es nicht gewollt, aber es war nicht ihretwegen. Es war, um den Gedanken zu übertönen, der mir gerade in den Sinn gekommen war, als ich vom Poststempel geredet hatte. Denn einen der Briefe in dem Heft, einen langen und glühenden Brief, hatte mir die Dame von der Post geschrieben. Sie schrieb, ich solle um die Mittagszeit kommen, weil da nie was los sei, und zu ihr sagen: *Ich habe ein großes Päckchen zu verschicken.* Und sie würde antworten, dass die vordere Klappe am Schalter klemme, *komm, komm, wir schauen mal, ob es durch die hintere passt …*

Diese Nachricht war mir so gut gelungen, sie funktionierte so gut, dass ich eines Tages – ich schwörs – kurz davor war, ihr nachzugeben. Ich dachte schon darüber nach, was ich in das Päckchen packen sollte, dann würde ich es schnell zu ihr bringen. Denn ihre Idee war fabelhaft, sie gefiel mir wirklich sehr. Falls meine Mama und meine Tante sie gelesen hatten, gefiel sie mir jetzt allerdings sehr viel weniger.

Deshalb also hatte ich so übertrieben laut ins Telefon geschrien, um die unerbittliche Stimme der Wahrheit nicht zu hören.

All das vor den aufgerissenen Augen von Don Mauro, der immer noch dastand und mit dem Reifenmantel neben sich auf mich wartete, über diese Handys schnaubend, die den wirklich wichtigen Dingen die Zeit stehlen, wie dem, was ich jetzt mit ihm erledigen sollte.

Während meine Tante wiederholte, ich solle nachdenken, mich erinnern, wo der Beleg sei. Denn der Anwalt hätte gesagt, dass er sich um alles kümmern würde, dass es keine Probleme gäbe, dass man es aber sofort tun müsse, wir dürften keine Zeit verlieren.

Wir dürften keine Zeit verlieren.

Dieselbe Zeit, die Marco an jenem Tag verloren hatte, auf der Küstenstraße von Triest. Nach all der Anstrengung, dem Schweiß, dem Zähnezusammenbeißen und dem bis zum Hals schlagenden Herzen. Was dich verschleißt, dein Leben verkürzt. Dann kommst du an und merkst, dass es zu spät ist. Das sagen dir die Zeiger der Stoppuhr. Das sagt dir das Klassement am Ziel.

Das sagen dir die Mamas, Tanten und Anwälte.

Das sagte mir Don Mauro, schnaubend, den Reifen wieder über der Schulter.

Du darfst keine Zeit verlieren, Fabio, du darfst keine Zeit verlieren.

Was also sollst du tun? Du legst auf, folgst Don Mauro und beeilst dich, die Reifen bei einem Schulbus aus den Siebzigerjahren zu wechseln, damit Kinder zu einer Schule gebracht werden können, die nicht mehr existiert.

14

Plastikbesteck für die Haxe

Da, das ist der Moment. Nicht dass wir ihn schon am Horizont sehen würden, dass er gleich da wäre, nein, der Moment ist genau jetzt. So sehr jetzt, dass es gleich zu spät sein wird.

Das weiß ich, das wissen alle. Aber Pantani weiß es vielleicht nicht.

Heute Morgen ist er aufgestanden und ist runter zum Frühstück, hat sich aber zweimal verlaufen, sodass sie ihn schließlich hinbegleiten mussten.

Wir sind in der dritten und letzten Woche des Giro, und ab heute erwarten die Fahrer drei höllische Etappen. All die Berge, die auf den furchtbaren Ebenen bisher gefehlt haben, sind in diesen dreitägigen Kreuzweg die Alpen hoch und runter reingestopft. Dann wird es zum Abschluss des Giro noch eine weitere verfluchte Zeitfahretappe wie die in Triest geben, wo Zülle ihn erneut demütigen kann. Also, man weiß zwar nicht, welche Tollheiten Pantani sich ausdenken kann, um das Blatt zu wenden, aber er muss es heute tun.

Stattdessen hat er heute Morgen nicht mal den Frühstückssaal gefunden.

Ein Kellner hat ihn hingeführt, Marco hat vor sich hin gestarrt, Grüße nicht erwidert, auf Fragen nicht geantwortet, oder doch, aber nach dem Zufallsprinzip.

»Hallo Marco, hast du gut geschlafen?«

Und er: »Hoffen wir's.«

Oder: »Gibst du mir mal die Milch?«

Und er: »Gegen elf, Viertel nach elf.«

Unverständlich, unnahbar, abwesend. Der Teammanager Martinelli, die Teamkollegen und das ganze Team haben sich angeschaut und gelächelt.

Denn so ist Marco halt, vor seinen Aktionen. Er beschließt sie nicht, er plant sie nicht, er fühlt nur, dass sie geschehen werden. Da sind Stimmen in seinem Kopf, die ihm davon erzählen, und schon ist er mitten drin. Viele Menschen wachen ja auf und brauchen erst mal ein bisschen, um auf Touren zu kommen, um den Schlaf abzuschütteln und wirklich da zu sein. Er aber war heute Morgen nicht da, weil er schon woanders war.

In jener einsamen Dimension seiner Art des Radfahrens, in der er nicht weiß, wohin er fährt, welcher Tag gerade ist, was ringsum passiert. Da sind nur die ansteigende Straße, die zunehmende Anstrengung und hinter einer Kehre der Moment, in dem er die Flügel ausbreiten wird, um davonzufliegen.

Es ist ein ganz besonderer, ein einzigartiger Moment. Und dieser Moment ist jetzt.

Auf dem dritten der mörderischen Berge, die die Etappe so knüppelhart machen, kurz vor den zweitausend Metern des Fedaia-Passes, die Flanken der Marmolada hochstrampelnd. Und wenn es einen Punkt zum Angreifen gibt, dann den hier.

Das wissen die Fans da oben, das wissen die Reporter, das weiß die Bar La Gazzella und das weiß Don Basagni im Dunkel seines Zimmers. Das wissen sogar die Erdnüsse, die in seinem Schlund verschwinden, das wissen die Bäume entlang der schlechten Straße, die Blätter, die, je höher man kommt, desto weniger Sauerstoff aus der Luft saugen können.

Doch nichts passiert.

Das Feld der Besten fährt ruhig bergauf, Zülle zieht sich den Reißverschluss seines Trikots hoch, weil er nicht einmal erhitzt ist, Pantani, das Gesicht von der gelben Kappe verdeckt, tritt als Letzter da unten in die Pedale.

Statt anzugreifen, gibt er seinem Teamkollegen Conti, der neben ihm fährt, ein Zeichen.

Braucht er eine Trinkflasche? Etwas zu essen? Muss er ihm vielleicht sagen, dass das heute nicht sein Tag ist, dass er sein Bein nicht spürt, dass die Hoffnung zwar schön war, endlich den gesamten Giro zu fahren, und der Versuch, ihn zu gewinnen, dass es jetzt aber reicht?

Wir wissen es nicht, und wir können es nicht wissen. Denn wir waren gestern Abend im Hotel nicht dabei, als Marco alle sprachlos gemacht hat.

Sie hatten zu Abend gegessen und wollten gerade hoch in ihre Zimmer, da hat Pantani gesagt, er hoffe, dass diese berüchtigte Marmolada ein geeigneter Anstieg für ihn sei.

Teammanager, Teamkollegen, Masseure, ja sogar die Kellner, die gerade abräumten, sind wie versteinert stehen geblieben: »Entschuldige, Marco, aber … bist du die Marmolada denn noch nie gefahren?«

Das ist doch nicht möglich, das ist ein klassischer Anstieg, der Giro kommt so oft da hin.

Nur dass Marco nach dem ersten Jahr, in dem er aufgeblüht ist, den Giro einmal wegen eines Autos, dann wegen eines Jeeps, dann wegen einer Katze ausgelassen hat: Wo hätte er ihrer Meinung nach denn auf die Marmolada treffen sollen, im Krankenhaus etwa?

Die anderen nicken, versuchen zu lächeln, niemandem gelingt es.

Sein Kollege Conti nimmt ihn zur Seite, wenn er die Marmolada noch nie gesehen hat, dann erzählt er ihm jetzt mal davon: »Der Anstieg ist sehr lang, Marco, und sehr hart. Aber nur bis zu den Tunneln. Wenn die vorbei sind, wird es erst so richtig hart. Das ist der schlimmste Abschnitt, also der beste für deinen Angriff.«

Und genau auf diesem Abschnitt befinden wir uns jetzt, die mörderisch steile Rampe, die den Berg angreift, bis zu den Kehren da oben. Und doch bleibt Pantani am Ende des Feldes, während Tonkow und andere auszubrechen versuchen. Und statt eines Fluchtversuchs ruft er nach Conti.

Der mit großer Sorge in der wenigen Atemluft, die ihm bleibt, neben ihn fährt und fragt, warum er immer noch mit gesenktem Kopf dahinten bleibe.

»Na, ich warte auf das harte Stück, von dem du mir erzählt hast, das nach den Tunneln. Wann zum Kuckuck kommen die denn endlich?«

Conti schaut ihn an. Er schaut ihn genau an. Denn das wäre zwar nicht gerade der richtige Zeitpunkt, aber vielleicht macht Pantani ja Witze.

»Marco, aber wie …? Sie haben einen Teil der Strecke geändert, das haben sie uns heute Morgen gesagt, wir haben einen anderen Weg genommen.«

»Ah, okay, und wo sind die Tunnel?«

»Es gibt keine Tunnel, Marco! Wir sind eine andere Straße gefahren, die Tunnel sind da unten, das harte Stück ist das hier!«

»Ach echt? Gütiger Gott!«, sagt Pantani.

Und Conti muss ihm wieder ins Gesicht sehen, weil er immer noch nicht verstanden hat, ob er das ernst meint oder nicht. Er dreht sich zu ihm um, findet ihn aber nicht mehr. Er schaut wieder nach vorne und sieht, was wir alle im Fernsehen sehen, während wir in die Luft springen: Marco von hinten, wie er aus dem Sattel geht und davonfliegt.

In kürzester Zeit schießt er los wie eine Rakete. Mit wenigen Tritten holt er Tonkow ein, und dann geht es dem russischen Champion wie uns: Er kann nur noch zusehen, wie Marco davonfährt und diesem Mörderanstieg, der nicht unter sechzehn Prozent Steigung fällt, an die Gurgel geht.

Zülle dagegen sieht ihn nicht einmal, denn der Kaiser des Giro, der Herr der Uhren, der am Vortag in Triest gewonnen und sich noch vor einer Minute seelenruhig seinen Reißverschluss hochgezogen hat, stockt bei Pantanis Attacke, so tragisch und plötzlich, dass er den Kopf und den Blick auf seine Beine aus Holz senkt, als wäre er der Erste, der es nicht glauben kann.

Und was in mehr als zwei Wochen Rennen und auf mehr als zweitausend Kilometern nicht passiert ist, passiert jetzt, aus dem Nichts, und alles gleichzeitig, auf diesem grausamen Anstieg, der so steil ist, dass er nicht unter dir, sondern senkrecht direkt vor dir ist, wie ein Spiegel aus Asphalt, der dir ohne Mitleid zeigt, wer du bist.

Und wenn es Zülle für einen Moment gelänge, den Blick zu heben, sähe er seinen Gegner, wie er da oben in die Pedale tritt, bis er verschwindet. Dasselbe Spektakel wie beim Zeitfahren in Triest, nur mit vertauschten Rollen. Und in der Tat schwenken die ausflippenden Fans hundert Meter weiter ein weißes Spruchband, auf dem steht: »Los, Pantani, das ist dein Zeitfahren.«

Sie sind überall, Massen davon, Spruchbänder und Schilder und Sprüche auf dem Asphalt bedecken jeden Meter des Anstiegs bis nach oben. In den letzten Jahren waren sie fast verschwunden, es hieß, sie seien aus der Mode gekommen, die Fans hätten keine Lust mehr, welche zu schreiben. Aber vielleicht gab es bei derart flachen Rennen auch einfach nichts mehr zu schreiben.

Jetzt dagegen ändert sich alles, alles kommt zurück. Auch die Fahnen, die den Anstieg entlang dicht gedrängt wehen. Die Trikolore, aber vor allem Tausende schwarze Totenkopffahnen. Außer Rand und Band geratene Hände schwenken sie, jetzt, wo der Pirat an ihnen vorbeifährt, die Luft verschiebt und die Fahnen bei seinem wilden Entermanöver mitreißt.

Er schaut sie nicht an, er schaut nicht einmal auf die Straße, er beißt nur die Zähne zusammen und fährt. Ohne Berechnungen, ohne Ziele. Er ist wie eines jener verletzten Wildtiere, die die Ärzte mitnehmen und gesund pflegen, und wenn endlich der Zeitpunkt gekommen ist, sie wieder freizulassen, bringen sie sie in Käfigen in den Wald zurück und öffnen das Gitter, aber die Tiere verharren noch einen Moment reglos darin. Dann wittern sie ihre vertraute Luft, hören den Lockruf der Wildnis ringsum. Und da rennt der Wolf los, flüchtet der Hirsch und fliegt der Adler. Wieder frei, wieder stark, wieder lebendig in jenem Fieber, das sie wärmt.

Und das ist Pantani jetzt. Auf den Anstiegen, die nun endlich da sind, schlüpft er aus dem Käfig und flüchtet, rennt, fliegt. Was er da veranstaltet, ist eine Flucht, aber gleichzeitig ist es eine furiose, eine phänomenale Rückkehr.

Bis zum Ziel fehlen noch fünfundvierzig Kilometer, aber oben auf der Marmolada hat er schon fast zwei Minuten Vorsprung vor Zülle. Er holt eine kleine Fluchtgruppe ein und stürzt sich die lange Abfahrt bis Canazei hinunter, wo man rechts abbiegt und, auch wenn die Kurve gefährlich ist, eine Hand vom Lenker nehmen muss, weil der Anstieg des Sellajochs beginnt, man sich also bekreuzigen muss. Um die elf Kilometer anzugehen, die bis auf die 2214 Meter zum höchsten Punkt des Giro führen. Und wenn du über zweitausend Metern Radrennen fährst, ändert sich alles. Das Radfahren wird wie ein Einkauf im Supermarkt, allerdings wenn eine Stimme verkündet: »Aufgrund eines nationalen Notstands wird der Nachschub an Lebensmitteln auf unbestimmte Zeit unterbrochen, das Essen in den Regalen ist alles, was noch da ist, arrangiert euch.« Und auf einen Schlag zerbröckelt die Kultiviertheit der Konsumenten, diese höfliche Patina auf der Gesellschaft, und bei allen kommt die Wut zum Vorschein, der Beuteinstinkt, sofort zuzugreifen, mehr zu nehmen, alles zu nehmen. Tschüss, Berechnungen, tschüss, Maßhalten, Stöcke kommen zum Vorschein, Messer. Denn jeder braucht Essen, und das Essen geht zur Neige.

Und genauso ist es, hier oben über zweitausend Metern Radrennen zu fahren, wo der Sauerstoff zur Neige geht.

Die erschöpften Muskeln wollen welchen, das Blut will welchen, das vom wie verrückt schlagenden Herzen durch den Körper gepumpt wird. Jeder Tritt in die Pedale ist ein weiterer Schritt zur Erkundung dieser unbekannten, erbarmungslosen Welt, und er kann eine Entdeckung, aber auch der letzte Schritt sein.

Doch Pantani denkt nicht darüber nach, er tritt in die Pedale und fährt hoch, und gegen die mörderische Steigung, gegen den fehlenden Sauerstoff, gegen die Anstrengung und den Schmerz und das Unglück reißt Marco sich die Kappe vom Kopf, schaut sie kurz an und wirft sie weg.

Das ist alles, nur ein paar Gramm gelber Stoff, die wenige Sekunden durch die Luft fliegen und dann auf dem Asphalt am Straßenrand landen, aber sie reichen aus, um einen Berg voller Fans und eine ganze Nation vollends ausrasten zu lassen.

Nur Guerini kann bei seinem wahnsinnigen Rhythmus mithalten, die Autos nicht: Nach einer Kurve müssen die beiden einer schwarzen Rauchwolke ausweichen, die von einem Materialwagen mit durchgebranntem Motor aufsteigt.

Und hin und wieder, während Marco gen Gipfel fährt, den Blick zum Himmel, zeigt das Fernsehen das gegenteilige Schauspiel, zeigt Zülle, wie er sich, weit abgeschlagen, quält, zeigt seinen verlorenen Blick hinter den Brillengläsern. Er sieht aus, als würde er gar nichts mehr sehen, nur noch sich selbst. Und auch er erkennt sich nicht wieder: Sein immer ernstes und akkurat rasiertes Gesicht ist vor Anstrengung nun ein stummer Schrei, in dem Schmerz, der es schrecklich aussehen lässt, scheußlich, und damit endlich menschlich.

Er tritt, schnauft, spuckt. Und wenn beim Start dieser Etappe der Schweizer Champion einen Vorsprung von fast vier Minuten vor Pantani hatte, erreicht er heute mit Mühe und Not das Ziel, mit einer Verspätung von fast fünf Minuten.

Aber das sind nur Zahlen, und Zahlen haben hier oben keine Bedeutung mehr. Im Angesicht des wahren Gefühls ist die Uhr wie das Plastikbesteck beim Volksfest für die baumstammgroße Schweinshaxe: ein schwacher und kläglicher Versuch, der verheerenden Gewalt des Lebens entgegenzutreten, wenn es wirklich Leben ist.

Es kommt und zerbricht alles, Gabeln und Zeiger, es bricht Atem und Beine, es zerbricht des einen Hoffnung und des anderen Ketten.

Wie Marco, der im Ziel nur kurz die Hände hebt und sie dann auf dem Podest noch einmal hebt, lächelnd und mit geschlossenen Augen. Um besser zu spüren, wie der Stoff über seine Brust gleitet, wie er ihn streichelt, so wie er es sich als kleiner Junge im Schlafzimmer seiner Eltern, das mit dem größten Spiegel, oft erträumt hat. Einmal war seine Mama reingekommen und hatte ihn so gesehen, mit erhobenen Händen und einem jubelnden Publikum aus Nippes und Püppchen, und er hatte sich sehr geschämt.

Aber auch jetzt, da oben in Wolkenstein in Gröden, lächelt Marco nur halb. Als würde er sich nach so viel Anstrengung, so vielen Unfällen und Blut und Knochenbrüchen und mindestens ein, zwei Auferstehungen immer noch schämen, dieses Trikot anzuziehen.

Heute, wo Pantani zum ersten Mal in seinem Leben das Rosa Trikot trägt.

15

Die Stimme des Waldes

Alles war so still und reglos wie wir, die wir tief im Wald auf einem Felsen saßen.

Ich sah Papa an, machte den Mund auf, um etwas zu sagen, aber er schüttelte den Kopf, denn nein, wir mussten stumm bleiben wie der Fels unter uns und die Bäume ringsum, nur das Rauschen des Gebirgsbachs neben uns war zu hören, in dessen glasklar dahinfließendem Wasser man sofort sehen konnte, dass da kein Fisch war.

Also war die Angel in meiner Hand nutzlos, ich hatte sie auf dem Schoß und streichelte sie, aber die ganze Lust zu fischen von vorhin war in Enttäuschung umgeschlagen. Denn man stellt sich vor, im Wald von Tausenden unterschiedlichsten Geschöpfen begrüßt zu werden, die herumhüpfen und wie in Zeichentrickfilmen mit einem plaudern, aber so ist es nicht. Das heißt, am Anfang war es vielleicht so, im Paradies auf Erden, als nicht einmal Gott verstanden hatte, dass man den Menschen nicht trauen sollte, wie dann erst die Tiere.

Aber nach kurzer Zeit ist es allen klar geworden, deshalb fliehen und verstecken sie sich, sobald ein menschliches Wesen in den Wald, an ein Fluss- oder Seeufer kommt oder wo auch immer die Schwelle zwischen seiner Welt und der der anderen Geschöpfe verläuft.

Und du bist da und denkst, du siehst und hörst die Natur, dabei bist du wie ein Kind im Freizeitpark an einem Ruhetag, die Fahrgeschäfte sind zwar da, aber aus, keine Lichter, keine Musik, keine Fahrten. Die Vögel, die Fische und alle anderen haben dich schon von Weitem kommen hören und sich hinter Zweigen, Steinen und sonst wo versteckt, still und reglos warten sie da nur auf eins: dass du wieder gehst.

Und das Einzige, was du tun kannst, wenn du sie sehen willst, ist genau dasselbe: warten.

»Willst du den Wald sehen?«, hatte Papa mich gefragt, als wir angekommen waren. Denn ich war enttäuscht, ich betrachtete das Nichts ringsum und im Bach, und da hat er mich das gefragt. Im Flüsterton, und ich dachte, ich hätte mich verhört: »Sind wir nicht schon im Wald?«

Papa hat den Kopf geschüttelt, ich habe ihn angestarrt und bejaht. Da hat er sich den Zeigefinger auf den Mund gelegt und mir bedeutet, still zu sein, wir haben uns auf den Felsen gesetzt, und das wars.

Minuten um Minuten. In der Stille, die sich ganz langsam mit dem Rascheln der Blätter über uns füllte, mit dem Rauschen des Wassers, das ihm am Ufer entlang antwortete, und sie wurden immer lauter. Wie meine Langeweile immer größer wurde, weswegen ich mich ab und an zu meinem Papa umdrehte, aber er lächelte und hob die Augen zum Himmel.

Leer und still wie wir, mindestens eine halbe Stunde lang. Dann, in der blauen Luft, das Pfeifen eines Vogels. Ein anderer hat ihm geantwortet. Und von da an ein immer dichter werdendes Geflecht aus Rufen, die von Gepfeife zu Musik wurden, ja zu richtigen Liedern. Und plötzlich waren sie da auf den Ästen, die Vögel, die die Lieder sangen, sich dann unter tausend Kapriolen wieder zum Flug aufschwangen, auf der Jagd nach Beeren und

Insekten und anderen Ästen, von denen aus sie singen konnten. Während verschiedenste Insekten tief über dem Bach dahinflogen und das Wasser streiften. Ich schaute sie an, aber auch die Forellen schauten sie an, die aus den Ritzen zwischen den Steinen auf dem Grund hervorgekommen waren, hochsprangen, um sie zu schnappen, wieder zurückkehrten und dabei ihre silbrigen Flanken im Wasser tanzen ließen.

Kurz, Papa und ich sind wer weiß wie lange dageblieben, um zum ersten Mal den Wald zu sehen. Besser gesagt spionierten wir ihn aus, denn diese ganze Wunderwelt kam jetzt nur hervor, weil sie uns vergessen hatte. So wie wir unsere Angeln vergessen hatten, wir haben sie gar nicht benutzt, wir haben einander nur mit Blicken gezeigt, was da oben oder da unten und ringsum passierte, und ich versuchte, so genau hinzuschauen, dass sich mir diese Wunderwelt in die Netzhaut einbrannte und ich sie noch am Abend vor Augen hätte, wenn ich Mama davon erzählen würde, und am nächsten Morgen meiner Cousine Alessandra, die mir tausend Fragen zu den Farben und Lauten und Tierarten stellen würde.

»Hast du gesehen, Fabio? So kommt die wahre Welt zum Vorschein«, hat Papa am Ende jenes fantastischen Tages zu mir gesagt, während wir nach Hause zurückfuhren und er das Lenkrad mit seinen Händen festhielt, die noch nicht zitterten, im Gegenteil, er war so stark und großartig, dass ich ihn gar nicht vollständig in den Blick nehmen konnte. »Über Tausende und Abertausende von Jahren haben wir der Welt zu viel Scheußliches angetan, jetzt will sie uns still und ruhig.«

Und wie ich ihm an jenem Tag von meinem Sitz aus zugenickt hatte, tat ich es jetzt wieder, viele Jahre später, während ich den Schwamm auf Don Basagnis Körper aufsetzte.

Okay, ihm hatte ich nichts Scheußliches angetan, aber an jenem Nachmittag hatte ich beschlossen, es auf diese Weise zu versuchen, ich blieb still und ruhig und wartete.

Und Don Basagni blieb ebenfalls stumm, auch wenn er mir heute den Lieblingssatz der Menschheit hätte sagen können, den Satz, der dir mit der größten Befriedigung über die Lippen kommt. Und es ist nicht *Ich liebe dich*, es ist nicht *War das ein schöner Tag heute* und auch nicht der bewegendste Vers deines Lieblingsgedichts. Nein, es ist, wenn du jemandem direkt in die Augen siehst und zu ihm sagst: *Siehst du? Ich hatte recht.*

Und das hätte der Direktor sagen können und wie. Als Zülle für den Rest der Welt den Giro schon gewonnen hatte, hatte er gleich erklärt, dass der Schweizer nicht das Problem sei.

Auf den ersten Steigungen hatte er Pantani gebändigt, beim Zeitfahren hatte er ihn beerdigt, dennoch hatte Don Basagni sich auf seine Weise eins gelacht, das heißt, eine Art schief herauskommenden Hustenanfall gehabt, und hartnäckig darauf beharrt, dass Zülle es zu nichts bringen würde.

Und gestern nach einer einzigen Bergetappe hatte ihm die Straße recht gegeben. Pantani war im Rosa Trikot, der Schweizer nicht einmal mehr auf dem Podest. Wer hätte sich das vorstellen können, wer hätte das je vorausgesagt? Niemand. Das heißt, Don Basagni schon, er hatte es vorausgesagt.

Dennoch sagte er jetzt nichts. Und ich würde es ihm bestimmt nicht sagen. Der ich beschlossen hatte, es so zu machen, wie es mir mein Papa beigebracht hatte, still und ruhig hier im Wald. Ich blieb stumm und hörte den Doors beim Spielen zu und Jim Morrison, der von brennenden Haaren und Hügeln voller Feuer sang, und auch wenn an die Stelle des Gebirgsbachrauschens das Nüssekauen von Don Basagni trat und ich statt der hohen, mächtigen Bäume seine dürren Beine, den schwabbeligen Bauch und die mürben Arme vor mir hatte, lebten hier drin trotzdem wilde und geheimnisvolle Geschöpfe, und ich wollte, dass sie zum Vorschein kamen.

Aber ich ging gerade schon zum Rücken über, den ich mir immer bis zum Schluss aufhob, weil ich danach wirklich aufhören musste, und immer noch nichts.

Außerdem war heute noch nicht einmal der richtige Tag, es war Mittwoch, zwei Tage zu früh. Aber Flora hatte mich zu ihm hochgeschickt, der Direktor habe nach mir verlangt. Vielleicht wegen der Hitze, derentwegen er schwitzte und man ihn öfter waschen musste. Dann war sie weggegangen, mit Gina, die ihr hüpfend folgte und sich von mir fernhielt.

Aber ich war in der Hoffnung hochgekommen, dass es nicht wegen der Hitze und dem Schweiß war, sondern dass Don Basagni Lust hatte, mich zu sehen und über den Giro und die letzten sensationellen Wendungen zu sprechen.

Doch nichts dergleichen, ich blieb still und er genauso, während ich mit dem Schwamm über seinen Hals und seinen Rücken fuhr, runter, so weit ich musste. Dann würde der Schwamm im Eimer landen, das dreckige Wasser im Klo und ich wieder unten in der Pförtnerloge mit dem Blick starr auf die Fensterscheibe.

Aber gerade als ich in der Mitte des Rückens angelangt war, haben die tausend Falten seines Fleisches zu beben angefangen, und endlich ist die Forelle aus ihrem Loch unter den Steinen hervorgekommen.

»*Der Schweizer wusste es*«, hat Don Basagni auf Deutsch gesagt.

Ich habe kurz innegehalten, dann aber gleich wieder angefangen zu schrubben, als wäre es mir nicht weiter wichtig. Und zerstreut habe ich gefragt: »Was?«

»*Der Schweizer wusste es*. Das ist Deutsch.«

»Das hat sich auch angehört wie Deutsch, aber ich verstehe kein Deutsch.«

»Das heißt, dass der Schweizer es wusste.«

»Zülle? Und was wusste er?«

»Dass er es zu nichts bringen würde. Er mag darauf gehofft haben, nach dem Zeitfahren hat er fast daran geglaubt. Aber in Wirklichkeit wusste er es. Die anderen nicht, aber er selbst wusste, dass er es zu nichts bringen würde.«

»Na, Sie auch, Padre. Sie haben es mir gleich gesagt.«

»Sicher, das war ja klar. Nur ein Schwachkopf konnte das nicht bemerken. Nur du.«

»Ehrlich gesagt ganz Italien.«

»Eben.«

Und ich habe weitergeschrubbt, blieb aber an derselben Stelle, weil ich zwar am Ende des Weges angekommen, der Wald aber erst jetzt zum Leben erwacht war.

»Woher können Sie Deutsch?«, habe ich einen Versuch gestartet.

Eine Weile Stille, dann: »Vierzig Jahre als Missionar, das ist normal.«

»Waren Sie Missionar in Deutschland?«

»Ach was! Als Missionar geht man nach Afrika, nach Südamerika.«

»Hätten Sie dann nicht … hm, Spanisch lernen sollen oder afrikanische Sprachen?«

»Ich spreche tatsächlich Spanisch und Französisch, und ich verstehe Swahili einigermaßen. Und Deutsch habe ich in Uganda gelernt.«

»Können Sie auch Englisch?«

»Natürlich. Das habe ich sogar unterrichtet, als das hier noch eine Schule war.«

Ich habe genickt. Ich dachte wieder daran, wie er die Lippen zu den Worten der Doors bewegt hatte, und alles passte zusammen. Auch wenn es mir nicht gelang, mir Don Basagni als Lehrer vor einer Klasse Kinder vorzustellen. Aber ehrlich gesagt, gelang es mir nicht einmal, ihn mir aufrecht stehend vorzustellen, in der realen Welt. Während ich ihm weiter den Rücken wusch, die schwabblige Haut, das dichte Muster der Muttermale und der hellen und dunklen Flecken, das tanzte und mich wie ein Kaleidoskop hypnotisierte. Zusammen mit dem Klang seiner Stimme, die nur leicht rauschte, als er mit Jim Morrison mitsang, er habe noch nie eine Frau so allein gesehen, so allein, so allein …

»Klar, aber es ist schon komisch, Padre.«

»Was?«

»So viele Sprachen zu sprechen, aber nie mit irgendwem zu reden.«

Und er nach einem Augenblick: »Mit wem sollte ich denn reden, mit Flora, die nicht zu mir hochkommt? Mit Don Mauro, dieser Nervensäge?« Und dann in einem ausgespuckten Lachen: »Mit dir?«

»Na ja, besser als nichts.«

»Viel besser nichts!«, und darauf hat er den Mund gehalten, während er sich unter unmenschlicher Anstrengung wieder auf den Rücken gedreht hat. »Oh, Jungchen, wie lange fummelst du denn heute an mir rum? Am Ende hast du dich noch in mich verliebt.«

Da habe ich ruckartig meine Hände von ihm genommen und bin sogar einen Schritt zurückgewichen. Ich habe den Schwamm in den Eimer geworfen und ihn ins Bad gebracht. Die Enge der Kammer dröhnte von meiner Stimme, als ich fragte: »An welchen Orten waren Sie denn genau?«

»An verdammt vielen.«

»Na gut, aber verdammt viele wo ungefähr?«

Er hat nicht geantwortet. Jedenfalls nicht verbal. Aber als ich zu ihm zurückkam, hatte er einen Atlas in der Hand. Ich weiß nicht, wo er den aufbewahrte, auf dem Nachttisch war er nicht gewesen, glaube ich. Doch jetzt lag er aufgeschlagen auf seinem Bauch, er blätterte ihn durch und zeigte mir verstreute Länder, von manchen hatte ich noch nie gehört. Und ich: »Wie schön.«

»Was schön?«

»So weit entfernte, unterschiedlichste Orte zu besuchen.«

»Beschissene Orte.«

»Aber nein, das sind exotische Orte, Padre, schöne Orte.«

»Hör zu, mein Junge, an schönen Orten gibt es den Club Méditerranée. Missionen sind an beschissenen Orten, wo es den Leuten beschissen geht. Und du gehst hin und erklärst ihnen, dass all das Leid einen Sinn hat, denn jetzt sterben sie zwar vor Hunger und Durst, aber wenn sie dann wirklich sterben, kommen sie ins Paradies.«

»Ja, aber Sie haben wer weiß was für Erfahrungen gesammelt. Und in jedem Fall war es ehrenhaft, dass Sie den Menschen da geholfen haben.«

»Hast du je von einem Ferienclub in Somalia gehört? In Biafra? Von einem Luxushotel in Burkina Faso?«

»Nein, aber daran sind die Leute schuld, weil sie flach und oberflächlich sind. Sie wollen reisen, um die Welt zu entdecken, aber dann machen sie immer dieselben Sachen an denselben Orten, und …«

»Die Leute mögen vielleicht flach und oberflächlich sein, aber dumm sind sie nicht. Das heißt, eigentlich schon, aber sie wollen dahin, wo es einem gut geht. Auch die, die an diesen beschissenen Orten geboren sind. Wenn sie könnten, würden sie alle da weggehen. Aber sie können nicht, weil sie das Pech hatten, dort geboren worden zu sein. Die Einzigen, die aus freien Stücken dort sind, sind die Missionare.«

»Und die machen eine wichtige Arbeit, sie sind zum Helfen da, und …«

»Sicher, Herr Anwalt, bravo, schöne Rede.«

»Ich bin kein Anwalt.«

»Doch, bist du. Und sogar ein guter.«

»Nein. Das heißt, ich studiere Jura, aber noch …«

»Ich weiß, ich weiß.«

»Ah. Und woher wissen Sie das?«

»Don Mauro. Er bringt mir mittags und abends das Essen. Damit ich etwas zu essen kriege, muss ich diesem Trottel jeden Tag zuhören. Ich schicke ihn sofort wieder weg, aber in den dreißig Sekunden schafft er es trotzdem, mich vollzuquatschen.«

»Verstehe. Jedenfalls bin ich noch kein Anwalt.«

»Nein, aber du wirst einer werden. Das ist doch dein Ziel, richtig?«

Ich habe nicht geantwortet. Ich wollte nicht, ich konnte nicht. Ich konnte nur dastehen und den Eimer halten. Und nur um irgendetwas zu tun, fing ich an, den Atlas auf seinem Bauch durchzublättern. Länder, Meere, Berge.

»Nimm ihn dir ruhig mit runter in die Pförtnerloge, ich kenne ihn auswendig. Aber studiere ihn nicht zu lang, die wahre Gefahr findest du darin sowieso nicht.«

»Hä?«

»Ich habs dir doch schon gesagt, die wahre Gefahr war nicht der Schweizer. Der Schweizer wird es zu nichts bringen. Die wahre Gefahr kommt von einem Ort, der da drin nicht verzeichnet ist.«

»In welchem Sinne? Das ist ein Weltatlas, der wahre Feind

kommt Ihrer Meinung nach also nicht von der Erde? Pantani muss sich gegen einen Marsmenschen verteidigen?«

»So ungefähr, lieber Herr Anwalt, so ungefähr.«

»Nennen Sie mich bitte nicht Herr Anwalt.«

»Und warum nicht? Das ist doch, was du werden willst. Und du bist sogar begabt. Was für ein schönes Plädoyer zur Verteidigung der Missionare. Sie tun Gutes, sie helfen. Geh du mal dahin, an diese gottverlassenen Orte, und bring ihnen bei, dass alles Sünde ist. Dass sie nur Sex haben dürfen, um Kinder zu zeugen, Leuten, bei denen Vögeln das einzige Vergnügen ist, das sie sich im Leben leisten können«, hat Don Basagni gesagt. Er hat sich ein paar Erdnüsse in den Mund gesteckt, dann: »Und, hey, ich habe es wirklich versucht. Ich habe alles gemacht, was die anderen gemacht haben, jeden Tag. Aber wenn ich dann nachts auf meiner Pritsche lag, habe ich gespürt, dass das nicht mein Ding ist. Ich habe es gespürt, ich wusste es. Und doch bin ich dageblieben, Herr Anwalt, ganze vierzig Jahre. Weißt du, wie viele das sind? Wie alt bist du jetzt?«

»Vierundzwanzig.«

»Siehst du, verdammt, du bist noch ein Kind! Du Glücklicher! Denk in ein paar Jahren noch mal darüber nach, vielleicht wenn du vierzig bist und ich unter der Erde liege, bei den Würmern bzw. schon längst in deren Magen. Dann denk noch einmal darüber nach, was es bedeutet, auf einer Pritsche zu liegen, nachts, inmitten von Mücken, nach vierzig Jahren, die man mit etwas verbracht hat, was vielleicht wichtig ist und so weiter, von dem du aber weißt, dass es nicht dein Ding ist. Und ich wusste es, ich habe da gelegen und an die Decke gestarrt, und ich wusste es ganz genau. Wie der Schweizer. Anfangs hat er gewonnen und geführt und all das, aber in Wirklichkeit wusste er, dass das nicht sein Ding ist. Ich wusste es, er wusste es. Und du?«

16

Das fehlende Teil

Das dunkle, sämige Wasser da unten, wie es einen Moment oben aufschäumt und der weiße Schaum dann wieder darin verschwindet, wie die Wellen an den Betonpfeilern zerschellen: Sobald ich all das sah, machte ich es mir gemütlich und schaute ergeben zu, was geschah.

Auch wenn ich es mir eigentlich nicht noch gemütlicher machen konnte, denn ich lag im Bett und schlief, und ich wusste schon genau, was in diesem seit Jahren wiederkehrenden Traum passieren würde.

Jeder Wissenschaftler hat seine eigene Theorie über Träume, also kann ich auch eine haben: Für mich sind Träume Filme, die das Gehirn abspielt, wenn es abschalten und sich ausruhen möchte. Wie im Fernsehen, wo es jeden Tag ein dichtes, genau festgelegtes Programm gibt, bis die Techniker irgendwann nachts, um ein Schläfchen zu halten, einen *Maciste*-Film senden oder die Wiederholung von *Derrick* oder *Columbo*.

Kurz, es gibt Tausende Bücher, die Träume interpretieren, und Menschen, deren Beruf es ist, sie zu analysieren, um dir zu sagen, wer du bist und was du willst und was du tun solltest, aber meiner Meinung nach sind Träume Filme, die auf den Regalen deiner Seele lagern und die das Gehirn sendet, um ein wenig abzuschalten.

Und weil es abgeschaltet ist, ist die Handlung oft wirr und zufällig, und wenn du morgens aufwachst, erinnerst du dich nicht mal mehr daran.

An den hier dagegen erinnerte ich mich genau, ich hatte ihn in den letzten Jahren schon zu oft gesehen, und das schien mir eine große Verschwendung, denn jede Nacht ist eine Eintrittskarte für eine neue Reise in die Welt der Träume, aber ich landete immer am selben Ort. Und statt auf die Berggipfel der Fantasie oder in die unendlichen Meere der Vorstellungskraft brachte er mich wieder und wieder zu einem Ereignis, das wirklich passiert ist.

Einem schrecklichen Ereignis.

Denn ich sah das dunkle Wasser, das ungestüme Meer an der Landungsbrücke, und kurz darauf hörte ich den Schrei des ertrinkenden Kindes, das Tosen der Wellen, die es verschlangen und zermalmten, dann Papa, wie er hineinsprang, die Welle, die ihn gegen den Pfeiler schleuderte und ihn vor meinen Augen und denen meiner Cousine Alessandra verschwinden ließ.

Und hier, genau an diesem Punkt jenes verfluchten Nachmittags, veränderte der Traum den tatsächlichen Hergang: Ein Augenblick, und dann sah ich das vor Wut schäumende, fuchsteufelswilde Meer von innen, von dort mitten in den Strudeln, denn bevor Alessandra es tun konnte, war ich hineingesprungen.

Ich packte das kleine Mädchen, drückte es an mich und brachte es bis zur Landungsbrücke. Dann nur noch Schwarz, Salz, Algenbüschel in den Augen und im Mund, verrottete Stiele, Plastikteilchen. Denn wie in der Wirklichkeit starb jemand, um das Kind zu retten, nur dass diesmal ich es war.

Ein gerettetes Leben, ein verlorenes Leben, mathematisch gesehen ändert sich die Rechnung nicht. Aber die Mathematik kapiert rein gar nichts: Denn es änderte sehr viel, ob das verlorene Leben das von Alessandra war oder meins.

Mit dem Anwalt, der ins Krankenhaus kommt und dieselben Tränen in den Augen hat, im Mund dasselbe sensationelle Versprechen, ein garantierter Platz in seiner hoch angesehenen Kanzlei. Aber nicht für mich, sondern für Alessandra, die sich das ihr Leben lang gewünscht hat.

Und so war alles einfach perfekt. Alles hatte einen Sinn. Sogar mein Leben, obwohl ich mit achtzehn starb, aber das war recht so, denn dafür war ich geboren worden, um meiner Cousine die Tür zu öffnen, um das Bild des Schicksals zu vervollständigen, das wie ein Puzzle aus vielen verschiedenen Teilen besteht, und erst wenn es fast fertig ist, verstehst du, was es ist, und all die Mühe, die es gekostet hat, bekommt ihren glorreichen, strahlenden Sinn.

Ich hätte an jenem Nachmittag springen sollen, ein Sprung, der eine Lücke im schwarzen Wasser aufgetan hätte, und in jene Lücke hätte Alessandra gepasst, das wahre fehlende Teil, so wäre alles an seinem Platz gewesen. Stattdessen stand ich nur da und habe geschaut, habe darüber nachgedacht, dass ich losrennen und das Hafenamt rufen sollte oder vielleicht die Polizei oder vielleicht …

Und weil ich es nicht getan habe, ist sie gesprungen. Die allerdings ein Projekt vor sich hatte, eine Bestimmung. Sie wollte Anwältin werden und die Unschuldigen verteidigen oder Richterin, um die Bösen zu bestrafen, das hatte sie mir seit der Grundschule erzählt.

Während ich nicht mal am Ende des Gymnasiums wusste, was ich werden wollte. Vielleicht alles, vielleicht nichts. Aber das war richtig so, ich sollte ja gar nichts werden, gar nichts Besonderes tun, außer an jenem Tag die Balustrade zu überwinden und für sie reinzuspringen. Aber nichts dergleichen ist geschehen, statt meiner ist sie im Meer gelandet, ist sie da unten verschwunden, zusammen mit dem wunderbaren Plan des Schicksals.

Sie ließ eine Mutter zurück, die verrückt wurde, eine zerstörte Familie und mich, verloren in der Welt, wo ich tagsüber Dinge studierte, die ich nicht verstand, und nachts davon träumte, was wirklich hätte passieren sollen.

Auch in der Nacht vor jenem Nachmittag, an dem Don Basagni mir endlich etwas über sein Leben erzählte, hatte ich diesen Traum gehabt. Und tatsächlich dachte ich, als ich aus seinem Zimmer kam und die Treppen wieder runterging, teils an seine Ausführungen über die Missionen, teils an das aufgewühlte Meer meiner Träume, das jedes Mal den Geruch von Salz in meiner Nase zurückließ.

Mit dem Eimer in der Hand und dem Atlas unter dem Arm ging ich in meine Pförtnerloge hinunter, um mich für die Etappe, die gleich anfangen würde, dort einzuschließen, aber auf dem großen Platz war Gina mit zwei Hühnern. Als sie mich sahen, rannten sie auf mich zu, während Gina in die entgegengesetzte Richtung floh und sich in den Schatten der gegenüberliegenden Hauswand kauerte. Ich habe den Eimer abgestellt, um den Hühnern zu zeigen, dass darin nur der Schwamm war, und sie haben ihre Hälse gereckt, um zu gucken, und auch Gina hat den Hals gereckt. Also habe ich ihr zugewinkt und gesagt: »Hallo. Ich heiße Fabio. Und du?«

Sie hat mich angestarrt wie die Hühner, mit nur einem Auge, während ihr Kopf in eine andere Richtung zeigte.

»Ich weiß, wie du heißt. Du heißt Gina, stimmts?«

Sie hat nur ganz leicht den Mund aufgemacht, hat ihn zu

einer Grimasse verzogen, eine Art Lächeln, aber in tausend andere Dinge verheddert, dann ist sie die Treppen runter Richtung Hühnerstall geflohen, mit einem seltsamen Laut, durch die Luft zuckenden Armen und den Hühnern, die ihr folgten.

Also bin ich in die Pförtnerloge zurück.

Der Zeitpunkt war genau richtig, die Etappe fing gerade an, ich habe den Fernseher eingeschaltet und ihn mitten auf den Tisch gestellt, wobei ich das Buch über Unternehmensrecht beiseiteschob, das ich diese Woche fertig lesen wollte, bei dem ich aber immer noch auf den ersten Seiten festhing.

In der Scheibe vor mir sah ich das Spiegelbild meines verzogenen Gesichts, als ich das Buch in die Hand nahm, dieselbe Grimasse wie bei Don Basagni vorhin, als ich ihn nach den Missionen gefragt hatte, nach den Orten, wo es den Leuten schlecht ging, und dass er ihnen gesagt hatte, sie sollten glücklich sein, denn den Armen ist das Himmelreich, und sie waren so arm, dass sie im Jenseits mindestens Präsidenten wurden. Und das Jenseits dauert für immer, im Vergleich dazu ist das Leben auf dieser Erde nur ein kurzes Niesen. Also hatte es keinen Sinn, sich zu beklagen, wenn man an einem so hässlichen Ort niesen musste.

Der Fernseher ging an, die Liveübertragung der Etappe hatte gerade begonnen, und nach der so unermesslichen Ewigen Glückseligkeit, die nie aufhörte, zählte plötzlich eine einzige Minute ganz viel. Jene Minute, die Pantani jetzt Vorsprung vor Zülle hatte.

Er hat sie gestern bei der ersten richtigen Bergetappe rausgeholt. Heute gibt es eine ähnliche Etappe, morgen die dritte. Danach wird nichts mehr für ihn dabei sein, nur flache Straßen und das Zeitfahren am Schluss, das wie ein Damoklesschwert über ihm hängt, zusammen mit Zülle, der ihn erneut demütigen und sich den Giro zurückholen könnte.

Denn Don Basagni wiederholte zwar, der Schweizer wäre nicht das Problem, und tatsächlich hatte er sich gestern auf den ersten Bergen in Luft aufgelöst, aber vielleicht hatte er nur einen schlechten Tag gehabt, einen dieser Tage, wo du aufwachst, und einfach alles geht schief. Das passiert allen mal, gestern ist es ihm passiert, wo ist das Problem? Es reicht, wenn er sich heute und morgen nicht abhängen lässt, wenn er bei den anderen bleibt, dann holt er sich am Samstag beim Zeitfahren das Rosa Trikot zurück und gewinnt den Giro.

Nur dass Zülle heute nicht bei den anderen bleibt, er bleibt Pantani nicht auf den Fersen, entschlossen standzuhalten. Nein, der Schweizer tut das Unglaublichste, das, was ihm am fernsten liegt: Als wäre er der Pirat, erhöht er beim ersten Anstieg das Tempo und greift an!

Und hier, bei diesem unerwarteten Sprint, bei dieser unnötigen Zurschaustellung von Frische und Stärke, wird schließlich klar, dass Don Basagni recht hat: Der Schweizer wird es zu nichts bringen.

Denn so ist es im Leben immer: Je mehr du den anderen zeigen willst, wie gut es dir geht, desto mehr taumelst du in dir drin schon auf der Schwelle zum Selbstmord. Wie damals, als der Papa meines Freundes Sergio bei der Vierzig-Jahr-Feier seines Mittelschulabschlusses war. Er hatte eigentlich nicht hingehen wollen, aber seine Frau hatte ihn schon vor einer Weile verlassen, und er arbeitete weiterhin in der Familienbackstube, die sein Großvater aufgemacht und sein Vater vergrößert hatte, aber er hatte für diesen Beruf kein Talent, und tatsächlich fraß die Bank seine Backstube auf. Also war er doch zu dem Abendessen gegangen, um sich ein wenig abzulenken, ja, mehr noch, er war mit zwei riesigen Flaschen Sekt aufgetaucht, in jeder Hand eine, hatte damit herumgefuchtelt und so getan, als bespritzte er seine ehemaligen Klassenkameraden, und er erzählte Witze und klopfte Sprüche, was das Zeug hielt, und trank und tanzte, und irgendwann, vor der Nachspeise, stieg er auf den Tisch und sang »Meu Amigu Charlie Brown«, und den anderen, die ihn von unten anschauten, rief er zu: »Kinders, oh, was ist das denn hier für eine Trauerfeier, lacht doch mal, seid fröhlich!«

Aber ihm schwirrte immer mehr der Kopf, und nach dem halben Lied ist er ausgerutscht, hingefallen, hart auf dem Boden aufgeschlagen und dort liegen geblieben, während die ehemaligen Klassenkameraden versuchten, ihm hochzuhelfen, und er nach ihnen trat und schrie, er brauche sie nicht, er brauche niemanden, es gehe ihm gut, es gehe ihm bestens! Dann hat er nichts mehr gesagt, hat dort auf dem Fußboden nur leise angefangen zu weinen, während die Kellner über ihn drübergestiegen sind, um den Nachtisch zu servieren.

Kurz, so ist die heutige Attacke von Zülle auf dem ersten Anstieg des Tages. Wenn es ihm wirklich gut ginge, würde er ganz ruhig direkt hinter Pantani bleiben und dann am Samstag, bei der für ihn geeigneten Etappe, die Mordsleistung anbringen, die mit einem Schlag alle zum Schweigen bringen würde. Stattdessen betritt er hier Terrain, das nicht seins ist, steigt auf den Tisch des Giro, um zu tanzen und zu rufen, dass es ihm gut gehe und die anderen ihm zu langsam seien, weshalb er jetzt die Führung übernehme und ausreiße.

Nur dass es der Schweizer zu nichts bringen wird. Das Feld der Besten lässt sich nicht abhängen, sie holen ihn in kürzester Zeit wieder ein und lassen ihn hinter sich, bis oben und runter in Richtung des zweiten Anstiegs zum Lavazèjoch, dann die lange Abfahrt bis zum letzten Berg des Tages, der Anstieg zum Reiterjoch, der eigentümlich und gefährlich ist: Von Molina fährt man hoch, dann flacht es ab bis Tesero, von wo es wieder für eine Weile ansteigt. Dann aber, vier Kilometer vor der Ankunft, haben die Planer, die vor langer Zeit die Strecke ausgetüftelt haben, im Dörfchen Stava angehalten, einen Kaffee getrunken oder an einer Blume gerochen, dann zum Gipfel hochgeschaut und gemerkt, dass sie es zu gemütlich angegangen sind, dass das bisherige Gefälle keinesfalls ausreicht, um da oben anzukommen. Von Panik ergriffen, haben sie also ihr Projekt wieder in Angriff genommen und haben von da bis oben ein brutales schnurgerades Ding hochgezogen, ein Anstieg, der einer Mauer gleicht.

Und hier, an dem Punkt, wo die Planer ihren Fehler bemerkt haben, muss, wer Kraft hat, angreifen. Das sind die Momente, in denen ein Champion etwas bewirken kann: lossprinten, wenn der gesunde Menschenverstand dir raten würde, vom Rad abzusteigen.

Nur dass Marco zu lange im Käfig geblieben ist, zwischen platten, sinnlosen Straßen, und seine Beine kribbeln vor Lust. Er schafft es nicht abzuwarten, und schon zwei Kilometer vor jenem berühmten Punkt schleudert er seine Kappe weg und los.

Zülle hält nicht einmal kurzzeitig mit, und der Einzige, der an ihm dranbleibt, ist der kleine Kolumbianer Gonzalez.

Ach nein, kurz dahinter ist auch noch der Russe Pawel Tonkow, den man in diesem Giro kaum gesehen hat, der in den letzten Etappen aber allmählich zum Vorschein kommt.

Doch der Pirat ist von der Leine, er greift wieder und wieder an, denn seine Aktionen sind Privatsache, intim, etwas, was so sehr dir gehört, dass es dir nur gelingt, wenn du es allein machst.

Marco fährt mit seinen Gedanken, Erinnerungen, den Stimmen im Kopf und dem Schmerz, der ihn antreibt: Mehr Gesellschaft braucht er nicht. Und tatsächlich, auch wenn ihm die Beine brennen, reißt er hartnäckig weiter aus und spürt schließlich, wie Gonzalez aufgibt und ihn ziehen lässt.

Und Marco tritt in die Pedale und lächelt, lächelt befreit, aber es dauert nur einen Augenblick. Denn dann bemerkt er, dass er gar nicht allein ist. An seinen Fersen klebt noch Tonkow. Das genaue Gegenteil von ihm, immer im Sitzen und gefasst, pumpt er mit konstanter Kraft in die Pedale. Aber das lässt der Pirat sich nicht gefallen. Sofort greift er noch einmal an, auf den berühmten letzten vier Kilometern, wo die Straße noch steiler wird und ihn theoretisch begünstigt.

Aber Theorien sind Geschichten, die wir uns erzählen, um uns in einer Welt voller dunkler, Furcht einflößender Wälder zu beruhigen, wenn wir zu groß sind, um an den Weihnachtsmann, den Märchenprinzen und die Zahnfee zu glauben. Theorien sind die Grundlage, auf der wir die Welt aufbauen, und zugleich sind es komplizierte Märchen, geschrieben für Erwachsene, die nicht mehr wissen, woran sie glauben sollen, nicht mehr wissen, wohin mit sich.

Und das weiß auch Marco gerade nicht. Er kennt nur eine Richtung, aufwärts, da hoch in seine Einsamkeit, bis zum Ziel. Doch heute lässt Tonkow nicht locker, er gibt sich nicht geschlagen, er folgt ihm mit versteinerter Miene und regelmäßigem Tritt. Und er ändert seinen Rhythmus erst, als sich das Ziel nähert, aber nicht, um aufzugeben: Tonkow erhöht die Frequenz, graduell, aber unerschöpflich, fährt neben Marco und überholt ihn.

Nein, das ist nicht hinnehmbar, das ist nicht möglich. Und tatsächlich macht Marco nicht mit. Wieder aus dem Sattel, wieder sprintet er los mit allem, was er noch in sich hat. Im Fernsehen sehen wir sie von oben, aus dem Hubschrauber, aber da fängt ein Tunnel an, und für einige endlose Sekunden wissen wir nicht, was passiert. Man hofft, zuerst Pantanis Rosa Trikot hervorkommen zu sehen, wie er in Richtung Sieg saust, aber zunächst sind da nur die Wälder der Dolomiten und die Bäume, so reglos und gespannt wie wir alle, die wir zuschauen. Und als wir sie wiedersehen, ist Tonkow an der Spitze, Pantani dahinter, die Hände oben auf dem Lenker. Alle halten sie beim Anstieg so, er nie. Der Pirat streicht die Segel.

Und tatsächlich geht Tonkow kurz vor der Ziellinie aus dem Sattel und gewinnt nicht nur, er schafft es sogar, ihn abzuhängen: Tonkow hängt Pantani beim Anstieg ab.

Nur ein paar Sekunden, ein paar Meter, aber es ist trotzdem eine Ungeheuerlichkeit. Denn die Leere bemisst sich nicht in Länge und Breite, die Leere bemisst sich nach der Tiefe. Und dieser winzige Raum öffnet sich über einem Spalt, der ins Bodenlose abfällt, einem dunklen Brunnen, der bis zu den Eingeweiden der Erde hinabreicht, wo das Schicksal, die urzeitlichen Umbrüche, die Lava des Zufalls brodeln, um dann hochzuspritzen, sich überall auszubreiten und all unsere Absichten dem Erdboden gleichzumachen.

Und heute hat das Schicksal entschieden, dass Tonkow gewinnt.

Zülle nicht, der wird als Schiffbrüchiger das Ziel erreichen, so schwankend, dass er fast vom Rad fällt. Aber Marco geht es nicht besser. Er hält den Kopf gesenkt, alle denken, er starre ins Leere, ziellos, aber dem ist nicht so: Marcos Blick ist lebhaft und zielgerichtet, auf ebenjene Leere. Es ist die unermessliche Leere zwischen ihm und dem Sieger.

Jene, die Tonkow hinter sich gelassen und vor ihm aufgetan hat. Es ist eine präzise Leere, perfekt, weil das richtige Teil hineinpasst, das letzte fehlende Teil dieses gigantischen Puzzles namens Giro d'Italia.

Durchdrungen von Staub und Schweiß, Blut und Spucke, Anstiegen und Steilhängen, Regen und Schlamm, Fäusten und Schreien, gebrochenen Knochen und vom Zusammenbeißen abgenutzten Zähnen, Millimetern und Tausenden Kilometern, Sekundenbruchteilen und ganzen Leben. Es fehlt nur ein Teil, um es zu vervollständigen, aber dieses Teil ist nicht Pantani.

Auch wenn das niemand gedacht hätte, ist es vielleicht wirklich Tonkow. Der ein großer Champion ist und den Giro schon gewonnen hat, er ist gut im Zeitfahren, aber anders als Zülle ist er auch in den Bergen stark. Kurz: Er ist das fehlende Teil, das jetzt oben am Reiterjoch nicht mehr fehlt.

Er ist aufs Podest gestiegen, hat die Arme hochgerissen, und vielleicht war der dünne Einschnitt auf seinem Mund ein Lächeln. Während auf dem Bildschirm zu lesen war, dass er den Giro d'Italia 1996 gewonnen hat, neunundzwanzig Jahre alt und in Russland geboren ist, in einem Ort namens Ischewsk.

Ich wusste nicht genau, wo das ist, vielmehr überhaupt nicht, und mir war danach, es zu suchen. In dem Atlas, den mir Don Basagni eben erst geliehen hatte, aber der war alt, und die Landkarte war noch die der Sowjetunion, mit tausend komischen, sich überlagernden Namen drauf. Ischewsk aber fand ich nicht.

Wie sich bei mir zu Hause der Beleg für den Aufschub des Wehrdienstes nicht fand. Aber da waren meine Mama und meine Tante, die alles auf den Kopf stellten, hier musste ich allein klarkommen. Und am Ende bemerkte ich einen kurzen, blassen Schriftzug, mit Bleistift am Ende der Seite: »Siehe *Conoscere Ieri Oggi e Domani*«.

Ich wusste, was das heißen sollte. Das war ein Lexikon. Ich hatte es in dem Zimmerchen hinter meiner Pförtnerloge gesehen, das früher die kleine Schulbibliothek gewesen war, und ich hatte das gleiche bei mir zu Hause. Meine Eltern hatten es gekauft, als ich klein war. Es war teuer gewesen, aber der Verkäufer hatte ihnen erklärt, dass ich es in meinem Leben ohne diese orangenen Bände zu nichts bringen könne. Darin war das Wissen über alle Orte und Zeiten, alles, was ich bräuchte, um Arzt, Wissenschaftler oder Präsident der Republik zu werden. Oder eben Anwalt. Und es heißt immer, wir lieben unsere Kinder, aber das zu behaupten ist einfach, es zu beweisen, ist etwas anderes. Um es zu beweisen, musste man das Scheckheft zücken und mir dieses fabelhafte Lexikon kaufen, *und Ihrem Sohn damit zugleich eine Zukunft kaufen, wenn Sie ihn wirklich lieben.*

Und so hatte ich diese steifen, orangenen – herrlich unnützen – Bände zu Hause, und in all den Jahren hatte ich sie nie gebraucht. Aber jetzt plötzlich brauchte ich sie, und zwar dringend.

Also bin ich eilig aus der Pförtnerloge raus, wobei ich wieder Gina und die Hühner in die Flucht schlug. Ich bin um die Mauer herumgerannt und in das Bibliothekszimmerchen, das modrig und nach altem Papier roch, ich habe den Generalindex des Lexikons zur Hand genommen und durchsucht, aber Ischewsk gab es auch darin nicht.

Doch an seiner Stelle, am Ende des Buchstabens I, stand wieder etwas mit Bleistift. Vielleicht ein Schuljungenstreich, der sagt: »Wer das hier liest, ist doof«, oder ein heimlich mit Herzklopfen hingekritzeltes Schimpfwort. Stattdessen war die Handschrift dieselbe wie im Atlas, und da stand:

Ischewsk: siehe Kalaschnikow.

Ich habe weitergeblättert bis K, Kalaschnikow gefunden und schnell die richtige Seite aufgeschlagen. Und da war das Foto eines Mannes mit Quadratschädel und Schlitzaugen, der lächelnd ein Maschinengewehr im Arm hielt.

Es war das AK-47, das hatte er erfunden, deshalb trug es auch seinen Namen: Kalaschnikow. Entworfen, um die sowjetische Infanterie im Kalten Krieg zu bewaffnen, und das meistgebrauchte Sturmgewehr in allen Konflikten weltweit. Weil es auf jedem Schlachtfeld gut funktioniert, im sibirischen Eis und in der sandigen Hitze der arabischen Wüsten bis zu den unendlichen Ebenen Afrikas, wo keine Gräueltat groß genug ist, um an die Ohren der Welt zu dringen. Genau wie Tonkow, der auf jeder Strecke stark war: beim Zeitfahren, in der Ebene, bei Steigungen. Die Kalaschnikow hatte dieser Mann hier erfunden, und sie wurde in seinem Geburtsort hergestellt, und dieser Ort hieß Ischewsk.

Damit endete der Lexikoneintrag. Aber direkt darunter, wieder mit Bleistift in der gewohnten Handschrift, die mich bis hierher geführt hatte, eine Zeile, die erklärte, was ich schon selbst gemerkt hatte:

Aus Sicherheitsgründen hält die UdSSR Informationen über die Stadt Ischewsk geheim, die nicht auf Landkarten verzeichnet ist.

Deshalb hatte ich sie in Don Basagnis Atlas nicht gefunden. Und das war seiner Meinung nach also das Problem beim Giro d'Italia: *Die wahre Gefahr ist der, der nicht auf der Weltkarte verzeichnet ist.*

Pawel Tonkow. Das fehlende Teil.

Der an jenem Tag eine tiefe Leere hinter sich aufgetan hatte, in die Pantani gestürzt war.

Wie ich an jenem Nachmittag auf der Landungsbrücke, als ich nicht ins schwarze Meer gesprungen war, und seit damals jeden Tag meines Lebens stürzte, hinunterfiel in jene Leere.

17

Sohn des Steinbruchs

»Woher wussten Sie das?!«, habe ich Don Basagni gefragt. Und es kam mir komisch vor, so mit ihm zu sprechen, im Sitzen neben seinem Bett, ohne ihn nackt unter meinen Händen zu haben.

Heute musste ich nicht zu ihm hoch, sondern ich hatte seit zehn Uhr den Giro geguckt, weil die Etappe zu wichtig war und schon vormittags live übertragen wurde. Um die Mittagessenszeit kamen dann die Nachrichten, also habe ich was gegessen, bin raus auf den großen Platz, und da war Gina, die an der Mauer entlang hin und her spazierte, mit offenen Armen und ruckartigen Kopfbewegungen, wie es die Hühner tun. Weil sie nicht sofort abgehauen ist, habe ich sie gegrüßt. Instinktiv habe ich meinen Rücken noch gerader gemacht, um ihr zu zeigen, wie Menschen sich halten. Schließlich war ich ja als Erzieher hier, zu erziehende Schüler gab es zwar keine, aber dafür ein Mädchen, das etwas in der Art wirklich sehr nötig hatte. Und jeden Tag blieb sie einen Augenblick länger, wenn sie mich sah, bevor sie flüchtete.

Ich zeigte ihr, wie aufrecht ich ging, gab ihr ein Zeichen, es auch zu versuchen, und sie schaute mich von der Mauer aus an, immer noch mit nur einem Auge, während die Nase in eine andere Richtung zeigte.

»So, Gina, schau, so. Versuchs mal, merkst du, wie gut man sich mit geradem Rücken fühlt?«

Sie blieb reglos stehen, hatte aber ihre Arme an die Seiten gepresst, und ich schwöre, dass sie sich gerade wirklich aufrichten wollte, aber:

»He!« Ein kurzer Ruf, nur zwei Buchstaben, hallte zwischen den Mauern wider und ließ sie gackernd die Treppen hinunter flüchten.

Ich dagegen drehte mich genau zu dem Punkt hin um, von dem der Ruf kam, Don Basagnis Fenster. Niemand zu sehen, nur seine Stimme, die noch einmal »He!« rief.

Kurz, ich hatte es als Einladung aufgefasst, und jetzt war ich hier. Um ihn zu fragen: »Woher wussten Sie das?« Über Tonkow, den Champion, der nicht auf den Landkarten verzeichnet ist. Wie stark er war, auch wenn es bisher nicht so gewirkt hatte.

»Das war klar, das war sonnenklar.« Er hat die Hand in die Erdnusstüte auf dem Nachttisch gesteckt, eine Handvoll rausgeholt und sie sich alle auf einmal in den Schlund geworfen.

»Ist das nicht ungesund, Padre, so viele?«

»Mag sein«, hat er gesagt, mit aufgerissenem Mund, um mir das ekelhafte Zeug dadrin zu zeigen. »Jedenfalls bin nicht ich schlau, weil ich es wusste, sondern du bist dumm, weil du es nicht wusstest. Aber gut, das hätte ich mir ja denken können, bei einem, der vergisst, den Aufschub vom Wehrdienst zu beantragen.«

Das hat er gesagt und mich dabei mit zusammengekniffenen, kleinen dunklen Augen angeschaut, die jetzt von jenem sinistren Funkeln erfüllt waren, das den Blick von Kindern leuchten ließ, wenn sie gerade eine Eidechse oder einen Schmetterling umgebracht haben.

»Nein, ich weiß doch gar nicht, ob ich es vergessen habe, ich habe nicht … Woher wissen Sie das überhaupt?«

Denn diesen Zweifel hatte ich nur meiner Mama gebeichtet,

genau an jenem Vormittag. Seit Tagen stellten sie und meine Tante auf der Suche nach dem Beleg pausenlos das ganze Haus auf den Kopf, vielleicht gingen sie nicht einmal nachts schlafen. Oder vielleicht doch, aber in Schichten, wie Wachleute. Und auch heute Morgen waren sie bei der Arbeit gewesen, mit Papas Hilfe hatten sie ein Möbelstück auseinandergenommen, um nachzuschauen, ob das Papier vielleicht in einer Nut steckte, und sie würden so weitermachen bis zum Nachmittag, wenn sie eine Pause einlegen würden, um die Etappe zu gucken.

»Auch ihr guckt?«, habe ich gefragt. Und sie hat geantwortet: »Klar, wer schaut die heute nicht?«

Und sie hatte recht. Die heutige Etappe durfte wirklich niemand verpassen, das galt überall, nicht nur hier oben im Konvent, diesem anderen Planeten, wo Priester Putzfrauen begrapschten, Kinder in Hühnerställen lebten, der Schulbus inexistente Kinder transportierte und junge Leute ihre Jugend als Pförtner an einer leeren Pforte vergeudeten.

Jedenfalls wurden zu Hause jetzt sogar die Möbel auseinandergeschraubt, aber der Beleg war nicht zu finden. Es waren ein paar zum Vorschein gekommen, und im ersten Moment hatten meine Mama und meine Tante gejuchzt, und ihnen wäre fast das Herz geplatzt vor Freude, aber es waren immer nur alte Belege aus den Vorjahren.

»Wie ist das möglich, Fabio, dass wir die alten gefunden haben und den neuen nicht?«

Ich habe nicht geantwortet, ich wusste es nicht. Auch wenn Jim Morrison es mir erklärt hatte, letzte Nacht, in einem Traum. In dem Gina ihre Arme wie Flügel bewegte und so die Luft in Schwingung brachte und damit auch seine langen, fabelhaft ungekämmten Haare, der er im Schlafsaal auf dem Bett über mir saß.

»Arme Mutter, armer Vater, durch diese Wüste zu marschieren.«

»Welche Mutter, Jim, welcher Vater?«

»Falsch, die richtige Frage lautet: Welche Wüste?«

»Ach, Entschuldigung, welche Wüste?«

»Das ist nicht wichtig, Herr Anwalt, das ist nicht wichtig. Aber sie verlieren ihre Augen, während sie in der Sonne etwas suchen, was nicht da ist. Dieses Etwas ist bei dir, es ist in dir.« Dann hat er sich runtergebeugt, um mich besser anschauen zu können, mit seinem viel zu tiefen Blick. »Dieses Etwas bist du.«

»Ich? Wieso denn ich, aber …«

»Atomares Feuer vom Himmel, Lava in den Venen, süße Lächeln aus Kantabrien, nie werde ich euch wiedersehen«, hat Jim gesagt und mich erst nickend, dann kopfschüttelnd angestarrt, Bart und Haare folgten weich der Bewegung seines Kopfes.

Dann hat Gina noch stärker mit den Armen gerudert, ist in die Luft aufgestiegen, und Jim und sie sind zusammen durch das geschlossene Fenster aus dem Schlafsaal rausgeflogen.

Deshalb also hatte ich an jenem Morgen zu meiner Mama und meiner Tante, wie sie da mit den alten Belegen in der Hand völlig neben sich standen, gesagt, dass ich mich vielleicht, *vielleicht* geirrt hätte. Vielleicht hatte ich dieses Jahr vergessen, den Aufschub zu beantragen. Ich erinnerte mich zwar daran, das Formular ausgefüllt und abgeschickt zu haben, aber möglicherweise kam ich mit dem vorigen Jahr durcheinander.

Auf der anderen Seite der Leitung Stille. Das heißt, nur ein kehliger Laut meiner Tante. Den gab sie immer von sich, wenn sie die Augen aufriss und kurz davor war, in Ohnmacht zu fallen, aber sie fiel nie in Ohnmacht.

Und statt ihrer Stimmen die ohrenbetäubende Stimme von

Don Mauro, der mit einem gelben Farbeimer hinter mir aufgetaucht war.

Also war es eigentlich sinnlos, Don Basagni zu fragen, woher er von dem Aufschub wusste.

»Wie kann man nur, Herr Anwalt, wie kann man so was nur vergessen?«

»Ich weiß es nicht, Padre. Aber vielleicht habe ich ihn in Wirklichkeit ja beantragt, und er findet sich bloß nicht.«

»Trottel kenne ich viele, ich sehe ja jeden Tag Don Mauro, stell dir vor. Aber du bist echt der King.«

»Okay, Padre, ich habs verstanden. Aber wenn Sie mich nur hochgebeten haben, um mich einen Trottel zu nennen, gehe ich wieder runter, ich hab viel zu tun.«

»Ach ja? Zum Beispiel?«

»Einen Haufen Dinge. Außerdem läuft die Etappe.«

»Die hat noch nicht wieder angefangen«, hat er gesagt. »Es sind immer noch die verfluchten Nachrichten dran.«

Tatsächlich war sein Fernseher eingeschaltet, da unter dem Fenster, wo eine Nachrichtensprecherin über irgendetwas Unverständliches sprach, aber es war nicht der Giro, also, wen juckts?

»Jedenfalls habe ich dich nicht hochgebeten. Ich habe dich nur angeschrien, weil du die Hühner gestört hast.«

»Aber ich habe doch gar nicht … Na gut, hören Sie zu, ich gehe wieder runter. Ich bin nicht wie Sie, dem es gefällt, hier eingeschlossen zu sein.« Das habe ich gesagt, doch dann habe ich mich an den Rollstuhl erinnert, der da am Schrank lehnte, und habe es bereut. Aber Worte sind wie Steine, wenn man sie einmal von sich geschleudert hat, ist es unmöglich, sie wieder zurückzuholen. Sie schlagen ein und tun weh.

»Ich bin um die Welt gereist, Herr Anwalt. Ich bin mehr herumgekommen als du und zehn andere zusammen. Ich habe in der Wüste gelebt, in den Anden und am Amazonas. Vierzig Jahre lang. Geh mir nicht auf den Sack, wenn ich jetzt in meinem Zimmer bleibe.«

»Ja, Padre, aber … aber es ist schon komisch.«

»Was!«

»Nichts. Das heißt, alles. Auch dass Sie so reden.«

»Wie rede ich denn?«

»Na ja, dass Sie zum Beispiel sagen, ich soll Ihnen nicht auf den Sack gehen!«

»Was ist daran so schlimm, das sagen alle. Warum darf ich das nicht?«

»Weil Sie Priester sind!«

»Na und?«, dabei hat er sich aufgesetzt. In dieser Anstrengung hat er aber noch ein Wort ausgespuckt. Nur eins, das ich nicht verstanden habe. Er hat mich angeschaut und es wiederholt: »Hunger«.

»Hä? Wie können Sie Hunger haben bei all den Erdnüssen, die sie verschlingen.«

»Ich meine doch nicht, dass ich jetzt Hunger habe, du Trottel. Ich meine, Hunger, weißt du überhaupt, was das ist?«

»Hm, ja.«

»Drauf geschissen. Entschuldige, drauf *gepfiffen*. Du hast von Hunger gerade mal im Fernsehen gehört, Herr Anwalt, hast in Büchern davon gelesen, aber du hast mit Sicherheit nie Hunger gehabt.«

»Das stimmt nicht, manchmal hatte ich auch schon Hunger.«

»Hast du je eine Maus gegessen? Hast du je in einen Ledergürtel gebissen? Hast du dir je eine Handvoll Erde in den Mund gesteckt, Erde, wie sie da auf dem Boden ist, um etwas zum Kauen zu haben?«

Ich habe nicht geantwortet. Ich wusste nicht, was ich sagen, wo ich hinschauen, was ich mit meinen leeren Händen tun sollte. Fast bedauerte ich, keinen Schwamm zu haben, um ihn damit zu waschen.

»Ich bin in Torano geboren, oben in den Apuanischen Alpen, direkt unter den Marmorsteinbrüchen. Und wenn du da Kind warst, dann hat dein Papa im Steinbruch gearbeitet. Etwas anderes gab es nicht. Alle Väter arbeiteten im Steinbruch, es sei denn, sie waren im Steinbruch gestorben. Alle haben da gearbeitet, sie lösten diese riesigen Blöcke aus dem Berg, dann mussten sie sie bis runter ans Meer bringen. Tonnenweise weißen Marmor, den auch Michelangelo verwendet hat. Und bei etwas so Schwerem hast du keine Chance, es bewegt sich nicht. Der Berg überlässt es dir nicht freiwillig. Das ist seins, seit Millionen Jahren, und da kommst du an und willst es ihm wegnehmen. Und er lässt nicht locker, er wankt nicht, er wackelt nicht. Doch dann, wenn er den Block irgendwann gehen lässt, tut er es ohne Vorwarnung, und dann donnert er den Berg runter und begräbt Erde und Pflanzen und alles, was er auf seinem Weg findet, unter sich. In solchen Momenten ging im Dorf die Sirene an, und alle Frauen fingen an zu weinen, denn die Sirene bedeutete Unfall, und im Steinbruch ist ein Unfall kein gebrochener Arm oder so was, ein Unfall ist ein Toter. Oder, wenn es nicht ein Toter ist, dann sind es zwei oder drei. Und alle Ehefrauen und Mütter weinten, wenn sie die Sirene hörten. Eines Tages jedoch stieß meine Mama einen Schrei aus, bevor sie zu weinen anfing, ein Heulen, das ich nie vergessen werde. Wie ein Wolf, den Kopf zum Himmel. Denn in jener Nacht hatte sie geträumt, dass Papa sterben würde. Sie ist aus dem Haus gerannt, und da war eine Frau, die genauso weinte, weil auch sie geträumt hatte, dass ihr Sohn sterben würde. Am

Endc hattcn sie beide recht, der Block hatte den einen wie den anderen überrollt.«

Don Basagni schaute vor sich hin, zum geschlossenen Fenster, auf den stumm geschalteten Fernseher, wo immer noch die Nachrichten liefen. »Zu Hause waren nur noch wir, Mama und ich und meine sechs Geschwister, alle älter. Vier haben später im Steinbruch gearbeitet, wie Papa. Dann kamen zwei Mädchen, dann ich, der ich mir eine Lungenentzündung geholt und daher keine Kraft hatte. Doch ich hatte einen Mordshunger, wie alle. Nachts konnte ich vor Hunger nicht schlafen. Also hat mich meine Mama eines Tages zum Konvent gebracht. Mein ältester Bruder Egisto, der Anarchist war wie alle im Steinbruch, hat gesagt, dass Papa sich im Grab umdrehen würde, wenn ich Priester werde. Mama hat geantwortet, dass Papa nicht einmal im Grab wäre, unter dem Marmor war nichts übrig geblieben, was man hätte begraben können. Und ich hörte ihnen zu. Und fragte mich, wie sich ein Toter ohne Körper umdrehen sollte. Ich wusste es nicht, das weiß keiner. Doch Egisto hat es, mit etwas Geduld, herausgefunden. Denn ein paar Jahre später hat ihn dasselbe Schicksal ereilt, aber er konnte es mir dennoch nicht beantworten, denn er war ja tot, also habe ich ihn nicht mehr wiedergesehen. Außer ein Mal, an einem Abend im Dezember 1957. An jenem Abend ist Egisto zu mir zurückgekehrt.«

Das hat der Direktor gesagt und mich angestarrt. Und ich habe vergessen, wie man atmet.

Doch dann ist im Fernsehen eine Musik losgegangen, die Nachrichten waren zu Ende, und Don Basagni hat wieder auf den Bildschirm geschaut. Aber da lief Werbung, die sagte, dass sie dir eine großartige Finanzierung geben würden, wenn du einen Fiat Uno kaufst. Also wandte er sich wieder mir zu, der ich an jenem Dezemberabend 1957 stehen geblieben war, als sein toter Bruder aus dem Grab auferstanden war.

»Also, Herr Anwalt, wo war ich gerade …? Ach ja, der Konvent.«

»Eigentlich haben Sie gerade von Ihrem Bruder erzählt, den Sie nach seinem Tod wiedergesehen haben.«

»Ach ja, richtig. Was für eine Nacht, was für eine Nacht. Aber das ist nicht wichtig. Wichtig ist der Konvent. Ich war neun Jahre alt und kam mit Mama ans Eingangstor. Ein Priester mit Bart, der Don Ercole hieß, hat uns aufgemacht, und er hat mir sofort zwei Dinge gegeben, die mir vorher noch nie jemand gegeben hatte. Eine Umarmung und eine Scheibe Brot mit Öl. Ich meine ein Mann, ein Mann hatte mich noch nie umarmt. Meine Mutter ja, auch in jenem Moment, sie hat mich ganz feste umarmt, und dann hat sie mich dortgelassen.

Und Don Ercole nannte mich ›mein Sohn‹, gab mir noch eine Scheibe Brot und stellte mich den anderen Priestern und zwei Jungs vor, die nur wenig älter waren als ich, und wir haben einen randvollen Teller Bohnensuppe zu Abend gegessen. Ringsum hingen Bilder von Heiligen und Seligen, die gerade heldenhafte Dinge taten und unglaubliche Torturen ertrugen, wofür sie ins Paradies kommen würden, doch ich schaute sie an, aß Nudeln und Bohnen und hatte das Gefühl, schon im Paradies zu sein.«

So erzählte Don Basagni, teils mir, teils dem Fernseher, wo weiter bunte Werbung lief, mit begeisterten Stimmen, die uns erklärten, welche neuen Sachen wir wollen sollten.

Aber wir wollten gerade bloß, dass die Werbung endlich aufhörte, um zu sehen, was bei der entscheidenden Etappe des Giro d'Italia passieren würde.

»Frühmorgens haben wir gebetet. Dann brachten sie uns Lesen und Schreiben bei, dann haben wir wieder gebetet, dann arbeiteten wir draußen mit Don Ercole, wir beteten am Nachmittag und dann noch einmal vor dem Zubettgehen. Wir beteten verdammt oft, aber dazwischen gab es Frühstück, Mittag- und Abendessen, jeden Tag. Und wie schön ist es, zu Gott zu sagen, *Unser tägliches Brot gib uns heute*, und zu wissen, dass er es dir wirklich geben wird. Das ist sehr viel einfacher, weißt du. Tatsächlich bekreuzigte ich mich jedes Mal vor dem Essen und dankte ihm. Ich dankte Don Ercole und Mama zu Hause, die mir fehlte, doch ich sagte, na gut, erst mal esse ich und tanke Kraft, später gehe ich wieder nach Hause zurück. Denn für mich war das so. Eine Woche dort, vielleicht zwei, einen Monat. Dann reicht es. Aber erst mal aß ich, ich aß, und es ging mir gut. Und wenn es abends keine Nudeln mit Bohnen gab, gab es Nudeln mit Kichererbsen, also, ich mache es kurz, so bin ich Priester geworden. Ich habe die spirituellste Wahl der Welt aus dem weltlichsten aller Gründe getroffen: Ich hatte Hunger.«

Das hat er gesagt, und dabei hat er mich angeschaut und gelächelt. Aber mit jenem Lächeln, das dir dein Hirn befiehlt, und der Mund gehorcht widerwillig und verzieht sich zu einer schiefen Grimasse, während die Augen ausdruckslos bleiben. Dieses Lächeln ist das traurigste im Universum.

Also habe ich versucht, es mit Worten zu überdecken: »Aber nein, Padre, so hat es vielleicht angefangen, aber dann haben Sie sicher gemerkt, dass Sie Gutes tun konnten. Vielleicht war der Hunger … der geheimnisvolle Weg, den Gott gewählt hat, um Sie die Richtung einschlagen zu lassen, die …«

»Ich bitte dich, Herr Anwalt, hör auf damit. Du musst mich nicht trösten, so ist es bei mir gelaufen, und so läuft es bei allen. Ich weiß, wovon ich rede, ich habe mein Leben lang Gläubigen die Beichte abgenommen. Ich habe Leuten zugehört, die jemanden geheiratet haben, weil es ihnen leidtat, ihn zu verlassen. Oder weil sie eine andere liebten, die aber mit noch einem anderen zusammen war. Paaren, die sich nicht mehr verstanden und deshalb ein Kind gezeugt haben, weil sie dachten, dass es dann besser würde. Stell dir das mal vor! Es gibt Leute, die so was wirklich denken, verglichen damit bin ich ein Genie. Jedenfalls, so ist es gelaufen. Wie bei allen. Jeden Tag habe ich mir gesagt: Morgen gehe ich weg, morgen, morgen. Und unterdessen wurde ich größer und gewöhnte mich daran. Denn das ist das Problem, Herr Anwalt. Dass du dich nach und nach an alles gewöhnst. Jeden Abend gehst du ins Bett und beschließt, dass du am nächsten Tag etwas tun wirst, um die Lage zu ändern. Und du glaubst wirklich daran. Doch dann wachst du auf, und es ist nicht morgen, es ist heute. Morgen liegt noch vor dir, einen Schritt weiter. Also wartest du noch einen Tag darauf. Und nach vielen Tagen wirst du vom Kind zum Alten, du wirst das hier«, hat Don Basagni gesagt, und auch wenn ich ihn heute nicht wusch, hat er das Laken weggezogen und auf seinen Bauch gezeigt, auf die Beine, auf all das, was ich nur zu gut kannte.

»Siehst du das, Herr Anwalt, weißt du, was das ist? Weißt du das?«

Ich habe den Kopf geschüttelt, denn ich wusste es nicht. Vielleicht wollte ich es auch gar nicht wissen.

»Das ist das Beste, was dir passieren kann. So gut es dir auch ergehen mag, das hier ist, was dich erwartet. Das ist, worum du bittest, wenn du zum Herrn betest, er möge dich bei guter Gesundheit halten, Unfälle und Krankheiten abwenden, er möge dich nicht von Marmorblöcken zerquetschen lassen. Hier ist es, Herr Anwalt.«

Und ich wusste nicht, was ich sagen sollte, nicht einmal, ob ich lieber nicken oder den Kopf schütteln sollte. Aber zum

Glück hat Don Basagni noch weitergeredet: »Doch eins sage ich dir, Herr Anwalt. Etwas, worüber ich schon verdammt lange nachdenke, hör gut zu und vergiss es nie.«

Und wer weiß, was er mir gerade sagen wollte, ich weiß es immer noch nicht und werde es nie erfahren, solange ich lebe. Denn die Musik im Fernsehen war zu Ende, und man hörte eine Stimme, vielmehr zwei. Es waren die von Adriano De Zan und Davide Cassani, die sagten: »Willkommen zurück beim Giro d'Italia.« Da ist Don Basagnis Kopf zum Bildschirm geschnellt, er richtete die Augen darauf, bereit, mich wegzuschicken.

Aber das brauchte er gar nicht, ich wollte gerade schon Richtung Flur und zu meiner Pförtnerloge flüchten. Denn das Hauptfeld mühte sich auf dem vorletzten Anstieg des Tages und folglich auch des Giro ab. Die letzte Bergetappe, die letzte Gelegenheit: Was auch immer der Pirat tun konnte, er musste es jetzt tun. Heute gab es kein Morgen mehr, auf das man warten könnte.

Wie es auch den Rest der Welt nicht mehr gab. Sevilla mit seinen tausend Gelegenheiten, meine Freunde, die da voll eintauchten, es gab keinen Aufschub des Wehrdienstes mehr und nicht einmal Nudeln mit Bohnen, die über dein Leben entschieden. Nur diese Etappe, die an ihrem Schlüsselmoment ankam, und ich wollte gerade runter zu meinem Fernseher rennen.

Ich habe schnell »Bis morgen, Padre!« gesagt, ehe Don Basagni die Hand heben konnte, um mich zu verscheuchen. Aber er hat mich gar nicht verscheucht. Er hat sie nur geöffnet, um mich aufzuhalten.

»Herr Anwalt, wo zum Teufel willst du denn hin? Bleib hier, wir schauen uns die Etappe an.«

18

Diamanten sind nichts wert

Sein Lieblingsfrühstück: Spaghetti mit Marmelade.

Aber immer kommt einer an, reißt die Augen auf und meint, das wäre komisch.

»Und warum?«

»Darum, Spaghetti mit Marmelade, das ist halt komisch.«

»Entschuldige, aber Brot mit Marmelade isst man doch auch, oder? Wo ist da der Unterschied?«

»Das ist ein Riesenunterschied. Mit Brot klar, aber mit Spaghetti ist es halt komisch.«

Ist es nicht. Jedenfalls nicht für Marco.

Außerdem, selbst wenn, wen juckt das schon?

Genauso wenn er Rennen fährt. Er fährt ganz am Ende des Hauptfelds, für sich, als wäre er woanders, und es heißt, das wäre nicht gut. Dann hebt er plötzlich den Kopf, wirft seine Kappe weg und reißt aus, und es heißt, das wäre zu früh, oder er vergeude seine Kräfte. Das macht man nicht, das ist so nicht richtig, das ist nicht normal, das ist komisch und so weiter.

Aber er stand schon als kleines Kind mit der Normalität und mit vielen Regeln auf Kriegsfuß. Genau deshalb fährt er so, denn wenn Marco auf dem Rad sitzt, taucht er in seine Welt ein, wo er selbst darüber entscheidet, was richtig und was normal ist.

Die anderen im Wettkampf denken, sie würden mit ihm zusammenfahren, aber das stimmt nicht. In einer Gruppe von knapp zweihundert Rennfahrern, denselben Anstieg hoch, der vor Fans, die seinen Namen rufen, überquillt, tritt Marco allein in die Pedale.

Vor allem heute, was nicht nur irgendein wichtiger Tag ist, nein, heute ist *der* Tag. Er und Tonkow haben quasi dieselbe Zeit, für Marco ist es die letzte Gelegenheit, beim Anstieg anzugreifen und Zeit zu gewinnen, sonst wird das verfluchte Zeitfahren am Samstag der Deckel auf seinem Sarg, und jede Minute Rückstand gegenüber dem Russen wird ein eingerammter Nagel, um den Sarg zu verschließen und seine Träume für immer zu begraben.

Also muss er nur eins tun, was ohnehin das Einzige ist, was seiner Natur entspricht: angreifen. Er muss diesen Anstieg im Sturm nehmen, mit allen verfügbaren Kräften, ohne sich umzudrehen, ohne darüber nachzudenken, was passiert, wenn es schiefgeht.

Bis jetzt ist Marco allerdings hinten im Hauptfeld geblieben. Die Teamkollegen sind hin und wieder neben ihm gefahren und haben versucht, ihn etwas weiter nach vorne zu begleiten, aber er hat nicht einmal reagiert, die Augen unter seiner Kappe versteckt, die seinen Kopf voller geheimnisvoller Gedanken bedeckt. Ohne zu reden, ohne zu gucken, ohne zu wissen, was passieren würde.

Fast zweihundert Kilometer so bis auf die zweitausend Meter des Passo di Croce Domini, als das Fernsehen die Etappe endlich wieder live überträgt. Dann mit hundert Kilometern pro Stunde die lange Abfahrt runter und einen ebenen Abschnitt entlang, der das Val Camonica in zwei Teile schneidet. Da beobachten ihn aus den tiefen Wäldern Bilder, so alt wie die Felsen, in die sie vor einem Meer aus Zeit geritzt wurden, als die Welt noch jung war und sich gern drehte, ja sich bei jeder Drehung neue Schönheiten einfallen ließ.

Aber jetzt muss man sich hier auf dieser Straße etwas einfallen lassen. Und tatsächlich hebt Marco ganz leicht den Kopf und fährt bis dahin vor, wo er sein sollte, zu den Positionen an der Spitze des Feldes. Dort dominieren nur zwei Farben: sein Team und das von Tonkow. Denn jetzt, nach zweihundert Kilometern und sieben Stunden Rennen, ist da vor ihnen der Anstieg, der nach Plan di Montecampione führt, der letzte Anstieg dieses Tages und des Giro, und es gibt keinen Platz für Gelegenheitsanwärter und Eintagsabenteurer: Das ist ein Duell, der finale Kampf zwischen den beiden, und die Teamkollegen begleiten sie zum Fuß des Berges wie die Sekundanten die Duellanten zum Ort der Herausforderung, Florett oder Pistole tragend.

Dieser Ort ist hinter Boario, wo sich der Weg gabelt. Und wenn dort jemand den Mut hat, links abzubiegen, hört die Straße plötzlich auf und wird zu einer Wand.

Der Giro d'Italia ist 3812 Kilometer lang, am Ende wird der Sieger nicht viel weniger als hundert Stunden auf dem Sattel gesessen haben, und doch ist der Giro ganz hier und jetzt, in der halben Stunde, die es brauchen wird, diese gnadenlosen neunzehn Kilometer bis oben hochzufahren.

Die ersten acht sind sehr hart, dann ein wenig verschnaufen, dann heißt es die letzten fünf wieder leiden. Aber daran darf Marco nicht denken und auch an sonst nichts, er kann nur die Zähne zusammenbeißen und angreifen. Tonkow nicht, der hat am Samstag noch das Zeitfahren, um zu triumphieren, heute reicht es ihm, dem Gegner auf den Fersen zu bleiben und ihm keinen Meter zuzugestehen.

Das tut er schon jetzt, hinter ihm, den Blick starr auf sein

Hinterrad, während ihre Teamkollegen abwechselnd vorne ziehen, bis sie ausgepowert sind und sich zurückfallen lassen, wo sie sich einer nach dem anderen hinten verlieren wie bei einem Countdown aus Körpern, Schweiß und Schmerz. Bis niemand mehr vor den beiden sein wird, nur der Anstieg, der ihnen ins Gesicht schaut, und die Herausforderung beginnt.

Der Moment, auf den alle seit heute Morgen warten, als die Liveübertragung im Fernsehen angefangen hat. Mehr noch, seit jenem Tag im Juni 1994, als sie sich in diesen zeitlosen Rennfahrer verliebt haben, und seit vier Jahren hoffen sie, ihn triumphieren zu sehen.

Und wie dann erst Pantani selbst, der auf diesen Moment wartet, seit er im Laden von Herrn Vicini in Cesena war und sein Opa das zusätzliche Geld auf den Tisch gelegt hat, um sein erstes Rennrad zu kaufen.

»Weißt du, Opa, das ist kein rausgeworfenes Geld. Ich versprech dir, ich gewinne den Giro d'Italia!«, hatte er in einer Umarmung zu ihm gesagt, die noch heftiger war als das den Laden erfüllende Gelächter. Denselben Laden, in dem jetzt alle mit den Augen am Bildschirm kleben, wo sich die Arme jetzt jener Umarmung von vor vielen Jahren anschließen. Die immer noch andauert, zwischen ihm und seinem Opa und fast sechzig Millionen Italienern, und wer weiß wie vielen Fans auf der ganzen Welt. Arme von Männern und Frauen, Alten und Kindern, Blonden und Dunkelhaarigen, Kleinen und Großen, Lebenden und Toten.

Pantani spürte das, und irgendwie spürte auch ich vor dem Fernseher das, und Don Basagni in seinem Bett neben mir, der sich leicht aufrichtete, auf den Bildschirm starrte und zwischen den Erdnüssen etwas brummelte.

Und die Hitze jener festen Umarmung vereint sich mit den

dreißig Grad dieses kochend heißen Tages, eine zusätzliche Schwierigkeit für die Rennfahrer, die ihre Trinkflaschen wie ihren Atem aufbrauchen, bei dieser Sonne, die sie zwischen einem Baum und dem nächsten wie ein Meuchelmörder überfällt.

Aber es liegt nicht an der Hitze, dass Pantani jetzt seine Kappe abnimmt und wegwirft. Das weiß er, das wissen alle.

Noch siebzehn Kilometer bis zum Ziel, vor ihnen nur Podenzana, ein Teamkollege von Marco, der tritt, bis er erschöpft aufgibt, und da endet der Countdown: an der Spitze nur noch die beiden, Pantani und Tonkow. Und einer der beiden wird den Giro gewinnen.

»Da! Da!«, schmatzt Don Basagni, den Zeigefinger Richtung Bildschirm. »Du wirst sehen, gleich …«, und vielleicht wollte er sagen: »Du wirst sehen, gleich reißt Pantani aus«, aber die Worte bleiben ihm im Hals stecken, denn Marco ist schneller, er geht aus dem Sattel und los.

Es ist nur ein Moment und tschüss. Das kleine Feld der Besten, die Motorräder und Autos, der Rest des Rennens – alles hört auf zu existieren. Und wie heute Morgen, als er runter zum Frühstück gegangen ist, ist da auf der Straße, wie immer bei seinen Aktionen, jetzt nur noch Marco.

Ach nein, Tonkow ist auch noch da.

»Autsch«, sagt Don Basagni. Er hat sich noch weiter aufgesetzt, ich habe ihn noch nie weniger liegend gesehen als in diesem Moment. Die Erdnüsse in seiner Faust in der Luft eingefroren. Noch einmal: »Autsch.«

Denn Marco ist schnell losgesprintet, richtig schnell, aber der Russe hat ihn mit zwei Pedaltritten wieder eingeholt, und jetzt hängt er ihm am Hinterrad.

Und das ist in Marcos Welt wirklich nicht normal. Sein Rennfahren ist Einsamkeit, es ist Ausreißen, um abzuhängen, alles und alle. Vielleicht kommt ein berauschender Ritt bis ins Ziel, vielleicht verlangt er zu viel von seinen Kräften und ist vorher erschöpft, große Triumphe und große Stürze, aber immer allein inmitten der ausflippenden Menge.

Tatsächlich dreht sich Marco, wenn er angreift, immer kurz um, nicht um zu sehen, wer ihm folgt, sondern um seinen einzigen Gefährten zu finden: die Leere.

Doch jetzt hat er sich umgedreht und hat hinter seinen dunklen Gläsern Tonkow gefunden, ernst, den Blick starr auf sein Hinterrad.

»Autsch.«

Marco tritt im Stehen in die Pedale, in seinem wogenden Tanz, Tonkow dagegen bleibt sitzen, regelmäßig und gefasst, sein Gesicht unverändert in Schmerz und in Freude, die der aus dem Eis gekommene Champion vielleicht noch nie gespürt hat.

Aber Pantani muss ihn abhängen, und zwar richtig. Ihm bleiben wenige Kilometer, siebzehn, sechzehn, fünfzehn. Und es ist nicht so, dass er zuschauen würde, wie sie vorbeiziehen, Marco greift wieder und wieder an. Manchmal abrupt, manchmal sich langsam steigernd, aber Tonkow klebt immer noch an ihm. Also sprintet Pantani wieder und wieder los, den Berg hoch und am Rande der Erschöpfung strampelnd. Es ist eine echte Herausforderung, ohne Vorsicht, alles oder nichts, auf Leben und Tod. Denn Tonkow hat den Giro schon vor zwei Jahren gewonnen, letztes Jahr ist er Zweiter geworden, ein anderer Platz auf dem Podest bringt ihm nichts. Und auch Marco wüsste nicht, was er damit anfangen soll: Er hat sein Leben nicht dem Rad verschrieben, um den zweiten Platz zu machen, er hat sich im Krankenhaus nicht mit Übungen gequält, um es »ganz gut« zu machen, er hat seinem Opa Sotero nicht versprochen, dass er beim Giro irgendeinen Platz macht. Kurz, hier gewinnt man, oder man verliert, man reißt die Arme hoch oder fällt ins Dunkel der schwärzesten Krise. Alles kann passieren auf jeder Kehre dieses mit Menschen, Fahnen und Spruchbändern gefütterten Anstiegs, der von Rufen widerhallt und auf dem zwei Verrückte, die in diesem Ofen bis aufs Blut kämpfen, von den Fans mit Wasser bespritzt werden.

Ein weiterer Angriff von Marco und noch einer und noch einer, aber das Ergebnis bleibt immer gleich: Tonkow ist da. Und er weiß das, ohne nachzuschauen. Denn umdrehen, niemals! Das wäre ein Zeichen der Schwäche, als würdest du sagen, du hast alles versucht und weißt nicht mehr, was du noch tun sollst. Und das ist zwar die Wahrheit, aber sie darf eben nicht ans Licht kommen. Also dreht Marco sich nicht um, er greift nur wieder und wieder an, und nach jedem Aufflammen senkt er den Blick auf die Straße in der Hoffnung, den Schatten des Russen dort nicht mehr vorzufinden. Der aber immer noch da ist, größer als seiner, so nah, dass es in den Kurven aussieht, als würde er ihn gleich auffressen.

Und wenn er es schon nicht schafft, Tonkow abzuschütteln, nimmt Marco wenigstens die Sonnenbrille ab. Er wirft sie weg wie seine Kappe, in der Hoffnung, so noch leichter zu sein, und versucht es erneut. Da kommt eine noch härtere Kehre als die anderen, und er nimmt sie im Stehen, umklammert den Lenker und beißt die Zähne zusammen und los.

»Es ist so weit!«, hat Don Basagni geschrien. Und auch er hat sein Laken umklammert wie ich meine Knie auf diesem verdammt unbequemen Stuhl.

Ich habe ihn gefragt, ob er nicht einen weniger harten und

kantigen hat, und er hat verneint, er habe extra den da, damit, wer ihn besuchen kommt, nicht lange bleibt.

Aber egal, denn im Fernsehen ist Pantani, der auch nicht bleiben will und in diesen Angriff alle Kraft legt, die er noch hat. Er hört nicht die Rufe des Publikums und auch nicht die seines Körpers, der Muskeln und Nerven und Lunge, die schreien, dass er aufhören, ihnen eine Pause gönnen soll, sonst lassen sie ihn im Stich.

Er hört sie nicht, weil Marco anderswo ist, in seiner Welt, in der siedend heißen, aber freien Bergluft, auf dem letzten Anstieg dieses Giro, den er nach vier Jahren endlich bis zum Ende fahren kann. Also will er sich auch bis ans Ende seiner Kräfte bringen. Bis er zerbricht, bis er vor Anstrengung von selbst zerreißt. Viel besser, als wenn er das der Motorhaube eines Jeeps oder anderen vom Schicksal geleiteten Scheußlichkeiten überlässt.

Er presst sich in dieser mörderischen Anstrengung ganz aus, setzt sich mit entflammter Brust wieder auf den Sattel und senkt den Blick auf die glühende Straße. Aber der schwarze Schatten ist immer noch da.

Er kann es nicht glauben. Vielleicht ist das eine Halluzination, ein Scherz der Hitze und der Höhe. Und da tut Marco, was er nicht tun sollte: Er dreht sich um. Schlimmer noch, er schaut Tonkow da hinter sich an und gibt ihm ein Zeichen, ihn abzulösen, vorzufahren und eine Weile zu ziehen.

Ein vernichtenderes Eingeständnis von Schwäche gibt es nicht. Und auch kein nutzloseres, denn Tonkow hat keinerlei Interesse daran vorzufahren: Er muss bis oben hinter ihm bleiben und sich den Giro schnappen, welchen Sinn hätte es, sich an die Spitze zu setzen und Kräfte zu verschwenden? Ihn nur darum gebeten zu haben, ist die schlimmste Demütigung.

Oder nein, da kommt eine noch schlimmere: Auch wenn es unmöglich erscheint, erhöht Tonkow sein Tempo und gibt ihm nach.

Er überholt Pantani mit surrealer Leichtigkeit, ohne die Fassung zu verlieren, ohne Grund. Nur um ihm eine trockene, grausame Nachricht zu übermitteln:

»Es geht mir so gut, dass ich es tue, obwohl es mir nichts bringt.«

Aber es ist nur ein Moment, dann fährt Pantani wieder vor. Er ist zu stolz, um das anzunehmen. Und wenn es Tonkow gut geht, will er ihm zeigen, dass es ihm noch besser geht.

Aber das stimmt nicht. Sie fahren schon seit fast acht Stunden, zweihundertvierzig Kilometer an grausame Berge geklammert, in der Hitze, die am Ende eines strapaziösen Giro die Beine gar kocht. Und doch wird das Duell ein irrsinniges Ballett, ein selbstmörderischer Tanz mit Pantani vorne, dann Tonkow, dann Pantani, dann Tonkow und ab und zu die nutzloseste und übermütigste Geste überhaupt: Sie treten Seite an Seite in die Pedale, vor dem ausflippenden Publikum, das nur mit Mühe genug Platz macht, um sie vorbeizulassen. Die Straße ist seit dem Morgengrauen abgesperrt, Tausende Fans haben die Nacht da oben verbracht oder sind in stundenlangen Fußmärschen hochgekommen, nur für diesen einen Augenblick, in dem sie sie vorbeifahren sehen. Und in dem Augenblick wollen sie sie gut sehen. Sie wollen sich die Augen mit all der Herrlichkeit füllen und sie über ihr eigenes Leben ergießen.

Im Gegenzug bespritzen sie sie mit frischem Wasser, schreien ihnen so viele Worte in die Ohren und so laut, dass sie aufsteigend zu einem einzigen, unendlichen und mitreißenden Schrei werden.

Während auf der Straße ein so steiles Stück kommt, dass es

perfekt ist für Marco, und tatsächlich steht auf dem Asphalt Pantani. Und einen Meter darüber steht wieder Pantani und noch mal Pantani, und so geht es ein ganzes Stück weiter, und bei jedem Schriftzug ein Tritt in die Pedale, ein mörderischer Tritt. Aber während er darüber fährt, sieht Marco den Schatten des Russen immer noch, wie er ihn und seinen Namen verschlingt.

Er dreht sich wieder um, um nach ihm zu sehen, findet ihn aber nicht: Er überholt gerade auf der anderen Seite und fährt noch mal vor, um zu ziehen. So mächtig, dass Marco in der Anstrengung mitzuhalten einen Riss spürt. Es wird irgendein Muskel sein, es werden seine Träume sein, die auf diesem mörderischen Anstieg zerreißen. Acht Kilometer vor der Ankunft, als Tonkow vorfährt und so mächtig tritt, dass er Marco hinter sich lässt.

Auf Steigungen abgehängt zu werden, hat er nicht einmal als Kind hingenommen, das erlaubte er niemandem. Aber das war früher, als Marco noch ganz war. Dann tausend Stürze und der Jeep, der ihm die Knochen zertrümmert hat, das linke Bein jetzt kürzer als das andere.

Manchmal denkt er daran und kriegt schlecht Luft. Dann ruft er Luciano an.

Denn so spielt das Leben: Irgendwann schnappt es sich deine Großeltern, die immer bei dir waren, und nimmt sie dir weg. Aber das ist eine zu große Ungerechtigkeit, und das weiß das Leben. Also bietet es dir andere an, es gesellt sie dir auf deinem Weg zur Seite, und es liegt an dir, sie zu erkennen.

Und tatsächlich hat Marco Luciano erkannt, der sein neuer Opa ist, aber auch Präsident seines Teams. Ein Team, das existiert, weil er es so gewollt hat, weil er es für Marco gewollt hat.

Als alle ihn aufgegeben haben, hat er den Patron der Möbelhauskette Mercatone Uno überzeugt, einen Haufen Geld in ein Team zu investieren, das gänzlich rund um einen Mann gestrickt ist. Kein zweiter Hauptdarsteller, kein Sprinter für die Etappen in der Ebene, nur Wasserträger, die einem einzigen großen Kapitän ergeben sind: einem Knochengestell mit verlorenem Blick und Krücken.

Der soll die Straßen des Weltradsports dominieren und kann nicht einmal laufen.

Aber Luciano Pezzi ist sich sicher. Er weiß viel über Radsport und viel über das Leben. Und jetzt weiß er, dass dieser Junge wieder so stark wird wie vorher, sogar noch stärker. Er glaubt daran, und er hat alle überzeugt. Der Einzige, der manchmal nicht daran glaubt, ist Marco.

Der ihn auch gestern Abend, vor dieser entscheidenden Etappe, angerufen hat. Und ihm gesagt hat, dass er sich nicht mehr so fühlt wie früher, dass er mit diesem kürzeren Bein nicht …

»Was soll denn das heißen, Marco, mit dem kürzeren Bein?! Du musst in die Pedale treten, du bist Radsportler, keine Tänzerin! Fahr einfach und wirf alles rein, was du hast.«

Wenige Worte, aber zugleich sehr viele. Und Marco haben sie gereicht, um zu schlafen.

Jetzt auf der Straße ist er allerdings hellwach. In der Hitze, der Mühe, dem ohrenbetäubenden Geschrei des Publikums und seines geschundenen Körpers. So wach, dass auch sein großer Traum im Begriff ist zu entschwinden, angesichts des breiten und unbeweglichen Rückens von Tonkow da vor ihm, der fährt wie auf einem Motorrad.

Jetzt kommen die letzten fünf Kilometer, und der Anstieg wird wieder mörderisch, also versucht Marco, sich an die Spitze zu setzen. Tonkow folgt ihm beherrscht, weder fassungsloser noch gefasster als vorher, einfach genauso wie zu Beginn des

Berges, genau wie sein Gesichtsausdruck, als das Fernsehen ihn in einer Nahaufnahme zeigt. Er schwitzt, ja, aber an ihm sieht es nicht wie Schweiß aus, eher wie Regen, der an einer Statue herunterfließt, über das unveränderliche Gesicht eines Monuments, und Tropfen für Tropfen schwindet.

Wie die Distanz, die sie noch vom Ziel trennt. Eine sehr geringe, und sie schrumpft immer weiter zusammen, aber noch geringer ist die Kraft, die den beiden noch bleibt. Die sich am Rande der Schlucht weiter duellieren, mit jedem Schritt näher am Abgrund der Krise, wo du fällst und tschüss.

Genau in dem Moment fängt Marco plötzlich an, sich hektisch an die Nase zu fassen.

Ringsum bricht Panik aus: Kriegt er schlecht Luft? Ist er von einem Insekt gestochen worden? Man weiß nicht, was passiert ist, aber bestimmt nichts Gutes.

Aber nein, nach der Kappe und der Sonnenbrille spürt Marco, dass er noch ein Gewicht hat, von dem er sich befreien kann: einen winzigen Diamanten über dem Nasenloch. Und lauter als das Geschrei der Fans und des Schmerzes, der ihn bittet anzuhalten, hört er jetzt die Stimme seines Opas Sotero, die ihm sagt, er solle sich von allem befreien, auch von dem kleinen Diamanten. Schon als er noch am Leben war, hätte der seinem Opa nicht gefallen, wie dann erst jetzt. Und Pantani gehorcht, er schafft es, ihn abzunehmen, während er diese grausame Wand hochfährt, und wirft ihn weg. Ein Diamant ist nichts wert, sein Preis ist nur ein winziger, enormer Blödsinn, der unter den Menschen beschlossen wurde wie jede dumme Lüge, die sie regiert. Das Einzige, was wirklich etwas wert ist, ist da oben, am Ende des Anstiegs. Und jetzt kann Marco dort leichter denn je ankommen. Tatsächlich geht er erneut aus dem Sattel und greift wieder und wieder an.

Aber Tonkow ist immer noch da.

Da nimmt der Pirat die Hände vom unteren Teil des Lenkers und umklammert ihn oben, wie es alle tun, wie richtig und normal es nur sein kann: das Zeichen, dass seine Magie erloschen ist.

An Kilometern bleiben jetzt noch vier, drei, eine so weite Panoramakurve, dass er das Gefühl hat zurückzufahren, und sogar dort versucht er zu drängen, aber keine Chance, dieser Schatten seines dunklen Schicksals lässt sich nicht abschütteln. Noch eine Kehre, noch ein Versuch. Dann wieder und wieder. Und wieder nichts.

Sie treten in die Pedale, ohne sich anzuschauen, ohne miteinander zu reden, ohne zu atmen, und denken sich Kraftreserven aus, wo keine existieren. Das ist es, was ein Champion tut. Er ist ein Erfinder, ein Entdecker, ein Taucher, der in die Tiefen der Qual vordringt und darin wandelt.

Und die beiden sind wahre, gigantische Champions. Doch am Ende kann nur einer gewinnen. Der zweite Platz würde viele reizen, ja, aber viele reizt auch eine Festanstellung, obwohl ihnen die Arbeit nicht gefällt und sie jeden Tag hoffen, dass der Abend bald kommt und dann die Rente, um endlich, wenn man alt und kaputt ist und nichts mehr machen kann, frei zu sein, zu tun, was man will.

Ein bisschen, wie leidenschaftslos Jura zu studieren und nur darauf zu hoffen, dass bald irgendein Staatsstreich kommt, dass die totale Anarchie ausbricht, und tschüss, Gesetze, tschüss, Regeln und Gerichte. Um dann sagen zu können, dass es nicht meine Schuld ist, wenn ich kein Anwalt werde: Es gibt halt kein Gesetz mehr, was soll ich machen?

Nein, das sind die Hoffnungen derer, die schon verloren haben. Nicht gegen die anderen, sondern gegen sich selbst. Daher hat es keinen Sinn, als Zweiter anzukommen, denn bei jeder wahren Herausforderung im Leben bist du allein. Also gewinnst du entweder alles oder nichts.

Und auf den letzten Kilometern dieses Anstiegs scheint es wirklich so, als stehe Marco das Nichts bevor. Langsam begreifen wir das alle, auch er selbst. Der tatsächlich wieder aus dem Sattel geht und einen neuen verzweifelten Ausbruchsversuch startet, aber statt wie ein Angriff wirkt es eher wie ein sehr bitterer Abschied.

Da, jetzt ist es wirklich vorbei, er setzt sich wieder auf den Sattel, senkt den Blick, und Tonkows Schatten ist immer noch da.

Er sieht ihn aus den Augenwinkeln, also schließt er die Augen. Nur das Dunkel, der brennende Schweiß, es gibt ohnehin nichts mehr zu sehen, nichts mehr zu hoffen.

Aber zu hören gibt es etwas.

Ein *Klick*.

Minimal, mechanisch verliert es sich sofort in dem orgiastischen Geschrei, im Dröhnen der Begleitmotorräder hinter ihnen und des Hubschraubers da oben. Und doch erkennt Marco es mit geschlossenen Augen.

Es ist die Kette, die das Ritzel wechselt: Tonkow hat heruntergeschaltet. Er hat bis zur letzten Attacke mitgehalten, aber dann hat er einen leichteren Gang eingelegt, sofort, vielleicht fast einen Moment zu früh. Und das heißt, dass auch er nicht mehr kann.

Oder auch nicht, vielleicht war es nicht die Kette, sondern ein Knirschen des Fahrrads unter all diesen Stunden der Anstrengung, oder jemand aus dem Publikum mit einem Schlüsselbund in der Tasche oder ein Teilchen in Marcos Körper, das für immer kaputtgegangen ist.

Aber er weiß, dass es nicht so ist. Und das weiß auch diese Kraft, die aus dem Nichts plötzlich in ihm aufsteigt. Bis eben war sie nicht vorhanden, aber jetzt lässt sie ihn aus dem Sattel gehen und einen weiteren Fluchtversuch starten, von dem man nicht weiß, wo man ihn in der Reihe seiner Angriffe heute platzieren soll, denn der letzte war der vorher, dieser hier liegt jenseits davon, in einer magischen Dimension, wo die Ordnung der Dinge nicht mehr existiert und die letzte Gelegenheit kommt, nachdem alle Gelegenheiten erschöpft sind.

Und Pantani fährt, er durchquert das Geschrei der Fans, und auch das, war es vorher schon maximal, ist jetzt noch stärker, anders von der Lautstärke her, aber auch vom Klang. Und wie bei jenem *Klick* erkennt Marco diesen neuen, verrückt gewordenen Klang sofort: Er sagt ihm, was er kurz darauf sehen wird, nachdem er eine Kehre aus Armen, Flaschen, Kappen, Fahnen und verstörten Gemütern hinter sich gebracht hat, als er den Blick wieder auf die Straße senken kann und feststellt, dass jetzt kein Schatten mehr auf ihm liegt.

Tonkow hat einen Zentimeter verloren, nur einen, aber einen riesigen. Es ist das erste Licht, das zwischen Marcos Reifen und seinem hervorschaut, eines, das sich wie die Sonne im Morgengrauen immer weiter ausbreitet und die Welt in ihr Licht taucht. Und tatsächlich werden die Zentimeter zwei, drei, es werden Meter und Kehren. Wie Marcos Kraft, die unheimlich wird.

Die Straße, endlich ganz für ihn allein, erlaubt ihm zu tun, was er so gut kann: die Zähne zusammenbeißen, nach vorne schauen und in seine Welt vollkommener Einsamkeit fahren, in einem hypnotischen und wilden Tanz, der vom Meer der Fans im Rausch ausgeht und hochfliegt.

Sie schreien entlang der Straße, wir schreien zu zweit in Don Basagnis Zimmer. Ich bin impulsiv aufgesprungen, aber es tut mir leid für ihn, der das nicht kann. Doch es ist ausgerechnet Don Basagni, da im Bett, der mit den Armen durch die Luft wedelt und mir zuruft: »Spring! Spring, Herr Anwalt! Spring für mich mit!«

Also springe ich, ich springe für uns beide und zusammen mit Millionen Menschen, so vielen tobenden Menschen, dass wir mit all dem Gespringe unser langes, schmales Land, das nun schon seit vielen Jahrhunderten schwankt, vielleicht endgültig durchstoßen.

Während Marco nicht schwer, nein, überhaupt nicht auf der Erde wiegt. Marco ist Luft. Es fehlen noch eineinhalb Kilometer, und er hat schon eine halbe Minute gewonnen. Tonkow ist nicht mehr hinter ihm, aber er dreht sich nicht um, um das zu kontrollieren, es ist ihm nicht mehr wichtig. Denn sein Gegner war nicht Tonkow, sondern er selbst. Und diese Jahre. All das, was passiert ist, der Kampf, auf dem Fahrrad zu bleiben in einem Leben, das ohne Fahrrad nichts ist, die Menschen, die er liebt und die nicht mehr da sind, aber in diesem Moment schon, jetzt sind sie alle wieder da, auf seinem Rücken. Eine Kappe wiegt zu viel, auch ein kleiner Diamant, aber sie nicht, sie sind leicht, und leicht sind wir alle, und zusammen mit Marco fliegen wir dem Ziel entgegen.

Ein Kilometer, fünfhundert Meter, Tonkow verloren zwischen den Kehren, das Trikot bis unten offen, das Kreuz, das ihm langsam und unheilvoll vor der atemlosen Brust baumelt. Während Marco gewinnt, mit einem Vorsprung von fast eineinhalb Minuten.

Er holt ihn sich bis zum letzten Tritt, den Mund aufgerissen, die Zähne gebleckt, als wollte er in die kochend heiße Luft und gleichzeitig in das Schicksal beißen, das ihm endlich die Flanke gezeigt hat, und Marco schnappt zu und lässt es nicht mehr los.

Als er die Ziellinie überfahren hat, schließt er die Augen, richtet seinen Rücken auf, öffnet die Arme und haucht irgendetwas aus. Das ist keine Luft, davon hat er in seinen Lungen keine mehr. Es ist etwas, das er seit langer Zeit in sich getragen hat, jetzt verliert es sich im Himmel, und es bringt ihn in kürzester Zeit von der Raserei zu einem unermesslichen Frieden.

Er hört sogar auf zu treten, die Männer seines Teams umarmen ihn schnell, damit er nicht fällt. Und so bleibt er, mit geschlossenen Augen in dieser Umarmung.

Genau wie die hier in Don Basagnis Zimmer. Die unglaubliche, unmögliche Umarmung, in der ich mich jetzt befand. Mit einem alten Mann, der nach Erdnüssen roch, und an der Art, wie er atmete, wie sein Hals bebte, spürte ich, dass er mir etwas sagen wollte. Nur eines, aber etwas äußerst Wichtiges, und es war dasselbe, was ich ihm sagen wollte. Nur dass wir nicht wussten, was es war.

Denn jetzt war nicht der richtige Zeitpunkt, der war viel zu intensiv, und die Worte mussten warten. Und uns zuschauen: so sprachlos, so leicht, so umschlungen in der mitreißenden Stille des Glücks.

19

Armer Weihnachtsmann

»Den Weihnachtsmann gibt es eh nicht«, sagt Alessandra. Und ich schaue sie an, als hätte sie eine andere Sprache gesprochen, eine, die ich nicht kenne und die ich auch nie lernen will.

Meine und ihre Mama waschen und föhnen heute Haare im Laden von Signora Giovanna, und wir verbringen den Tag zusammen bei Oma. Die uns spielen und hüpfen lässt und uns beibringt, wie man Bohnen und das jeweilige Gemüse der Saison schält, aber weil wir Dezember haben und nicht viel Gemüse zum Schälen da ist, hat sie uns heute gesagt, wir sollten unsere Wunschzettel für den Weihnachtsmann schreiben.

Und ich habe gleich losgelegt:

Lieber Weihnachtsmann,
guten Abend, ich hoffe, ich störe …

Hier bin ich ins Stocken geraten, weil ich nicht weiß, ob ich ihn duzen oder siezen soll.

Wir sitzen auf dem Sofa, die Beine zu kurz, um den Boden zu berühren. Alessandras sind noch kürzer als meine, weil sie ein Jahr jünger ist als ich. Trotzdem hat sie den Brief an den Weihnachtsmann sofort fertig geschrieben, zusammengefaltet und in den Umschlag gesteckt. Und sie hat ihn geduzt.

»Ich würde ihn ja auch gerne duzen, aber vielleicht wäre es besser, wenn ich ihn vorher um Erlaubnis bitte.«

»Und wie willst du das machen? Schickst du ihm nur deswegen einen Brief, wartest, bis er dir antwortet, und schreibst ihm dann noch einen wegen der Geschenke? Dann bist du bestimmt zu spät dran, und er bringt dir nichts.«

»Stimmt, aber na ja, ich kann doch einen älteren Herrn nicht einfach so duzen.«

»Dann sieze ihn halt.«

»Aber du hast ihn geduzt, vielleicht duzen ihn alle Kinder, und ich komme unsympathisch rüber, und …«

»Ist egal, Fabio, schreib, was du willst, den Weihnachtsmann gibt es eh nicht.«

Das also sagt Alessandra, und mein roter Stift bohrt sich in das Blatt, als wüsste er nicht mehr, wohin.

Und ich weiß nicht mehr, wo ich bin. Auf einem Sofa mitten auf einem anderen Planeten gelandet, in einer Galaxie, wo der Sauerstoff fehlt, jedenfalls kriege ich schlecht Luft.

Trotzdem bringe ich heraus: »Wie, was meinst du damit, es gibt ihn nicht?«

»Ich meine, dass es ihn nicht gibt. Der Weihnachtsmann ist ein Märchen, eine Lüge.«

Ich denke einen Augenblick darüber nach. Nur einen. »Aber wie, aber … aber mit wem ist denn die Befana sonst zusammen?«

»Mit niemandem«, antwortet Alessandra. Und bevor ich fragen kann, ob die Weihnachtshexe Befana Single ist, erklärt sie mir: »Die Befana gibt es auch nicht. Und auch nicht die Zahnfee, nicht den schwarzen Mann, nichts dergleichen.«

Ich starre auf das Häuschen des Weihnachtsmanns am Nordpol, das in sich zusammenfällt, den Rentierstall, der zusammenbricht und die Rentiere, am Boden zerquetscht, dem Boden, auf dem mein Leben stand und der jetzt bröckelt. Unheimliche, dunkle Risse tun sich auf wie tödliche Wunden in der Erde, werden breiter und verschlingen mich.

Aber bevor ich in die Tiefe falle, bitte ich Alessandra um Hilfe: »Aber was machen wir dann?«

»Ganz einfach, wir duzen ihn.«

»Den Weihnachtsmann? Aber wenn es ihn gar nicht gibt, warum schreiben wir ihm dann überhaupt?«

»Weil es ihn zwar nicht gibt, deine und meine Mama aber schon. Die lesen nämlich unsere Briefe, damit sie wissen, was wir uns wünschen, und besorgen uns die Geschenke.«

Ich will sie gerade fragen, ob mein Papa den Brief auch liest. Aber sie hat keinen Papa mehr, also halte ich die Klappe. Ich schaue sie an, schaue den Stift auf dem Blatt Papier an und versuche, ihn wieder in Bewegung zu setzen.

Um jemandem, den es nicht gibt, einen Brief zu schreiben, der bloß noch eine Geschenkeliste ist und nicht bis zum Nordpol reisen wird, sondern ins Zimmer meiner Eltern. Und wenn ich es mit meinen Wünschen nicht übertreibe, werden sie besorgen, was ich verlange, glücklich, mich glücklich zu machen, und sie werden dafür sorgen, dass ich es an Weihnachten unter dem Baum finde. Wenn Weihnachten wirklich kommt, denn vielleicht hört auch das jetzt auf zu existieren, und es wird ein Tag wie jeder andere, ein Tag wie der andere, alle gleich, bis zu einem weiteren besonderen Moment, bei dem ich, wenn wir nah genug dran sind, herausfinden werde, dass auch das nur eine weitere Lüge ist.

Doch jenes Weihnachtsfest kommt und andere nach ihm, und nach vielen Weihnachtsfesten werden unsere Beine auf Omas Sofa länger, unsere Füße berühren jetzt den Boden, und wir kommen aufs Gymnasium. Draußen regnet es, ich bin sechzehn und Alessandra fünfzehn, aber das Sofa ist noch dasselbe und die Gespräche auch.

»Was denn für eine Nadel?!«

»Ich schwörs dir, Alessandra, das hat Fortini in der Pause gesagt.«

»Fortini ist ein Schwachkopf. Wir haben keine Nadel. Wo soll sie denn überhaupt sein?«

»Innen! Innen drin in … in euch. Ein Knochen, schmal und spitz, wie eine Nadel. Und wenn ein Mann seinen Pimmel reinsteckt und nicht richtig trifft, sticht er sich und verblutet. Deshalb muss man beim Sex aufpassen. Das hat er uns erzählt.«

»Da hat er euch Schwachsinn erzählt, glaub mir.«

»Was weißt du denn davon, hattest du etwa schon Sex?«

»Nein und du genauso wenig. Und Fortini auch nicht. Aber bei mir liegt es daran, dass ich noch nicht will. Und wenn ich eine Nadel in mir hätte, würde ich das merken.«

»Meinst du? Da bin ich mir nicht so sicher. Denk doch mal an die Lunge zum Beispiel. Oder an die Leber. Wenn du es nicht in der Schule gelernt hättest, wüsstest du dann, dass du so was hast? Nein, du spürst sie gar nicht, sie sind einfach da. Wie das Herz, sogar bei dem weißt du nicht, ob du es wirklich hast.«

»Das Herz schlägt, spürst du das nicht?«

Ich lege mir eine Hand auf die Brust und nicke. Von all dem Zeug in uns drin ist das Herz vielleicht das einzige, was wir spüren. Trotzdem habe ich oft Zweifel, ob ich wirklich ein Herz habe.

Denn ich bin in der zehnten Klasse und habe nur drei Freunde, mit denen ich aber viel gemeinsam habe: Uns gefallen dieselben Platten, dieselben Filme und dieselben Comics. Und wir gefallen denselben Mädchen nicht, das heißt allen. Die drei anderen aber verlieben sich und leiden und haben oft gebrochene Herzen. Mir dagegen passiert das nie.

Manchmal sind sie so traurig, dass sie keine Lust haben, um die Häuser zu ziehen oder ins Kino zu gehen, nicht einmal, wenn der neue *Godzilla* rauskommt, und anfangs habe ich mich glücklich geschätzt, nicht in einem solchen Liebesmorast zu versinken. Mit der Zeit habe ich allerdings Angst bekommen, dass an diesem fehlenden Leid etwas faul sein könnte.

»Das ist doch nicht möglich, dass dir gar keine gefällt«, sagt gerade meine Cousine.

Denn bei dem Gespräch über den Knochen in Frauen drin sind wir zufällig gelandet, als wir über Zungenküsse geredet haben, weil ich sie gefragt hatte, wie man das macht. Sie hat geantwortet, dass man das nicht gut erklären könne, vielmehr, wenn man es erkläre, klinge es schwierig, aber wenn ich dann mit dem Mädchen zusammen sei, das ich mag, komme alles ganz von alleine.

Und ich habe gesagt, dass es dieses Mädchen nicht gibt. Mir gefallen alle, sehr sogar, aber keine im Besonderen. Aber ihrer Meinung nach ist das nicht möglich: »Gibt es keine, bei der dein Herz schneller schlägt, wenn du sie siehst?«

Ich habe sie angeschaut, den Mund verzogen und meine Brust berührt. Da war mein Herz und schlug ganz ruhig vor sich hin.

»Na gut, Fabio, mach dir keine Sorgen, früher oder später wird es passieren.«

Was dieselbe Antwort ist, im selben Tonfall, die mir meine Mama gibt, wenn ich sie mit besorgter Stimme etwas frage: Früher oder später, mit der Zeit, passiert alles.

Doch die Zeit geht immer noch ins Land, angefangen beim Weihnachtsmann über die Zungenküsse bis heute, wo ich vierundzwanzig bin und nach einem weiteren Sonntag zu Hause wieder in den Konvent zurückfahre, und was passieren sollte, ist immer noch nicht passiert.

Passiert ist aber, dass Pantani endlich den Giro gewonnen hat, und auch er fuhr gerade nach Hause zurück, nach einem knappen Monat kreuz und quer durch Italien. Seine Familie und sein Heimatort erwarteten ihn, um diesen Sieg zu feiern, von dem man schon dachte, er komme nie, aber jetzt war er da.

Und ich war so glücklich, für ihn, aber auch für mich: für ihn, weil er es geschafft hatte, seinen Traum zu verwirklichen und das Versprechen an seinen Opa einzulösen. Für mich, weil ich für ihn glücklich sein konnte, denn seine sensationellen Aktionen hatten mein Herz ganz heftig zum Schlagen gebracht, durch sie hatte ich gespürt, dass ich mich zwar vielleicht nicht in ein Mädchen verliebte und darunter litt, der Motor meiner Leidenschaften aber trotzdem funktionierte und so heiß lief, bis er brodelte.

Wie bei der Etappe von Montecampione, bei der Don Basagni und ich uns am Ende umarmt haben. Feste und lange.

Und so aneinandergedrückt sind wir verharrt, sogar zu verlegen, um uns wieder voneinander zu lösen. Also habe ich zu reden angesetzt, dass das eine fabelhafte Leistung gewesen sei, voller Mut und Tatkraft, und dass ich glücklich sei, dass wir das zusammen gesehen hätten. Und wir könnten am Samstag wieder zusammen gucken, wo das Zeitfahren wäre mit dem Risiko, dass Tonkow die Situation umkehrte und …

»Nein, Herr Anwalt, nein. Jetzt ist der Giro gewonnen. Das weiß ich, und das weißt du, das weiß Tonkow, und Marco weiß das auch. Er hat gewonnen, gewonnen!«, und am Ende habe ich gespürt, wie seine Stimme und seine schwabbelige Brust an meiner zitterten. Vielleicht musste er weinen, ich weiß es nicht. Und ich wollte es nicht wissen, ich wollte nur so bleiben, umarmt und in demselben Gefühl vereint, dem Glück über das Glück eines anderen, das die seltenste und kostbarste Fähigkeit des Menschengeschlechts ist.

Aber er hat mir mit immer zittrigerer Stimme zugezischelt: »Jetzt geh aber.«

Ich war enttäuscht und habe mich gefragt, ob ich etwas Falsches gesagt hatte. Doch es lag nicht an mir, er hatte einfach das Bedürfnis, allein zu sein. Ein unheimliches Bedürfnis. Das habe ich verstanden, als dieses letzte, unglaubliche Wort bei mir ankam, ganz verzerrt aus seinem Mund, der nicht daran gewöhnt war, es auszusprechen: »Geh jetzt, Herr Anwalt, *bitte.*«

Wer weiß, wie lange er das nicht mehr gesagt hatte, *bitte.* Vielleicht seit Jahren nicht, vielleicht in seinem ganzen Leben an den verlorensten Orten der Welt nicht.

Aber jetzt schon, also bin ich schnell verschwunden, habe dabei aber meinen Teil des Glücks mitgenommen, des Glücks über Marco, der den Giro gewonnen hatte, und über mich, dessen Herz beim letzten Kilometer so heftig geschlagen hatte, dass es kurz davor war, meine Rippen zu durchbrechen und rauszuhüpfen.

Denn auch ich war voller Leidenschaften, nur eben anderer Art. Meine Freunde fuhren mit dem Bus nach Schweden, um einem Mädchen ihre Liebe zu gestehen, meine Freunde schleppten mich in Lokale, wo wir nichts verloren hatten, in der Hoffnung, dass die Mädchen sie anschauen und ihnen ein paar Worte schenken würden. Ich nicht. Ich war nur mit ihnen da und fuhr dann nachts nach Hause, die Doors im Auto voll aufgedreht, und Jim sang mir zu: »Liebst du sie nicht wahnsinnig? Liebst du sie nicht wahnsinnig?« Und ich schüttelte den

Kopf und musste antworten: »Nein, Jim, ich liebe sie nicht, ich weiß nicht mal, von wem du sprichst!«

Aber wegen eines solchen Songs konnte ich vor Erregung zittern. Und wegen eines fabelhaften Radrennfahrers, der nach Jahren voller Unglücke und Leid die Hände in den Himmel recken und gewinnen konnte.

Auch das ist Leidenschaft, das ist doch dasselbe, oder? Ja? Nein?

Ich wusste es nicht. Und Alessandra, die immer alles gewusst hatte, war nicht mehr da, um es mir zu erklären. Wie der Anwalt Ferroni immer alles weiß, der sich aber nur auf praktische und technische Dinge versteht.

Wie auch an jenem Tag, als meine Mama und meine Tante ihm hatten sagen müssen, dass der Beleg für den Aufschub des Wehrdienstes nicht aufzufinden war und ich vielleicht wirklich vergessen hätte, ihn zu beantragen. Auf der anderen Seite der Leitung nur ein kurzer Augenblick Stille, dann: »Meine Güte, was sollen wir mit diesem Jungen nur machen?« Aber bevor er aufgelegt hat, hat er gesagt, dass er sich darum kümmern würde, irgendwie würde er sich trotzdem darum kümmern. Er hat nicht erklärt, wie, und auch nicht, wann, aber es hat gereicht, um meiner Mama und meiner Tante wieder ein Lächeln auf die Lippen zu zaubern.

Vor allem meiner Tante, die beim vielen Suchen in meinem Zimmer zwischen den Seiten meines Tagebuchs aus der sechsten Klasse ein Foto von Alessandra gefunden hatte, das sie nicht besaß. Wir sind darauf beide zu sehen, sie und ich, Wange an Wange, und schauen lächelnd in die Kamera, vor uns ein Kuchen, dessen Kerzen uns anleuchten. Es ist unsere Geburtstagsfeier, wir haben immer zusammen gefeiert, auch wenn unsere Geburtstage fast einen Monat auseinanderliegen. Wenn man meine Mama und meine Tante fragt, weil man mit nur einem Fest ordentlich Geld sparte, wenn man mich fragt, weil ich eben nur drei Freunde hatte und es ohne ihre Freunde ein ziemlich trauriges Fest gewesen wäre.

Na, jedenfalls lächeln wir auf dem Foto, und meine Tante ist zu Piero, dem Fotografen, gerannt, um sich davon zehn Abzüge machen zu lassen. Einen hat sie mir gegeben, damit ich ihn immer in der Tasche habe und Alessandra mir so von da oben hilft. Das hat sie gesagt, auf den Himmel gezeigt und mich dann angeschaut und genickt. Sie war sich dessen sicher, und ein Beweis war, dass ich in der Schule nie sonderlich gut gewesen war, von der Grundschule bis zum Abschluss des Gymnasiums. An der Uni dagegen legte ich eine Prüfung nach der anderen ab, mit den sehr guten Noten, die sie immer gehabt hatte. Alessandra half mir, so war es, genau so war es.

Das hat sie mir auf dem Kiesweg gesagt, als ich los bin. Ich habe das Foto genommen und geantwortet: Ja, Alessandra ist es, die mir von da oben hilft.

Wie bei Pantani an jenem Nachmittag in Mailand, bei der Siegerehrung des Giro. Er hat den Pokal in den Himmel gehoben, um ihn seinem Opa Sotero zu zeigen, der ihm die Kraft gegeben hatte, ihn zu gewinnen. Und vielleicht würde ich dasselbe mit meinem Abschlusszeugnis machen, in ein paar Monaten.

Darüber dachte ich nach, während ich die Straße hochkurvte. Mit dem Foto von Alessandra und mir auf dem Beifahrersitz, zusammen mit meinem roten Heft, dem voller Briefe von meinen imaginären Liebhaberinnen. Vielleicht hatten meine Mama und meine Tante es gelesen, vielleicht nicht, sicherheitshalber nahm ich es lieber mit.

Und ich wollte die Doors hören, weil Don Basagni mir wahnsinnige Lust darauf gemacht hatte, aber ich konnte nicht. Jim Morrison wollte das nicht. Und im Radio spielten sie immer nur Mist. Also hörte ich nur dem Motor des Fiesta zu, der wieder funktionierte.

Don Mauro hatte ihn repariert. Um sicherzugehen, war ich in der Werkstatt vorbeigefahren, bei einer jungen Automechanikerin namens Enrica, die in der Mittelstufe in meiner Klasse gewesen war.

Sie hat sich die Reparatur angeschaut, hat sie sich noch einmal angeschaut, hat einen gerufen, der mit ihr da arbeitet, und schließlich haben sie gesagt, dass sie zwar nicht verstünden, was Don Mauro da gemacht habe, aber es funktioniere. Und alles andere war mir nicht wichtig, während ich die letzten Serpentinen hochfuhr, im Abendlicht, das Anfang Juni nie aufzuhören scheint.

Und eine Welt anstrahlt, in der es möglich ist, dass ein Auto fährt, auch wenn es eigentlich nicht funktionieren dürfte. Dass ein nicht sonderlich intelligenter Typ seinen Abschluss macht, weil seine Cousine ihm von da oben hilft. Dass ein Radrennfahrer den Giro gewinnt, weil sein Opa ihn antreibt, ebenfalls von da oben. Dass er gewinnt, um einen Toten glücklich zu machen, dass ich ein Fach studiere, das ich hasse, um eine andere glücklich zu machen, und dass ich jetzt ohne die Musik fahre, die ich liebe, weil mir der Sänger aus dem Jenseits verboten hat, sie zu hören, und neben mir ein Heft voller Briefe von Geliebten, die nicht existieren. Während ich aus dem Auto steige und vor dem Tor mit der Kette und der kaputten Klingel ankomme und in einer Schule den Erzieher gebe, in der es keine Kinder gibt.

Das ist die Welt, das ist die Wirklichkeit. So absurd, so unmöglich, dass es mir wirklich boshaft vorkommt, sich über den Weihnachtsmann aufzuregen und zu behaupten, es würde ihn nicht geben.

20

Bläschen im Bier

Kleine Bläschen, die alle gleich aussehen, steigen in der bernsteinfarbenen Flüssigkeit vom Boden des Glases auf, erklimmen es bis oben und entweichen eins nach dem andern in die Freiheit, in die duftende Juniluft.

Sie sind anders als die im Sekt, wenn du auf dem Podest stehst und die Flasche entkorkst und sie in einem übermütigen Schaum heraussprudeln.

Die im Bier mag Marco lieber, weil jedes für sich aufsteigt, wann es will und wie es ihm gefällt. Er sitzt am Tischchen draußen vor der Bar und betrachtet sie lächelnd. Seine Freunde denken, er lächele über das, was sie sagen, die üblichen Gespräche, die ewig gleichen Witze, die einen aber doch immer wieder zum Lachen bringen. Aber er lächelt wegen der Bläschen im Bier, die schwerelos aufsteigen und sich mit der Luft dieser Tage voller Feiern und Umarmungen vermischen, in denen alle darüber sprechen, was er mit seinem Fahrrad angestellt hat, auch wenn er schon seit einer Weile nicht mehr aufs Rad gestiegen ist.

Seit dem Sonntag, an dem der Giro zu Ende gegangen ist, in Mailand. An jenem Tag hat es geregnet, aber am Abend vorher waren sie in Klamotten in den Swimmingpool gesprungen. Dann ist der Friseur gekommen, denn versprochen ist versprochen, und hat alle ratzekahl rasiert, Teamkollegen und Mechaniker und Masseure, sodass sie glatzköpfig waren wie er, seine Mannschaft durch und durch.

Das Menschenmeer, das in Mailand das Podest in eine Insel verwandelt hatte, ist auch hier, bei ihm zu Hause, am richtigen Meer. Es bildet sich, wo auch immer er hingeht, auf der Straße und auf dem Platz und vor allem beim Piadina-Stand seiner Mama, zwischen organisierten und improvisierten Feiern, Autogrammen, Fernsehkameras, Mikrofonen, Siegerehrungen.

Bei einer davon, er könnte nicht mehr sagen, bei welcher, weil er den Überblick verloren hat, hat Marco gesagt, dass er zur Toilette müsse, ist stattdessen aber durchs Fenster geflüchtet und zu seinen Freunden gerannt, um mit ihnen bis zum Morgengrauen um die Häuser zu ziehen, wie früher.

Denn jetzt mögen und lieben ihn alle, Männer und Frauen. »Vorher war ich hässlich, jetzt bin ich schön«, sagt er, es ist komisch, aber so ist es. Und doch kann nichts dieses Bierchen am Tisch vor der Bar mit seinen wahren Freunden aufwiegen. Freundschaft ist für ihn etwas Ernsthaftes, sie fängt schon in der Kindheit an. Es ist eine Art Verwandtschaft, entweder gibt es sie schon immer, oder es gibt sie nicht. Mit der Zeit kannst du Menschen kennenlernen, mit denen du dich gut verstehst, aber Freunde sind eine andere Geschichte, mit denen musst du geboren sein, das ist eine Familie.

Eine erweiterte Familie, in der er eben auch einen neuen Opa hat. Dem echten, Sotero, hat Marco den Pokal gewidmet, und er hat ihn in den Himmel gereckt, um ihm zu zeigen, dass er sein Versprechen gehalten hat. Der neue dagegen, Luciano Pezzi, hat sich in ihn verliebt, als er ihn gesehen hat, wie er als junger Mann den Baby Giro gewann. Das Rennen, nach dem Marco zu seinem Opa Sotero gerannt war, um es ihm zu erzählen, ihn aber erloschen im Krankenhaus vorgefunden hatte. Eine Art Reinkarnation also.

Sein Opa hatte ihn immer zur Ruhe kommen lassen, wenn er ihn zum Angeln mitnahm. Marco war ganz angespannt, weil nichts anbiss, seine Beine kribbelten vor Lust, zu springen und zu rennen und Lärm zu machen, aber er sagte: »Sei brav, sei ruhig und schau den Schwimmer an, dein Fisch ist schon unterwegs zu dir.«

Dasselbe macht Luciano bei den Rennen. Er versteht verdammt viel davon, mehr als irgendwer sonst. Und er hat gewusst, dass Marco alles gewinnen kann. Er hatte ihn aufgesucht, als er gerade erst aus dem Krankenhaus entlassen worden war, mit dem Eisen, das ihm das zersplitterte Bein zusammenhielt.

Marco lebte bei seinen Eltern, in einem Zimmerchen mit Fotos vom AC Mailand an den Wänden. Er wollte aufstehen und ihn richtig begrüßen, aber die Krücken standen zu weit weg, also hat er nur den Blick gehoben und ihn mit seinen kleinen dunklen Augen angesehen, voller Respekt.

Und er hat Lucianos Blick getroffen, aus Augen, die ihn so anders angesehen haben als alle anderen. Als der Rest der Welt nur den Kopf schüttelte und ihn bemitleidete, bevor er sich umdrehte und entschwand – aus den Augen, aus dem Sinn.

Nein, Pezzis Augen waren anders, und anders waren auch seine Worte: Er hatte ein neues Team im Kopf, aber eines wie früher, mit ihm als Präsidenten und Marco als einzigem Kapitän und darin viele Kollegen, die er kannte, in dieser Formation, die sozusagen national-regional war, wo sogar der Sponsor aus der Romagna kam.

»Und mit diesem Team«, hat Pezzi zu dem jungen Mann gesagt, der nicht einmal aufstehen konnte, »wirst du den Giro und die Tour gewinnen.«

Marco erschien das verrückt. Wunderbar, märchenhaft, aber verrückt. Und er wusste nicht, was er antworten sollte. Aber er musste gar nicht antworten, das war kein Geschäftstreffen, Pezzi hatte keine zu unterschreibenden Verträge dabei. Es war ein Besuch der Achtung, der Zuneigung, also hat Marco nur genickt und gelächelt, wie er es schon seit Monaten nicht mehr getan hatte, während er sich von Luciano verabschiedete und dem hageren Rücken seines neuen Opas hinterhersah, der wieder ging.

Und er lächelt jetzt, wo er den Giro wirklich gewonnen hat. Sotero da oben ist glücklich, und glücklich ist auch Luciano, der, obwohl es ihm nicht gut geht, nach Mailand hochkommen wollte, um ihn feste zu umarmen und »Bravo« zu ihm zu sagen und »jetzt musst du aber auch zur Tour«.

Für ihn ist das eine Frage der Moral, der Sieger des Giro darf bei der Tour de France nicht fehlen, er muss dahin und diesem extrem wichtigen Rennen die Ehre erweisen. »Und wenn du hingehst, Marco, gewinnst du sie.«

Das hat er ihm in Mailand gesagt, im Getöse der Fans. Er sagt es ihm, jedes Mal wenn sie miteinander telefonieren, aus seinem Haus im Apennin. Und Marco antwortet »Ich denk drüber nach«, oder »Wir werden sehen«, was umständliche und höfliche Arten der Erwachsenen sind, um *Nein* zu sagen.

Tatsächlich denkt er gerade gar nicht an die Tour, er sitzt hier am Bartischchen und betrachtet die kleinen Bläschen im Bier bei ihrem Aufstieg in der goldenen Flüssigkeit, immer weiter hoch bis ganz nach oben, bis sie ins Blau des Himmels entweichen, in die Freiheit.

»Was zum Teufel ist das denn?«

»Das ist Bier, Don Basagni.«

»Und wer hat dich darum gebeten?«

Niemand. Mir war einfach danach. Ich hatte es gestern Abend auf dem Rückweg zum Konvent gekauft. Denn manchmal passt so ein kühles Bier wirklich gut, also hatte ich einen Sechserpack Dosen gekauft. Ich hatte sie in den Kühlschrank in der Küche geräumt, und in vier Tagen waren vier davon verschwunden. Ich wusste nicht, wie, aber sie waren nicht mehr da. Also hatte ich die letzten beiden genommen und war zum Direktor hochgestiegen.

Weil, na ja, seit der triumphalen Etappe von Montecampione hatte ich ihn nicht mehr gesehen, aber inzwischen hatten wir uns umarmt, zusammen geweint, da sollte ich nicht nur zu ihm kommen, um ihn mit einem Schwamm abzuschrubben. Mehr noch, ich fand es schade, dass er mich dieser Tage nie von seinem Fenster aus gerufen hatte, also war heute ich hochgestiegen. Mit den letzten beiden Bierdosen, die noch übrig waren, so konnten wir auf Pantani anstoßen und über den Giro oder was auch immer reden. Oder wenn er keine Lust hatte zu reden, konnten wir über seine Stereoanlage auch die Doors hören. Das schien mir eine gute Idee. Aber da hatte ich mich wohl getäuscht.

Denn stattdessen rief er: »Was zum Teufel willst du, was erlaubst du dir?«

Ich bin an der Tür stehen geblieben, im Dunkel dadrin sah ich ihn hochschnellen, etwas in eine Schachtel zurücklegen. Etwas Weißes, Papiere, vielleicht Briefe. Er wollte sie schnell verstecken, versuchte aber vorher, sie ordentlich zusammenzufalten, ohne sie zu zerknittern.

»Ich hatte hier meine Ruhe, und da kommst du und störst. Geh zurück zu deinem Freund Don Mauro!«

Von den Dosen tropfte es mir langsam über die Finger, in der heißen Luft, die nur von der Musik der Doors bewegt wurde, die wer weiß wo live spielten, für ein räumlich wie zeitlich weit entferntes Publikum und auch für einen Priester mit einer Überdosis Erdnüsse in diesem Kämmerchen, verloren in den Apuanischen Alpen. Aber nicht für mich.

Mich wollten weder die Doors noch Don Basagni. Also blieb ich bestimmt nicht hier, um zu betteln, ich hatte selbst Wichtiges zu tun. Zum Beispiel meine Abschlussarbeit schreiben. Die Pförtnerloge besetzen. Floras Tochter ein wenig erziehen. Die Wälder ringsum erkunden, was ich schon seit meiner Ankunft hier hatte tun wollen und wozu ich noch nicht gekommen war.

Ja, genau so war es, und ich habe genickt, vor mich hin, und bin gegangen.

Einen Schritt, schon hat Don Basagni mich zurückgerufen: »He, Herr Anwalt, wo willst du denn hin?«

»Ich gehe, Padre. Das haben Sie mir doch gesagt, nicht? Ich lasse Sie mit Ihren kostbaren Briefen allein.«

Kurze Stille. Dann: »Von wegen kostbar, lauter Leute, die mir auf den Sack gehen, wie du, der du mich ständig störst.«

»Ach ja?«, habe ich gesagt. Und in meinem Atem spürte ich etwas, das ich nicht kannte, und es war nichts Gutes: »Hören Sie, Padre, wie kommt es, dass Sie so viele Quälgeister haben, Sie aber nie jemand besuchen kommt?«

Das habe ich gesagt, und in der Luft der engen Kammer klang es noch hässlicher, als ich dachte. Ich wollte ihn gerade um Entschuldigung bitten, aber er war schneller: »Weil ich sie wegschicken lasse. Weißt du, wie oft meine Neffen kommen, meine Schwester … Ich lasse sie unten an der Pförtnerloge wegschicken. Weißt du nicht, dass du sie wegschicken sollst, wenn sie kommen?«

»Nein, ich …«

»Schlecht! Du sollst nur eine Sache tun, nicht tausend. Du sollst in der Pförtnerloge sitzen, und wenn meine Verwandten kommen, sollst du sie nach Hause schicken, mehr musst du nicht tun!«

»Ehrlich gesagt, komme ich auch her, um Sie zu waschen.«

»Na gut, das ist ein Bonus, für dich. Wenn sie kommen, und du wirst sehen, dass sie bald kommen werden, wirfst du sie jedenfalls sofort raus, aber hochkant, ja, ohne Erbarmen.«

»Ach, so, wie sie es eben mit mir gemacht haben.«

»Bravo, genau so!«

Aha, und eben war ich noch kurz davor, ihn um Entschuldigung zu bitten. Ich sollte mich besser umdrehen, den Mund halten und zurück in den Flur gehen.

Aber wieder hat Don Basagni mich aufgehalten: »He, Herr Anwalt, wo willst du denn hin?«

»Das hab ich Ihnen doch schon gesagt, Sie haben mich rausgeworfen, also gehe ich.«

»Aber warte doch mal!«

»Nein, nein, jetzt ist es zu spät. Sie wollen mich nicht, also gehe ich.«

Aber als ich das gesagt habe, musste ich ein Lächeln unterdrücken. Denn Don Basagni wollte zwar den Griesgram spielen, fühlte sich mit mir aber einfach wohl, da konnte man nichts machen. Also würde ich jetzt wieder umdrehen, wir würden die Bierdosen aufmachen, sie zusammen trinken und dabei die Doors hören.

»Okay, Padre, einigen wir uns auf fünf Minuten«, habe ich gesagt und mich ihm wieder zugewandt.

Und er: »Also bist du taub, ich hab gesagt, du sollst verschwinden! Aber lass mir vorher noch das Bier da, ich hab Durst.«

Die Bläschen steigen im Glas bis ganz nach oben, während das Kondenswasser runter auf den Tisch tropft, wo der Kellner das Glas abgestellt und zu ihm gesagt hat: »Großartig, Marco.« Er hat »Danke« geantwortet. Dann hat der Kellner ihn gefragt: »Also, fahren wir die Tour?«

Er hat gelächelt, und seine Freunde haben für ihn geantwortet. Dass sie jetzt eine Tour durch die Diskotheken machen. Und dass er noch zwei Bier bringen solle, und weitere sich überlagernde Worte, die Marco aber nicht mehr hört.

Er starrt auf ein Bläschen, nur eins, inmitten von Millionen, und doch ist es anders. Es ist wie die anderen am Grund gestartet und schnell aufgestiegen, doch auf halber Höhe hat es dann am Glas angehalten, es bewegt sich weder nach oben noch nach unten.

Es bleibt da, vor seinen Augen, in seinem Atem.

21

Ich will mich verirren

Nein, hier oben machte ich gar nichts mehr, das schwor ich und schwor ich abermals.

Ich hatte es versucht, aber jetzt reichte es. Man hatte mich als Erzieher hergeschickt, und ich schämte mich nicht, das zu sagen, *Erzieher*. Denn es gibt Kinder, denen man helfen kann, damit sie gut aufwachsen und glückliche Erwachsene in einer funktionierenden Gesellschaft werden. Aber es waren keine mehr da, stattdessen waren da zwei vertrottelte Alte auf der Warteliste zum Sterben. Und ich hatte versucht, mich anzupassen, mich trotzdem nützlich zu machen, aber was ich auch tat, ich machte alles falsch. Und obendrein behandelten sie mich noch schlecht. Und man weiß ja, wie so was läuft: Ich machte einfach gar nichts mehr.

»Gar nichts mehr«, habe ich gesagt. Meine Stimme klang seltsam, anders, zwischen den Zweigen, die mich hier und da streiften, während ich den Berg hochwanderte. Schon vom ersten Tag an hatte ich hier hochsteigen wollen, oberhalb des Konvents, wo früher ein Olivenhain gestanden hatte und die Zweige nun durchmischt waren: von Olivenbäumen, Brombeerranken, Wildpflanzen, die in den Jahren gewachsen waren, seit sich niemand mehr darum kümmerte.

Denn der Olivenbaum ist ein Symbol des Friedens und der

Kultur. Die großen Zivilisationen der Geschichte sind mit dieser Pflanze entstanden und gewachsen, aber dann endeten sie alle so wie der Olivenbaum, wenn du nicht auf ihn aufpasst: Sie sind fürchterlich vor die Hunde gegangen.

Wenn der Olivenbaum nicht beschnitten wird, wächst er, wie er will, und zwar schlecht, und tausend andere Pflanzen rauben ihm den Platz, sie schlingen sich um seinen Stamm und schnüren ihm die Zweige ab. Und während ich jetzt durch den Olivenhain der Mönche den Berg hochstieg, kam es mir wirklich so vor, als würde ich das Amazonasgebiet erkunden.

Aber es gefiel mir so, je weiter ich mich vom Konvent entfernte, desto besser ging es mir. Der ursprüngliche Plan war, nach meiner Schicht hochzusteigen, um sechs, schließlich ist es im Juni bis zehn Uhr hell, aber heute habe ich es nicht mehr ausgehalten, also habe ich die Pförtnerloge einfach verlassen, und hier bin ich jetzt und erkunde den Wald.

Schließlich war sowieso alles falsch, was ich da unten tat.

Sogar eine so kleine, nette Geste, wie ein paar Dosen Bier mitzubringen.

Die Idee war mir gekommen, weil ich Samstagnacht zu Hause in meinem Bett geträumt hatte, dass ich am Rand eines Schwimmbeckens saß, die baumelnden Beine zu kurz, um das Wasser mit den Füßen zu berühren. Ringsum eine flache, endlose Sandwüste, ein paar Kakteen von der Sorte, die man in Filmen sieht, und Hitze, die den Horizont flimmern ließ. Dann ist das Flimmern immer näher und näher gekommen, bis es auf der anderen Seite das Schwimmbecken erreicht hat, und da hat es zu mir gesprochen.

Erst nach einer Weile hat es eine menschliche Form angenommen, aber ich hatte schon an der Stimme erkannt, dass es Jim Morrison war: »Guten Abend, amerikanischer Junge, wie gehts?«

»Guten Abend, Jim. Ich bin kein Amerikaner, aber ganz gut, danke. Und Ihnen?«

»Pferde in Flammen galoppieren durch die Prärie ihres Lächelns, hast du je Planeten gesehen, die tanzen, bis die gesamte Stahlindustrie deiner Lieblingsnation verbrennt?«

Ich habe ihn angeschaut und musste mit dem Kopf schütteln. »Ehrlich gesagt, nein, Jim, tut mir leid. Aber es wäre schön, hey. Das heißt, für die Stahlindustrie. Für die brennenden Pferde täte es mir leid, aber …«

Und Jim nickt, aber man sieht, dass er zu anderen Gesprächen nickt, die er in der Luft hört oder in seinem Kopf voller langer, bewegter, wunderbarer Haare. Wie auch die Gedanken, die darin tanzen, wunderbar sein werden, aber ich kenne sie nicht und würde sie ohnehin nicht verstehen.

Während er eine Hand ins Schwimmbecken taucht, sie wie eine Kelle wieder rauszieht, und es ist kein Wasser mehr, sondern Bier. Blondes, kühles Bier, Jim führt es an seinen Mund, trinkt es, hebt die Augen zum blauen Himmel und lächelt, während ein paar Tropfen seinen Bart herunterrinnen und sich dann in der leichten Brise verlieren. Da öffnet er die Arme und macht eine winzige, aber entschiedene Geste, und aus dem Bier im Schwimmbecken kommt der gigantische Tentakel eines Riesenkalmars hervor. Voller Saugnäpfe, jeder größer als unser Kopf. Langsam und sachte wickelt er Jim von den Füßen an ein, immer weiter rauf bis zur Brust. Er hebt ihn hoch und nimmt ihn sanft mit sich runter in die Tiefe, während Jim mich anschaut und lächelt:

»Vom klaren Wald, in dem du dich verirrst, kenne ich den Namen jedes Zweigs. Warum du nicht, amerikanischer Junge, warum du nicht?«

Und ich wusste nicht, was ich antworten sollte, ich habe ihn nur angeschaut, während ihm das Bier schon bis zum Hals ging, bis zum Mund, dann ist Jim lächelnd da unten verschwunden. Und ich bin aufgewacht.

Vielleicht lag es auch an diesem absurden Traum, dass ich jetzt auf gut Glück durch den Wald hochwanderte.

Und dass ich kürzlich das Bier gekauft und zum Konvent mitgenommen hatte.

Ein paar Dosen zum Kühlstellen, um mit Don Basagni auf den sensationellen Giro anzustoßen, den wir zusammen erlebt hatten. Was übrig bliebe, würden wir vielleicht ein andermal trinken. Stattdessen waren vier davon verschwunden, kaum hatte ich sie in den Kühlschrank gestellt, und die anderen beiden hatte er sich genommen und mich wie einen Hund weggejagt. Schlimmer noch, denn mittlerweile hatte sich die Gesellschaft weiterentwickelt, und Hunde behandelte niemand mehr so schlecht. Nur Menschen. Und damit war das Bierproblem noch nicht zu Ende. Heute war Flora zur Pförtnerloge gekommen, mit ganz ernstem Blick, den winzigen Zeigefinger ausgestreckt in der Luft. Er zeigte auf mich.

»Tu das nie wieder, hast du gehört, nie wieder.«

»Entschuldige, Flora, aber ich habe nichts Schlimmes getan«, habe ich geantwortet. Denn ich dachte, sie spräche von ihrer Tochter, der ich nach und nach ein paar Wörter beizubringen versuchte, wie *Zuhause*, *Hunger*, *Freund*. Und wenn ich sah, wie sie sich Mühe gab, sie auszusprechen, legte ich ihr ein Bonbon auf das Mäuerchen neben der Treppe. Aber das war doch etwas Gutes, war es nicht absurd, wenn Flora mich jetzt deswegen beschuldigte?

Doch das Problem war nicht das Bonbon, sondern ein anderes. Noch absurderes.

»Du hast das Bier mitgebracht.«

»Ja, das habe ich am Sonntag in einer Bar gekauft. Ich habe es in den Kühlschrank gestellt, aber …«

»Mach das nie wieder, verstanden? Nie wieder.«

»Uff, jetzt reichts aber, ich habe ein paar Dosen Bier mitgebracht, ist das etwa so eine Katastrophe? Was ist daran so schlimm?«

»Komm mit«, hat sie gesagt und war schon auf dem Platz Richtung Refektorium.

Während ich ihr folgte, wiederholte ich mit lauter Stimme hartnäckig: »Ein bisschen Bier, ein kühler Schluck in der Junihitze, wo ist das Problem? Ist hier oben etwa alles ein Problem?«

Meine Stimme wurde immer lauter, ich fing an zu schreien, aber mittlerweile waren wir in der Küche angekommen, und da klappte mein Mund zu.

Denn dieser Ort hier oben in den Bergen war eine Welt für sich. Eine eigene Welt, die nach eigenen Gesetzen und Mechanismen funktionierte, ein anderer Planet im Dickicht der Wälder.

Daran dachte ich, während ich die immer dichteren Dornen und Zweige von mir löste. Olivenbäume gab es jetzt fast keine mehr, nur noch richtigen Wald. Und irgendwann aufgehäufte Steine auf dem Boden, in einer Art Streifen. Das musste vor langer Zeit mal eine Trockenmauer gewesen sein. Um etwas von etwas anderem zu trennen. Zu trennen und zu beschützen. Jetzt waren es einfach nur Steine. Und verschwunden war auch der Weg, über jeden Schritt mitten im Wald entschied der Zufall. Aber besser so. Ich fühlte mich noch freier, als ich auf diese Weise den Berg bestieg. Ich lief hartnäckig weiter, schwitzte, und je beschwerlicher es wurde, desto mehr drängte ich. Ein Tier, das rennt, das lebt, voller Kraft.

Das genaue Gegenteil dessen, was ich in der Küche gesehen

hatte, hinter Flora, und was mir die Sprache verschlagen hatte. Nicht sofort, im ersten Moment schaute ich mich um, und alles schien normal zu sein. Dann hat sie auf den Fußboden gezeigt, und vor ihren Füßen lag Don Mauro. Tot.

»Nein, er ist nicht tot, aber fast«, hat sie gesagt. »Sein Glück ist, dass er kurz davor immer wie tot umfällt, das rettet ihn.«

»Immer? Passiert das denn öfter?«

»Nein. So gut wie nie. Aber nur, weil es hier nirgendwo was zu trinken gibt.«

Und da habe ich allmählich verstanden, was mein Bier damit zu tun hatte.

»Das bisschen Bier hat ihn so zugerichtet?«

»Nein. Das hat ihn nur loslegen lassen. Er trinkt fast nie, aber wenn er aus Versehen ein Schlückchen nimmt, dann wars das. Er wird runter ins Dorf sein und Grappa oder so was in der Art gekauft haben. Zuletzt ist es voriges Jahr vor Weihnachten passiert. Da war Don Roberto noch am Leben, seine Schwester war ihn abholen gekommen, hatte ihn ein paar Tage mit nach Hause genommen und einen Korb mit Pandoro, Torrone, Zampone und einer Flasche Sekt dagelassen. Zunächst hatte ich nicht darauf geachtet, Gina war zu der Zeit sehr aufgewühlt, du hast ja das Mal an ihrem Hals gesehen, das ist von damals … Jedenfalls habe ich die Flasche eine Stunde in der Küche gelassen, vielleicht auch kürzer. Aber das hat gereicht. Don Mauro habe ich so gefunden wie jetzt. Und Don Roberto war mit seiner Schwester weggefahren, Don Basagni verlässt sein Zimmer nicht, und ich allein habe es nicht geschafft, ihn wegzutragen. Na ja, ich habe eine Scheibe Pandoro und Wasser neben ihn gestellt, eine Decke über ihn gelegt, und er hat die gesamten Feiertage hier auf dem Fußboden verbracht. Dann hat er sich wieder erholt und ist aufgestanden.«

Während sie sprach, habe ich Don Mauro auf dem Fußboden angeschaut. Er sah wirklich aus wie tot. Nur der Brustkorb unter der Robe hob und senkte sich, aber nur ganz leicht, jeder Atemzug schien der letzte zu sein. Ab und zu kam ein verzerrtes Atemgeräusch aus seinem Mund, wie wenn einer schläft und schlecht träumt und versucht, mit dem Traum zu reden, um ihn davon zu überzeugen, ihn in Frieden zu lassen.

»Ich … Das tut mir leid, Flora, das wusste ich nicht. Das hätte ich nie gedacht. Wer hätte sich auch so was denken können …?«

»Na gut, jetzt weißt du es, also, nie wieder was zum Trinken. Nicht in der Küche, aber auch nicht in deinem Schlafsaal. Wenn du was zu trinken mitbringst, riecht er das. Ich weiß nicht, wie er das macht, aber ich schwöre dir, dass er es riecht und es findet. Und jetzt komm, hilf mit, bringen wir ihn in sein Zimmer.«

Ich versuchte herauszufinden, wie wir ihn hochheben könnten, ob ich ihn huckepack nehmen könnte, wenn …

Aber Flora hat ihn am Fuß gepackt, also ich am anderen. Er hatte keine Schuhe an, nur schwere Wollsocken in der Junihitze, die Beine waren zwei unförmige gerade Röhren. Und wir haben ihn hinter uns hergeschleift, wie eine Leiche eben. Auf dem Rücken liegend, die Arme ausgebreitet und schlaff, aber aus seinem Mund rann ab und zu ein Wortfetzen, vielleicht auf Latein, und gurgelnde Andeutungen eines Rülpsers.

Daran dachte ich jetzt, während ich im Dickicht weiter Richtung Berggipfel aufstieg. Ringsum das Geräusch zerbrechender Zweige, raschelndes Laub. Und das wahre Leben des Waldes, das ich nur erahnen konnte, dahinten versteckt, wie es mich vorbeilaufen sah.

Der Wald ist groß, er ist riesig. So viel Wald gab es in Italien schon seit Jahrhunderten nicht mehr, vielleicht seit dem Mittelalter. Aber nicht, weil wir auf den hier achtgeben würden. Im

Gegenteil, er ist da, weil er uns vollkommen egal ist. Früher gab es viel kultiviertes und bestelltes Land, das als Weidefläche oder für den Getreideanbau sauber gehalten wurde. Jetzt interessiert man sich nur für Land, das man mit Beton zukleistern kann, um zu bauen, Land, wo man das nicht kann, ist unnütz und wird sich selbst überlassen. Und wenn du das Land sich selbst überlässt, holt der Wald es sich zurück und wird immer dichter und dichter. Dem Wald geht es gut, wenn er weit weg von den Menschen ist.

Und mir oft auch. Der ich mich heute ausgezeichnet fühlte, als ich dort eindrang. Ich spazierte nicht mehr, ich rannte, um mich von dem Konvent und allem zu entfernen. Auch von zu Hause, von der Uni, von dem Anwalt, der mich heute Morgen von einer Assistentin hatte anrufen lassen: »Der Anwalt ist noch beschäftigt, aber er wird Wege und Mittel finden, trotz allem.«

Dieses *trotz allem* hatte sie auf eine Weise ausgesprochen, dass es klang wie *trotz dir*. Aber ihre Stimme war warm und gefiel mir.

Tatsächlich hatte ich sie zwar noch nie getroffen, aber sie hatte mich schon einmal angerufen, vor ein paar Monaten, und seitdem war einer der glühend heißen Briefe meines roten Heftes von ihr.

Sie schrieb mir, ich solle mich mit der Uni beeilen, damit ich dann bei ihr in der Kanzlei das Referendariat anfangen könne, da gäbe es ein wunderbares, bequemes Bad mit einem großen Spiegel, und …

Und daran dachte ich jetzt wieder. Ich hatte Lust, ihn noch mal zu lesen. Und ich hoffte sehr, wirklich sehr, dass meine Mama und meine Tante ihn nicht gelesen hatten.

»Der Anwalt sagt, sobald er eine Minute Zeit findet, klärt er das alles, Sie müssten sich nur noch ein paar Tage gedulden, aber er weiß, dass Sie die Kraft haben, das durchzustehen.«

»Hat der Anwalt das so gesagt?«

»Warum?«

»Na ja, also, es klingt nicht nach seinen Worten.«

»Sind es auch nicht, es sind meine Worte. Er hat etwas anderes gesagt, aber das ist egal.«

»Was hat er denn gesagt?«

»Nichts. Was anderes. Jeder hat halt so seine Art.«

»Ernsthaft, was hat er gesagt, nur aus Neugier.«

»Er hat gesagt, dass Ihnen ein bisschen Militärdienst vielleicht ganz guttäte.«

Ich habe das Telefon umklammert und die Zähne zusammengebissen. »Mal davon abgesehen, dass ich nicht beim Militär bin, ich mache Zivildienst. Ich bin Erzieher.«

»Ja, ja, aber wie gesagt, das sind nicht meine Worte. Und es ist unwichtig. Wichtig ist nur, dass Sie ein paar Tage warten müssen, dann klärt der Anwalt alles für Sie.«

Ich wusste nicht, wie er das alles klären wollte. Und jetzt wusste ich nicht einmal mehr, wo ich war. Ich spazierte weiter den Berg hinauf, das T-Shirt voller Blätter, Zweige, Insekten, die vorher in Ruhe auf ihrem Baum gesessen hatten und sich jetzt an dieses seltsame Wesen klammern mussten, das aufs Geratewohl durch den Wald lief.

Und ich lief wirklich aufs Geratewohl, ich sah den Konvent nicht mehr und auch sonst nichts, nur das geheimnisvolle Dickicht, das jeden Schritt umhüllte, nur den Wald, in dem ich mich verirrt hatte.

Und das war mir sehr recht so.

Ja, das war genau das, was ich wollte: Schon seit einer Weile wusste ich nicht mehr, was ich tat und welchem Weg ich folgte, und jetzt, im Dunkel des Waldes, war das wenigstens endlich offensichtlich, nicht nur für mich, sondern für alle. Für die Priester im Konvent, Papa, Mama und meine Tante, den Anwalt, die Männer der Forstverwaltung, die bald ihre Suche aufnehmen würden. Und dann würden es alle merken, dass ich mich verirrt hatte. Und hoffentlich würden sie mich wiederfinden. Denn allein kam ich da nicht heraus. Ich schaffte es nicht.

Ich schaffte es nicht mehr.

Also war ich glücklich, sehr glücklich, hier in diesen Wald einzudringen, der mittlerweile so dicht war, dass ich nicht mehr spazierte, sondern zwischen Zweigen und Sträuchern durchschwamm. Sie zerkratzten mir die Arme, die Beine, das Gesicht. Es war ein wunderbares Gefühl. Den Berg hochsteigen und leiden, und je mehr ich litt, desto schneller rannte ich, und auf irgendeine absurde Art fühlte ich mich gut.

Und obwohl kein Platz war, breitete ich meine Arme ein wenig aus, wie es der Pirat tat, wenn er über die Ziellinie fuhr, als wollte er sagen: »Hier bin ich, ich bin angekommen, viel Anstrengung, viel Schmerz, aber jetzt bin ich da.«

Wie wunderschön, was für ein fabelhafter Ort, der Wald. Ich liebte ihn. Und die Pflanzen, die Tiere, die es dort gab. Jim Morrison hatte recht, vorgestern Nacht im Traum: Es war beschämend, dass ich so wenig darüber wusste. Dabei sollte ich jeden Vogel kennen, jeden Baum, einfach alles.

An jenem Tag im Krankenhaus, als Alessandra nicht mehr unter uns war und der Anwalt mit seinem ausgestreckten Zeigefinger am Ende seines aus dem dunklen Jackett herausschauenden Handgelenks auf mich gezeigt und mich gefragt hatte: *Du, weißt du schon, was du mal werden willst, hast du Lebenspläne?* Da hatte ich die einzig ernst zu nehmende Antwort gegeben, die man mit achtzehn geben kann, nämlich: *Nein, ich weiß es nicht*. Aber damit habe ich es vergeigt und bin in einem Jurastudium gelandet. Stattdessen hätte ich an jenem Tag schlagfertig und voller Überzeugung antworten sollen: *Ja, das weiß ich schon, ich will die Natur studieren, die Wälder, die wilden Tiere. Denn die mag ich sehr, und ich komme gut mit ihnen aus. Ich will sie studieren und Zeit mit ihnen verbringen, das ist mein Lebensplan!*

Ja, das hätte ich antworten sollen, dann hätte ich mich gerettet. An jenem Tag und für immer. Aber von wegen: *Ich … ich weiß es nicht*, hatte ich gesagt. Denn ich wusste es wirklich nicht. Wie ich jetzt nicht wusste, wo ich war, aber ich war glücklich, dort zu sein, ich wollte dort bleiben und mich verirren, mich immer mehr verirren. Tschüss, Leute, tschüss, alle, tschüss …

Und dann, aus dem Nichts, dieses pfeifende Geräusch. Diese Augen. Und diese Art, den Mund zu verziehen, den Hals aufzublähen, während sie versuchte, ein Wort herauszukriegen, und stattdessen kam ein Gackern heraus.

Gina, zwischen den Bäumen. Die mich anstarrte.

Das musste ein Traum sein, eine Vision. Gleich würde bestimmt auch noch Jim auftauchen, und tatsächlich raschelten die Bäume neben Gina, die Zweige wurden beiseitegeschoben, und da kam er schon.

Aber es war nicht Jim Morrison, es war Flora.

»Aber … was macht ihr denn hier oben, wie seid ihr hierhergekommen?«, habe ich gestottert.

»Wo denn?«

»Hier oben, auf dem Gipfel der Berge, mitten in den Wäldern. Wart ihr nicht im Konvent? Wie habt ihr das gemacht, seid ihr geflogen?«

Flora hat mich angeschaut, und auf ihre Art hat mich auch Gina angeschaut. »Na los, gehen wir.«

»Nein! Ich geh da nicht wieder runter, jetzt bin ich schon so weit gekommen, und ich will noch weiter weg. Wenn die Suchtrupps kommen, habt ihr mich nicht gesehen. Ihr wisst von nichts, verstehst du, Gina? Du. Hast. Mich. Nicht. Gesehen.«

Flora hat mich am Arm gepackt, der brannte, weil er voller Kratzer von den Brombeerranken war. Sie hat mich ein paar Schritte gezogen bis zu einem Felsen. Sie ist darauf geklettert und hat auch mich hochklettern lassen. Und da unten, etwa hundert Meter entfernt, grau und flach, eine Mauer. Der Konvent.

Ich war gewandert, geklettert, gerannt, bis ich ganz erschöpft war. Praktisch im Kreis.

»Los, gehen wir, du musst den Direktor waschen.«

Aber ich starrte weiter die Mauer an und meine roten Arme. Erst nach einer Weile habe ich geantwortet, nein, den Direktor würde ich nicht mehr waschen. Das sei nicht meine Aufgabe, sie gehe nicht zu ihm hoch, weil er sie bespringen würde, ich ginge nicht zu ihm hoch, weil er mich extrem mies behandelte.

»Beim letzten Mal hat er mich weggescheucht, Flora, er will mich nicht.«

»Im Gegenteil, er freut sich.«

»Ach was! Er will allein sein und sonst nichts! Er hat sogar seine Verwandten weggescheucht, stell dir das mal vor!«

»Hä?«

»Ja, seine Schwestern, Nichten und Neffen. Wenn sie ihn besuchen kommen, lässt Don Basagni sie wegschicken, damit sie ihn nicht stören. Es stört ihn sogar, wenn sie ihm einen Brief schreiben!«

Flora hat mich so verwirrt angeschaut, dass sie für einen Moment ihrer Tochter da hinter ihr glich, die mit dem Mund fast auf dem Boden wer weiß was zwischen den Blättern suchte.

»Hör zu, ich arbeite hier jetzt schon viele, viele Jahre, und es ist noch nie jemand gekommen, um Don Basagni zu besuchen.«

»Vielleicht hast du sie nicht gesehen, vielleicht hat er sie sofort weggeschickt und … und du hast sie nicht … Also, er hat mir selbst gesagt, dass er sie nicht sehen will. Nicht einmal seine Nichten und Neffen. Sie leben in Torano, das ist nicht weit, im Gegenteil, man ist ganz schnell hier, da nicht zu kommen, wäre doch …«

»Es ist noch nie jemand gekommen. Nie.«

Das hat Flora gesagt, hat mich angeschaut, ist von dem Felsblock runter und trittsicher bergab Richtung Konvent losgelaufen. Gina hat noch kurz weitergescharrt, dann ist sie ihr hinterher, weg von mir.

Der ich mich ein letztes Mal zu meinem Wald umgedreht habe, so dicht und lebendig, auf der anderen Seite.

Mir brannten die Arme, mir brannten die Beine. Mir brannte der Atem von der Anstrengung, die Augen vom Schweiß und von etwas anderem, Bitterem, vielleicht verirrten Tränen.

Ich brannte.

22

Beichten und Vertraulichkeiten

»Stell dir vor, ich habe an Orten gelebt, wo die Leute Cholera bekamen, wie man hier Schnupfen bekommt. Sie sagten: ›Ach, wie lästig, Cholera‹, und starben.«

»Eben, Padre, Sie haben schwerwiegende Probleme gesehen, nicht so wie meins.«

»Genau deswegen sollst du dich desinfizieren, wenn ich dir sage, dass du dich desinfizieren sollst.«

Don Basagni blieb hartnäckig. Die Kratzer und Schnitte an meinen Armen sah man auch im Halbdunkel seines Zimmers gut, während ich ihn wusch.

Obwohl ich schnaubte, gefiel mir diese Aufmerksamkeit seinerseits. Vielleicht hatte er verstanden, dass er es am Vortag übertrieben hatte, dass ich nichts Schlimmes getan hatte, im Gegenteil, ich hatte ihm ein schönes kühles Bier gebracht.

Und ich hätte ihn ja wirklich vorwarnen können, dass ich komme, ihn von unter seinem Fenster rufen sollen oder wenigstens aus dem Flur, stattdessen war ich plötzlich in sein Zimmer geplatzt und hatte ihn dabei überrascht, wie er jenen Brief las, der ihn ziemlich erregt hatte, und so hatte er seine ganze Erregung an mir abgelassen.

Ein Brief von seiner Schwester und den Nichten und Neffen, die ihn besuchen kommen wollten, obwohl er sie verscheuchte. Aber Flora hatte mir erklärt, dass das gar nicht stimmte.

Also hatte ich heute, als ich gerade den Eimer holte, um hochzugehen, Don Mauro gefragt, der seinen Rausch ausgeschlafen hatte und gerade die Schrauben am Treppengeländer austauschte.

»Pfarrer bekommen ab und zu Briefe. Vor allem Missionare, von Orten, wo sie waren, um Gutes zu tun. Ich bekomme einen ganzen Haufen.«

»Ah, schön. Und Don Basagni?«

»Ich habe welche aus Guatemala bekommen, ich habe welche aus Namibia bekommen, ich habe welche aus Bolivien bekommen, ich habe welche von der Elfenbeinküste bekommen, ich habe welche aus … aus Guatemala bekommen. Ich habe auch welche aus Namibia bekommen, und …«

»Ja, ja, wunderbar. Aber Don Basagni?«

»Er nicht, nie. Kein Vergleich mit mir, ich habe einen ganzen Haufen bekommen. Stell dir vor, sogar aus Guatemala.«

»Ja, aber Don Basagni, warum schreibt dem niemand?«

»Na ja, das ist nicht leicht, aus Guatemala schreiben sie eben nur mir.«

»Ich rede ja nicht von Guatemala, ich meine, warum schreibt ihm allgemein niemand.«

»Das weiß ich nicht, mein Sohn, woher soll ich das wissen? Aber es kommt nie ein Brief. Nie. Außer gestern«, hat er so hingeworfen, während er zur nächsten Schraube überging.

»Gestern? Wie gestern, von wem?«

»Aus Brasilien. Da war er eine ganze Weile, bevor er nach Italien zurückgekommen ist.«

»Aber von wem, wer hat ihm den geschrieben?«

»Das weiß ich nicht, ich mache ja nicht die Briefe anderer

Leute auf. Ich mache meine auf, das sind ja schon viele. Sogar aus Guatemala, weißt du? Und aus Namibia und …«

Don Mauro legte wieder mit der Aufzählung der über die ganze Welt verstreuten Orte los, von wo er überall Briefe bekam, ich hörte ihn noch reden, als ich schon die Treppen bis in den zweiten Stock hochstieg, mit Eimer und Schwamm in der Hand.

Und im Kopf diesen geheimnisvollen Brief, den Don Basagni bekommen hatte. Wer weiß, von wem und warum er ihn so aufgewühlt hatte.

Jedenfalls gefiel es mir, dass er heute weniger gehässig war. Er sprach mit mir und hatte mich, kaum dass ich reingekommen war, sogar gefragt, ob er die Musik ausmachen solle. Natürlich die Doors, und ich hatte geantwortet, nein, er könne sie ruhig anlassen, sie störe mich nicht. Und in Wirklichkeit hatte ich große Lust, sie zu hören, es kam mir vor, als dringe eine sanfte und zugleich glühende Hand in meine Ohren ein, um von dort hinabzuwandern, bis sie mein Herz streichelte.

Dabei schaute ich meine Arme an und hoffte, dass Don Basagni mit seinem Gerede über eine Infektion unrecht hatte, denn meiner Meinung nach war ich noch zu jung zum Sterben. Und ich weiß, dass dich viele Sänger auffordern, das Leben in vollen Zügen zu genießen, früh zu sterben und einen hübschen Leichnam zu hinterlassen, aber sogar Jim Morrison war erst gestorben, als er drei Jahre älter war als ich. Und vorher hatte er alles Mögliche gemacht, hatte die Welt bereist und Millionen Menschen kennengelernt, die Gesellschaft geschockt und Musikgeschichte geschrieben. Was hatte ich dagegen gemacht? Was konnte ich in den kommenden drei Jahren tun, um wenigstens ein bisschen aufzuholen? Nicht viel, glaube ich, auch weil ich ein Jahr hier oben vergeudete, um einen alten Mann zu waschen und einen anderen ins Alkoholkoma zu schicken, und die einzige Möglichkeit, das zu ändern, war, mir eine schlimme Infektion einzufangen und sofort zu sterben.

Aber nein, das war nicht wirklich die Lage: Auch wenn ich vergessen hatte, den Aufschub vom Wehrdienst zu beantragen, arbeitete der Anwalt ja daran, dass ich wieder nach Hause konnte. Ich musste nur Vertrauen haben und abwarten. Wer weiß, ob es funktionieren würde, aber solange dachte ich abends daran, in dem riesigen leeren Saal, und diese Hoffnung half mir beim Einschlafen.

Denn es ist wichtig, dass schöne Dinge passieren, aber weil es ja nicht so ist, dass dauernd welche passieren, ist auch das Warten darauf wichtig. Und daran zu denken, dass sie kommen werden, und sich schon ein bisschen gut zu fühlen, auch wenn sie ganz schön lange brauchen, ja, auch wenn sie am Ende vielleicht doch nicht kommen.

Also dachte ich, wenn ich nicht einschlafen konnte und mich auf der quietschenden Liege wälzte, daran, dass ich bald wieder nach Hause zurückkehren würde. Und wenn das nicht reichte, dachte ich auch noch an die Tour de France, die bald anfangen sollte, und an Pantani, der uns erneut zum Ausflippen bringen würde.

»Ach was«, hat Don Basagni zu mir gesagt, »zur Tour fährt er gar nicht. Garantiert nicht.«

»Warum nicht? Ich glaube schon. Das ist das wichtigste Radrennen der Welt, alle erwarten, dass er hinfährt. Bei der Tour hat er schon wunderbare Etappen gewonnen, er hält den Rekord für den Anstieg nach L'Alpe d'Huez. Pantani war immer bei der Tour, wenn er konnte.«

»Klar, weil er den Giro nicht gefahren war. Er hatte immer irgendeinen Unfall und musste den Giro ausfallen lassen, daher ist er zur Tour gefahren, um das wettzumachen. Dieses Jahr hat er es bis zum Ende des Giro geschafft und ihn sogar gewonnen, er wird völlig erschöpft sein.«

»Mag sein, aber er kann sich ja noch erholen, ein bisschen ausruhen, ein bisschen trainieren.«

»Er ist doch gar nicht wegen des Giro erschöpft. Wenn du den gewinnst, kommt die eigentliche Anstrengung erst hinterher. Feierlichkeiten, Empfänge, Feste, Partys, Journalisten, Fernsehsender, alte Freunde und neue Freunde, Freiwilligenverbände, alle wollen sie was von dir. Vielleicht musst du sogar die Regierungschefs treffen, zum Präsidenten der Republik gehen, der dir die Hand schüttelt und dir den üblichen Unsinn erzählt. Das ist das Anstrengende, deshalb ist es unmöglich, den Giro und die Tour im selben Jahr zu gewinnen. Die Berge sind hart, aber dieses beschissene Brimborium drumherum ist noch härter. Also, Herr Anwalt, finden wir uns damit ab«, hat Don Basagni gesagt. Er hat sich zwei Erdnüsse eingeworfen, dann hat er sich mit einem Grunzen auf die Seite gedreht, damit ich ihm den Rücken waschen konnte. »Für dieses Jahr hatten wir unseren Spaß. Die Tour ist fürs nächste Jahr. Wenn man dann noch lebt.«

»Ach, kommen Sie, Padre, klar leben Sie dann noch, was reden Sie denn da?«

»Oh, ich rede nicht nur von mir. Von dir genauso. Du bist zwar noch jung, aber wenn dich ein Lkw überfährt, fragt er nicht nach dem Personalausweis, er fährt dich um und gute Nacht. Ich bin immer hier in meinem Zimmer, bestimmte Gefahren erspare ich mir. Du bist da gefährdeter, Herr Anwalt.«

Ich schrubbte weiter mit dem Schwamm über seine Seite. Und ich wunderte mich, wie schwabbelig sein Fleisch war. Überall, aber an manchen Stellen kam es einem wirklich wie

Treibsand vor, und vielleicht würde ich am Ende noch darin stecken bleiben, und je mehr ich strampelte, um mich zu befreien, desto tiefer würde ich einsinken, in eine dunkle, schwabbelige Welt, die mich verschlang.

Während Pantani im selben Moment von Festen und Auftritten verschlungen wurde. So gesehen, schien er mir von uns beiden eindeutig in der besseren Lage.

»Stell dir das mal vor, Herr Anwalt, jetzt kommen alle zu ihm. Weißt du, wie viele Leute was von ihm wollen? Alle fürchten sich immer vor ihren Feinden, aber die wahre Gefahr sind die falschen Freunde. Die richten wirklich Schaden an. Und weißt du, was noch viel schlimmer ist? Sehr viel schlimmer?«

Ich habe den Kopf geschüttelt, aber auf der Seite liegend konnte Don Basagni mich nicht sehen. Also habe ich Nein geantwortet, und er: »Die Muschis.«

Ich habe einen Augenblick innegehalten. Nur ganz kurz, dann habe ich weitergemacht. Ein bisschen Wasser war runtergeflossen, zwischen Flecken und Runzeln folgte es den Falten im Rücken, aber ich hatte mittlerweile gelernt, es mit dem Schwamm wieder aufzunehmen.

»Die Muschis, Herr Anwalt. Die sind anstrengender als alles andere. Die laugen dich aus. Nicht nur die Beine, sondern auch den Kopf. Wenn eine Muschi im Spiel ist, bleibt kein Raum mehr für anderes.«

Mit jedem Mal, dass er es sagte, *Muschi*, kam es mir ein bisschen weniger komisch vor. Aber eben nur ein bisschen. Denn, na ja, er war ja Priester, und im Gespräch mit ihm war das ein absurdes Thema.

Aber es war ein Thema, das mich sehr interessierte.

Und ich sprach mit niemandem darüber. Nur mit meinen Freunden, aber die waren jetzt nicht da. Die waren in Sevilla, und wahrscheinlich sprachen sie dort nie über Muschis. Denn man redet nur darüber, wenn man keine hat.

Ich aber war allein, ganz allein, also redete ich darüber. Mit einem Priester.

»Weißt du, wie viele heiße Bräute Pantani jetzt um sich hat? Wohin er sich jetzt auch umdreht, rollt gleich eine ganze Lawine Muschis auf ihn zu.«

»Er hat auch eine Verlobte«, sagte ich.

»Ach ja?«

»Ja, eine Dänin, er hat sie in der Disco kennengelernt.«

»Da haben wir's ja.«

»Okay, aber was macht das für einen Unterschied, ob er sie in der Disco kennengelernt hat oder … hm … im Supermarkt?«

»Keinen. Selbst wenn er sie beim Katechismus kennengelernt hätte. Im Gegenteil, weißt du, was da los ist, beim Katechismus? Aber ich meinte, dass Pantani jetzt reich an Muschis ist. Reich, Herr Anwalt! Und ich freue mich für ihn, er hat es verdient. Aber auch wir hätten es nach so vielen Jahren der Entbehrung verdient, ihn bei der Tour zu sehen. Aber nichts da, mach dir erst gar keine Hoffnungen. Bei so vielen Muschis zur Auswahl, vergiss es. Und bei ihm ist es noch verheerender, weil er, wenn du mich fragst, bisher noch nicht viele hatte. Und wie es aussieht, sind wir auch auf dem Level.«

»Welchem Level?«

»Level null. Das, wo man wirklich schlecht dasteht.« Er hat sich wieder auf den Rücken gedreht, sodass er mich anschauen konnte. Und mit dem Finger auf mich zeigen: »Dein Level, Herr Anwalt.«

Das hat er mir mit seinem hinterhältigen Lächeln gesagt, wie ein kleiner Junge, der etwas angestellt hat und dem das wahnsinnig gut gefällt. Aber ich bin nicht wütend geworden. Diese

Genugtuung wollte ich ihm nicht geben. Ich habe nicht einmal mit dem Waschen innegehalten. Denn er hatte zwar etwas Boshaftes, aber auch sehr Wahres gesagt.

»Okay, Padre, er ist vielleicht kein Playboy, aber was solls? Außerdem kann sich so was ja noch ändern, oder nicht? Bei Pantani hat es sich geändert, und ich bin vier Jahre jünger als er.«

»Natürlich, es kann sich auch für dich ändern. Du brauchst nur zu trainieren und den Giro d'Italia zu gewinnen.«

Er hat ein Lachen ausgehustet, sodass die frisch gewaschene Haut vom Hals bis zur Brust bebte, als würde sie langsam zum Rhythmus der Doors tanzen. Die jetzt ausgerechnet von einer Frau sangen. Einer Frau aus Los Angeles mit Haaren, die Feuer fingen, und hinter ihr brannten die Hügel. Und nie sah man eine Frau so allein, so allein, so allein. Don Basagnis Haut tanzte zu diesem Rhythmus und auch meine Hände, während sie sie schrubbten. Gerne hätte ich ihr Gesellschaft geleistet, dieser Frau, die so allein war, aber sie war in Los Angeles, ich in einem Hospiz oben im Apennin. Wo ich einen Priester wusch, der mich einen Loser nannte. Wir zwei, so allein, so allein, so allein.

»Aber keine Sorge, Herr Anwalt. Den Giro d'Italia gewinnst du zwar nicht mehr, aber bald ändert sich auch für dich was.«

»Hoffentlich, Padre.«

»Da gibt es nichts zu hoffen, das ist sicher. Du wirst bald ein richtiger Anwalt, nicht? Weißt du, wie viele Frauen du dann abkriegst? Als Anwalt gabelst du ziemlich viele Muschis auf. Nicht so viele wie als Arzt, aber fast. Ein Anwalt ist einer, der dich verteidigt, der die anderen angreift und dich verteidigt. Das ist wahnsinnig attraktiv.«

»Ich weiß nicht, Padre, ich …«

»Aber ich weiß es. Ich habe mein ganzes Leben lang die Beichte abgenommen, vergiss das nicht. Weißt du, wie viele Geschichten ich gehört habe? Du wirst sehen, bald bewegt sich auch für dich was. Das ist normal, das passiert bei allen. Und auch wenn man es erst mal nicht denken würde, wenn man dich so sieht, bist du, Herr Anwalt, genau wie alle anderen.«

Ich habe ihn angeschaut, ich habe weggeschaut. Und nur gesagt: »Hm, ich weiß nicht.«

»Du weißt es nicht? Dann sag ich es dir eben. Du bist wie all die anderen. Wir sind alle gleich. Dieselben Ängste, dieselben Hoffnungen, Träume, Erwartungen, Enttäuschungen. Wir sind alle gleich, und wir sind wahnsinnig banal. Aber weißt du, was das Banalste an uns allen ist? Dass jeder denkt, anders zu sein. Wie banal. Wie dumm. Und du genauso. Bisher hast du nur wenige Muschis aufgegabelt, aber was heißt das schon? Vielleicht hat dir eine Ex-Freundin das Herz gebrochen, und jetzt hast du erst mal Schwierigkeiten, wieder loszulegen. Das ist normal, weißt du? Das ist völlig banal.«

»Ja, Padre, aber so ist es nicht.«

»Wie ist es nicht?«

»Mir hat nie jemand das Herz gebrochen.«

»Na gut, dann hast du ihres gebrochen. Und eine andere wird dir das Herz brechen. So läuft das eben, man leidet abwechselnd. Hab Geduld, jetzt bist du dran. Bei der nächsten Freundin vielleicht.«

»Aber ich … also, Padre, ich … ich hatte noch nie eine richtige Freundin.«

»Ach! Du bevorzugst One-Night-Stands? Na so was, der Herr Anwalt, das hätte ich dir gar nicht zugetraut!«

»Nein, auch keine One-Night-Stands, überhaupt keine Stands. Also wirklich gar nichts.«

Das habe ich gesagt, und als ich es so in der Luft hörte, bewegt vom Rhythmus der Doors, kam es mir noch trauriger vor. Daran wird es gelegen haben, dass ich es nie jemandem erzählt hatte. Nicht einmal meinen Freunden, die es trotzdem ahnten, weil sie mich schon ewig kannten und weil ihre Lage auch nicht viel besser gewesen war als meine.

»Aber wenigstens im Sommer wird dir schon hin und wieder eine unterkommen.«

Ich habe nicht geantwortet. Ich wusch die Beine, die Brust. Ich wollte nicht darüber reden, und gleichzeitig hatte ich das Bedürfnis, ihm alles zu erzählen. Ich wollte abhauen und es gleichzeitig bis zum Ende durchziehen. Also schrubbte ich an den üblichen Stellen noch mal, wetzte ihm fast die Haut ab. Und vor lauter Darübernachdenken habe ich den Mund aufgemacht. So weit, bis es im Hals wehtat, denn was da rauswollte, war ein zu dickes Ding, es war so lange in mir gewachsen, ohne je das Licht zu sehen, dass es riesig geworden war. Riesig und schwarz.

Und kurz darauf füllte es den Raum aus.

»Nein, Padre, ich … also, ich habe nicht … Jedenfalls, Padre, ich bin noch Jungfrau.«

Das habe ich gesagt. Ich konnte es nicht glauben, aber ich hatte es gesagt. Und auch die Luft konnte es nicht glauben, die schlagartig aus dem Zimmer geflohen war, und tatsächlich hielt ich den Atem an. Meine Worte waren aus dem Gehege herausgekommen, wo ich sie viele Jahre und viele Gedanken lang gehalten hatte, wo sie Beklemmungen fraßen, Ängste tranken und sich in Verzweiflung wälzten. Und jetzt wussten sie hier draußen nicht, wo sie hinsollten, wie aus dem Käfig entflohene Wellensittiche, sie schlugen gegen die Wände und Fenster und prallten hier und da ab.

Und sie waren noch absurder, noch unmöglicher, wie sie sich da mit der Musik der Doors vermischten, mit der sinnlichen Stimme von Jim Morrison, der pro Abend hundert Frauen flachlegte. Vielleicht war auch er noch nie mit einem Mädchen gegangen. Mit nur einer allein.

Aber ich wusste es nicht genau, ich wusste ja eben nichts über solche Dinge. Und das schien mir so beschämend. Wäre das keine Kassette, sondern live, hätte es Jim bestimmt die Sprache verschlagen. Wie es Don Basagni die Sprache verschlagen hatte. Seine aufgerissenen Augen starrten mich an.

Aber jetzt musste er etwas zu mir sagen. Zwangsläufig. Etwas, das mir helfen würde, tröstende Worte, die brauchte ich so sehr, dass mir die Beine zitterten bis zum Herzen, das stotterte.

Dann hat ein Laut, ein Geräusch, ein immer lauter werdender Ton das Zimmer ausgefüllt, hat die Musik der Doors übertönt und alles andere plattgemacht, während Don Basagnis Fleisch Stück für Stück in einem wilden Erdbeben erzitterte, und das Epizentrum war sein aufgerissener Mund, der in grausames Gelächter ausbrach.

Don Basagni lachte, er lachte so lauthals, dass es am geschlossenen Fenster rüttelte, die über den Platz fliegenden Vögel aus dem Gleichgewicht brachte und die Wolken am Himmel verschob, die die Form gigantischen Gelächters annahmen. Am liebsten wollte ich fliehen, für immer verschwinden. Aber ich erinnerte mich nicht, wie man sich bewegt.

Also bin ich dageblieben und habe alles abbekommen, und es hörte nicht mehr auf. Erst nach einer ganzen Weile konnte er sich minimal beruhigen, Luft holen, sich klagend den Bauch halten und mich fragen: »Herr Anwalt, warte mal, bist du wirklich noch Jungfrau? Bist du noch nie mit einer zusammen gewesen, nie, nie, nie?«

Ich habe nicht geantwortet. Ich hatte es ihm ja gerade gesagt. Ich konnte es nicht wiederholen.

»Aber Frauen gefallen dir schon, oder nicht?«

»Ja! Aber, na ja, es ist halt noch nicht passiert.«

»So etwas passiert nicht einfach so, es ist ja nicht so, dass du die Straße entlangläufst, eine über dich stolpert und *bumm*!«

»Ich weiß, Padre, ich weiß. Und ich weiß auch, dass es absurd ist. Und ich schäme mich dafür. Deshalb habe ich das ja noch nie jemandem erzählt. Ich habe es nur Ihnen erzählt, weil … na ja, weil Sie Sie sind. Sie sind ein Priester.«

»Das hast du gut gemacht, Herr Anwalt! Sehr gut. In der Einsamkeit hier gibt es nichts zu lachen, aber du hast mich gerade so richtig zum Lachen gebracht. Seit Jahren habe ich nicht mehr so gelacht. Auch Don Mauro wird lachen, wenn ich es ihm erzähle.«

»Nein! Sie dürfen es ihm nicht erzählen, das können Sie nicht machen!«

»Und warum nicht? Ich mache, was ich will.«

»Und was ist mit dem Beichtgeheimnis? Sie dürfen es niemandem erzählen.«

So war das, das wusste ich. Einmal hatte ich sogar einen Film gesehen, in dem sich ein Mörder einem Priester anvertraut hatte, der dann nicht wusste, was er tun sollte, weil er die Morde stoppen wollte, es aber der Polizei nicht sagen durfte. Und der hatte einen Menschen umgebracht, ich dagegen hatte nichts Schlimmes getan. Und auch nichts Gutes. Ich hatte überhaupt nichts getan, genau das war ja mein Problem.

»Es ist eine Beichte, Sie müssen das Geheimnis wahren! Außerdem habe ich gar nicht mit Ihnen gesprochen, ich war in Verbindung mit Gott!«

»Nein, nein, Gott war nicht dabei, nur du und ich. Das war

keine Beichte, das war eine Vertraulichkeit. Also kann ich sie erzählen, wem ich will! Jungfrau! Mit … Wie alt bist du, Herr Anwalt? Dreißig? Fünfunddreißig?«

»Vierundzwanzig.«

»Jungfrau mit vierundzwanzig! Jungfrau!«

Wieder hat er gelacht, vielleicht mehr als vorher, und mich dabei mit diesem Blick angeschaut, den ich nicht ertragen konnte.

Ich hatte es meinen Eltern nicht erzählt, nicht einmal meinen Freunden. Im Gegenteil, für sie hatte ich mir sogar ein paar sensationelle Abenteuer ausgedacht, wie ich nachts … mit deutschen und holländischen Touristinnen. Ähnliche Geschichten, wie sie sie erlebt hatten, in anderen Nächten, mit anderen Touristinnen. An den zauberhaften und kostbaren Stränden der Fantasie.

Don Basagni dagegen hatte ich jetzt die Wahrheit erzählt. Weil ich dachte, er könnte mich verstehen. Weil er bei den Beichten doch schon die absurdesten Dinge gehört hatte. Und auch weil … Also, wem kannst du beichten, noch Jungfrau zu sein, ohne dich zu schämen, wenn nicht jemandem, der sich entschieden hat, es sein Leben lang zu bleiben?

»Padre, es reicht. Gerade Sie sollten wirklich nicht lachen!«

»Und warum nicht?«

»Keine Ahnung, aber, also, Sie müssten doch sagen, dass ich gut daran tue! Die Kirche empfiehlt, sich für die Ehe rein zu halten, oder nicht? Außerdem, Padre, verstehe ich nicht, warum ausgerechnet Sie lachen, Sie sind doch auch Jungfrau, so wie ich!«

Das habe ich gesagt, und er hat mich angeschaut. Er hat aufgehört zu lachen. Die Augen ganz klein, aber voller Dinge, die sich darin mischten. Bevor er ein »Ja klar, aber sicher« ausstieß.

»Hä? Was haben Sie gesagt?«

»Nichts, nichts, Herr Anwalt. Deine jungfräulichen Ohren haben sich verhört.«

»Nein, nein, ich habe es ganz genau gehört, Padre! Aber ich will hoffen, dass ich mich verhört habe!«

»Sehr gut, hoffe du nur! Warte und hoffe!«

»Ja, ich hoffe darauf, Padre, aber Sie? Sie …«

Ich konnte nicht weiterreden, ich starrte ihn nur an, und er starrte mich an, Auge in Auge und mit zitternden Mündern, weil sie gegen eine Kraft ankämpften, die allerdings kurz davor war, gegen unseren Willen die Oberhand zu gewinnen.

Und am Ende haben wir beide gleichzeitig verloren und sind gemeinsam in lautes Gelächter ausgebrochen.

In einem Hospiz für Priester, in einem dunklen Zimmer, einen verrückten Alten waschend, mit vierundzwanzig, während die Werbung dir erzählt, dass du mit tausend Freunden, die alle schön und fröhlich sind, auf einem Pick-up dem Abenteuer entgegenfahren sollst. Und ich war Jungfrau, ich hatte noch nie Sex gehabt, nur aus Versehen hatte ich einmal ein Mädchen geküsst, sie leicht berührt, aber nicht viel, viel weniger als ich Don Basagni berührte.

Dieses beschämende Geheimnis hatte ich ihm gerade anvertraut. Er hatte gelacht, und wie er gelacht hatte, ja, er lachte immer noch.

Aber das Unglaublichste war, dass ich jetzt mitlachte.

Denn ich war froh, dass er über mich lachte. Es gibt Menschen, die dann enttäuscht sind, die verzweifeln. Aber solange die anderen über dich und deine Probleme lachen, ist alles in Ordnung. Schlimmer ist, wenn sie aufhören zu lachen, wenn sie dich ernst anschauen und dich bemitleiden. Das Schweigen ist es, das dir sagt, dass du wirklich am Arsch bist.

Wie als mein Papa im Krankenhaus war für die Untersuchungen wegen Parkinson und der Doktor am Abend nur kurz ins Zimmer kam, dastand, ein paar Worte fallen ließ und wieder ging. Und einmal hatte er den Doktor gefragt, warum er es immer so eilig hatte und sich nicht mal eine Minute hinsetzte.

Und der Doktor: »Signor Giorgio, seien Sie froh. Wenn eines Tages ein Arzt zu Ihnen kommt und sich hinsetzt, dann müssen Sie sich Sorgen machen.«

Und mein Vater war ernst geworden, hatte nur einmal genickt und den Stuhl aus seinem Zimmer entfernt, um sicherzugehen, dass das nie passieren würde.

Also fühlte ich mich jetzt, wo Don Basagni mich anschaute und so sehr lachte, dass es ihm wehtat, gut. Und ich lachte mit ihm. Und sagte sogar zu ihm: »Padre, Sie sind ein Teufel.«

»Ach was, Teufel, schön wärs.«

»Ja, ja, ein richtiger Teufel. Das glaube ich gerne, dass Flora hier nicht hochkommen will. Recht hat sie!«

Er lachte, dann schüttelte er den Kopf. »Es reicht, es reicht. Ich bin es nicht gewohnt zu lachen, mir tut alles weh. Gleich mach ich mir noch in die Hose, und du musst mich noch mal von vorne waschen.«

»Nur das nicht! Aber ein Teufel sind Sie wirklich. Haben Sie wirklich mit Flora, also haben Sie …?«

»Ach was, Flora! Flora ist doch potthässlich! Ich war vierzig Jahre an Orten mit den schönsten Frauen der Welt, da unten hätten sie Flora als Bodenschwelle zur Verkehrsberuhigung benutzt.«

»Ah! Ein internationaler Playboy!«

»Sieh mal, Herr Anwalt, es ist unglaublich. Da unten gibt es nichts zu essen, es gibt überhaupt nichts. Und doch, was sind die Frauen dort schön und sympathisch und intelligent …«

»Jetzt hab ich's kapiert, Padre! Aber klar, jetzt verstehe ich, warum Sie gestern so aufgewühlt waren, Sie hatten gerade einen leidenschaftlichen Brief von Ihrer brasilianischen Geliebten gelesen!«

Das habe ich gesagt und wieder gelacht, und dann habe ich noch mehr gelacht, mit geschlossenen Augen. Aber plötzlich klang mein Lachen anders, denn es prallte zwar weiter zwischen den Wänden des Zimmers hin und her, aber jetzt hallte es allein wider: Don Basagni hatte aufgehört zu lachen. Schlagartig, gänzlich.

Er hat mich mit seinen Augen angestarrt, die von etwas sehr Bitterem flackerten. Und wenn es ein Gegenteil von Lachen gab, dann war es das. Nicht das Weinen, denn oft weint man auch vor Lachen, oder man lacht, um nicht zu weinen. Lachen und Weinen sind durch Tränen verbundene siamesische Zwillinge. Nein, das wahre Gegenteil war, wie mich jetzt der Direktor ansah.

»Entschuldigen Sie, Padre, ich wollte nicht … Also, das war nur …«

»Geh weg.«

»Entschuldigung, ich wollte nicht … Das war nur ein dummer Spruch. Wir haben gelacht, da habe ich einfach irgendwas gesagt.«

»Und du weißt nicht, was du da Abscheuliches gesagt hast. Aber weil ich letztlich ein gutes Herz habe, werde ich es dir nie sagen. Und jetzt hau ab, geh weg.«

»Ja, ja, ich gehe, aber Sie müssen mich wirklich entschuldigen, ich schwöre, dass es mir schrecklich leidtut.«

»Geh weg. Geh. Weg.«

Seine Stimme änderte sich, sie verzerrte und bog sich unter der Last von etwas, das zu schwer zu tragen war und gleich umstürzen würde.

Und was auch immer es war, Don Basagni wollte nicht, dass ich dabei war, wenn es passierte.

23

Die Stimme der Toten

Das Herz ist eine Anakonda. Was es in sich aufnimmt, wird nicht zerkaut, sondern am Stück verschlungen.

Und wenn es etwas zu Großes ist, ganz gleich, ob süß oder bitter, muss sich das Herz so weit öffnen, dass es wehtut, und es ganz langsam hinunterschlucken. Manchmal scheint es das gar nicht zu schaffen, es hält inne und stolpert, vielleicht zerreißt es gleich und tschüss für immer. Stattdessen fängt es wieder an zu schlagen, schluckt noch ein bisschen mehr hinunter, und weiter geht es mit dem Leben.

Genau das passiert Marco gerade, jetzt, wo Luciano Pezzi nicht mehr da ist. Er hat es am Telefon erfahren und keinen Ton herausbekommen. Im ersten Moment konnte er es nicht einmal glauben: *Luciano ist tot*, zufällig aneinandergereihte Worte ohne Sinn.

Aber vieles hat keinen Sinn. Einfach so zu gehen, aus dem Nichts heraus, elegant und ohne Lärm zu machen, wie es eben seine Art war. Ganz plötzlich, was der beste Tod ist, wie man sagt. Und vielleicht stimmt das für denjenigen, der geht, aber für diejenigen, die bleiben, ist das etwas anderes. Dir bleibt nicht einmal ein Augenblick für den Versuch, dich darauf vorzubereiten, dir bleibt nichts. Marco bleibt nichts mehr.

Als sie das letzte Mal miteinander gesprochen haben, kürzlich am Telefon, hat er das Gespräch fast abgewürgt. Denn endlich hat er abgeschaltet, vom Fahrrad, im Kopf, er steht spät auf, und er würde gerne an Mamas Imbissstand frühstücken, aber wenn er da hingeht, halten sie ihn bis abends auf. Kunden, Passanten. 1994, als er seine ersten Etappen gewonnen hatte, sah man ihn in einem Hotel sitzen, wie er tausendmal auf einem Blatt Papier unterschrieb. Er wurde gefragt, was er da mache, und er erklärte, dass er fürs Autogrammegeben trainiere, weil er nach und nach um welche gebeten werde und nicht daran gewöhnt sei. Jetzt macht Marco nichts anderes mehr.

Auf Zetteln, Postkarten, Servietten von der Bar, auf der Haut mancher Fans, die es sich anschließend eintätowieren lassen.

Alle fragen ihn nach einer Unterschrift und einem Foto. Reisegruppen, Radrennfahrer, Jugendliche, Kinder auf Ausflug. Und am Ende fragen sie ihn auch, ob er zur Tour fährt.

Alle, immer. Und er will nicht antworten, er will nicht einmal darüber nachdenken. Er will bloß frühstücken und dann an den Strand gehen, an seinem Meer sein.

Vermutlich hat er deshalb kürzlich das Telefonat etwas früher als üblich beendet, als Luciano ihn gefragt hat, wie es mit der Tour aussehe.

Denn Lucianos Meinung nach muss er dahin. Er hat in Frankreich schon Eindruck gemacht, als vielversprechender Radrennfahrer und als Champion. Jetzt, wo er der Sieger des Giro d'Italia ist, darf er nicht fehlen. Da hat er keine Wahl, er braucht nicht lange darüber nachzudenken. Er muss nur hinfahren. Ganz einfach.

Für Marco ist es aber nicht so einfach. Andere Champions, die die Tour fahren werden, haben die letzten Monate alle Wettkämpfe ausfallen lassen, um die Route schon auszuprobieren und sich bestmöglich vorzubereiten. Er dagegen hat gerade erst den Giro gewonnen, er hat sich bis auf den letzten Tropfen ausgepresst, und mehr noch als seine Beine braucht sein Kopf eine Verschnaufpause. Kürzlich war er für eine Festrundfahrt in Bologna. Am Ende hat er geduscht und ist nach Hause zurück – und hat sein Fahrrad vergessen. Er, der es mit ins Bett nimmt, hat es an der Wand einer Umkleide stehen lassen.

»Luciano, die Tour ist hart, ich will nicht hin, wenn ich dann vielleicht nach der Hälfte aufgeben muss. Du weißt, dass ich so was nicht mag. Wenn ich hinfahre, dann um zu gewinnen.«

Und Pezzi, nach kurzer Stille: »Na, das ist doch klar, Marco, natürlich fährst du zur Tour und gewinnst sie, was redest du denn da?«

Und Marco hat gelacht. Er hat ein paar Sprüche geklopft. Er hat sich von ihm verabschiedet und gesagt, dass er darüber nachdenken werde. Wie wenn du in einen Laden gehst und einen Pulli anprobierst, du findest, dass er dir gut steht, und dann entdeckst du das Preisschild und stellst fest, dass er eine Million Lire kostet, und zur Verkäuferin, die dich anschaut, sagst du: »Hm, ich denke drüber nach«, bevor du für immer verschwindest.

Genauso hat Marco Luciano behandelt. Seinen Opa, seinen Vater. Er hat »Ich denke drüber nach« geantwortet, hat sich verabschiedet und aufgelegt, hat sein Frühstück beendet und ist dann runter an den Strand. Und jetzt denkt er wirklich darüber nach, im Sand ausgestreckt vor dem glitzernden Wasser des ruhigen Meeres.

Aber wenn Marco jetzt das Meer anschaut, sieht er Luciano. Der genau das war: das große, ruhige Meer. Eine unermessliche Kraft, so tief, dass er immer ganz ruhig wurde, wenn Luciano in seiner Nähe war, eine langsame, aber unwiderstehliche Gezeit, die seine Sorgen, seine Ängste mit sich nahm, sie auf den Wellen seiner freundlichen Stimme wiegte und ihm seine Gedanken, glatt, weich und alles an seinem Platz, zurückgab.

Als Marcos Bein von diesem riesigen Eisen zusammengehalten wurde und sogar ins Bad zu gehen eine Unternehmung schien, hat Pezzi zu ihm gesagt, dass er wieder Rennen fahren würde, wie alle und sogar besser als alle anderen. Denn jemanden, der so am Berg fahre wie er, habe er noch nie gesehen. Nie.

Und er hatte die Großen wirklich gesehen, er hatte sie begleitet, er hatte sie zum Sieg geführt. Er war an der Seite von Coppi gefahren, er hatte Gimondi geleitet. Aber Bergfahrer wie Marco gab es sonst keine. Seine Kraft, seine Leichtigkeit, seine übermenschliche Fähigkeit, sich nach Anstrengungen, die dir die Seele zerreißen, zu erholen. Du kannst den Giro und die Tour im selben Jahr gewinnen. Weil du du bist, Marco, du bist Pantani, und so einen gibt es nicht noch mal.

Das hat Luciano zu ihm gesagt und es immer wiederholt, bis neulich. Und auch wenn er jetzt nicht mehr reden kann, auch wenn er jetzt auf dem Friedhof von Dozza da oben auf dem Apennin liegt, passiert doch das Absurde, das Unmögliche, das allerdings jedem von uns passiert: Bei Menschen, die wir wirklich geliebt haben, kommt, wenn sie ihren Atem ausgehaucht haben und ihr Körper noch dazu in einem Sarg einen Meter tief unter der Erde eingeschlossen ist, ihre Stimme klarer denn je bei uns an.

Vorher haben wir ihr oft nur zerstreut zugehört, aber jetzt hören wir sie ununterbrochen, beim Essen, beim Laufen, beim Versuch zu schlafen.

Die Toten reden nicht, aber das, was sie uns als Lebende gesagt haben, lässt uns nicht mehr los. Die Stimme der Toten ist die eindringlichste Stimme von allen und kann Dinge geschehen lassen, die die Lebenden nicht geschehen lassen können.

Lucianos Stimme hört Marco jetzt beim Frühstück, er hört sie, als er runter zum Strand geht, und er hört sie noch deutlicher, während er aufs Meer schaut.

Wo ruhmreich der Sommer anfängt, wo sich das auftut, was sein Urlaub sein sollte. Er hat ihn sich verdient. Freunde, Lokale, Gelächter, sein Ort, seine Leute, seine Sachen. Und eben das Meer. Um reinzuspringen und zu schwimmen, sich darauf treiben zu lassen und noch mal seine Heldentaten Revue passieren zu lassen.

Stattdessen hat das Meer die Stimme von Luciano.

Du musst dahin. Das gibt es nicht, dass der Sieger des Giro sich nicht bei der Tour blicken lässt. Du musst der Tour de France die Ehre erweisen, Marco. Du musst dir selbst die Ehre erweisen.

Und Marco ist seine Ehre völlig egal. Aber er denkt an die von Luciano.

Du gewinnst den Giro, und dann gewinnst du auch noch die Tour, das sage ich dir.

»Aber, Luciano, die Tour direkt nach dem Giro, so kurz hintereinander, wie soll ich das machen, wie …?«

Du fährst hin, ganz einfach. Du musst nur hinfahren.

Das sagt ihm das Meer, während Marco da herumliegt und versucht, nichts zu hören: *Du musst nur hinfahren.*

Aber das Meer hat gut reden. Es ist riesig, es ist unbesiegbar, es ist schon immer da gewesen und wird für immer da sein. Marco ist den Giro gefahren, er hat sich verschlissen, er hat ihn gewonnen. Jetzt hat er abgeschaltet. Und das tut er so, wie er die Dinge eben immer tut: gründlich. Seit zwei Wochen ist er nicht mehr auf sein Rad gestiegen, und die Tour beginnt schon in zehn Tagen. Das wäre Wahnsinn. Aber endlich hat er den Giro gewonnen, wie er es seinem Opa Sotero versprochen hatte, und jetzt kommt die Tour, und sein »Ich denke drüber nach«, die letzte Antwort, die er Luciano nicht mehr hatte geben können, wird ebenfalls zu einer Art Versprechen.

Und er will nicht darüber nachdenken, aber er denkt darüber nach. Er hört Lucianos Stimme, die aus den Wellen zu ihm spricht, er denkt an seine auf den Bergen begrabenen sterblichen Überreste. Luciano hat die kostbarsten Dinge seines irdischen Abenteuers mit in den Sarg nehmen wollen.

Eine kleine Medaille, die ihm Fausto Coppi aus Dankbarkeit geschenkt hatte.

Und das Rosa Trikot von Marco, als er den Giro gewonnen hat.

Marco will nicht darüber nachdenken, er darf es nicht. Er wälzt sich auf der Liege, in der Ferne lachen ein paar Jungs und auch Mädchen. Vielleicht hat ihn eine gesehen, sie werden kommen und ihn um ein Autogramm bitten, er wird sie kennenlernen. Das ist der Sommer, das ist das Leben, so sollte es sein.

Also versucht er, an die Zeit zu denken, als er wirklich frei war. Mit dreizehn, als er noch ein Junge war. Er kam von der Schule, warf den Ranzen in die Ecke und ab aufs Rad. Jeden Tag fuhr er mit seinem blutroten Fahrrad zum Trainieren in die Berge, bezwang sie immer besser und fühlte sich schon bereit, die großen Champions herauszufordern. Dann kehrte er nach Hause zurück, über die Küstenstraße von Cesenatico. Denn die war gerade und eben, perfekt, um die Beine durch die Luft schwirren zu lassen und sie nach der großen Anstrengung zu lockern.

Aber auch, weil er manchmal, im Sommer, an der Küstenstraße vor dem Hotel Des Bains jenes fabelhafte Auto parken sah.

Es war nicht wie das seines Teams oder wie die anderen, die er bei den Rennen sah. Das hier war neu und groß und immer sauber, und darauf glänzten berühmte Marken und die Plaketten der wichtigsten Rennen der Welt.

Es war das Flaggschiff von Luciano Pezzi.

Und der dreizehnjährige Marco fuhr mit dem Rad daran vorbei. Dann kehrte er um und fuhr noch einmal daran vorbei. Dieses Auto folgte den Champions, in ihm wurde über Attacken entschieden, über Heldentaten hoch durch die Alpen und die Pyrenäen bis zu den Gipfeln des Ruhms. Also fuhr Marco ein drittes Mal daran vorbei, und dabei dachte er, dass jetzt Juni und das Auto gerade vom Giro d'Italia zurückgekommen war, bereit, zur Tour de France aufzubrechen.

Tour de France. Es nur auszusprechen, raubte ihm den Atem. Und wie jedes Kind davon träumt, mit dem Zirkus, der durch seinen Ort kommt, abzuhauen, träumte er davon, in dieses Auto zu springen und mit ihm und Luciano Pezzi zu den legendären Straßen jenes kolossalen Rennens aufzubrechen.

Die Tour, die anfängt, er, wie er ins Auto steigt und hinfährt.

Und genau hier, an diesem Punkt einer fernen Erinnerung, die er extra aufgerufen hat, um an etwas anderes zu denken, setzt Marco sich auf seinem Liegestuhl auf.

Nur diese kleine Bewegung, sonst nichts, und alles ist entschieden.

Schon ist er auf den Beinen, ist er auf der Straße, die vom Strand wegführt. Er kommt am Imbissstand seiner Mama vorbei, bleibt nicht stehen, winkt nur und geht weiter.

Sie ist daran gewöhnt, ihn so vorbeieilen zu sehen, vor allem in letzter Zeit. Aber als sie jetzt Marco grüßt, der nach Hause rennt, versteht sie, dass es etwas anderes ist. Es ist, wie wenn er aus der Schule kam und die Bücher abwarf, sich die leichten

Schuhe anzog und raus, um bis zum Abend in die Pedale zu treten: Ja, diese Eile hat etwas mit dem Fahrrad zu tun.

Und auf dem Fahrrad sitzt Marco nun tatsächlich. Er hat sich umgezogen, hat Sattel und Lenker auf den Millimeter genau eingestellt und los. Beim Rattern der Kette, die die Gänge streichelt, fühlt er sich wohl. Das ist seine Versklavung, das ist seine Freiheit.

Und er weiß gar nicht, wo er hinfährt, wie weit und welche Art Training er machen wird. Aber erst mal fährt er über die Küstenstraße beim Hotel Des Bains vorbei. Wo er Lucianos Flaggschiff, bereit zum Aufbruch in dieses sensationelle Abenteuer, nicht mehr finden wird, aber verdammt noch mal, Marco fährt trotzdem hin, er fährt zur Tour de France.

Er tut es tatsächlich.

24

Der Sonntagabendtest

Es gibt eine einfache Methode, um herauszufinden, ob du dein Leben magst, einen eindeutigen Schnelltest, der bemisst, wie glücklich du mit dem bist, was du tust: Du musst nur den Sonntagabend abwarten und schauen, wie du dich fühlst.

Das ist alles, mehr braucht es nicht. Denn am Wochenende kannst du ausruhen und Spaß haben, aber der Samstag vergeht und ebenso der Sonntagmorgen mit einem entspannten Frühstück und vielleicht einem Mittagessen außer Haus. Dann geht die Sonne unter, und du machst mit dem Handy ein schönes Foto davon, um es auf dem Bildschirm festzuhalten, aber die Zeit hältst du nicht fest, die Zeit bringt die Dunkelheit und den Sonntagabend, und vor dir tut sich der Ausblick auf den Montag und auf eine ganze Woche Alltag auf.

Und daran, wie du dich angesichts dieser Aussicht fühlst, erkennst du, wie gut dir dein Leben gefällt.

Ein einfacher und schneller Test, er dauert nur einen Augenblick, ist präzise und liefert nie falsche Ergebnisse. Vermutlich macht ihn deshalb niemand.

Außer mir, ich habe ihn schon immer gemacht. Schon als Kind, in der Grundschule, dachte ich am Sonntagabend an den Montag, den ich eingepfercht hinter der Schulbank verbringen würde, und fühlte mich schlecht. Und in der Mittelschule noch schlechter. Aber das war noch gar nichts im Vergleich zu den Sonntagabenden während des Gymnasiums. Wenn ich *Drive In* im Fernsehen schaute und danach ins Bett ging. So viele Sketche von so vielen Komikern in wechselnder Reihenfolge, aber der letzte war immer Gianfranco D'Angelo, der mit einem paillettenbesetzten Jackett auf die Bühne stieg und das Publikum verabschiedete, weil *Drive In* eben zu Ende war, und zu Ende war auch der Sonntag, und mich erwartete der Montagmorgen.

Mit zwei Stunden Mathematik oder Physik, oder Mathematik und Physik zusammen, oder Chemie, wo ich in fünf Jahren Schule nicht einmal verstanden habe, was das ist, Chemie.

Fünf Leidensjahre, in denen mich nur Italienisch, Englisch und Philosophie über Wasser hielten, mich vor dem schwarzen Abgrund der naturwissenschaftlichen Fächer retteten, von denen es allerdings sehr viel mehr gab. Fünf Jahre, in denen ich versuchte, mich nicht zu fragen, was mich schließlich der Ausschussvorsitzende bei der Abiturprüfung fragte, als er meine Noten sah: »Entschuldigen Sie, warum haben Sie sich eigentlich für ein naturwissenschaftliches Gymnasium entschieden?«

Und ich habe nicht geantwortet. Ich habe nur ein leeres Lächeln aufgesetzt, um ihm zu verstehen zu geben, dass ich ein Dummkopf war, auch wenn er sich das in Anbetracht meiner Noten schon von selbst denken konnte. Die einzig ehrliche Antwort wäre gewesen, dass ich auf das Naturwissenschaftliche Gymnasium gegangen bin, weil es in meinem Ort nur das gab. Ich wäre lieber auf ein humanistisches gegangen, aber das war in Viareggio, und ich hätte um sechs Uhr aufstehen und den Bus nehmen müssen. Das war unmenschlich, das war unmöglich, deshalb war ich hier.

Ein Jahr nach mir dagegen hatte meine Cousine die Mittelschule mit Bestnoten abgeschlossen, und weil ein richtiger Anwalt Latein und Griechisch können musste, stand sie um sechs Uhr auf und fuhr zum Humanistischen. So fingen ihre Morgen zwar mit Dunkelheit und Kälte an, aber ihre Sonntagabende endeten sehr viel besser als meine. Der ich, wenn Gianfranco D'Angelo alle verabschiedete, dachte: »Nein! Warum so früh, lass uns noch ein bisschen hierbleiben, Gianfranco, bitte!«

Aber er hörte mich nicht, *Drive In* ging zu Ende, und meine Woche zwischen Gleichungen und Logarithmen fing an, mit dem einzigen Trost, dass eines Tages auch das Gymnasium zu Ende sein würde, und an der Uni würde ich besuchen, was ich wollte, oder ich besuchte sie überhaupt nicht und machte etwas anderes, was mir besser gefiel.

Tja, aber was wollte ich, was gefiel mir? Ich hatte keine Ahnung. Und so bin ich, als Alessandra an meiner Stelle ins Wasser gesprungen ist, an ihrer Stelle bei Jura gelandet. Und meine Sonntagabende waren weiterhin schrecklich.

Dennoch funktionierte ausgerechnet jetzt, wo ich mich jeden Sonntagabend von zu Hause verabschiedete und mich wieder oben in den Bergen einschließen ging, der Test nicht mehr.

Denn theoretisch müssten die zwei Stunden Autofahrt bis zum Konvent, während ich zu einer weiteren Woche im Hospiz hochfuhr, der Höhepunkt der Beklemmung sein. Doch so war es nicht. Ich verstand zwar nicht genau, wie es war, aber so war es nicht.

Vielleicht weil auch das Leben zu Hause in jener Zeit ziemlich deprimierend war. Wo meine Freunde noch in Sevilla weilten, meine Tante mich dauernd nach der Abschlussarbeit fragte, Papa nur mit Mühe seine Lippen bewegte und ich ihn immer schlechter verstand und Mama sich um ihn und um mich Sorgen machte.

Dieser Samstag war so schlimm gewesen wie noch nie.

Direkt nach meiner Ankunft hatten wir uns zum Abendessen an den Tisch gesetzt, und meine Tante hatte mir ein T-Shirt geschenkt. Das hatte sie machen lassen, weiß, auf der Brust das gerade wiedergefundene Geburtstagsfoto von Alessandra und mir, Wange an Wange, lächelnd.

Auch ich hatte gelächelt, als ich es anprobierte. Papa dagegen beschwerte sich, dass, wenn es Essen gebe, man erst mal esse, für alles andere sei hinterher noch Zeit.

Denn wer sich neben dem Sonntagabendtest noch mehr wehtun will, kann noch einen weiteren, genauso unfehlbaren Test machen: Du kannst dein inneres Alter herausfinden, indem du bemisst, wie wichtig Essen in deinem Leben ist.

Als Kind ist Essen etwas Lästiges, das das Spielen unterbricht, du willst nur schnell eine Süßigkeit und dich dann sofort wieder auf das stürzen, was dich begeistert. Als Jugendlicher nervt dich Essen vielleicht sogar noch mehr, du hast zwar immer Hunger, aber verschlingst alles, was dir unter die Nase kommt, in Windeseile, und dann nichts wie los, weiter entdecken, ausprobieren, bangen. Dann aber kommst du an einen Punkt in deinem Leben, an dem sich alles verlangsamt, du vorsichtiger wirst, ein Punkt aus in den Fels gehauenen Gewohnheiten, an dem das Essen zu deinem Leben wird, und jeder deiner Tage kreist darum, was es zum Mittag- und Abendessen gibt.

Genau so ist es, aber man darf nicht darüber nachdenken. Und das wollte ich auch am Samstagabend bei meinen Eltern, als wir gemeinsam am Tisch saßen, nicht. Ich wollte nur, dass sie mir erzählten, was im Ort so passiert war, etwas Kurioses und Amüsantes oder jedenfalls etwas, was mit mir nichts zu tun hatte.

Stattdessen Mama: »Ach, apropos, morgen nach der Messe kommt der Anwalt auf einen Kaffee zu uns. Er sagt, es gibt eine Neuigkeit.«

Eine Neuigkeit. Es gab eine Neuigkeit. Und deshalb funktionierte mein Sonntagabendtest nicht mehr. Weil ich am Sonntagmorgen die Neuigkeit des Anwalts gehört hatte und sie den ganzen Tag in meinem Kopf hin und her geprallt war, und jetzt wollte ich mich nur noch so weit wie möglich von ihr und der Welt entfernen. Daher kehrte ich an jenem Abend gerne in den Konvent zurück, um mich dort einzuschließen.

Ich hatte nicht mal etwas gegen diesen Morgen, an dem ich die Pförtnerloge verließ und mir Don Mauro zwei Eimer Futter für die Hühner anvertraute.

Inzwischen hatte er sich von jenem Tag auf dem Küchenboden erholt, nur seine Stimme war noch etwas tiefer als üblich, als er zu mir sagte: »Entschuldige, mein Sohn, ich wollte dir deine Bierdosen nicht klauen.«

»Ach, kein Problem, Padre, im Gegenteil, Sie müssen mich entschuldigen, ich wusste nicht … Ich schwöre, dass ich keine mehr mitbringe.«

»Aber nein! Bring ruhig welche mit!«, hat er gerufen. Dann hat er wieder ruhiger weitergeredet. »Es ist nicht gerecht, dass du dich meinetwegen um den Genuss bringst.«

»Aber das macht doch nichts, ich hatte sie einfach nur so geholt. Ich bringe keine mehr mit.«

»Ich hab doch gesagt, du sollst welche mitbringen! Der Teufel kennt tausend Wege, uns zu versuchen, aber ich kann ihm widerstehen. Wenn ich wollte, könnte ich ja ins Dorf runter zur

Bar, oder? Stattdessen halte ich stand, ich danke dem Herrn, dass er mich mit dieser Versuchung auf die Probe gestellt und mir die Kraft gegeben hat, sie zu meistern«, und er hat genickt, um sich selbst recht zu geben.

Auch ich habe genickt, aber Flora hatte mir erklärt, dass er in der Bar nichts bekam, weil sie die Anweisung hatten, ihn wegzuschicken.

»Denn weißt du, mein Sohn, viele Menschen trinken aufgrund von Problemen, wegen schlimmer Dinge, die sie vergessen wollen. Ich nicht, ich habe keine Probleme. Mir schmeckt es einfach wahnsinnig gut. Der Geschmack von Bier, von Wein … Er ist einfach köstlich, das ist das Beste auf der Welt. Ich trinke nicht, um zu vergessen, ich versuche zu vergessen, wie lecker Trinken ist. Aber hin und wieder erinnere ich mich daran, und dann ist es ein Problem«, hat er gesagt. Er hat die Futtereimer in seinen Händen gesucht, dann fiel ihm wieder ein, dass er sie mir schon gegeben hatte. »Na jedenfalls, dieses Bier, bring ruhig noch mal welches mit.« Dann ist er ins Refektorium gegangen.

Und ich runter zum Hühnerstall, mit den beiden Eimern. Ein größerer mit dem gemischten Futter für die Hühner, im anderen Ginas Mittagessen, in das ihre Mama und Don Mauro Sachen taten, die gut für sie waren, aber klein gehackt und vermischt, damit es so aussah wie Hühnerfutter. So aß sie glücklich.

Ich wollte gerade die Treppe runter, da hat mich Don Mauro von der Tür zum Refektorium noch mal gerufen: »He! Hör mal! Wie lange hast du das Auto schon nicht mehr gewaschen!«

Ich habe geantwortet, ich könne mich nicht so genau erinnern, aber in Wahrheit hatte ich es noch nie gewaschen. Das war nicht meine Aufgabe, ebenso wenig, wie Don Basagni zu waschen. Außerdem, um Autos zu waschen, gibt es doch Regen.

Aber wie sich herausstellte, hatte Don Mauro es mir gerade gewaschen und auch poliert.

»Was? Aber das wäre doch nicht nötig gewesen, danke, aber ich … Wirklich vielen Dank!«

Und er, mit den Schultern zuckend: »Es war dreckig«, dann ist er im Refektorium verschwunden.

Und da wollte auch ich hin, denn ich hatte einen Mordshunger. Aber erst ging ich die Hühner füttern. Ich bin in den Hühnerstall und habe den großen Eimer in den Futtertrog gekippt, die Hühner sind hingerannt und haben miteinander gerauft, weil jedes vor den anderen picken wollte.

Auch Gina ist angerannt gekommen, und damit sie nicht das Hühnerfutter isst, habe ich ihr den anderen Eimer gezeigt. Ich habe ihn neben den Trog gestellt, drauf gezeigt und *Essen* gesagt, *lecker,* habe ich gesagt, *Guten Tag, Gina.* Sie ist stehen geblieben, hat mich angeschaut und gewartet, dass ich ein paar Schritte weggehe, aber jeden Tag reichte ihr ein Schritt weniger, um anzufangen, um zu vertrauen. Zwischen ihr und mir baute sich langsam eine pädagogische Beziehung auf, das war klar, oder jedenfalls wollte ich, dass es so ist. Auch wenn mit den echten Hühnern dasselbe passierte, die jeden Tag weniger Angst vor mir hatten und nun schon nach meinen Schnürsenkeln pickten, die sie für Würmer hielten.

Also, na ja, ich wusste es nicht.

Ich wusste nur, dass ich ihr an jenem Morgen den Himmel zeigte und *blau* sagte, ich zeigte auf die Sonne und den Rest dieses heiteren, strahlenden Junimontags, und zum ersten Mal verzog Gina den Mund zu einem Lächeln. Ein echtes, volles Lächeln, was von all den Dingen, die uns von Tieren unterscheiden, vielleicht das einzig Gute ist.

Ich habe zurückgelächelt. Und gemeinsam haben wir den

unermesslichen Himmel angeschaut, der über den Bergen war und bis runter zum Meer, über den Wolken und dem Flug der Vögel und über uns. Die wir so dastanden, ohne Worte, diese schwindelerregende Unendlichkeit anstarrend, die mich für einen Augenblick sogar die Worte des Anwalts vom vorigen Morgen vergessen ließ, als er auf einen Kaffee zu uns nach Hause gekommen war.

Eigentlich war nicht er gekommen, statt seiner war am Gartentor eine junge Frau aufgetaucht, die Mitarbeiterin, die mich schon ein paarmal angerufen hatte. Er konnte ein Mittagessen in Florenz nicht ausfallen lassen, der Wahlkampf für die Regionalwahlen hatte angefangen, und er gehörte irgendeinem Gremium an. Deshalb hatte er sie geschickt, die Anwältin Pacini. Sie war nicht sehr groß, aber wohlproportioniert, in Jeans und Jackett, die Haare weder lang noch kurz, eine Brille mit blauem Gestell. Sie trank den Kaffee anstelle des Anwalts Ferroni und brachte uns seine Neuigkeiten.

Zusammen mit einer Platte Gebäck, die so groß war, dass sonst nichts mehr auf den Tisch passte. Mama mochte nichts Süßes, aber trotzdem hätten sie und meine Tante sich ihr Blutbild ruiniert, denn es war Gebäck vom Anwalt, und da musste es ja gut sein.

Wie die Neuigkeiten, die er schickte, die Entscheidungen, die er für uns getroffen hatte und die er uns jetzt übermitteln ließ. Auch wenn er normalerweise selbst kam. Immer pünktlich, immer allein. Und das kam mir komisch vor, weil, also, vielleicht hätte er anstelle des Gebäcks lieber hin und wieder seine Frau oder seine Tochter, die durch Alessandras Verdienst am Leben war, ja, wenigstens sie, mitbringen sollen. Stattdessen hatte ich sie nur ein paarmal zufällig im Ort gesehen, sie war größer geworden, sie war jetzt fünfzehn, sie war schön und lernte Klavier. Aber der Anwalt brachte sie nie mit, er ließ meine Tante nicht hören, wie gut sie spielte, er schickte sie noch nicht einmal zum Jurastudium, weil sie darauf keine Lust hatte. Aber was sollte das heißen, dass sie darauf keine Lust hatte? Meine Cousine hatte ihr das Leben gerettet, also hätte sie sich erkenntlich zeigen sollen, indem sie Alessandras großen Traum an ihrer Stelle realisierte. Das wäre gerecht gewesen, oder nicht? Nicht? Nein, das wäre absurd gewesen, genau wie das, was ich tat.

Der ich an jenem Sonntagmorgen auf der vorderen Stuhlkante hockte, versuchte, meine Haare in Ordnung zu bringen, und zuhörte, was Weiteres für mich entschieden worden war.

»Wir sind auf der Zielgeraden«, hatte die Anwältin Pacini gesagt, das Espressotässchen in der Luft.

»Oh, endlich, danke, Frau Anwältin!«, meine Tante sofort, so, auf Vertrauen.

»Keine Ursache, Signora. Das ist nicht mein Verdienst, Sie müssen sich beim Anwalt bedanken. Es hat etwas gedauert, weil er gerade so viel um die Ohren hat und vor allem weil … Na ja, unser junger Mann hier hat ja nicht sonderlich viel Mitarbeit gezeigt.« Das hatte sie mit einem schneidenden Lächeln gesagt, hatte einen Schluck Kaffee genommen und mich kurz angeschaut.

Ich hatte den Blick gesenkt, konnte ihren aber auf mir spüren, zusammen mit der Demütigung meiner Mama und meiner Tante, und ich hörte den Lärm des Rasenmähers draußen, den Papa gerade reparierte.

Die Anwältin Pacini behandelte mich wie einen kleinen Jungen, den typischen nichtsnutzigen und verwirrten Jugendlichen, auch wenn sie höchstens fünf oder sechs Jahre älter sein konnte als ich.

Aber die glatten, auf die Schultern fallenden Haare, das

dunkle Jackett, die neben dem Sofa abgestellte schwarze Ledertasche, prallvoll mit wer weiß wie wichtigen Sachen … Kurz, es waren nicht jene fünf oder sechs Jahre, ich hätte nicht einmal in ein paar Jahrhunderten dort ankommen können, wo sie war. Das war keine Frage der Zeit, das war einfach nicht mein Platz.

Das wusste ich gut, das hatte ich schon immer gewusst, aber als ich da so unbequem auf dem Stuhl vor ihr saß, habe ich noch etwas anderes verstanden: dass dieser Platz meiner Cousine Alessandra gehörte. Und schlagartig kam es mir komisch vor, dort zu sein, als würde nicht die Anwältin, sondern sie mich anstarren, Alessandra, größer und das geworden, was sie hatte werden wollen. Ja, gleich würde sie aufhören, mich so ernst anzuschauen, würde mir eines ihrer breiten Lächeln schenken, die in einem Lachen aufbrachen, und zu mir sagen: »Siehst du, dass ich recht hatte, Fabio? Hast du jetzt kapiert, dass es den Weihnachtsmann nicht gibt?«

Das erwartete ich wirklich, jeden Moment. Und nicht nur ich, auch meine Tante. Denn als die Pacini angefangen hat, uns zu erzählen, was der Anwalt organisiert hatte, brach sie aus dem Nichts in Tränen aus. Richtig heftig, ohne sich beherrschen zu können, denn sie hatte sich schon zu lange beherrscht, vielleicht seit sie sie vom Gartentor aus hatte kommen sehen, und jetzt waren es so viele Tränen, dass sie darin ertrank.

Sie ist aufgestanden, hat sich entschuldigt und ist mit einem erstickten Schrei in ihr Zimmer gerannt.

Auch Mama hat sich entschuldigt, hat der Anwältin gesagt, sie möge fortfahren, und da hat sie uns genau erklärt, was jetzt zu tun war. Das heißt, was ich jetzt zu tun hatte.

Und bei jedem Wort hat meine Mutter so heftig genickt, dass der Tisch wackelte.

So wie jetzt der eiserne Futtertrog unter den Schnäbeln der

tobenden Hühner wackelte. Und daneben aß Gina im selben Rhythmus, direkt mit dem Mund, aber hin und wieder nahm sie auch die Hände zu Hilfe, und dann sagte ich: »Gut so, mit den Händen, sehr gut.«

Aber ich hatte auch Hunger, und wenn ich zu spät ins Refektorium kam, staubte Don Mauro auch meinen Teil ab. Denn er war sehr alt, also war Essen für ihn das Wichtigste überhaupt. Das heißt, vielleicht eher Trinken, aber auch Essen.

Also bin ich zurück zum großen Platz und habe dabei zwei Stufen auf einmal genommen, jetzt leichter mit zwei leeren Eimern. Ich habe sie am Mäuerchen abgestellt, das schon glühte unter der Sonne, die die Schatten zusammendrückte, und weiter zum Refektorium.

Aber plötzlich hat mich ein Schrei dort wie angewurzelt stehen bleiben lassen.

Ein Schrei aus der Luft.

Vielmehr hoch aus dem Himmel.

Vielmehr aus Don Basagnis Fenster.

Der Rollladen war runtergelassen, aber trotzdem kam sein Schrei heraus. Verzerrt, erstickt.

Vielleicht war er immer noch sauer auf mich wegen neulich, als ich ihn gefragt hatte, ob ihm seine brasilianische Geliebte den geheimnisvollen Brief geschickt hätte. Und jetzt hatte er mich vorbeilaufen hören und fing wieder an, mich zu beleidigen.

Ich verstand die Worte zwar nicht, aber weil es seine waren, mussten es Schimpfworte sein. Bestimmt rief er mir Dinge zu, die ein Priester nicht einmal denken sollte und für die er, wenn er sie doch dachte, sofort den Rosenkranz beten musste.

Stattdessen wiederholte er sie wieder und wieder, und am Ende habe ich sie verstanden. Es waren wirklich Schimpfwörter, aber zusammen mit anderen: »Er fährt hin, verdammte Scheiße, er fährt hin! Komm hoch, Herr Anwalt, verdammt noch mal, er fährt hin!«

»Was ist los, Padre? Was ist passiert?!« Ich bin hochgerannt, und im Dunkeln lag der Direktor und wälzte sich auf dem Bett.

»Er fährt hin! Verstehst du, Herr Anwalt, er fährt hin!«

»Wer denn und wohin?«

»Wie ›wer‹?! Er! Er fährt hin, er hat gesagt, dass er hinfährt. Bist du blöd, Herr Anwalt?«

»Nennen Sie mich bitte nicht Herr Anwalt.«

»Okay, dann nenne ich dich Jungfrau.«

»Herr Anwalt ist voll okay. Aber was ist denn los?«

»Es ist los, dass er hinfährt! Pantani fährt zur Tour! Du hast gesagt, er fährt nicht, und jetzt fährt er doch!«

»Eigentlich haben Sie das gesagt.«

»Kann sein, ich erinnere mich nicht mehr. Aber wen juckts, Pantani fährt zur Tour! Es geht schon bald los, das lassen wir uns nicht entgehen! Wir machen es uns gemütlich, du bringst Bier mit, ich spendiere die Erdnüsse.«

Das hat er gesagt, und ich schwöre, dass er sogar gelächelt hat, und in Don Basagnis Reibeisenstimme schwang eine Musik mit, die dem Glück ähnelte.

Dann hat er seine Arme ausgebreitet und geschüttelt und mir so noch etwas anderes Unmögliches zu verstehen gegeben: Ich konnte es nicht glauben, aber ich habe einen Schritt auf ihn zugemacht, dann noch einen, habe mich zum Bett runtergebeugt, und wir haben uns umarmt.

Wie als Pantani Tonkow abgehängt hatte und den Giro d'Italia gewinnen ging.

Jetzt umarmte mich Don Basagni genauso. So fest, so warm,

dass ich Pantani gerne kennengelernt hätte, um ihm davon zu erzählen. Denn jetzt kamen alle zu ihm und boten ihm Geld und Fernsehauftritte und Werbespots an. Aber diese feste, glückliche Umarmung bei der bloßen Nachricht, dass er bei der Tour mitfuhr, schien mir etwas zu Wunderbares, und es tat mir sehr leid, dass Pantani nie davon erfahren würde.

Aber es tat mir auch leid, dass ich Don Basagnis Umarmung weniger stark erwiderte als er.

»He, Herr Anwalt, na? Freust du dich nicht?«

»Klar, Padre, ich freue mich riesig. Aber ist das denn sicher?«

»Ja, das kam im Fernsehen.«

»Im Fernsehen kommt ja alles Mögliche, vielleicht fährt er gar nicht ...«

»Vielleicht ein Scheißdreck! Ruinier doch dieses Wunder nicht, Pantani fährt zur Tour, Schluss und aus! Es gab auch ein Interview mit dem Teammanager. Mit Pantani nicht, der ist zu beschäftigt mit Trainieren. Und wenn der Pirat hinfährt, dann nicht, um eine Spazierfahrt zu machen. Entweder gewinnt er oder tschüss. Weißt du, wie viel Freude er uns machen wird, Herr Anwalt? Ich habe schon nachgeschaut, wann die harten Etappen sind, es sind nicht viele, aber sie sind schön. Sorge du für das Bier, und wir sehen sie uns alle an!«

Dann hat er mich noch einmal gedrückt. Dabei hat er mir so ins Ohr geschrien, dass es schon anfing zu pfeifen. Und ich habe die Umarmung erwidert und ziemlich laut *Juhuu!* gesagt. Allerdings nicht laut genug, denn Don Basagni hat mich losgelassen und mich von sich weggestoßen.

»Wie ein Schluck Wasser in der Kurve, Herr Anwalt! Du bist jämmerlich! Hast du denn gar keine Leidenschaft, nicht einen Funken Enthusiasmus? Du bist zwanzig, verdammt noch mal, du solltest ein brodelnder Vulkan sein, stattdessen bist du ein tiefgefrorener Stockfisch! Kein Wunder, dass du noch Jungfrau bist! Wenn du eine findest, die sich rumkriegen lässt, legst du sie aufs Bett und schläfst ein!«

»Nein, Padre, es ist nur, dass … Es ist, dass ich nicht …«

»Hey, jetzt sag nicht, dass du noch eingeschnappt bist wegen neulich, wegen der Sache mit dem Brief. Okay, ich hab dich nicht so nett behandelt, aber das solltest du nicht so ernst nehmen.«

»Nein, nein, das tue ich auch nicht. Inzwischen habe ich mich dran gewöhnt, dass Sie mich schlecht behandeln.«

»Das stimmt doch gar nicht. Ich bin eben ein leidenschaftlicher Mensch, und manchmal geht es mit mir durch.«

»Ich weiß, es geht immer mit Ihnen durch. Aber in dem Fall hatten Sie recht. Ich muss Sie nochmals um Entschuldigung bitten. Es war ein wichtiger Brief für Sie, und da komme ich und rede diesen Unsinn von der brasilianischen Geliebten. Ich schäme mich immer noch, wenn ich daran denke. Es war ja nur, weil Sie sich schon eine halbe Stunde über mich lustig gemacht hatten, weil ich Jungfrau bin, deshalb wollte ich mich auch über Sie lustig machen. Dabei habe ich etwas Furchtbares gesagt.«

»Nun ja, ein bisschen schon, ja.«

»Ich weiß, und dafür bitte ich Sie um Entschuldigung. Aber darf ich … also, darf ich fragen, von wem der Brief war, Padre? Aber regen Sie sich bitte nicht wieder auf, ich dachte nur …«

»Da gibt es nicht viel zu erzählen, Herr Anwalt. Das sind Herzensangelegenheiten, es geht um Gefühle. Das kannst du nicht verstehen.«

»Aber sicher kann ich das verstehen! Schauen Sie, es stimmt nicht, dass ich keine Leidenschaften habe, ich habe sogar eine ganze Menge, nur dass sie miteinander streiten und deswegen nicht rauskommen wollen und …«

Don Basagni sah mich an, die Arme jetzt unbewegt in seinem Schoß liegend.

»Verstehe, Herr Anwalt, ich verstehe. Aber du irrst dich. In Wirklichkeit bist du kalt wie ein Fisch. Ich rufe dich, um dir diese sensationelle Neuigkeit mitzuteilen, dass Pantani die Tour fährt, dass er uns den gesamten Juli erlöst, und du, du bleibst so schlaff und kalt und stumm wie ein Fisch.«

Und stumm blieb ich auch. Denn ich wusste nicht, wie ich ihm erklären sollte, dass es nicht meine Schuld war. Dass er mir eine wirklich wunderbare Neuigkeit mitgeteilt hatte, ich aber wegen des Asthmas geschwiegen hatte.

Asthma ist eine ernste Sache, es raubt dir den Atem, es raubt dir die Seele.

Und ich litt sehr darunter, seit meiner Geburt. Auch wenn ich es bis zum vorigen Tag nicht gewusst hatte: Das hatte mir Sonntagmorgen die Anwältin Pacini erklärt.

Ich litt an Asthma, und ab und zu bekam ich ziemlich schlimme Anfälle, jeder Arzt würde mir das sofort bescheinigen. Jeder x-beliebige Arzt, aber vor allem einer, der beim Wehrbereich arbeitete. Und der war gut, er war Oberst. Und er war ein Freund des Anwalts.

Kurz, alles war vorbereitet: Es genügte ein ordentlicher Anfall während meines Dienstes und tschüss, dann könnte ich für immer nach Hause zurück.

Deshalb gelang es mir jetzt nicht, mich so zu freuen wie Don Basagni. Das Asthma war schuld. Es war seine Schuld, wenn mir die Worte im Hals stecken blieben und ich nicht reden konnte, um ihm zu sagen, was los war.

Deshalb konnte ich Don Basagni nicht so fest drücken wie er mich, wenn er von dem Juli sprach, der uns erwartete.

Weil uns kein Juli erwartete.

25

Ein Müller im Weltraum

Chronische, entzündliche Erkrankung der Atemwege mit dauerhaft bestehender Überempfindlichkeit infolge einer akuten Verengung der Atemwege, oft in Verbindung mit Ödemen der Bronchialschleimhaut und vermehrter Sekretion von Schleim. Typisch sind zeitweise auftretende pfeifende Atemgeräusche, Engegefühl im Brustkorb und Husten.

Der Lexikoneintrag »Asthma« ging noch ein ganzes Stück weiter, aber ich habe aufgehört zu lesen, weil mich nur die Symptome interessierten. Die hatte mir schon die Anwältin Pacini erklärt, aber ich war das hier im Bibliothekskämmerchen des Konvents noch mal kontrollieren gegangen. Denn man weiß ja nie, außerdem hatte ich heute wirklich nichts zu tun.

Ein wildes Unwetter war über die Welt hereingebrochen, und hier oben gingen die Blitze nicht nur den Himmel etwas an, sie kamen zwar aus dem Schwarz der Wolken, schlugen aber wie Fäuste auf den Berg ein, vielleicht um ihn dafür zu bestrafen, so weit aufzuragen. Vorher zischten sie durch die Luft, als würde jemand ein Blatt Papier durchreißen, dann ein so lauter Schlag, dass jedes Mal die Vögel von den Zweigen fielen und verzweifelt zu neuen Unterschlüpfen flogen.

Auch Gina war vorbeigekommen, sie rannte mit ausgebreiteten Armen zu ihrer Mama, die sie von der Tür des Refektoriums rief und dabei in die Hände klatschte. Dann hat sie sie gepackt, an sich gedrückt und zu ihr gesagt: »Alles gut, Gina, hab keine Angst, das ist nichts, sie machen zwar Lärm, aber sie tun dir nichts.« Und weitere Worte, die ich nicht richtig hören konnte, aber ich bin mir sicher, dass sie gesagt hat: *Donner sind nicht wie die Menschen.*

Auch Don Mauro war von seiner Werkelei am Schulbus zurückgekommen, und wenn sogar er aufgegeben hatte, dann hieß das, dass wirklich nichts zu machen war. Ich konnte mich nur hier in der Pförtnerloge einschließen und die erste Etappe der Tour de France verfolgen.

Ein kurzes Zeitfahren, ausnahmsweise in Irland, in Dublin. Einer nach dem anderen zogen die Teilnehmer dieser drei Wochen Anstrengung und Abenteuer vorbei.

Der Favorit war Jan Ullrich, der moderne Champion, wie er im Buche steht: ein präziser, mächtiger deutscher Schrank, der im Vorjahr mit nur dreiundzwanzig Jahren die Tour gewonnen hatte und auch heute abgehen würde wie eine Rakete.

Ich hätte die Etappe gerne mit Don Basagni geschaut, aber am Vortag war ich zu ihm hoch, um ihn zu waschen, und er war die ganze Zeit still geblieben, er hatte nicht einmal die Doors aufgelegt, sondern nur ins Dunkel gestarrt. Ich hatte ihn gefragt, was er habe, und er hatte geantwortet: »Ich mach mir Gedanken.« Nur das. Und was die Tour anging, erwarte er mich für ernsthafte Etappen, diese hier sei ein Scheißdreck.

Aber ich guckte sie trotzdem, schließlich fing damit die Tour jetzt an, außerdem gab es an diesem Unwettersamstag ohnehin nichts anderes zu tun.

Einer nach dem anderen fuhren sie nach dem Countdown los, aber man hatte Mühe, die Rennfahrer zu erkennen, eingespannt in diese speziellen Zeitfahrmaschinen, in Ganzkörperbodys und aerodynamischen, tropfenförmigen Helmen, manche so groß, dass sie vorne zwei Linsen als eingebaute Riesensonnenbrille hatten. Statt wie Radrennfahrer sahen sie eher aus wie Astronauten beim Abflug zu neuen Planeten der Potenz, unerforschten Galaxien reiner Geschwindigkeit.

Und nach diesen Science-Fiction-Supermännern steigt Pantani auf die Startrampe, er sieht aus wie ein Müller aus dem neunzehnten Jahrhundert, der versehentlich in den Weltraum geschossen wurde: normal gekleidet, Trikot und Socken und statt eines Helms nur eine Kappe, die er sich für eine bessere Aerodynamik falsch herum aufgesetzt hat.

Er trägt nicht einmal eine Sonnenbrille, die man auch wirklich nicht braucht: Er schaut hoch und findet dort das Grau dieses nordischen Himmels, so starr und schwer, so unverständlich nach den Tagen zu Hause, wo er dalag und in den Himmel und aufs Meer schaute, die um die Wette blau waren.

Aber aus der Brandung, die gegen das Ufer schlug, rief ihn wieder und wieder Luciano Pezzi und erinnerte ihn an sein Versprechen, und deshalb ist er jetzt hier.

Er hat den Teammanager angerufen, und Martinelli konnte es kaum glauben. Er hat ihm das Fahrrad und seine Teamkollegen geschickt, die ihn bei knochenharten achtstündigen Ausfahrten kreuz und quer durch die Romagna, die Marken und die Toskana begleiteten, eine Scheibe Wassermelone zum Mittagessen und dann weiter in die Pedale treten. Denn es blieb keine Zeit, die Tour fing bald an. Vielmehr fing die Tour jetzt an: *Drei, zwei, eins, los!*, und Marco fährt los.

Und ich klebte mit meinem Blick am Bildschirm. Vor mir hatte ich auch das Buch über Privatrecht, aber nur, damit ich mit meinen nervösen Händen an irgendetwas herumspielen konnte. Und dann, hinter dem Lichtschein des Fernsehers, ein sehr viel größerer Lichtschein vom Himmel. Dann ein Getöse, das den Berg erzittern ließ, und eine plötzliche Dunkelheit, die alles verschluckte. Den Platz, die Pförtnerloge, den Fernseher. Tschüss, Strom, tschüss, Tour.

Deshalb also war ich rausgegangen und hier in das kleine Bibliothekskämmerchen gekommen, um im Lexikon zu lesen. Ich habe »Asthma« gesucht, auch wenn ich die Symptome schon kannte, die, die ich für den Anfall brauchte. Den Anfall, den ich so bald wie möglich vortäuschen sollte.

Aber in Wahrheit hoffte ein Teil meines Gehirns – der für die Hoffnung zuständige, ein unorganisierter Taugenichts, der aber nie aufgibt – darauf, auf dieser Seite einen Bleistifteintrag zu finden, wie bei »Kalaschnikow« und »Ischewsk«, der Stadt, in der Tonkow geboren wurde.

Ein kleiner grauer, handschriftlicher Eintrag, der mir sagen würde, wo ich suchen und was ich tun sollte, denn ich schwöre, dass ich es nicht verstand.

Zu Hause dagegen verstanden meine Mama und meine Tante nicht, warum ich diesen Asthmaanfall immer noch nicht bekommen hatte. Sie hatten mit der Anwältin Pacini darüber gesprochen, und die hatte gesagt, dass sie bis Samstagabend noch Papierkram erledigen und dann wieder zu uns kommen würde, um noch mal mit mir zu reden.

Und Samstag hatten wir jetzt, nur dass ich an diesem Abend nicht nach Hause fuhr.

Ich konnte nicht. Mitten im Gewittersturm war unten ein riesiger Kastanienbaum umgestürzt und hatte die Straße blockiert. Mama hatte mich gefragt, ob der umfallende Baum jemanden erschlagen hatte, aber das wusste ich nicht: Das hatte ich mir noch nicht ausgedacht.

Den Rest schon, alles eine Lüge, um der Pacini nicht vor die

Augen treten zu müssen. Vor ihren und Alessandras Blick, der mir sagte: *Was machst du denn nur, Fabio, worauf wartest du noch?*

Ich wusste es doch nicht, Alessandra, worauf ich wartete. Wie ich es auch an jenem Tag auf der Landungsbrücke nicht wusste, als du an meiner Stelle im Wasser verschwunden bist.

Gar nichts wusste ich. Sonst wäre ich nicht dort gewesen, in diesem nach Schimmel riechenden Kämmerchen, um in einem Lexikon für Dummköpfe zu stöbern. Sonst wäre ich nicht immer noch in diesem Hospiz oben in den Bergen. Sondern wäre in dieses stürmische Meer gesprungen und hätte dieses Kind gerettet, das dadurch eine große Pianistin geworden wäre, und Alessandra eine große Anwältin, und alle wären glücklich und zufrieden unter einem heiteren Himmel voller Licht.

Licht, das jetzt wiederkam, aus der Lampe über meinem Kopf. Ich habe einen Augenblick gebraucht, um es zu realisieren, doch dann bin ich sofort wieder raus, durch den Regen, zurück in die Pförtnerloge.

Zum Fernseher, zu den Bildern, die nach einer endlosen Sekunde wieder auf dem Bildschirm erschienen.

Da war das Ziel, ein gelber Bogen auf einer Prachtstraße in Dublin. Niemand fuhr darunter durch, denn es waren schon alle angekommen, die Etappe war zu Ende. Und in Blau das Klassement, das vom ersten zum letzten Platz durchlief. Ullrich hatte gewonnen, er trug schon das Gelbe Trikot des Tour-Anführers. Die anderen Favoriten standen alle auf den ersten zehn Plätzen, dann kamen immer kleinere Namen bis zum Ende der Liste mit hundertneunundachtzig Teilnehmern.

»Marco Pantani, Italien, Hunderteinundachtzigster.«

26

Die falsche Amazonaskarte

Vielleicht beneide ich sie, diese entschlossenen und direkten Menschen, die, wenn man ihnen etwas vorschlägt, was ihnen nicht passt, sofort klar und deutlich Nein sagen. Nein danke.

Denn das klingt zwar ganz einfach und vollkommen normal, ist aber eher die Ausnahme. Die meisten Menschen können nicht Nein sagen, wollen aber auch nicht Ja sagen, und deshalb tappen sie in die Falle, in die wir früher oder später alle tappen, und antworten: »Okay, aber … aber heute kann ich nicht, lass es uns morgen machen.«

Als gäbe es kein Morgen, als wären wir in Pompeji am Tag vor jener letzten Nacht, und man würde schon den Vulkan spüren, wie er brodelt und bald Himmel und Erde zudecken und alles niederreißen wird, und das einzig Gute an einer solchen Lage ist, dass man bei jeder unliebsamen Verpflichtung antworten kann: »Aber klar! Morgen, morgen mit größtem Vergnügen.«

Und wenn du nicht morgen sagst, sagst du übermorgen, nächste Woche oder in einem Monat. Als wären das fiktive Momente, von denen du in einem gruseligen Märchen gehört hast, die aber nicht wirklich existieren.

Dabei existieren sie, und sie kommen: Eines Tages wachst du auf und stellst fest, dass jenes *morgen* heute ist.

So war es mir ergangen, der ich am vorherigen Samstag die

Geschichte mit dem umgestürzten Kastanienbaum erfunden hatte, wegen dem ich nicht nach Hause fahren konnte.

»Aber ich wollte dir doch eine Parmigiana machen.«

»Ich liebe Auberginen, Mama, aber leider …«

»Und die Pacini wollte kommen und dir alles noch mal genau erklären.«

»Ich weiß, aber ich kann nicht.«

»Dann sage ich ihr, dass sie nächsten Samstag kommen soll, ja?«

»Ja klar, nächsten Samstag passt perfekt!«

Denn in dem Moment »nächsten Samstag« zu sagen, war wie »nie« zu sagen: der perfekte Moment, um die Anwältin Pacini noch mal zu treffen.

Dann war ich heute Morgen aufgewacht, und da war dieses »Nie« angekommen. Und mit ihm die Pacini, die mich vor dem Abendessen zu Hause erwartete.

Aber jetzt hatte gerade erst der Nachmittag angefangen, und ich war in Don Basagnis Zimmer, um ihn zu waschen, ohne die Doors im Hintergrund, weil die Etappe der Tour lief und deshalb der Fernseher an war.

Der festgelegte Waschtag war gestern gewesen, und da war ich pünktlich zu ihm hoch, hatte ihn aber wieder still im Dunkeln vorgefunden. Er hatte gesagt, es sei kein guter Tag, ich solle lieber heute wiederkommen, dann könnten wir uns auch eine interessantere Etappe anschauen.

Ich hatte ihn gefragt, ob er etwas brauche, ob es ein Problem gäbe.

»Ja, es gibt ein Problem, Herr Anwalt, aber das ist etwas, was du nicht verstehen kannst.« Und mit der Hand hatte er mir bedeutet, dass ich gehen solle. Doch dann, als ich schon halb auf dem Flur war: »He, Herr Anwalt, passiert dir das auch manchmal, dass du kurz innehältst, daran denkst, wie alt du bist, und es nicht wirklich glauben kannst?«

Ich hatte kurz darüber nachgedacht, dann: »Also … nein, das heißt, ja, oft. Aber nicht mit meinem Alter, sondern mit dem Kalenderjahr. Wissen Sie, nach Neujahr, wenn ich das Datum schreiben muss, brauche ich eine Weile, um mich ans neue Jahr zu gewöhnen, unbewusst schreibe ich da immer noch das alte hin.«

Meine Worte waren in der Enge des Flurs mehrfach an beiden Seiten abgeprallt. Vielleicht klangen sie, als ich mich wieder umdrehte, deshalb so dumm.

Und er, nach kurzer Stille: »Hau ab, Herr Anwalt, um Himmels willen, verschwinde. Raus mit dir, hau ab.«

Aber jetzt war ich zurückgekommen, mit Eimer, Schwamm und Seife. Und der Etappe im Fernsehen, denn die Tour hatte vor einer Woche angefangen, war aber bisher so flach und langweilig gewesen, dass man, wenn man sie verfolgte, nicht nur riskierte, einzuschlafen, sondern direkt ins Koma zu fallen. Heute dagegen konnte etwas passieren, nur dass es ein weiteres Zeitfahren war, also konnte dieses Etwas nichts Gutes sein.

Denn Ullrich, der große Rivale, den Pantani vor sich hatte, war wie die anderen Riesen, die der Pirat auf den Straßen seines Abenteuers getroffen hatte. Wie Zülle, wie Indurain, roboterhafte Kolosse mit Muskeln aus Stahl und Kolben anstelle der Beine, große Schränke voller Platinen, die darauf programmiert waren, eine außerordentliche und konstante Kraft auszuüben. Unerbittliche Motoren, Mähmaschinen, die weder beschleunigen noch verlangsamen, die schön gleichmäßig immer so weiterfahren, bis auf der Welt nichts mehr zum Niedermähen übrig ist.

So wie beim ersten Zeitfahren am Anfang der Tour, und da

waren es nur fünf Kilometer, wie dann erst bei dem hier, wo es achtundfünfzig sind?

Als Pantani an der Reihe ist, fährt er los, und alles scheint gut zu laufen. Doch dann ist Ullrich dran, und du verstehst, dass es überhaupt nicht gut läuft: Der Deutsche kommt von einem anderen Planeten, einem Planeten, wo er mit seiner Kraft das Sagen hat, und wie's aussieht, hat er das auch hier.

»Die einzige Hoffnung ist, dass jetzt noch Hügel kommen«, habe ich gesagt, ein Auge auf dem Fernseher, ein Auge auf Don Basagnis nackter Brust. »Die Strecke ist nicht eben, und es gibt viele Kurven, das ist für Ullrich nicht ideal.«

»Die einzige Hoffnung ist, dass Pantani einen Korb dabeihat, um die ganzen Minuten reinzulegen, die er verliert.«

»Meinen Sie, Padre? Aber schauen Sie doch mal, das geht dauernd auf und ab, das ist nicht …«

»Ach, Herr Anwalt, möglicherweise bist du zu abgelenkt von meinem Astralkörper, aber vielleicht riskierst du mal kurz einen Blick und siehst es dir an.«

Ich habe mit dem Schwamm innegehalten und zum Fernseher geschaut, und tatsächlich gab es wenig Hoffnung: Ullrich war kein Mensch auf einem Fahrrad, was er da tat, hatte nichts Menschliches mehr. Es gab weder Fuß noch Pedal, weder Bein noch Rad, weder Rahmen noch Rücken. Ullrich und das Fahrrad waren eine schrecklich-schöne Einheit.

Hin und wieder wurde auch Pantani gezeigt, aber es war, als wären das zwei völlig verschiedene Sportarten, zwei Welten, zwei Erdzeitalter. Ullrich war eine von Computern ins Ziel gesteuerte Rakete, Pantani schnaubte und wackelte wie die ersten Flugzeugprototypen der Brüder Wright, die aussahen wie eine Ape mit zwei schlabbrigen Flügeln an den Seiten und dem unausweichlichen Absturz vor sich.

Dann nimmt ihn die Regie gar nicht mehr ins Bild. Weil es keinen Sinn hat, denn das Rennen findet woanders statt, und dort bleibt es auch genau wie unsere Blicke. Und die Blicke der doppelten Mauer aus Fans, die die Strecke zu beiden Seiten säumt, sie beugt sich vor, um Ullrich zu sehen, der gerade ankommt, muss sich aber sofort wieder nach hinten werfen, weil er schon bei ihnen ist. Er schießt vorbei, verschiebt die Luft und lässt für einen Augenblick das Bild seines Rückens mit der Nummer auf dem Trikot zurück, der Eins, weil er letztes Jahr die Tour gewonnen hat, und dieses Jahr wird es nicht anders sein.

Die Zeit irrt sich nicht, die Zeit vergibt nicht. Die Zeit kommt und geht, und was sie nicht unter sich begräbt, reißt sie mit sich fort.

»Padre, entschuldigen Sie, aber gestern, als Sie sagten, dass man manchmal daran denkt, wie alt man ist, und es nicht wirklich glauben kann … Sie meinten, dass man sich manchmal jünger fühlt oder älter, stimmts?«

Don Basagni hat eine Erdnuss fertig gekaut, ohne den Blick von der Etappe zu nehmen: »Oh, siehst du, Herr Anwalt, dass auch du dahinterkommst. Man muss dir nur Zeit lassen, aber nach ein paar Hundert Jahren kommst du auch dahinter. Bravo.«

»Danke. Na, jedenfalls habe ich drüber nachgedacht, und das passiert mir auch, sehr oft sogar.«

»Gut, gut. Aber das ist normal. Das sind wir selbst schuld. Wir haben sie erfunden.«

»Was, Padre?«

»Die Uhr. Und davor die Sanduhr, die Sonnenuhr, all diesen Scheiß. Wir haben die Lüge erfunden, das, was sie messen, wäre die Zeit, und danach haben wir uns gerichtet. Deshalb sind wir am Arsch, weil wir uns diesem Scheiß unterwerfen. Als wären alle Tage, alle Jahre gleich. Eine exakte Reihe von Sekunden, eine nach der anderen. Dabei bräuchte man einfach nur mal den Blick von diesen dummen Zeigern zu nehmen. Man müsste nur mal daran denken, wie langsam und lang die Jahre sind, bis du zwanzig bist, und wie sie dann vorbeirasen. Und vom vielen auf die Uhr schauen kommst du gar nicht richtig zum Leben. Du bist nicht mehr du selbst, du bist eine Altersangabe. Du bist ein zehnjähriges Kind, dann bist du ein junger Mann, dann ein alter. Aber das stimmt gar nicht, Herr Anwalt. Weißt du, wie die Dinge wirklich stehen?«

Ich wusste es nicht, nicht im Geringsten. Ich habe den Kopf geschüttelt und die Augen weit aufgemacht, als würde das helfen, seine schleimhustende Erdnussstimme besser zu hören.

»Genau so hat Padre Ermete mir das beigebracht. Er lag da auf dem Stroh und hat zu mir gesagt: ›Weißt du, wie die Dinge wirklich stehen, Marino?‹«

»Wer ist Marino?«

»Wie, wer ist Marino? Ich bin Marino.«

»Aha. Das wusste ich nicht.«

»Wer soll das denn sonst sein? Dachtest du, Basagni ist ein Vorname? Das ist ein Nachname, oder nicht? Mit Vornamen hat mich meine Mama Marino genannt. Vielleicht weil wir nicht am Meer, sondern hier oben in den Bergen lebten und sie unser Leben zum Kotzen fand.«

»Vielleicht auch, weil es ein schöner Name ist. Also, mir gefällt er.«

Aber Don Basagni hörte mir nicht mehr zu. Er schaute zum Fernseher, zu Ullrich, wie er das Publikum teilte und bei jeder Kurve die Tour zusammenfaltete, bis sie so klein wurde, dass er sie in die Tasche stecken und mitnehmen konnte.

»Padre Ermete lag auf dem Stroh, in seiner Hütte. Ich war

erst seit Kurzem am Catrimani, vorher war ich viele Jahre in Afrika gewesen und dachte, ich hätte schon alles gesehen. Aber eins sag ich dir, Herr Anwalt, solange du den Amazonas nicht gesehen hast, hast du nichts von der Welt gesehen, verstehst du? Du glaubst, du hättest was gesehen, aber von wegen. Na, jedenfalls, Padre Ermete lag im Sterben, und ich war an seiner Seite und beichtete. Er hatte zuvor gebeichtet, dann habe ich zu ihm gesagt, dass ich dran sei. Ich hatte eine zu große Last auf der Brust, nachts bekam ich kaum Luft. Und wenn du am Amazonas schlecht Luft bekommst, landest du gleich im Irrenhaus.«

»Das kann ich mir vorstellen, Padre.«

»Was kannst du dir vorstellen, Herr Anwalt? Du bist wirklich eine Nervensäge! Du bist noch nie am Amazonas gewesen, nirgends bist du gewesen. Du bist noch nicht einmal mit einer Frau zusammen gewesen, großer Gott!«

»Fangen wir nicht wieder damit an, ich bitte Sie.«

»Okay, okay. Dieser Mann jedenfalls, Padre Ermete, wusste alles. Er hatte schon ewig im Amazonasgebiet gelebt, er war als junger Mann dort hingekommen, und jetzt lag er im Sterben. Ich habe ihm von meiner Last erzählt, und er hat gesagt, er verstehe. Weil er eben ein Weiser war, ein großer Weiser, der alles verstand. Und da hat er zu mir gesagt: ›Weißt du, wie die Dinge wirklich stehen, Marino?‹ Und ich habe den Kopf geschüttelt, weil ich es nicht wusste. Und er hat zu mir gesagt: ›Hier ist einmal ein junger Missionar hergekommen, aus Portugal. Es wird vielleicht dreißig Jahre her sein. Er war neu, und er wollte sich in den Regenwald wagen. In den Regenwald. Er suchte eine Quelle, denn den Einheimischen zufolge gab es da diese Quelle mit besonders frischem Wasser. Und er fragte nach einer Landkarte, um sich zu orientieren. Aber die indigenen Völker haben keine Landkarten. Sie wussten nicht mal, was das ist, eine Landkarte, also hat er es ihnen erklärt, und er hat immer wieder danach gefragt, sodass sie ihm schließlich aus Höflichkeit, um nicht immer Nein sagen zu müssen, eine gezeichnet haben. Aber aufs Geratewohl, sie hatten sich eine ausgedacht wie ein schönes Bild. Und dieser Padre, der mittlerweile den Verstand verloren hatte, hat sie überglücklich entgegengenommen und ist mit einem Eimer losgezogen, und vorher hat er noch zu mir gesagt: ›Ermete, warte auf mich, ich bringe dir dieses besonders frische Wasser!‹

Das hat Padre Ermete mir erzählt. Ich habe ihn gefragt, wie es ausgegangen sei, und er erwiderte: ›Mein Mund ist immer noch trocken, wir haben ihn nie mehr wiedergesehen. Aber du, mein lieber Marino, wirst mich fragen, was das mit der Last auf deiner Seele zu tun hat, und ich sage dir, es hat damit zu tun.‹ Er hat seinen ausgemergelten dunklen Arm gehoben, hat sich die Armbanduhr ausgezogen, die er immer am Handgelenk trug, und hat sie mir gegeben. Sie war sehr alt und schwer, und erst jetzt bemerkte ich, dass sie nicht lief. Aber nicht nur das, sie war richtig kaputt, das Glas war gesprungen. ›Hier, weißt du, was das ist, Marino? Das ist unsere Landkarte. Wir werden in diesem unendlichen Geheimnis geboren, das die Zeit ist, die uns mitnimmt und uns trägt, uns zurücklässt und uns fortreißt, und wir wollen sie unbedingt verstehen, wir wollen sie beherrschen, nach unserem Rhythmus leben, einem bestimmten Weg folgen, den wir uns selbst vorgeben und … und da haben wir uns dieses große Ammenmärchen von der Uhrzeit ausgedacht und benutzen sie, um die Lebenszeit zu messen. Wir wagen uns in den Dschungel des Schicksals mit einer falschen Landkarte in der Hand, also ist doch klar, dass wir uns verirren, sonnenklar. Und da schauen wir auf die Karte und sagen: Wie, bin ich wirklich schon vierzig? Fünfzig, sechzig, bin ich wirklich ein alter, achtzigjähriger Mann?

Und die Antwort ist Nein, Marino. Die Antwort ist Nein. Das ist die Zeit der Uhr, die höchstens unseren Körper misst, der sich verändert, der sich beugt, der dahinwelkt und am Ende stirbt. Aber im tiefsten Inneren sind wir immer noch und für immer jenes Kind, dem es in den Beinen kribbelte und das vor Vorfreude, zwanzig zu werden, in die Luft sprang. Doch die Uhr sagt uns, dass die Jahre vergehen, dass wir so alt sind, wie wir sind, und vielen Menschen gelingt es, so zu tun, als wäre dem so. Aber in Wahrheit sind und bleiben wir in uns drin für immer jenes Kind. Das ist eine große Gnade, die der Herr uns zugestanden hat, aber wir haben sie in ein Problem verwandelt. Wir haben uns selbst in den Käfig gesperrt. Wir haben uns selbst altern lassen. Und diese Last, die du auf der Seele hast, Marino, kommt leider daher, und du kannst sie nicht loswerden.‹ So hat es mir Padre Ermete, dieser Heilige, gesagt, dann ist er gestorben.«

»Ja, aber … was war das denn für eine Last auf Ihrer Seele, Padre? Das heißt, es ist so viel Zeit vergangen, vielleicht können Sie es mir ja sagen.«

»Merkst du, dass du nichts kapiert hast, Herr Anwalt? Ich habe dir gerade erklärt, dass die Zeit nichts damit zu tun hat, die Zeit ist eine Lüge. Sie vergeht und vergeht doch nicht. Merkst du, dass du nichts verstehst, wie solltest du dann erst meine Last verstehen. Bring mich nicht zum Lachen. Padre Ermete dagegen hatte es verstanden und wie. Bevor er gestorben ist, hat er zu mir gesagt: ›Hier, behalte sie bei dir, bis ans Ende. Und lerne, sie zu tragen.‹ Und er hat sie mir gegeben.«

Ich wollte gerade fragen, was er ihm gegeben hatte, aber ich hätte mir nur eine weitere Ladung Beleidigungen anhören müssen. Also bin ich still geblieben und habe geschaut, denn Don Basagni hat mich einen Augenblick lang angestarrt, wobei sich sein Gesicht im Licht des Fernsehers veränderte, dann hat er sich plötzlich zum Nachttisch umgedreht, hat die Schublade aufgezogen, und ich erwartete, dass er dieses geheimnisvolle Etwas herausholen würde.

Stattdessen hat er noch eine Tüte Erdnüsse rausgefischt, hat sie sich auf den Schoß gelegt und angefangen, welche zu essen. Wobei er den Arm höher hob als sonst, immer höher, und schließlich tippte er mit dem Finger der anderen Hand auf sein Handgelenk, damit ich mir anschaute, was ich von allein nicht bemerkt hatte: eine angedunkelte, sehr alte Armbanduhr mit kaputtem Glas.

Die Uhr von Padre Ermete!

Don Basagni trug sie immer, seit dem ersten Tag, als ich zu ihm hoch bin und er mir gesagt hatte, ich solle die Klappe halten und ihn waschen, aber erst jetzt sah ich sie.

Er hat sie ausgezogen und sie mir mit zwei Fingern gereicht. »Krokodil«, hat er gesagt und auf das Armband gezeigt. Sie war warm und schwer, ich habe sie genommen, und es kam mir so vor, als wäre auch ich in der schwülen und wilden Nacht jener weit entfernten Orte, am Strohlager von Padre Ermete unter dem Blätterdach, verloren im tiefsten Amazonasgebiet. Mit diesem kostbaren alten Ding in der Hand, das schon seit einer Ewigkeit stillstand, schon bevor ich auf die Welt gekommen war.

Ganz anders die Uhr im Fernsehen, die lief superschnell und zählte sogar die Hundertstelsekunden.

Aber sie war falsch und böse. Sie arbeitete mit Ullrich zusammen, und sie hielt erst an, als der deutsche Champion über die Ziellinie fuhr, in exakt derselben Haltung und mit derselben Kraft wie beim Losfahren. Es war die immer gleiche und präzise Zeit, die unerschöpflich weiterlief und dir unbarmherzig all deine *morgen* brachte, die du als Vorwand benutzt hast, um Dingen aus dem Weg zu gehen.

Und sie sagt, dass Ullrich die Etappe gewonnen hat. Dass er das Gelbe Trikot des Ersten im Klassement trägt. Dass in einem Radsport, der mittlerweile aus Hundertstelsekunden besteht, Pantani auf einen Schlag fast viereinhalb Minuten verloren hat.

Und ich starrte auf den Bildschirm, aber mit meiner Hand umklammerte ich die Uhr von Padre Ermete wie einen Rosenkranz. Warm, alt, stillstehend.

27

Tiere sind unsterblich

Die besten Entscheidungen im Leben, diejenigen, die dir besondere Momente bescheren, triffst du zufällig oder aus Versehen. Tatsächlich war ich an jenem Abend nicht rausgegangen, um mir die Sterne anzuschauen: Ich war ausgesperrt.

Es war Sonntag, und auf dem Rückweg von zu Hause zum Konvent hatte ich bei der üblichen Bar angehalten, um das Bier zu kaufen, nach dem mich Don Mauro jeden Tag mehrmals gefragt hatte. Es sollte nur einen Augenblick dauern und weiter, aber die Frau hinter dem Tresen hatte zu mir gesagt: »Du bist doch der, der mit meiner Cousine im Konvent arbeitet«, und ihre Cousine war Flora, und ich hatte geantwortet, dass Flora ein wunderbarer Mensch sei, und sie hatte genickt, dann hatten ihre Lippen angefangen zu zittern, und sie hatte ein »Ich sollte dir das eigentlich nicht erzählen« hingehaucht, was der klassische Anfang ist, wenn dir jemand gleich alles erzählen wird. Und tatsächlich hatte sie ziemlich viel ausgepackt, darüber, was Flora alles durchgemacht hatte, über den Ehemann, der sie und Gina bis zum letzten Tag geschlagen hatte, über Flora, die zurückgeschlagen hatte. Kurz, statt eines Augenblicks war ich bis zum Abendessen, Gemüsesuppe und Omelett, dort am Tisch sitzen geblieben, und als ich beim Konvent ankam, waren alle Türen zu. Don Mauro hatte seine Runde gedreht, hatte den Riegel vorgeschoben und tschüss.

So musste ich diese Nacht im Freien verbringen, auf dem großen Platz unter dem Julihimmel, und tatsächlich triffst du die besten, die fabelhaftesten Entscheidungen im Leben immer so: Du findest dich zufällig auf einer Bank liegend wieder, mit zwei Pullis unter dir, damit sie weicher ist, und über dir eine so wunderbare Nacht, dass dir die Tränen kommen.

Die Sterne flimmerten in meinen Augen. Ihr Licht war vor Tausenden, vielleicht Millionen Jahren aufgebrochen: Es hatte problemlos Millionen und Abermillionen Kilometer hinter sich gebracht, wer weiß wie viele Umlaufbahnen von Planeten und anderem Zeug im Raum durchquert, aber am Ende flimmerte es wegen einer Träne, die in meinem Blick zur Welt kam.

Wir haben unermessliche Kräfte, auch wenn wir es nicht wissen.

Aber heute Nacht wusste ich es. Vorher nicht, und morgen früh würde ich es vielleicht schon wieder vergessen haben, aber jetzt wusste ich es genau. Ich schaute mir alles an, was es rings um mich zu sehen gab. Ich erschnupperte es, den Duft der Pflanzen, die sich in der Sommerhitze öffneten. Ich hörte den Grillen zu, die sich mit ihren Beinchen am Körper kratzten, bis Musik dabei herauskam, ihnen antworteten die Frösche, die den Rhythmus vorgaben, und in dieses unendliche Lied mischten sich hin und wieder verschiedene Geräusche, zerbrechende Zweige und Geraschel aus dem Dickicht des Waldes rund um den Konvent, Tiere, die nachts aus ihrem Bau kommen und sich die Welt erobern.

Die Erde, das Wasser, die Luft.

Es fehlten nur die Tagvögel, Amseln, Drosseln, Finken, die sich, sobald die Sonne untergeht, wie die Hühner zum Schlafen auf die Zweige setzen. Wir sprechen ihre Sprache nicht, aber wenn wir mit ihnen sprechen könnten, würde es nichts bringen, sie zu fragen, warum sie das tun, denn sie wissen es selbst nicht: Sie tun es und Schluss, weil es so eben richtig ist.

Und sie hatten recht, auch ich wollte die Dinge einzig und allein aus diesem Grund tun: weil es so richtig war.

Und doch waren in der Nacht zuvor Finken geflogen, obwohl es dunkel war. Aber das war in Ordnung, denn sie waren in einem Traum geflogen.

Es war Samstag, und ich schlief bei mir zu Hause, in meinem Bett, und ich schaute ihnen zu, wie sie wie Pfeile von einem Baum zum anderen schnellten, dann hoch in den Himmel, viele schimmernde Finken mit ihrem unerreichten Gesang. Sie sangen und flogen durch die Luft, bis sie einen exakten, musikalischen Kreis bildeten, der weiter hinten, gen Horizont, langsam vom Himmel herabzufliegen begann. Ich war ihm gefolgt und zu einer Lichtung im Wald gekommen, wo auf dem Stamm eines umgefallenen Kastanienbaums Jim Morrison saß.

Der Kreis aus Finken senkte sich auf ihn herab, jeder nahm eine Strähne seiner wunderbaren Haare, und sie flogen weiter im Kreis, in einem hypnotischen Karussell aus Haarlocken und Melodie.

Ich schaute ihn an, und Jim schaute mich an. Ich mit aufgerissenen Augen, er die Lider halb geschlossen, keiner von uns sagte etwas.

Hinter ihm, am Rand der Lichtung, ist für einen Moment die Anwältin Pacini aufgetaucht, in ihrem dunklen Anzug und mit ordentlicher Frisur, obwohl sie rannte, um zu irgendeinem wichtigen Ort zu gelangen. Hin und wieder aber hob sie die Arme, und mit einem kleinen Hüpfer schlug sie ein perfektes Rad, ein Schwirren durch die Luft, dann stand sie wieder auf ihren Beinen und setzte ihren Trab fort. Ein so herrliches Rad hatte sonst nur Alessandra schlagen können. Sie hatte es gelernt, als sie noch ganz klein gewesen war, nachdem sie Bodenturnen im Fernsehen geguckt hatte. Plötzlich war sie vom Sofa aufgestanden, hatte es ausprobiert und es auf Anhieb gekonnt. Omas Wohnzimmer war eng, und am Ende hatte sie sich den Arm an der Wand gestoßen, aber es war bestens gelungen.

»Wie hast du das denn gemacht?!«, hatte ich sie gefragt. Und sie: »Ich habe es gelernt. So wie du gelernt hast, auf Kommando zu rülpsen.«

Das stimmte, das hatte ich am Samstag zuvor gelernt, beim Katechismus. Ich schluckte die Luft und spuckte sie in einem Rülpsen wieder aus, was mir große Befriedigung verschaffte. »Siehst du, jetzt sind wir quitt«, hatte Alessandra damals zu mir gesagt.

Nur dass ich nie Rad schlagen gelernt habe, die Anwältin Pacini dagegen hat im Laufen fünf oder sechs Räder geschlagen, dann hat sie den Mund aufgemacht und ein tiefes, sattes Rülpsen von sich gegeben, bevor sie im Dickicht des Waldes verschwunden ist.

Und weil keiner von uns etwas sagte, habe ich angefangen, wo ich doch so dringend Hilfe brauchte: »Jim, was soll ich tun?! Sag du es mir, ich bitte dich! Von mir aus auch so, dass ich nichts kapiere, ich schwöre, dass ich es mir dann schon zurechtbiege, aber sag es mir, sofort!«

Doch Jim blieb, wie er war, mit den Finken, die seine Haare im Kreis herumflogen, und lächelte, weil es kitzelte. Er lächelte wie einer, der aufwacht ohne Problem in Sicht, am Horizont nur die Sonne, die sein Gesicht umschmeichelt.

Dann hat seine warme Stimme aus dem Nichts heraus plötzlich, ohne dass er die Lippen bewegte, wie ein Feuer den Wald erfüllt: »Eines Abends, ich weiß nicht, wo, ich weiß nicht, wann, waren vor der Bühne Tausende Menschen, die uns spielen hören wollten. Aber ich habe begriffen, ich habe klar gespürt, dass das Richtige jetzt nicht singen war, sondern meinen Piepmatz rauszuholen und ihnen den zu zeigen.«

»Ah, aha. Aber … aber wie hast du das begriffen, wie hast du gespürt, dass du das tun musstest?«

Jim hat zur Antwort nur mild gelächelt. Die Finken flogen mit seinen Haaren im Schnabel immer schneller.

»Wie hast du das begriffen, Jim, dass es das Richtige war? Wie kann ich es begreifen?«

Er hat die duftende Luft um ihn herum eingeatmet, dann: »Hör zu, die Frage ist nicht, wie du es begreifen sollst. Die Frage ist: Wenn es das Richtige ist, den Piepmatz rauszuholen und ihn allen zu zeigen, würdest du es dann tun?«

Das hat er mich gefragt, und jetzt waren seine Augen offen und starrten mich an. Und ich musste wahrheitsgemäß antworten, das heißt: »Nein, ich glaube nicht. Aber ich weiß es nicht, also, dazu müsste ich erst in der Situation sein.«

Sein Lächeln kräuselte sich zu einer Grimasse: »Was bringt es also, dir zu sagen, was das Richtige ist, wenn du es dann nicht tust?«

»Du hast recht, Jim. Du meinst, dass man Mut braucht, stimmts? Ist es das, was du mir sagen willst?«

Und er: »Samtene Grenze, gläserne Mauer, schwarzes Mädchen der Zeit, weiße Sanduhr, die flüstert, als Sandkörner rieseln wir hindurch, sandige Streicheleinheiten im Fall.«

Ich habe genickt, und auch wenn ich es wie üblich nicht wirklich verstanden hatte, habe ich Jims Worte in meinem Herzen behalten und den Pimmel in meiner Hose.

Während die Finken und der Wald und Jim verschwanden und der Sonntag kam, ein weiterer Tag, an dem ich etwas tun musste, und zwar sofort. Ich wusste nur nicht, was.

Ich wusste nur, was ich nicht tun wollte, nämlich die Anwältin Pacini treffen. Und doch war es ausgerechnet sie, die ich an jenem Nachmittag sehen sollte.

Denn Samstagabend hatte sie nicht kommen können, es gab eine Benefizveranstaltung wegen der Wahlen, und sie hatte es auf Sonntag verschieben müssen. So verpasste ich auch noch die Etappe der Tour. Die zwar flach und sinnlos war, aber sie näherten sich den Pyrenäen, und ich wollte sie in der Bar La Gazzella mit Papa und seinen Freunden gucken. Stattdessen saß ich nun hier am Küchentisch, auf dem eine neue Tischdecke lag, die ich noch nicht gesehen hatte, Mama kochte Kaffee, meine Tante saß rechts neben mir, die Pacini mir gegenüber.

Den Rücken gerade, ohne die Ellbogen auf den Tisch zu stützen, die Finger vor der Brust verschränkt, die in eine weiße Bluse gewickelt war.

»Also, Fabio, was wollen wir machen?«, hat sie mich gefragt.

Die Etappe verfolgen, das wollte ich machen, aber das war nicht die richtige Antwort. Also habe ich die Klappe gehalten, schließlich hatte die Anwältin Pacini genug Antworten für alle: »Du bist bei der Abschlussarbeit, stimmts? Gut, das ist ein wichtiges Ziel. Aber auch ein Ausgangspunkt. Der Titel lautet …«

»Amortisierung immateriellen Anlagevermögens und Sachanlagevermögens«, hat meine Tante sofort geantwortet, in einem einzigen Atemzug.

»Interessant, sehr interessant. Ich würde sie gerne lesen, wenn sie fertig ist.«

»Tja, das brauchen Sie mir nicht zu sagen«, wieder meine Tante. »Ich frage ihn schon seit Monaten danach.«

Und Mama, mit der Kaffeekanne in der Hand: »Bravo, je öfter du ihn danach fragst, desto weniger lässt er sie dich lesen, stimmts, Fabio?«

Ich habe gelächelt, vielleicht. Was als Antwort in Ordnung sein mochte.

»Die Abschlussarbeit ist wichtig für dich, Fabio, sehr wichtig, das verstehe ich«, hat die Pacini gesagt und sich leicht zu mir vorgebeugt, als wollte sie mir etwas anvertrauen, »aber die Arbeit erfüllt bloß ihren Zweck. Sie ist nötig, damit du deinen Abschluss bekommst, aber keiner wird sie je lesen. Außer mir natürlich und deiner Tante und deiner Mutter. Der Professor, der dich betreut, wird ein bisschen darin lesen, aber an dem Tag, an dem du deinen Abschluss machst, wird man sie ins Regal stellen, und das wars. Also, kurz gesagt, ich verstehe, was dein Problem ist, weißt du?« Das hat sie gesagt. Und ich schwöre, dass ich es für einen Moment wirklich geglaubt habe und hoffte, dass sie es jetzt auch mir erklären würde. Stattdessen: »Du willst eine gute Arbeit schreiben, eine wichtige, die die Zeit überdauert. Diese Phase habe ich auch durchgemacht, aber entschuldige, wenn ich es dir so deutlich sage: Sie wird die Zeit nicht überdauern. Die Abschlussarbeit ist ein notwendiger Schritt, aber auf einem Weg, der noch viel, sehr viel weiter führt.«

Meine Mama und meine Tante nickten bei diesen beiden *viel*, die ihren Fabio wer weiß wohin bringen würden.

»Tun wir also diesen Schritt, und zwar sofort, und gehen dann weiter. Als Erstes müssen wir diesen Schlamassel mit dem Zivildienst in den Griff bekommen. Denn das ist kein Schritt, sondern ein Fehltritt. Das hat nichts mit deinem Werdegang zu tun, du verlierst nur kostbare Zeit, und es bringt dich ganz woandershin oder, besser gesagt, nirgendwohin. Da müssen wir Abhilfe schaffen, und wir haben schon alle Hebel in Bewegung gesetzt: Ein Anfall von Atemnot während deines Dienstes hätte gereicht, aber jetzt ist schon eine Woche vergangen, und nichts ist passiert. Okay, es ist dir peinlich, du schaffst es nicht ... Also gut, weißt du, was wir machen? Wir überspringen das. Du brauchst keinen Anfall vorzutäuschen, der Anwalt hat schon mit dem Arzt des Wehrbereichs telefoniert, auch wenn sein Terminkalender zurzeit wirklich randvoll ist.«

»Natürlich, es sind ja Wahlen!«, hat meine Tante gesagt, die Hände zum Himmel. Und dann hat sie versichert, dass sie für ihn stimmen wird. Alle in der Familie.

»Danke, sehr richtig, gut so. Jedenfalls hat der Anwalt trotzdem Zeit gefunden, den Doktor anzurufen. Sie sind dicke Freunde, und der Doktor erwartet dich, im Wehrbereich. Du brauchst keinen Anfall mehr, du musst nicht einmal etwas sagen. Du gehst einfach hin, und er erledigt alles. Mittwoch nach dem Mittagessen.«

So hat es die Anwältin gesagt, und meine Mama und meine Tante haben sich angeschaut, es hatte ihnen den Atem verschlagen, denn den hatte ihnen die unermessliche Großmut des Anwalts geraubt, seine Geduld mit diesem Jungen, der brav und gutherzig ist, einen aber manchmal wirklich zur Weißglut treiben kann.

Wie jetzt, als er, statt »Natürlich« und »Danke« zu sagen, erst kurz still geblieben ist und dann zu ihrem Befremden erwidert hat: »Ja, aber Mittwoch kann ich leider nicht. Da habe ich im Konvent etwas Wichtiges zu tun, das habe ich den Priestern jetzt schon zugesagt, da kann ich nicht ...«

Meine Mama und meine Tante waren ganz durcheinander, ganz verloren im Kampf der beiden großen Mächte, die das Universum beherrschen, die praktische des Anwalts und die spirituelle der Priester, denen ich helfen musste. Mein Termin im Konvent war in Wirklichkeit die härteste Etappe der Pyrenäen, die genau am Mittwoch anstand und die ich mit Don Basagni verfolgen würde. Aber das wussten sie nicht, also wussten sie auch nicht, wie richtig es war, Protest einzulegen.

Sehr viel entschiedener die Anwältin Pacini, sie hat geseufzt und mir einen Blick zugeworfen, als wollte sie mich töten, dann hat sie gesagt, dass sie sich mit Ferroni besprechen würde, um einen anderen Tag zu finden, und ihn mir bald mitteile.

»Aber wirklich bald. Der Doktor erwartet dich, man kann das nicht ewig hinausschieben. Es ist alles bereit, Fabio, du musst kaum etwas tun. Aber du musst es sofort tun. Es ist schon fast zu spät, du musst es also genau jetzt tun, verstehst du?«

Ich habe ein- oder zweimal ernst genickt. Aber in Wirklichkeit dachte ich wieder an den Traum mit Jim, an die Finken, die über seinem Kopf herumwirbelten, an die Geschichte mit der Bühne und dem Publikum ringsum und ihm, wie er so klar gespürt hatte, was er tun musste. Und ich habe mich gefragt – ich schwörs –, ob vielleicht auch ich das jetzt tun sollte. Aufstehen und auf den Tisch steigen, wobei ich die neue Tischdecke ruinieren würde, und wie er den Piepmatz rausholen. Und tanzen und singen, dass ich jetzt abhauen würde, um die Tour de France zu gucken. Würde meine Tante in Ohnmacht fallen? Würde meine Mama weinen? Würde die Pacini mich anzeigen? Wahrscheinlich, aber es hatte keinen Sinn, sich das zu fragen, denn Jim hatte es getan, ich dagegen würde diesen Mut nie aufbringen. Also hatte er recht: Welchen Sinn hat es, darüber nachzudenken, was das Richtige ist, wenn man dann nicht in der Lage ist, es zu tun?

Aber jetzt war all das so weit weg, jetzt, da ich hier auf der Bank lag, in dieser unermesslichen Julinacht. Sie stieg bis zum Himmel voller Sterne auf und verschwand dort wie der Geruch nach Gebratenem bei Volksfesten, teils hierhin, teils dorthin, in tausend verschiedene Richtungen, und wer hätte sagen können, welche die richtige ist und welche nicht.

Die Einzigen, die ihre Richtung genau kannten, waren die Flugzeuge, die ab und zu vorbeiflogen. Es war magisch, ihnen dabei zuzusehen, wie sie da ganz weit oben in der Dunkelheit schwerelos, und ohne Lärm zu machen, über den Himmel zogen. Bunte Lichter, die in sanftem Rhythmus an- und wieder ausgingen, vielleicht damit sie und andere Flugzeuge sich gegenseitig sehen konnten, vielleicht um mich zu grüßen, der ich sie anschaute.

Und ich empfand einen Frieden, bei dem ich mich nicht erinnern konnte, wann ich ihn zuletzt empfunden hatte. Vielleicht als Kind, wenn Papa und Mama mich im Sommer nach dem Abendessen mit nach draußen nahmen, um den Himmel anzuschauen, damit sie rauchen konnten wie die Schlote. Wir schauten die Sterne an, und ich fragte, ob einer davon ein Raumschiff von Marsmenschen wäre. Und Papa antwortete, Ja, wahrscheinlich. Und wir spielten dieses Spiel, dass die Außerirdischen kommen und uns vernichten wollen. Und wir mussten sie davon überzeugen, uns zu verschonen, denn auch wenn es nicht den Anschein hatte, wären wir lieb und nett und könnten auch lauter schöne Sachen machen. Und die würden wir sie auch probieren lassen.

Und Papa und Mama fragten mich: »Wenn wir sie nur ein Essen probieren lassen können, was wollen wir ihnen anbieten?«

Und ich: »Schokolade!« Dann dachte ich darüber nach und rief: »Nein, lieber Eis, aber Schokoladeneis!«

»Und welchen Sport?«

»Radsport!«

»Welchen Comic?«

»Nonna Abelarda!«

Und so weiter. Je länger wir so weitermachten, desto klarer wurde mir, wie viele wunderbare Dinge es auf der Welt gab, so unendlich viele wie die Sterne, die da oben funkelten, und wenn einer davon ein außerirdisches Raumschiff war, das kam, um uns zu vernichten – kein Problem: Eine so wunderbare Welt würden sie niemals anrühren.

Und auch an jenem Abend auf der Bank draußen vor dem Konvent waren am Himmel unzählige Sterne, und die Flugzeuge flogen in geraden Linien und ruhig mitten zwischen ihnen hindurch. Und vielleicht war das auch etwas, was ich im Leben gern gemacht hätte: Flugzeugpilot. Aufwachen, in die Uniform der Fluglinie schlüpfen, an Bord gehen und Hände schütteln, mich an den Steuerknüppel setzen und abheben, die Fluggäste dahin bringen, wo sie hinmüssen. Ein Sinn für Präzision, Genauigkeit, Vertrauenswürdigkeit.

Ja, Flugzeugpilot gefiel mir sehr. Das heißt, hätte mir gut gefallen, denn jetzt war es zu spät. Es ist eines dieser Dinge, für die du von klein auf brennen musst. Und dann vielleicht den Militärdienst bei der Luftwaffe oder einem ähnlichen Korps machen. Sicher nicht den Kriegsdienst verweigern wie ich.

Aber es wäre schön gewesen. Ebenso, wie die Natur und die Tiere zu studieren, alles über diesen Wald und die Wälder der Welt zu erfahren, sogar über Don Basagnis Amazonasgebiet. Und all die fantastischen Dinge kennenzulernen, die wir den Außerirdischen zeigen könnten, um sie zu überzeugen, uns nicht zu vernichten. Das Leben ist voller Wunder, wie soll man sich nur für eins entscheiden? Du liegst da und schaust sie an, all diese vielen Möglichkeiten ringsum, und denkst, dass du mindestens tausend Leben bräuchtest, um eine vernünftige Anzahl davon auszuprobieren. Tausend Leben haben wir aber nicht, deshalb machen wir nichts und werfen so das einzige Leben weg, das uns gegeben ist.

Und während ich so nachdachte, hörte ich im Wald immer noch knackende Zweige, Geraschel, die tausend geheimnisvollen Tiere der Nacht. Die Tiere machen, was sie wollen, und wissen, was das ist. Sie werden geboren und wissen es schon. Und ohne Fehltritte schreiten sie voran. Tiere ziehen sich nicht elegant an, sie ziehen sich überhaupt nicht an, Tiere machen keinen Uniabschluss, sie haben keine Uhr und sind deshalb nie zu spät. Sie denken überhaupt nicht darüber nach, über die Zeit, und deshalb vergeht die Zeit für sie nicht. Sie haben keine Eile, sie wissen nicht einmal, dass sie eines Tages sterben werden, also sind die Tiere bis zu jenem Tag unsterblich.

Ja, genau so ist es, und ich nickte zu meinen Gedanken, während sie in den Himmel aufstiegen.

Was für ein wahnsinniges Glück, die Tür verschlossen vorgefunden zu haben und draußen geblieben zu sein. Dort ausgestreckt unter den Sternen wollte ich für immer bleiben. Das war keine Arbeit, aber es hätte trotzdem mein Leben sein können. Ohne Uhr, ohne vorgezeichnete Wege und Richtungen, einfach nur für immer so liegen bleiben, den Blick zum Himmel, unsterblich.

28

Die Vergangenheit vergeht nicht

Wir sind so daran gewöhnt, vergeblich auf etwas zu warten, dass wir vor Überraschung gar nicht wissen, was wir tun sollen, wenn es dann plötzlich wirklich passiert.

Wie gerade bei der Tour, die inzwischen in der Mitte der Strecke angelangt ist, und nach zu vielen langweilig flachen Tagen sind da heute endlich die Pyrenäen, und die Straße schwingt sich auf.

Auf die Steigungen hat Pantani schon eine Weile gewartet, »um zu sehen, wie ich drauf bin«. Nicht wie die Gegner drauf sind, sondern wie er selbst drauf ist, weil für ihn jedes Rennen ein intimes und einsames Selbstgespräch ist. Wenn er in sich diese Kraft wiederfindet, diese Stimmen im Kopf, die er an seinen besten Tagen hört, zählt da draußen nichts anderes mehr.

Schon gestern kurz vor dem Col de Peyresourde ist er losgedüst, dass man meinte, eine Stichflamme zu sehen, um allein oben anzukommen, dann einer seiner Sturzflüge, mit dem Arsch im Nichts hinter dem Sattel, den Schwerpunkt waghalsig verschoben. Denn er ist leicht und muss einen Weg finden, bei der Abfahrt trotzdem schnell zu sein. Ehemalige Rennfahrer, Radsportexperten, alle kritisieren ihn, aber wenn Pantani Rennen fährt, ist er allein mit seinen Stimmen, denen hört er zu und sonst keinem.

Im Ziel hat er dreiundzwanzig Sekunden auf die Besten aufgeholt, was nicht viel ist, aber ein Anfang. Und heute kommt die wahre Pyrenäen-Etappe, von Luchon nach Plateau de Beille, mit fünf zu erklimmenden Bergen und der Ankunft oben auf dem härtesten von allen.

Und während sie gestern im Eisregen gefahren sind, bringt heute Nachmittag die Julisonne den Horizont aus Steinen und Asphalt zum Glühen, so heiß, dass die Vögel nicht fliegen, sondern zwischen dem Laub im Schatten bleiben, und statt zu zwitschern, pfeifen sie auf dem letzten Loch.

Dieselbe Hitze, die durch Don Basagnis geschlossenes Fenster drang, und gerade kam ich schon zum dritten Mal mit dem Bier wieder hoch, das er mich ins Gefrierfach hatte legen lassen, er stürzte etwas davon herunter und gab es mir zurück, damit ich es wieder kalt stellen ging.

Auch die Radrennfahrer tranken viel, die Teamwagen versorgten sie ununterbrochen mit Trinkflaschen, und die Fans kippten ihnen ihre über den Kopf. Das war eine Erleichterung, die nicht lange anhielt, denn die Sonne trocknete sie im Nullkommanichts wieder, aber es war wie der Moment, in dem Don Basagni das eisige Bier in der Hand hielt, kurz und doch unwiderstehlich.

»Hör mal, Herr Anwalt«, hat er in einem Schnauben gesagt, das zugleich ein Rülpsen war. »Hast du jemals echte Hitze erlebt?«

Und ich habe sofort verneint. Er hatte die Frage noch nicht fertiggestellt, da schüttelte ich schon den Kopf, denn wenn Don Basagni mich fragte, ob ich jemals irgendetwas erlebt hätte, war die richtige Antwort sowieso immer Nein: Was wusste ich schon von echter Hitze? Vielleicht dachte ich, ich wüsste etwas davon, aber die echte Hitze hatte es nur früher einmal gegeben, und nur er und seine Generation hatten darunter gelitten, also musste ich die Klappe halten. Oder besser sagen, Nein, ich hätte noch nie echte Hitze erlebt, und ihn reden lassen.

So funktioniert das für alle Alten: Die Jungen leben in einer bequemen Zeit ohne Werte und wissen nichts über das wahre Leben, also das, das sie gelebt haben. Don Basagni sagte das zu mir, wie es zu ihm sicher sein Papa gesagt hatte, bevor er im Steinbruch von einem Marmorblock erschlagen wurde, und auch Julius Cäsar wird von seinem Vater zu hören bekommen haben: »Heute habt ihr weiche, feine Togen und leichte, einfach zu lenkende Streitwagen, ihr wisst nicht, was das wahre Leben ist.«

So ist es schon immer gewesen, und so wird es immer bleiben. Wer weiß, was ich zu denen sagen werde, die nach mir kommen, welcher wahren, intensiven Erfahrungen ich mich rühmen werde. Aber vielleicht wird es niemanden geben, der sich mein Gerede anhören will, und ich werde mir selbst zuhören, ich mit meinen Stimmen im Kopf.

Wie Pantani jetzt, bei dem wir seit Beginn der Etappe alle darauf warten, dass er ausbricht, aber noch tritt er mit gesenktem Blick in die Pedale, inmitten seiner Teamkollegen und fast zweihundert Radrennfahrern.

Genau genommen ist das Feld der Tour diesmal etwas dezimiert: Es sind ein Haufen Probleme ans Licht gekommen, Dopingskandale, zum ersten Mal wird viel darüber gesprochen, eigentlich dauernd. Man hat ein Festina-Auto voller Medikamente und illegaler Substanzen gefunden, einige Rennfahrer haben gestanden: organisiertes Doping des gesamten Teams, deshalb wurde das Team Festina vom Rennen ausgeschlossen. Es war eins der stärksten, die Mannschaft von Zülle und dem französischen Helden Virenque. Jede Nacht Razzien der

Gendarmerie, Verhöre, und da die Strecke bisher wenig geboten hat, wird nur darüber geredet, in den Zeitungen, im Fernsehen, überall.

Außer hier, in Don Basagnis Zimmer. Wo ich gerade angesetzt habe mit: »Das ist natürlich schlimm, Rennfahrer, die abhauen, Blutbeutel, Hormone …«

»Klappe, Herr Anwalt, sei still!«, hat er mich harsch angebrüllt, während sein krummer Finger auf mich gezeigt hat. »Kein Wort, ich will nichts davon hören, fang du nicht auch noch damit an!«

»Aber das ist eine ernste Sache, und jeden Tag wird es schlimmer, und …«

»Klappe! Ruinier mir dieses Wunder nicht, verstanden? Und ruinier es auch dir selbst nicht, hör auf mich. Lass dich von dem Mist nicht ablenken. Weißt du, was ich vor einiger Zeit gelesen habe? Ein Wissenschaftler, ein Amerikaner, glaube ich, hat herausgefunden, dass Alexander der Große an Hämorriden litt. Aber ich sage, denk an die Schlacht von Gaugamela, denk an einen jungen Burschen, der ein Heer von fünfzigtausend Mann anführt und dem es gelingt, ein Heer mit mehr als einer Million Männern zu vernichten. Denk mal, was für eine Tat, was für ein Ruhm, was für eine Ungeheuerlichkeit für ihn und für den Westen. Und was interessiert dich bei all dieser Großartigkeit, ob ihm dabei der Arsch brannte? Wie klein musst du sein, wie vertrocknet und armselig, wenn du dich bei diesem Wunder auf seine Hämorriden versteifst!«

»Ja, Padre, aber hier geht es nicht um Hämorriden, das hier ist ja nicht etwas, was von allein kommt, das ist illegales Zeug, und es verändert die …«

»Klappe, Herr Anwalt, Klappe! Hör auf mich, und eines Tages wirst du mir dankbar sein, du wirst sagen: ›Danke, Don

Basagni.‹ Tu mir den Gefallen, tu ihn dir selbst. Genieß diese Großartigkeit und halt um Himmels willen die Klappe.«

Dann hat er seinen Blick wieder dem Rennen zugewandt, dem Feld bei der Abfahrt, bei der die Fahrer Gesicht und Brust etwas abkühlen, die Temperatur etwas senken und neue Kräfte sammeln können. Bevor die Straße sich wieder aufschwingen wird für den letzten Anstieg, der sie mit seinem glutheißen, strengen fast sechzehn Kilometer langen Finale erwartet.

Und auch ich wollte nur an den letzten Anstieg denken, nicht an den Dopingskandal und auch nicht an die anderen Scheußlichkeiten, die mir im Kopf herumwirbelten, und ich versuchte, ihnen Einhalt zu gebieten.

Eine weitere Scheußlichkeit war genau an jenem Morgen neu dazugekommen, und das Problem war, dass ich nicht versuchen konnte, sie zu verdrängen, im Gegenteil, ich musste Don Basagni sofort davon erzählen. Ich wartete nur auf den richtigen Zeitpunkt, aber es war etwas so Hässliches, dass es dafür keinen richtigen Zeitpunkt gab.

Deshalb habe ich, um wenigstens weiterzureden, so hingeworfen: »Na ja, Padre, Sie haben bestimmt schon echte Hitze erlebt, stimmts?«

»Darauf kannst du wetten, Herr Anwalt. In Afrika, aber weißt du, wo es noch heißer ist?«

»Lassen Sie mich raten, vielleicht im Amazonasgebiet?«

»Genau, spiel nicht den Klugscheißer, genau so ist es. Eine derart feuchte Hitze, dass du an manchen Tagen zusehen konntest, wie die Insekten umkippten, sie zappelten noch etwas mit den Beinchen und starben gesotten. Ich schwörs. Und weißt du, Insekten sind ungeheuerlich, Insekten sterben eigentlich nie. Wenn du eine Atombombe explodieren lässt, drehen sich die Insekten nur kurz um, um den Atompilz anzuschauen, dann kümmern sie sich wieder um ihre eigenen Angelegenheiten. Und der Regen? Verdammt noch mal, wie es da unten schüttet. Ohne Wind, gerade runter vom Himmel wie Stockhiebe. Weißt du, was das heißt, ein so starker Regen, dass du nicht drunter stehen bleiben kannst, weil er dich erschlägt?«

Nein, natürlich wusste ich das nicht. Ich wusste gar nichts, wie dann erst so was.

»Sicher haben Sie im Amazonasgebiet wirklich einen Haufen intensiver Erfahrungen gemacht, Padre«, habe ich gesagt. Und das sollte nur als Geländer dienen, ein Satz, um seine Erzählungen zu begleiten und ihn fortfahren zu lassen.

Doch Don Basagni ist still geblieben, hat aufgehört, die Etappe zu schauen, und hat sich zu mir umgedreht: »Darauf kannst du wetten, Herr Anwalt. Viele intensive Erfahrungen, sehr viel mehr als nur Hitze und Regen.«

»War die Kälte noch schlimmer? Der Wind? Die Überschwemmungen?«

»Ach was, ach was. Sei still, Herr Anwalt, sei still, hier geht es um Dinge, von denen du nichts verstehst, es geht um Leidenschaft, das ist nichts für dich.«

Und ich habe nicht widersprochen, denn vielleicht hatte er recht.

Was wusste ich schon von Leidenschaft? Jungfrau, mit sechzehn schien mir das schlimm, mit achtzehn unmöglich, aber jetzt war ich vierundzwanzig, jetzt konnte es auch bis dreißig so weitergehen, bis vierzig, bis achtzig. Sevilla war die Riesenchance gewesen, die perfekte Chance, aber sie war nicht zustande gekommen. Und schon bei mir im Ort brachte ich nichts zuwege, wie dann erst hier, oben auf einem Berg, in einem Hospiz mit zwei alten Priestern, einer einen Meter großen Frau und ihrer Tochter, die glaubte, ein Huhn zu sein.

Ich musste hier weg, die Anwältin Pacini hatte recht, ich bewegte mich in die falsche Richtung. Vielleicht hatte ich die schon länger eingeschlagen, als sie dachte, und jetzt musste ich Abhilfe schaffen, denn jeden Tag kam ich weiter vom rechten Weg ab.

Während die Radrennfahrer dieses große Glück haben: Die Straße ist zwar glühend heiß oder vereist oder rutschig, sie raubt einem die Luft beim Anstieg und ist halsbrecherisch bei der Abfahrt. Aber es gibt nur diese eine, es gibt Absperrungen ringsum und Schilder, die sie ausweisen, man kann sich nicht in der Richtung irren.

Auch jetzt nicht, wo der letzte Berg des Tages anfängt. Sie fahren unter einem Bogen durch, der ihnen sagt, wo sie sind, und sie wissen, was sie zu tun haben. Sie müssen sich auf diesem letzten, langen Anstieg gegenseitig herausfordern. Alle bereit, alle in den führenden Positionen, um den Augenblick nicht zu verpassen.

Und der große Favorit Ullrich hat einen Platten.

Sie wechseln ihm augenblicklich den Hinterreifen, aber er verliert ausgerechnet jetzt an Boden, zum schlechtesten Zeitpunkt. Vorne greift nämlich Beltran an, auch andere versuchen es.

Aber Pantani nicht.

Ist es vielleicht nicht sein Tag, kreisen die Beine nicht auf die richtige Art, und kann er deshalb nicht von dieser großartigen Chance profitieren?

Nein, es ist nur, dass man das so nicht macht. Es ist eine Sache, einen Gegner zu schlagen, eine andere, wenn das Unglück ihn schlägt. Und Marco weiß das nur zu gut. In seiner Karriere hat ihn bisher nur das Unglück geschlagen. Es hat ihn zu Boden geworfen, hat ihn aus den Rennen befördert, hätte ihm fast für immer das Rad weggenommen. Aber Marco ist zurückgekommen, und mit dem Unglück will er nicht in einem Team fahren. Deshalb also greift er nicht an, sondern wartet. Bis er sieht, wie Ullrich hinter ihm wieder aufsteigt, und erst jetzt schaut er den vertikalen Horizont an, der ihn da vorne ruft.

»Große Klasse, dieser Junge«, hat Don Basagni mit dem Blick zum Fernseher gesagt, »ein großer Mann.«

Dann hat er sich zu mir umgedreht, mit offenem Mund, ist aber still geblieben und hat sich wieder dem Bildschirm zugewandt. Nur kurz, dann hat er wieder mich angeschaut, und diesmal: »Herr Anwalt, hör zu, hast du schon mal jemandem nach dreißig Jahren geschrieben?«

Der Fernseher war auf voller Lautstärke, das Publikum schrie, und die Kommentatoren diskutierten über die richtige Stelle zum Angreifen, und in all dem Lärm hatte ich mich vielleicht verhört. Aber Don Basagni hat die Frage wiederholt, und es war dieselbe.

Darauf ich: »Nein, Padre. Habe ich nicht. Aber, also, dreißig Jahre, das wäre auch gar nicht möglich, ich bin ja erst vierundzwanzig.«

»Was zum Teufel hat das denn damit zu tun?!«, er schüttelte die Hände in der Luft. »Dreißig ist doch nur ein Beispiel. Wie zehn oder zwanzig! Einfach eine sehr, sehr lange Zeit!«

»Verstehe, Padre, regen Sie sich nicht auf. Aber ich, also, ehrlich gesagt, schreibe ich nicht so viele Briefe, und ...«

Aber in dem Moment, als Don Basagni gerade mit seinen Beleidigungen loslegen wollte, zeigte der Fernseher Ullrich, der wieder ins Feld fuhr, und im Feld war auch Pantani.

Der jetzt seine Sonnenbrille abnahm und sein Kopftuch.

Das reichte, um den Direktor und mich und unsere Gespräche zum Verstummen zu bringen – und die Herzen von Millionen Menschen zum Stillstand. Für einen Moment, einen endlosen Moment, bevor der Pirat nach links ausschert, aus dem Sattel geht und an einem Punkt, wo der Wald eine Andeutung von Schatten erfindet, den Kopf auf die steile Straße senkt und, die Hände auf dem Lenker, die Augen schließt und loslegt.

Der Einzige, der mit ihm mithalten kann, ist ausgerechnet Ullrich. Aber nur kurz. Nicht einmal so lange, wie unser Schrei dauert, zu dem wir anheben, als der Pirat lossprintet. Tatsächlich bricht der Schrei nicht ab, sondern wird noch lauter, als der deutsche Champion aufgibt und Pantani jetzt niemanden mehr auf den Fersen hat, niemand mehr vor oder hinter ihm ist und er ganz allein im Sonnenlicht dahinfährt.

Ullrich dagegen, der immer weiter zurückfällt, tut, was wir alle tun, wenn wir verloren sind: Er schaut sich um. Auf der Suche nach einem Teamkollegen, einem Freund, jemandem, der ihm helfen kann. Aber da ist keiner der Seinen, und selbst wenn, was könnte der jetzt für ihn tun? Nichts, denn die Hilfe der anderen ist wichtig, ist grundlegend, aber es gibt so ernste Situationen im Leben, so tiefe Löcher, dass der Einzige, der dich da rausziehen kann, immer nur du selbst bist.

Also senkt Ullrich den Kopf, starrt auf die grausame Straße, die an den Reifen klebt, und versucht, in seinem Tempo hochzufahren, um nicht zu viel Zeit im Zweikampf mit Pantani zu verlieren, immerhin hat er noch einen großen Vorsprung im Klassement.

Während Marco alles geben muss. Mehr noch, alles reicht nicht, er muss über sich hinauswachsen, Kräfte mobilisieren, die er gar nicht hat. Denn auf dieser Tour gibt es nur wenige Anstiege, die Etappen sind genau entgegen dem gestaltet, was zu ihm passen würde. Das hier ist die letzte Gelegenheit in den Pyrenäen, und in den Alpen wird es nur eine einzige Etappe geben, in der er sich etwas einfallen lassen kann. Danach kommt noch mal ein langes verfluchtes Zeitfahren, wo Ullrich ihn wieder um Minuten zurückwerfen wird.

Aber so irrwitzig die Idee, gewinnen zu wollen, auch ist, wenn man zu lange darüber nachdenkt, setzt man sie ganz sicher nicht in die Tat um. Nicht nachdenken, nicht berechnen und bloß nicht besonnen vorgehen: Dem Irrsinn kann man nur mit noch größerem Irrsinn begegnen.

Pantanis Augen verengen sich zu schmalen Schlitzen, er beißt die Zähne zusammen und tritt in die Pedale, und nach eineinhalb Kilometern seines Entermanövers hat der Pirat schon fünfundzwanzig Sekunden gutgemacht.

Im Vergleich zu den üppigen fünf Minuten Rückstand, den er zu Beginn der Berge hatte, ist das nicht viel, aber es können noch mehr werden. Während Ullrich in regelmäßigem Tritt hochstrampelt, die Trinkflasche nimmt, sich den letzten Schluck in den Hals auspresst und sie wegwirft. Noch neun Kilometer Anstieg in diesem senkrechten Ofen, und sein Wasser ist alle. Wie bei vielen anderen Rennfahrern, aber jetzt können die Mannschaftswagen sie nicht mehr versorgen.

Zum Glück kümmern sich die Fans darum. Die in keinem anderen Sport so wichtig sind, so präsent bei der Aktion, die zu bewundern sie gekommen sind. Sie sind da, wenn du einen Platten hast, helfen dir hoch, wenn du stürzt, und wenn du vor Hitze umkommst, bespritzen sie dich mit Wasser oder schenken dir ihre Trinkflasche.

Und einer tut das genau jetzt, er wedelt mit einer Flasche vor Marco herum, der nickt, und der Fan rennt neben ihm her und kippt ihm die Flasche über Nacken und Rücken. Dann ein Schrei, um ihn anzufeuern, ihn den Berg hochzuschieben, das

Herz, das auf Hochtouren schlägt, und ein Augenblick, der sich für alle Zeiten glühend ins Fleisch dieses Fans einbrennen wird.

Auch wenn Pantani jetzt weniger stark zu treten scheint als vorher. Vielleicht büßt er jetzt dafür, dass er sich so verausgabt hat, vielleicht lässt auch seine Konzentration nach, auf diesem Anstieg, der oft seine Steigung ändert, vielleicht ist es aber auch nur Einbildung unsererseits, die wir ihm von zu Hause aus zuschauen, eben weil die Straße an manchen Stellen sanfter, an manchen steiler ist. Alles Hypothesen, komplizierte Versuche, um das Einfachste von der Welt zu erklären: dass es beim Anstieg des fünften grausamen Berges auf hundertsiebzig Kilometern Rennen, unter einer Sonne, die die Reifen zum Schmelzen bringt, normal ist, wenn der Körper plötzlich sagt, *okay, bis hier und nicht weiter, tschüss*.

Jedenfalls bringen derartige Erklärungsversuche nichts, denn drei Kilometer vor der Ankunft tritt Marco wieder richtig in die Pedale, hier oben in dem wenigen Sauerstoff, wo keine Pflanzen mehr wachsen, wo die Sonne auf die Felsen und den Asphalt niederbrennt. Auf dem überall sein Name steht, manchmal richtig geschrieben, manchmal falsch: von seinen italienischen und seinen ausländischen Fans. Fans aus der ganzen Welt, die in diesem Fünfundfünfzig-Kilo-Piraten wieder die unermessliche Kraft der Unternehmungen von einst sehen. Des Radsports, ja, aber auch des Krieges, der großen Entdeckungen, dieses unglückseligen und außergewöhnlichen Rennens, das man Leben nennt.

Um die Tatsache zu ertragen, dass wir solche Größe um uns herum nicht mehr finden, versuchen wir, sie zu begraben, indem wir sie »Vergangenheit« nennen. Aber sie ist nicht vergangen, wenn es sie noch gibt. Wenn sie hier irgendwie wieder bei uns ist.

Da, das majestätische Schauspiel der Anstrengung, die heillose Leidenschaft, die auch uns wieder leiden lässt. Nach vielen, sehr vielen Jahren, wie die dreißig Jahre, nach denen mich Don Basagni eben gefragt hatte. Menschen, von denen du ewig nichts gehört hast, Gefühle, die irgendwo versandet zu sein schienen, ist es möglich, dass sie jetzt zu dir zurückkommen, stärker denn je?

Ja, alles kann zurückkommen, weil nichts jemals wirklich verschwindet. Solange manche Wunder tief in deiner Erinnerung noch funkeln, sind sie noch lebendig.

Die Vergangenheit gibt es nicht, das ist nur ein Wort, eine Ausrede. Die Vergangenheit ist nicht vergangen, solange sie noch hier ist und uns den Atem raubt.

29

Der Krieg der Armen

Oben in Plateau de Beille macht Pantani eine Minute und neununddreißig Sekunden gegenüber Ullrich gut. Der im Klassement immer noch einen Vorsprung von drei Minuten hat und ein weiteres Zeitfahren vor sich, um ihn wieder zu vergrößern, während es für den Piraten nur noch eine echte Bergetappe gibt.

Aber erst mal hat er heute gewonnen, ist wie immer allein und ohne zu lächeln angekommen, hat die Arme nur kurz hochgenommen und einmal in die Hände geklatscht. Eine Art Miniapplaus für sich selbst, da hoch oben in den Pyrenäen.

Bis vor Kurzem war er noch bei sich zu Hause, am Meer, zu Beginn eines entspannten, sorglosen Urlaubs. Und jetzt ist er hier und versucht, die Tour de France zu gewinnen, fährt in seiner wilden, magischen Einsamkeit über Frankreichs Straßen.

Eine Einsamkeit, die nach Opfer schmeckt: die er bis auf die steilsten Berge mit hinaufnehmen muss, damit Millionen von Menschen an den Straßen und in den Häusern schreien, hüpfen und sich überschäumend vor Glück in die Arme fallen. Es ist eine Einsamkeit, die die anderen zusammenbringt.

Tatsächlich schrie auch Don Basagni am Ende der Etappe, schüttelte die Arme in der Luft und wollte mich vielleicht wieder umarmen, aber ich war auf meinem Stuhl sitzen geblieben und sah das Fleisch seiner Arme an, seine Haut, die ich inzwischen nur zu gut kannte. Jetzt war sie anders, lebendig, sie bebte vor Leidenschaft. Die Leidenschaft, die auch ich gerne gespürt hätte, um zu hüpfen und zu schreien und ihn zu drücken.

Aber ich schaffte es nicht. Denn ich war zwar hier mit ihm, aber zugleich war ich einsam. Mit einem dunklen Kloß im Hals, einem Parasiten, einer Zecke, die sich in meine Seele verbissen hatte und mir den Atem, die Kraft, die Begeisterung raubte. Ich wollte nicht daran denken, aber sie wurde immer größer, immer unerträglicher, während Don Basagni weiter den Bildschirm anschaute, die übrigen Radrennfahrer, die vereinzelt und erschöpft eintrudelten, und er redete von der sensationellen Etappe in den Alpen, die uns am Montag erwartete und die man nicht verpassen durfte.

Nur eine, ja, aber lang und hart, perfekt für die irrwitzigen Erfindungen von einem wie Pantani. Vielmehr perfekt nur für ihn, denn einen wie Pantani gab es kein zweites Mal.

»Die müssen wir uns komplett anschauen, Herr Anwalt! Sie werden sie doch wohl von Anfang an zeigen, oder? Von morgens an, ab dem Schwenken der Fahne, wenn nicht, wäre das ein Skandal, dann werde ich stinkwütend!«

»Ja«, habe ich geantwortet, und schon das hatte ich nur mit Mühe herausgebracht, an der schwarzen Zecke vorbei. »Aber …«

»He, Bürschchen, kein *Aber,* jetzt komm mir nicht mit irgendwelchen Bedenken. Montagmorgen kommst du sofort hoch, zum Teufel mit deinem Dienst, du hast doch eh nichts zu tun. Außerdem bin ich der Direktor, also hör auf das, was ich dir sage. Du kommst her, und dann wird geschaut, ohne zu quatschen, wir werden es von Anfang bis Ende so richtig genießen, still und mit dem gebührenden Ernst, wie bei der Messe! Bring Bier mit, Herr Anwalt, und nicht zu knapp! Du kommst ja Sonntagabend bei der Bar vorbei, dann kannst du welches kaufen. Und wenn uns Don Mauro dann was davon mopst, bitte sehr, soll er doch: Möge auch er auf den Piraten anstoßen! Verstanden? Oh, ich freu mich jetzt schon drauf, heute Nacht kann ich bestimmt nicht schlafen! Und du, Herr Anwalt? He, hörst du mir überhaupt zu?«

Er hat den Blick von den Szenen der Qual, die sich am Ziel, unter der Sonne dieses ruhmreichen Tages, abspielten, gelöst und mich angestarrt. Und was ich in mir hatte, musste ein so dickes Ding sein, dass man es auch von außen sofort sah, von seinem Bett im Halbdunkel aus.

»Und jetzt, Herr Anwalt, erklärst du mir mal, was zum Teufel mit dir los ist! Du schläfst immer noch mit offenen Augen, an einem Tag wie heute! Was ist los mit dir?«

»Nichts, Padre, nichts. Es ist nur, dass … Ach nichts.« Denn so läuft das, wenn man miteinander spricht: Je wichtiger die Dinge sind, die du zu sagen hättest, desto öfter sagst du »nichts«. Tatsächlich sagte ich es mindestens fünf- oder sechsmal, bevor ich Atemluft fand, die ich aus meiner Kehle spuckte wie eine Welle im Meer, die mir aus dem Mund schwappte, und das eklige Zeug, das ich in mir hatte, ans Ufer schlug, nämlich: »Padre, also, ich bin am Montag wahrscheinlich nicht da.«

Und da wurden seine Augen, die sonst mit seinem lippenlosen Mund darum stritten, wer kleiner war, riesengroß. Größer als der Kopf, sie wurden so groß wie das Zimmer und starrten mich jetzt wortlos an. Währenddessen quoll aus dem Fernseher das Gerede zufällig interviewter Leute, Verwandte, Experten, Radrennfahrer, und das Meer aus Fans färbte den Berg bunt und wartete darauf, dass Pantani als Tagessieger aufs Podest stieg.

Gerade heute, wo ich den Termin bei dem mit dem Anwalt befreundeten Arzt im Wehrbereich gehabt hätte. Aber ich hatte diese Etappe mit Don Basagni genießen wollen und der Anwältin Pacini gesagt, dass wir das verschieben müssten.

Sie hatte mich angeschaut wie ein Tier, das man mit dem Auto überfahren hat, um dann anhalten zu müssen und es mit einem Stock an den Straßenrand zu befördern. Und sie hatte gesagt, dass sie mich wegen des neuen Termins noch mal anrufen würde.

Das hatte sie heute Morgen getan. Sie hatte mir erklärt, dass kommende Woche August sei und der Arzt in Urlaub fahre, man müsse alles vorher regeln, und der einzig passende Tag sei der Montag. Ausgerechnet der Montag der letzten Etappe, die man nicht verpassen durfte.

Vor dem Mittagessen, in seiner Praxis im Wehrbereich von Florenz. Es reichte, beim Zivildienst einen Tag Urlaub zu nehmen, hinzufahren, eine Unterschrift zu leisten, und ich müsste nie wieder zurück zum Konvent.

Das war sie, die Zecke, die meinen Atem aussaugte, die meine Stimme verzerrte, während ich Don Basagni alles erzählte. Das heißt, nicht alles. Ich habe es ihm bis zu dem Termin mit dem Arzt am Montagmorgen erzählt, der aber wegen dieses echten Problems sei, dieses blöden Asthmas, dessentwegen ich immer schlechter Luft bekäme. »Es wird die Bergluft sein, irgendwelche Pollen, jedenfalls ist das Asthma zurück, unter dem ich als Kind so gelitten habe, und …«

»Ein Scheißdreck, Herr Anwalt, von wegen Asthma«, hat er gesagt. Aber leise, ohne Wut, ruhig. Und schlagartig hätte ich mir gewünscht, dass er schreien und wütend werden würde, denn das hier erschien mir sehr viel schlimmer. »Weißt du, ich kenne dein Asthma. Das ist wie Plattfüße, ein Herzfehler oder plötzlich abnehmendes Sehvermögen. Besondere Krankheiten, die nur die Kinder der Reichen und Mächtigen bekommen, damit sie nicht zum Militärdienst müssen. So war es immer schon, du bist keineswegs der Erste. Schon als noch Krieg war, wenn du da die Soldaten kontrollieren gingst, waren das nur Söhne von Arbeitern und Bauern und Bergmännern und solchen Leuten. Sie aßen weniger und schlechter, lebten in feuchten, maroden Häusern und schufteten sich kaputt, waren aber alle kerngesund. Bestimmte körperliche Probleme hatten, wie es der Zufall so will, nur die Kinder reicher Familien, und dieses Unglück hielt sie von der Front fern. Und später vom Wehrdienst. Und vom Zivildienst auch. Einmal, als dieses Loch hier noch eine Schule war, ist auf deine Stelle der Sohn des Bürgermeisters von einem Ort hier in der Nähe gekommen. Und ich habe mich gewundert. Der Sohn eines Bürgermeisters, der kerngesund und wehrfähig war und einberufen wurde. Aber es hat nur ein paar Wochen gedauert, dann hat er tragischerweise eine Herzmuskelschwäche entdeckt, und mit großem Bedauern hat er uns verlassen müssen. Bei dir hat es ein bisschen länger gedauert, aber du bist genauso, Herr Anwalt, du bist wie der Sohn des Bürgermeisters«, hat Don Basagni leise, fast flüsternd gesagt.

Bei der Lautstärke des Fernsehers habe ich ihn nur mit Mühe hören können, aber ich habe ihn gehört, und bei dieser Geschichte mit dem Bürgermeister habe ich impulsiv geantwortet: »Nein, Padre, das stimmt nicht, mein Papa ist Klempner, ich bin nicht …«

»Halt die Klappe, Dummkopf!«, und diesmal hat er geschrien. Und mit der Faust auf die Matratze gehauen. »Sei still, untersteh dich! Wenn du schon ein Scheißkerl bist, hab wenigstens den Mut, dazu zu stehen! Was soll das heißen, dein Papa ist Klempner? Du bist nicht dein Papa, du hast eben die richtigen Beziehungen, zu Leuten, die etwas zählen und die das Sagen haben. Die Kriege anzetteln, dann aber die Kinder der anderen zum Sterben hinschicken. Weißt du, was, Herr Anwalt? Du willst nicht, dass ich dich Anwalt nenne, aber du bist einer, und was für einer! Du bist ein Anwalt, wie er im Buche steht, mit den Gesetzen ganz auf deiner Seite, schön poliert da in deiner Tasche. Du kotzt mich an! Und ich kotze mich selbst an, dass ich dich hier zu mir habe kommen lassen und mir deinen Mist angehört habe und dir meinen erzählt habe! Du bist ein Scheißkerl, und ich bin ein Trottel! Verschwinde! Hau sofort ab! Keine Angst, ich werde dir keine Probleme machen, wenn die Bescheinigung aus dem Wehrbereich kommt, du Glückspilz. Ich unterschreibe und ab mit dir, verpiss dich und lass mich in Frieden. Dann bin ich wenigstens endlich wieder allein und hab meine Ruhe, denn du kotzt mich an, du kotzt mich an!«, schrie Don Basagni. Immer lauter. Jedes Mal wenn ich dachte, lauter könne er nicht mehr schreien, beendete er einen Satz und fing einen neuen an und schrie dabei nur noch lauter. Und so hielt ich still, zerquetscht von seinem Gebrüll, seinen Beleidigungen, Worten, die so schwer wogen wie Stein und die unbarmherzig auf mich herabstürzten, während um mich herum die Welt zusammenbrach. Nein, sie waren noch schwerer als Stein: So schwer können nur Worte wiegen, wenn sie die Wahrheit sagen.

Und es nahm kein Ende. Und es würde für immer so weitergehen, bis der ganze Konvent in die Luft flog.

Doch so weit kam es nicht, denn Don Basagni ist schlagartig verstummt, weil im Zimmer plötzlich ein anderer Schrei explodiert ist. Wir haben uns umgedreht, und in der Tür stand Don Mauro, schweißgebadet und zu Tode erschrocken.

»He! Was ist denn hier los?! Was um Himmels willen ist hier los?!«

Don Basagni hat ihn nur kurz angeschaut, den Moment, um zu begreifen, wer er war, dann: »Und du kannst auch gleich abhauen, du Trottel! Haut ab, alle beide, geht mir nicht auf den Sack, verschwindet!«

Er hat die Tüte Erdnüsse gepackt und nach uns geworfen. Er hat uns beide getroffen, weil die Tüte im Flug aufgerissen ist und die Erdnüsse sich ausgebreitet haben wie die Rose der Kugeln aus einem Gewehr.

»Verschwinde, Don Mauro, und nimm diesen Scheißkerl hier mit, sonst werde ich noch laut!«

»Aber das bist du doch schon, Marino! Von unten klang es, als würdest du jemanden umbringen, gütiger Himmel! Was ist denn los, was …?«

»Nix ist los, ich bin schuld, dass ich nicht sofort kapiert habe, was das hier für einer ist. Er kommt her, spielt den Naiven, weiß nicht, was er will, weiß nicht, was er tun soll. Dabei ist er der Schlimmste von allen. Du brauchst dir keine Sorgen zu machen, Herr Anwalt, du weißt genau, was du im Leben willst, und das wirst du auch bekommen. Du bist der geborene Anwalt, denn als so ein Scheißkerl kommt man schon zur Welt, das wird man nicht erst. Und jetzt geh nach Hause mit deinem Asthma, geh deine Arbeit fertig schreiben, da fehlt ja eh nicht mehr viel, und dann geh zu deinesgleichen in die schöne Kanzlei, und du hast ausgesorgt. Pfeif ruhig auf alles, und …«

»Was zum Teufel reden Sie denn da, Sie Arschgesicht!« Ein weiterer Schrei hat Don Basagni zum Verstummen gebracht. Eine Stimme voller Wut, richtig laut, urplötzlich. Erst einen Augenblick später habe ich begriffen, dass es meine eigene war. Und sie fuhr fort: »Von wegen Anwalt, von wegen Abschluss! In fünf Jahren habe ich nur sieben Prüfungen abgelegt, sieben! Dieses Jahr überhaupt keine! Bei mir zu Hause bereiten sie sich auf die Abschlussfeier vor, meine Tante hat schon eine Bonbonniere bestellt, und ich sitze noch mit den Erstsemestern, die gerade erst vom Gymnasium gekommen sind, in den Kursen und kriege trotzdem nichts gebacken! Nichts, Padre, nichts! Also hören Sie auf, mich ständig Herr Anwalt zu nennen! Ich bin kein Anwalt, und ein Scheißkerl bin ich auch nicht! Ich bin ein Trottel! Das ist die Wahrheit, so sieht es aus. Sind Sie jetzt zufrieden? Hä? Seid ihr zufrieden? Jetzt seid ihr zufrieden, was?«

Das fragte ich. Wer weiß wen. Im Dunkel des Zimmers, während Pantani aufs Podest stieg und die Fans applaudierten, und er lächelte nie und vielleicht auch an jenem Tag nicht, aber ich konnte es nicht wissen, denn es gelang mir nicht, meine Augen von denen Don Basagnis zu lösen. Klein, starr, stumm.

Dann Don Mauros Stimme, da an der Tür, gerade mal ein verzweifelter Hauch: »Zufrieden? Wie sollen wir zufrieden sein, mein Sohn? Das ist doch traurig, unendlich traurig.«

30

Den Weihnachtsmann gibt es doch

Marco bittet nie irgendwen um irgendwas, schon gar nicht das Schicksal. Er hat gelernt, dass es besser ist, es in Ruhe zu lassen, sonst kommt es am Ende noch wirklich und bringt dir wer weiß was. Nein, nein, besser man macht sich gar nicht erst auf die Suche nach dem Schicksal.

Und doch ist die Etappe heute so wichtig, dass Marco gestern Abend nicht widerstehen konnte. Er hat sich den Streckenverlauf angeschaut, eine Reihe gezackter Wände, nämlich die Alpen, die es zu erklimmen gilt, und bevor er hoch in sein Zimmer ist, hat er zu seinen Teamkollegen gesagt: »Hoffen wir, dass die Sonne so richtig brennt und es richtig schön heiß wird.« Denn er liebt die Hitze, er ist am Meer zur Welt gekommen, und wenn er die Sonne auf sich spürt, ist es, als streichle sie ihm Körper und Seele. Im Gegenteil zu seinem Rivalen Ullrich, der an richtige Sonne nicht gewöhnt ist und Gefahr läuft, so zu leiden wie kürzlich in den Pyrenäen.

Diese Hoffnung hat Pantani mit ins Bett genommen, aber als er heute Morgen aufgewacht ist, hatte sie sich davongeschlichen wie die infamste aller Liebhaberinnen. Denn als er das Fenster aufgemacht hat, hat eine eisige Klinge seinen Arm und sein Gesicht klitschnass gemacht, vom schwarzen Himmel herabgeschleudert in einem schamlosen Regen, der seit Stunden prasselte und noch den ganzen Tag so weiterprasseln würde. Gestern waren es vierzig Grad, und niemand hätte damit gerechnet, dass Ende Juli plötzlich der Herbst kommen würde, aber dem ist auch nicht so: Heute ist richtiggehend Winter.

Marco schaut nach unten auf die Straße, denn vor sich sieht er nur Dunst, der alles verstopft. Er sieht Daunenjacken, er sieht Wollmützen, dann schaut er nicht mehr hin. Nie das Schicksal um einen Gefallen bitten, lieber alles selbst machen, wenn man kann – und auch, wenn man es nicht kann.

Er schlüpft in einen Pullover, lässt die Wärme im Zimmer und stürzt hinaus.

Währenddessen war ich an demselben Morgen im T-Shirt und hätte am liebsten auch das noch ausgezogen. Denn in Florenz ließ die Hitze den Atem brodeln, und in diesem Wartesaal ohne Fenster und ohne Sitzgelegenheiten war es noch schlimmer, dort vor der geschlossenen Tür, hinter der sich der Militärarzt befand, der mit dem Anwalt Ferroni befreundet war.

Seit ich die Kaserne betreten hatte, hatte ich mindestens zehn Soldaten nach dem Weg gefragt, jeder fragte mich nach meinem Namen und meiner Personenkennziffer, und ich antwortete jedes Mal, dass ich keine Kennziffer hätte, ich sei Wehrdienstverweigerer, worauf sie mir unwirsch sagten, wo ich lang müsse und mich jedes Mal falsch schickten. Tatsächlich hatte ich eine Weile gebraucht, um hier anzukommen, aber ohne mich aufzuregen, denn am Ende war ich ja hier, und ich hatte ohnehin keine große Lust darauf.

Am Tag vorher ging es mir besser, in der Bar La Gazzella, wo ich die Sonntagsetappe geschaut hatte, mit Franca hinter dem Tresen, die ihre Füße wegen der Hitze in eine Schüssel mit kaltem Wasser gestellt hatte, und wenn man etwas haben wollte, musste man es sich selbst holen. Abends hatten wir Mama davon erzählt, die es sofort ausprobiert hatte und einem genussvollen Seufzer sagte: »Ah, diese Franca ist wirklich mit allen Wassern gewaschen.« Meine Tante nicht, der war nicht heiß, im Gegenteil, ihr war immer kalt, vielleicht wegen der Medikamente. Stattdessen hatte sie mich gefragt, ob ich wüsste, was ich morgen, also heute, dem mit dem Anwalt befreundeten Doktor sagen müsse. Ich hatte geantwortet, ich bräuchte gar nichts zu sagen, der Doktor wüsste alles schon von allein. Und sie hatte gesagt: »Sehr gut, bravo«, dann haben wir schweigend zu Abend gegessen.

Ein langes und leeres Schweigen, wie geschaffen, um die ungeheure Nachricht dort hineinzugießen, die ich ihnen mitzuteilen hatte, die Scham, die ich seit fast fünf Jahren geheim hielt, ohne jemandem davon zu erzählen, nicht einmal meinen Freunden. Nur Don Basagni und Don Mauro, kürzlich, als der Direktor mich so beleidigt hatte, dass ich ausgerastet bin.

Jetzt aber war der richtige Moment, Luft zu holen und meinen Eltern zu gestehen, dass die Abschlussarbeit noch nicht fertig war, weil ich noch nicht einmal damit angefangen hatte, denn erst musste ich noch die Prüfungen fertig machen, die ich nämlich noch gar nicht alle abgelegt hatte. Sagen wir die Hälfte oder etwas weniger. Ein Drittel, ja, genau, ein Drittel, fast. Und vielleicht konnte ich ihnen sogar erklären, warum ich ihnen all diese Lügen erzählt hatte, wie so was kommt. Dass du eine Prüfung ablegst, und es läuft gut, und alle loben und umarmen dich. Dann legst du noch eine ab, und die läuft weniger gut, aber du behauptest, sie wäre genauso gut gelaufen wie die erste, und wieder Umarmungen. Dann lassen sie dich bei der dritten durchfallen, aber nächsten Monat wirst du sie ja nachholen können, du brauchst nur zu lernen, du hast ja verstanden, was du falsch gemacht hast, also kein Problem, es ist fast, als hättest du sie schon bestanden. Und tatsächlich behauptest du das zu Hause auch. Aber nächsten Monat holst du sie nicht nach, also versuchst du, das Fachgebiet zu wechseln, denn das hier magst du wirklich nicht, doch letztlich ist es immer dasselbe Zeug, es ist Privat- oder öffentliches, Zivil- oder Strafrecht, aber eben immer noch Recht. Und wieder lassen sie dich durchfallen, und zu Hause umarmen sie dich und loben dich über den Klee, denn du erzählst ihnen wieder Unsinn, und deine Tante schaut in den Himmel und dankt Alessandra, weil es ja sie ist, die dir von da oben ihre Exzellenz schickt und dich bei diesem triumphalen akademischen Rennen begleitet. Was eine riesengroße Lüge war, aber wie alle großen Lügen war sie, wenn man sie von Nahem betrachtete, eine Kette miteinander verschlungener Ringe aus kleinen Auslassungen, Halbwahrheiten und zurechtgebogenen Informationen. Das Ergebnis war eine lange, schwere Kette, die mich gefangen hielt.

Und Sonntagabend hatte ich versucht, sie zu sprengen, ich schwörs. Der Zeitpunkt war perfekt oder jedenfalls der beste, der mir bisher untergekommen war. Aber von wegen. Ich hatte es nicht geschafft. Meiner Tante zu sagen, dass Alessandra nicht in einem Summa-cum-laude-Jubel mit mir das Rennen fuhr, sondern wir zusammen im Morast der tausend nicht bestandenen Prüfungen versanken. Meiner Mama noch mehr Kummer zuzumuten, die schon zusehen musste, wie Papa immer gebeugter war von der Krankheit, und die mich ausgerechnet an diesem Tag in der Küche beiseitegenommen hatte, um mir zu erzählen, dass sie inzwischen nicht mehr genau verstand, was er sagte: Oft tat sie zwar so, aber vielleicht hatte Papa sie gebeten, das Fenster zu öffnen, und sie machte ihm stattdessen einen Kaffee, und er fragte sie, was sie da mache, und sie: »O Gott, ich habe mich vertan, wo habe ich nur meinen Kopf, was wolltest du noch mal, Giorgio?« Und wenn sie schon merkte, dass es schlimmer wurde, wie dann erst er selbst, der vorige Woche noch froh war, weil das Zittern in den Händen abgenommen hatte, es dem Arzt erzählte, und der ihm erklärt hatte, dass das Zittern bei Parkinson das Geringste sei: Wenn du aufhörst zu zittern, fangen die wirklichen Probleme an.

Jedenfalls: Konnte ich in dieses köchelnde Gebräu auch noch meine Hiobsbotschaft werfen? Nein, das konnte ich nicht. Inzwischen war ich groß, und meine Eltern wurden allmählich alt: Fast wurden sie ein bisschen zu meinen Kindern. Und als ich klein war, hatten sie alles getan, um mir Kummer zu ersparen, wie damals, als ich wegen meines gebrochenen Beins den Sommer verpasst hatte und sie sich einen wunderbaren Sommer mitten im Dezember ausgedacht hatten und wir mit der Heizung auf volle Pulle im Badezeug Wassermelone aßen.

Und genauso hatte ich eine sensationelle Unikarriere erfunden, die sie glücklich und stolz machte, und jetzt konnte ich sie nicht enttäuschen, meine drei Kinder mit grauen Haaren und Zipperlein am ganzen Körper. Die Wahrheit würde sie umbringen.

Aber vor allem fehlte mir dazu der Mut. Wie mir auch der Mut gefehlt hatte, nach diesem heftigen Streit zu Don Basagni hochzugehen. Nicht einmal Samstagnachmittag hatte ich es geschafft, bevor ich ins Auto gestiegen bin und den Konvent verlassen habe. Ich hatte nur vom Platz aus zu seinem Fenster hochgeschaut, ohne mich zu verabschieden. Don Mauro dagegen war zu mir gekommen, hatte mich umarmt und zu mir gesagt: »Geh mit Gott.« Flora hatte mir die Hand gegeben und fast gelächelt. Gina war ganz nah an mich herangekommen, hatte ihren Mund in meine Handfläche gelegt und darin ein Steinchen hinterlassen. Ich wollte ihr danken, aber sie war schon geflohen. Mit ausgebreiteten Armen und vor und zurück zuckendem Kopf, aber dabei tat sie etwas, was Hühner nicht können: Sie weinte.

Da habe ich, als ich den Stein in meine Tasche gesteckt habe und mit dem Auto losgefahren bin, selbst angefangen zu weinen.

Denn ich fuhr zwar nur nach Hause wie jeden Samstagnachmittag, ja, aber am Montag würde ich nicht zurückkommen: Ich hatte einen Tag Urlaub, um hier zum Arzt zu gehen, er würde mir eine Bescheinigung ausstellen, und ich würde nicht mehr in den Konvent zurückgehen.

Ich versuchte, nicht daran zu denken, während ich in dem fensterlosen Zimmer schwitzte und wartete, und endlich wurde im Radio die erste Verbindung mit der Etappe hergestellt. Die vor Kurzem angefangen hatte, und schon in Grenoble war Wintermantelkälte, wie dann erst oben nach den vier grausamen Anstiegen des Tages, von denen drei weit über die zweitausend Meter aufschossen.

Wer weiß, was Pantani jetzt dachte, da unter diesem vereisten Regen. Und wer weiß, was Don Basagni dachte. Bestimmt lag er auf seinem Bett vor dem Fernseher, sah aber nicht viel mehr als ich, denn bei dem Gewitter und dem Nebel fehlten die Hubschrauberaufnahmen, und die Fernsehkameras auf den Motorrädern ertranken in den Fluten. Kurz, es im Fernsehen zu schauen, war ein bisschen, wie es im Radio zu hören. Wo sie von Fans erzählten, die angezogen waren wie im Skiurlaub, Daunenjacken, Skianzüge, von einem Tag, der wirkte, als wäre es Nacht, von schon vor Kälte erschöpften Radrennfahrern. Und ich sah Marco, bei der für sein Vorhaben wesentlichen Etappe, der einzigen Chance, die Tour auf den Kopf zu stellen, ein Junge von fünfundfünfzig Kilo, ausgewrungen von einer bösen, eisigen Welt ringsum, die sich in das wenige Fleisch fraß und sofort bis zu den Knochen vordrang, der Lunge, dem Blut und bis zum Herzen.

Und ich schwöre, dass ich einen Moment lang, einen seltsamen, aber authentischen Moment lang, selbst diese Kälte gespürt habe. In dem kleinen Raum, der ein Ofen war und meine Augen brennen ließ, hat mich ein tiefes Frösteln durchgeschüttelt.

Dann übertönte eine laute Stimme die Stimme des Reporters im Transistorradio. Sie kam von hinter der Tür und sagte: »Herein«, dann noch mal: »Herein!« Also habe ich das Radio ausgemacht, die Klinke runtergedrückt und bin eingetreten.

Und da habe ich wirklich angefangen, vor Kälte zu sterben.

Denn da drinnen tobte eine wild gewordene Klimaanlage, die auf Hochtouren lief, ein arktischer Windstoß, der von der Decke eisige, stinkende Böen auf meinen Schweiß losließ, so stark, dass ich dem Mann hinter dem Schreibtisch, vor dem geschlossenen Fenster, an dem das Kondenswasser heruntertropfte, im ersten Moment nicht einmal *Guten Tag* sagen konnte.

Ohne Haare und mit Bart und unter dem riesigen weißen Kittel ein so dicker Körper, dass er sich in dieser Tiefkühltruhe den Schweiß mit einer Küchenrolle trocknen musste.

»Ja?«, hat er gesagt, ohne mich anzuschauen, während er etwas auf einem Block vermerkte.

»Guten Tag, Herr Doktor.«

»Name und Personenkennziffer.«

Eine Kennziffer hatte ich eben nicht, und so nannte ich ihm mit vor Kälte zitternder Stimme nur Vor- und Nachnamen, aber das reichte, um ihn schlagartig den Kopf heben zu lassen:

»Ah! Oh! Da bist du ja endlich! Du hast ja eine ganze Weile gebraucht!«

Die Stimme angeschwollen von all dem Fleisch, durch das sie sich hindurchzwängen musste, bevor sie aus seinem Mund kam. Und sie klang noch angeschwollener, als er sich zu dem weißen Vorhang neben sich umgewandt und geschrien hat: »Caltrani, hol mir mal einen Kaffee!«

Sofort kam hinter dem Vorhang ein Soldat hervor, auch er im Kittel, aber darüber ein dicker Wollpulli. Er hat »Jawohl!« gesagt, ist an mir vorbei zur Tür gegangen und verschwunden. Während der Doktor sich eine winzige Brille aufgesetzt hat, vielleicht sah sie auf seinem Gesicht auch nur so winzig aus, und mich genauer angeschaut hat.

»Also, wie geht es unserem guten Ferroni?«

»Gut, glaube ich. Ich habe ihn schon eine Weile nicht mehr gesehen, er ist immer beschäftigt.«

»Oh, dieser Mann steht nie still. Was der alles macht, da werde ich schon müde, wenn ich nur daran denke. Neulich waren wir zusammen bei einem Wahlkampfdinner, und er kam schon von einem anderen Dinner. Und weißt du, warum er irgendwann gegangen ist? Weil er noch bei einem weiteren Dinner erwartet wurde. Du wirst sehen, wie viele Stimmen er bei den Wahlen bekommt. Alle werden ihn wählen, abgesehen von mir.«

»Warum Sie nicht?«

»Nun, meine Frau kandidiert auch. Wie auch immer. Kommen wir zu uns. Vielmehr zu dir, wie geht es dir? Ausgelaugt vom Zivildienst, stimmts? Tja, da verweigert man, um sich die Anstrengungen beim Militär zu ersparen, aber wenn du Pech hast, ist es doppelt so anstrengend!«

Ich habe die Lippen aufeinandergepresst. Ich wollte antworten, dass ich nicht deswegen den Kriegsdienst verweigert hatte, aber na ja, ich war hier, um so zu tun, als hätte ich eine Krankheit, damit ich den Zivildienst überspringen konnte, da konnte ich mir nicht wirklich erlauben, mit Werten und Idealen zu prahlen. Außerdem hatte mir die Anwältin Pacini ja genau erklärt, dass ich nichts sagen sollte. Also habe ich nur geantwortet, ja, ich sei etwas müde, mit meiner vor Kälte immer stärker zitternden Stimme.

»Ah, und was hast du, kriegst du schlecht Luft? Nun, Asthma ist ein Scheusal, nicht wahr?« Er hat mich durch seine in den Wangen versunkene Brille angeschaut, und es kam mir so vor, als lächelte er. Doch dann ist er so richtig in Gelächter ausgebrochen, so heftig, dass der weiße Kittel zu einer bedrohlichen Lawine wurde, die von einem Berg herunterrollte, bereit, mich unter ihrer eisigen Umarmung zu begraben.

Er hat aus einer Schublade einen Zettel geholt, hat erneut nach meinem Vornamen, Nachnamen und Geburtsdatum gefragt und alles oben hingeschrieben, aber der Rest war schon komplett ausgefüllt, um mein Asthma und meine Freiheit zu bescheinigen.

Ich schaute ihm dabei zu und versuchte, an das Rennen zu denken. An das Schneegestöber auf den Bergen, auf die sie nun schon hochfuhren, an die Kälte, die die Radrennfahrer dort hoch oben erleiden würden, wenn sie sich durchnässt von Schweiß und Regen die Serpentinen hinunterstürzen mussten, auf die Gefahr hin, in einer Schlucht zu landen oder zu erfrieren. Ich dachte an Ullrich, der aus Norddeutschland kam, der groß und robust war und die Kälte mit seiner Brust durchschnitt, an Pantani, der dagegen auf einen heißen Sommertag gehofft hatte, so wie er heute in Florenz und überall stattfand, nur nicht da, wo es ihm genutzt hätte. Und wenn er sich jetzt wirklich schlecht fühlte, wenn er einen Kälteschock bekommen und anhalten, in den Mannschaftswagen steigen und sich zurückziehen würde, wäre es keine Schande gewesen: Er hatte den Giro gewonnen, war zur Tour gekommen und hatte ihr als Protagonist die Ehre erwiesen, solange er konnte. Viele an seiner Stelle wären zu Hause, im Urlaub geblieben und auch er selbst, wenn nicht Lucianos Stimme irgendwann aufgehört hätte, am Telefon mit ihm zu sprechen, um direkt aus dem Jenseits zu kommen.

Marco hätte frei und fern jeglicher Anstrengungen sein können. Wie ich in Kürze. Er aber hatte sich dagegen entschieden.

Und ich war hier und schaute den Doktor an, mit seinem Stift in der Hand, der zwischen seinen Fingern so winzig wirkte. Er murmelte leise, was er schrieb, und er schrieb meinen Namen. Vielleicht habe ich mich deshalb ein bisschen geschämt. Er brauchte ewig. Aber schließlich: »So, bitte sehr, jetzt kannst du dem Hospiz Lebewohl sagen und gleich ans Meer gehen. Zufrieden?«

Ich habe die Arme vor der Brust verschränkt, um sie aufzuwärmen, und versucht zu lächeln, während ich antwortete, dass ich ganz sicher ans Meer gehen würde, »aber zuerst muss ich ganz schnell nach Hause, weil doch die Etappe schon läuft!«.

»Hä? Die Etappe? Welche Etappe?«

»Der Tour. Heute ist doch die Königsetappe durch die Alpen. Sie hat schon angefangen, in wahnsinniger Kälte.«

»Hä? Haben sie die Tour etwa nicht abgesagt nach all den Dopingfällen? Die trauen sich noch, sich zu zeigen, diese Gedopten?«

Das hat der Doktor gesagt. Und gar nicht mal boshaft, gar nicht grob. Nein, für ihn war es etwas völlig Normales, das ihm ganz flüssig über die Lippen kam, oberhalb der drei Doppelkinne. Aber für mich waren diese Worte wie eine Ohrfeige, sie haben mir den Atem verschlagen, und ich bekam ja sowieso schon so schlecht Luft.

Und doch ist es mir gelungen zu antworten: »Ja, es gab ein paar schlimme Skandale, aber sie haben viele Radrennfahrer weggeschickt, und es sind ja nicht alle so, nicht …«

»Alle gedopt, alle bis obenhin vollgepumpt mit Stoff! Wie zum Kuckuck willst du sonst diese Berge hochkommen? Hast du gesehen, wie die fahren? Wie kann ein normaler Mensch so schnell fahren? Ich würde nach einer Minute sterben!«

Ich war drauf und dran zu antworten, dass er ja auch so viel wog wie vier oder fünf Radsportler zusammen, aber ich habe mich zurückgehalten. Ich habe mir auf die Zunge gebissen, feste, und ich habe wieder an die Anwältin Pacini gedacht. An meine Tante. An meine Mama, die zu verstehen versuchte, was mein Papa sagte. Und ich versuchte, den Doktor zu verstehen, aber vielleicht sollte ich einfach nur den Zettel nehmen und nichts wie weg.

Doch er hörte nicht auf: »Gedopt bis zum Gehtnichtmehr. Das kannst du richtig sehen. Auch dieser Pantani, hast du dir mal angeguckt, wie der den Berg hochfährt? Und überhaupt, erst gewinnt er den Giro, dann fährt er auch noch zur Tour. Was meinst du wohl, wie er das macht? Ich sag dir, wie er das macht, er wirft sich alle Drogen der Welt ein, Pantani ist voll bis obenhin!«

»Na ja, also, Herr Doktor, mit Training, Talent und eisernem Willen kann man Dinge tun, die uns vom Sofa aus betrachtet vielleicht …«

Da habe ich aufgehört zu reden, denn die letzten Worte hatte er mit seinem dröhnenden, fetten Lachen übertönt, das in der Kälte der Praxis widerhallte und den Vorhang durchschüttelte, das Glas der Fenster und den dahinter ausgeschlossenen wunderbar duftenden Sommer, mit der plumpen Schwere der Arroganz, die jegliche Schönheit zerquetscht.

Sogar die großartigsten Schönheiten. Sogar einen Mann, der ein Gerippe ist und nicht einen Keks isst, auch wenn er wahnsinnige Lust darauf hat, weil es nicht gut für ihn ist. Einen, dessen Bein zertrümmert war, der Knochen zerbröselt im Fleisch, und doch fährt er wieder Rennen. Und mehr noch, als sie ihm den Stützverband aus Metall abgenommen haben, wollte er keine Narkose, weil das Zeug dem Körper nicht guttut.

Dieses fragile, kürzere Bein, dieser Körper, leichter als die Luft, durch die er auf seinem Rad flog, starb gerade in der Kälte der Berge für ein Ziel, für ein Versprechen, für ein Wort, das er jemandem gegeben hatte, der nicht einmal mehr da war.

Und derweil nahm der Arzt den Zettel, machte Anstalten, sich zu erheben, aber die Anstrengung war zu groß, also ließ er sich wieder auf seinen Schreibtischstuhl fallen und wiederholte: »Alle gedopt und der am allermeisten. Aber wenn du gerne noch an den Weihnachtsmann glauben willst, na dann, nur zu.«

Das hat er zu mir gesagt. Und ich habe wieder an Alessandra gedacht, wie sie mir mit sechs Jahren gesagt hatte, dass es den Weihnachtsmann nicht gibt und die Befana auch nicht und all die anderen, die dir Geschenke bringen. Sie wusste alles und hatte immer recht, aber diesmal nicht. Dieses Mal hatte Alessandra sich geirrt, das verstand ich jetzt. Denn ich glaubte immer noch an den Weihnachtsmann, und Don Basagni glaubte daran, Millionen von Menschen wie wir glaubten daran. Und Pantani glaubte daran, daran glaubt jeder, der noch etwas in sich hat, was warm und magisch ist und was einen Durchschnittsmenschen, geboren, um Züge und Supermärkte zu füllen und einzukaufen und Geld auszugeben und zu konsumieren und zu sterben, in einen Quell der Leidenschaften und Emotionen verwandelt, in etwas, was wirklich lebendig ist.

Und ich hatte mich vielleicht nie wirklich verliebt, aber Leidenschaften hatte ich und was für welche. Auch jetzt, jetzt packten sie mich an der Gurgel und brachten mein Blut in Wallung. Vor dem Doktor, der immer noch lachte und »Alle gedopt« sagte und, weil er es nicht schaffte aufzustehen, den Zettel faltete und ihn mir hinwarf, als wäre es ein Almosen.

Und im Grunde war es das ja wirklich. Und ich war ein Bettler, mindestens so schäbig wie er, der ihn mir hinwarf, denn jetzt beugte ich mich vor, um ihn zu nehmen und ihn mir in die Tasche zu stecken, würdiger Bürger unserer Nation, einer auf Gefälligkeiten gegründeten Republik.

Vielmehr, nicht einmal das, denn ein Bürger ist frei zu tun, was er will, aber es liegt keinerlei Freiheit darin, widerliche Dinge zu tun. Tatsächlich war ich ein Untertan, und als Untertan senkte ich den Kopf, während er sagte: »Nimm das, mein asthmatischer Freund. Und geh, wohin du willst, ans Meer, um die Mädchen anzuschauen, oder zum Fernseher, um die Gedopten anzuschauen. Grüß mir den Anwalt und geh, wohin du willst.«

Und ich schwöre, dass ich das nicht beschlossen hatte, ich steuerte gar nichts mehr, alles ist von selbst passiert, ohne mich um Erlaubnis zu fragen. Das Herz hat einen Schwall Hitze hochgepumpt, der mir Kehle und Mund geöffnet hat, und mir ist ein Schrei entwischt wie Godzillas Atomfeuer, der die künstliche Kälte des Zimmers hinweggefegt hat: »Und Sie, Herr Doktor, scheren Sie sich zum Teufel!«

Das habe ich gesagt, ich schwörs. Und er hat mich angestarrt. Dann hat er runtergeschaut, auf den Schreibtisch, auf den Stuhl. Denn er wollte aufstehen und sich vielleicht die Bescheinigung zurückholen, die mich aus dem Konvent befreite.

Aber er schaffte es nicht, außerdem hatte ich sie ja schon genommen. Ich holte sie wieder aus der Tasche, hielt sie vor ihm in die Luft, und dann habe ich sie zerrissen.

Ich hätte mir gewünscht, das Papier hätte ein so ohrenbetäubendes Geräusch gemacht, dass der ganze Wehrbereich über uns zusammengebrochen wäre.

Aber das tat es nicht, es war nicht viel mehr als ein Seufzen, doch das hat mir die Lunge wieder mit Luft gefüllt.

Ich drehte mich um, öffnete die Tür und ging. Hinaus in die warme und echte Luft. Und die Fetzen der Bescheinigung habe ich Caltrano in die Hand gedrückt, der wegen meines Gebrülls eilig angelaufen gekommen war.

Auf dem Flur habe ich noch zwei Soldaten getroffen, die mich nach meinem Namen und meiner Personenkennziffer gefragt haben, aber ich hatte keine Kennziffer, denn ich war kein Soldat, ich war ein Kriegsdienstverweigerer.

Ich glaubte nicht an Waffen, ich glaubte nicht an die Armee und nicht an den Krieg: Ich glaubte an den Weihnachtsmann.

Und wenn sie mich zum Ausgang in die falsche Richtung schickten, war es mir egal, denn ein Mal, ein einziges Mal in meinem Leben, wusste ich ganz von alleine, wo ich hinmusste. Und da eilte ich hin.

31

Der Sturm des Unmöglichen

»Was willst du denn hier?!«, hat Don Basagni gesagt und ist dabei mit dem Oberkörper hochgefahren.

Er wollte boshaft klingen, aber ich hatte ihn erschreckt. Ohne anzuklopfen, ohne um Erlaubnis zu bitten, war ich hereingerannt gekommen und hatte geschrien: »Hier bin ich, Padre! An welchem Punkt sind wir?«

Das hatte ich nicht extra gemacht, ich war schon gerannt, seit ich den Wehrbereich verlassen hatte. Ich war zum Auto gerannt, um so schnell wie möglich aus Florenz rauszukommen, das dich mit all seiner Schönheit förmlich erschlägt. Dann war ich mit Vollgas über die Autobahn gerast, mit dem Ford Fiesta, der seltsame Geräusche machte, als wäre im Motor ein Reißverschluss, der die ganze Fahrt über auf und zu ging. Ich hatte die Automechanikerin aus meiner Schule gefragt, ob man das von Don Mauro eingebaute Teil auswechseln sollte, wie lange es noch funktionieren würde. Sie hatte geantwortet, dass es theoretisch überhaupt nicht funktionieren dürfte, es also auch gut für immer halten könne.

Währenddessen spielte das Radio furchtbare Musik, aber ich musste Radio hören, weil es mich darüber auf dem Laufenden hielt, was bei der Tour passierte. Wo es immer noch sehr stark regnete und die Radrennfahrer nach dem ersten Anstieg oben angekommen waren, auf den zweitausend Metern des Croix de Fer, und dann war es runtergegangen zum zweiten Berg in dieser verkehrten Hölle, die dich statt mit Feuer mit der grausamsten Kälte bestrafte. Und auch mit einer unmenschlichen Anstrengung, denn jetzt begann der Col du Télégraphe, und weil es von dort oben bis zum Beginn des Galibier nur drei Kilometer sind, bilden die beiden Berge einen einzigen elend langen Anstieg bis auf die 2645 Meter des höchsten Punktes der Tour.

Ich versuchte zu verstehen, ob jemand angegriffen hatte, ob die Besten noch zusammen waren, und obwohl ich allein war, kommentierte ich laut, denn irgendwie musste ich die Aufregung ablassen, die mir immer noch in den Knochen steckte, seitdem ich den mit dem Anwalt befreundeten Doktor zum Teufel geschickt, die Bescheinigung vor seiner Nase zerrissen und die Fetzen seinem Adjutanten gegeben hatte, der genau in dem Moment kam, als ich wegging, perfekt getimt, wie im Film. Ich konnte es kaum glauben, aber ich hatte es getan.

Dann, als ich von der Autobahn abgefahren war, der Anruf meiner Tante. Sie wollte wissen, wie es gelaufen war, aber ich bin stumm geblieben. Sie hat mich gefragt, ob alles in Ordnung sei, da habe ich sie beruhigt: »Ja, Tante, mach dir keine Sorgen, jetzt ist alles in Ordnung.« Und zum ersten Mal hatte ich das Gefühl, nicht gelogen zu haben, während ich den Fiesta mit Höchstgeschwindigkeit die Serpentinen hoch drängte denn der härteste Anstieg des Tages begann, und den wollte ich richtig verfolgen, den wollte ich im Fernsehen sehen, zusammen mit Don Basagni.

Und jetzt war ich gerade bei ihm reingerannt und hatte geschrien: »Hier bin ich, Padre! An welchem Punkt sind wir?« und Don Basagni nach einer Schrecksekunde: »Wenn du gekommen bist, um die Bescheinigung zu bringen, lass sie bei Don Mauro und verschwinde.«

»Aber nein, Padre, ich bin gekommen, um die Königsetappe zu gucken!«

»Geh bei dir zu Hause gucken oder in der Bar unten im Ort, aber verschwinde von hier.«

»Ich kann aber nicht verschwinden, Padre. Es ist Montag, zwei Uhr, ich habe Dienst.«

»Du bist nicht mehr im Dienst, du hast Asthma, du Armer.«

»Nein, habe ich nicht, ich bin wieder gesund!«

Er wollte es nicht, hat sich aber zu mir umgedreht, um mich anzuschauen, dann hat er wieder den Fernseher angeschaut: »Der Arzt hat dich zum Teufel geschickt, was?«

»Nein. Das heißt, hinterher praktisch schon, aber erst habe ich ihn zum Teufel geschickt.«

»Und warum?«

»Wie, warum?! Sie haben mir doch selbst gesagt, wie schlimm das ist. Und Sie hatten recht. Sie sagen hunderttausend Sachen pro Minute, da muss doch ab und zu auch mal was stimmen, oder nicht?«

Er hat mich wieder angestarrt und den Mund dabei auf eine seltsame Art verzogen, und erst nach einer Weile habe ich kapiert, was das war: Er versuchte, ein Lächeln zu unterdrücken, das sich aber vordrängelte und bald gewinnen und sich auf seinen schmalen Lippen ausbreiten würde, die so wenig an diesen Neigungswinkel gewöhnt waren. Damit ich es nicht sah, hat er sich wieder dem Fernseher zugewandt, hat drauf gezeigt und gesagt: »In Ordnung, Herr Anwalt. Jetzt gucken wir aber die Etappe, und Schluss mit dem Unsinn, schließlich hat der Pirat gerade angegriffen!«

»Was? Wie denn, wann denn?!«

»Genau jetzt! Es gibt schon seit einer Weile immer wieder mal Sprints, aber alle wie mit Gummiband, sie sprinten los und kommen wieder zurück. Nur er nicht, er ist seelenruhig hinten geblieben. Das ist Pantani, er sprintet nur einmal los, aber wenn er lossprintet, kommt er nicht mehr zurück.«

»Und wie viel Vorsprung hat er?«

»Ich hab doch gesagt, er ist gerade erst losgesprintet. Bei der Abfahrt vorhin ist er sogar ausgerutscht.«

»Ist er gestürzt? Hat er sich verletzt? Wie viel Zeit hat er verloren?«

»Keine, ich hab doch gesagt, er ist gerade losgesprintet. Jetzt sei endlich still und lass mich gucken!«

Und genau das wollte ich auch tun, also sind wir still geblieben, den Blick fest auf dem Bildschirm. Auch wenn wir ein abstraktes Gemälde anstarrten.

Oder ein Aquarell mit den Farben der Trikots der Rennfahrer, der Regenmäntel und der Fahnen der Fans, die in der Flut über das gelbe Scheinwerferlicht der Begleitautos und -motorräder rannen.

Kurz, es war eine Etappe, von der man nichts sehen, die man nur erahnen konnte. Aber das war recht so, denn das, was da gerade passierte, überstieg das begradigte Flussbett der Wirklichkeit und überflutete die geheimnisvollen Felder, auf denen nur der schwankende Kahn der Vorstellungskraft treibt.

Und in diesem Delirium hat der Pirat angegriffen. Er ist auf einer Seite des Feldes ausgeschert, hat es einen Moment von hinten studiert, dann hat er die Augen geschlossen und sich ins Unbekannte gestürzt.

Ullrich hat ihm nachgesehen, während er verschwand, hat seinen Lenker umklammert und vielleicht für einen kurzen

Moment darüber nachgedacht, ihm zu folgen, es sich aber dann doch anders überlegt.

Nicht dass ihm die Kraft gefehlt hätte: Es sind vor ihm auch schon andere Rennfahrer ausgerissen, und er hat sie einen nach dem anderen mit Leichtigkeit eingeholt. Nein, er beschließt, Pantani nicht zu folgen, nicht weil er es nicht kann, sondern weil er es nicht glauben kann.

Es fehlen noch fünfzig Kilometer bis zur Ankunft, an einem Tag, an dem sie einem vorkommen wie tausend. Man muss noch den Galibier erklimmen, dann kommt eine lange Abfahrt und schließlich der finale Anstieg. Jetzt auszureißen, wäre ohnehin schon ein Wagnis, aber bei diesem Unwetter wäre es wirklich Wahnsinn. Und genau das ist es, was der Pirat tut, das ist kein Fluchtversuch, das ist ein Sprung ins Wasser. Ein Sprung in das dunkle Meer des Deliriums. Ohne Netz und doppelten Boden, ein unglückseliger Akt des Glaubens, der erste Schritt eines selbstmörderischen Tanzes hin zum Felsvorsprung über dem Nichts.

Vor den Augen des deutschen Champions sprintet Pantani los und dreht sich nur kurz um, als wollte er ihn zu seinem Rennen auffordern, diesem Rennen aus Absurdität und Einsamkeit. Eine Einsamkeit, gegen die kein Kraut gewachsen ist, so gewaltig, dass du ihr, wenn du dich näherst, keine Gesellschaft bringst, sondern sie auch dich verschlingt.

Es ist also nicht aus Mangel an Kraft, sondern aus Mangel an Glauben, dass Ullrich bleibt, wo er ist. Zu diesem ersten Schritt ins Unbekannte sagt er Nein. Er schaut Pantanis Rücken nach, der sich entfernt, überlegt einen Moment, ihm zu folgen, bleibt dann aber lieber an unsere Welt geklammert.

Während Pantani die Straße hochfährt, die neben einem Gebirgsbach entlangführt und aussieht wie dessen Schwester, die beschlossen hat, in den Himmel aufzusteigen, Schiffbrüchige auf dem Fahrrad mit sich durch die Nacht führend. Aber einer dieser Schiffbrüchigen ist ein Pirat, und er setzt zum Entern an.

Was er entern will, weiß er nicht, und die Frage stellt er sich auch nicht. Er tritt nur in die Pedale, zwischen Bäumen, die nur Schemen im Nebel sind, dunkle Gerippe, immer weniger dicht, bis sie zusammen mit dem Sauerstoff verschwinden, da oben, wo nur noch Felsen standhalten, zerklüftet von Jahrtausenden an Ohrfeigen vom Firmament.

Und wenn jeder große Anstieg mörderisch ist, ist der Galibier der Würger unter den Anstiegen: Je höher du kommst, desto stärker wird die Steigung, und ganz ohne Eile macht er dich fertig, bis oben, bis zum Ende. Zum ersten Mal wurde er 1911 erklommen, nur drei Rennfahrer haben es auf ihren Rädern geschafft. Wer nicht abstieg, wurde für immer ein Held, ein Gigant der Straße.

Und Marco ist jetzt ein Gigant, so überlebensgroß, dass die Fernsehkamera es nicht schafft, ihn ganz einzufangen, man sieht, wie die Farbe seines Trikots überläuft und sich mit den Farben der T-Shirts der ausflippenden Fans vermischt, sie wird für immer eins mit diesem Tag, der eine Nacht ist, und brennt sich in unsere Netzhaut ein.

Im Klassement ist er drei Minuten hinter Ullrich, und im modernen Radsport ist das ein unendlicher Abstand, aber nichts von dem, was heute passiert, ist modern, nichts scheint real. Man fährt durch eine Zeit außerhalb der Zeit, in einer anderen Dimension, die uns das Fernsehen nicht zeigen kann, aber zwei Kilometer vor dem höchsten Punkt des Galibier informiert uns die Stimme von Adriano De Zan, dass Pantani bereits alle um eine Minute abgehängt hat.

Vor ihm vier mutige Ausreißer, die auf der Suche nach Glück

vormittags losgesprintet waren. Aber der Pirat wird zu ihnen stoßen, sie vielleicht ganz oben einholen und bei der langen, klitschnassen Abfahrt mit ihnen zusammenarbeiten. Das wäre der richtige Schachzug, eine sinnvolle Taktik. Aber hätte alles irgendeinen Sinn, gäbe es diesen Tag überhaupt nicht. Und so holt Pantani sie ein und überholt sie mit einer Geschwindigkeit, die sie im Dunkel des Unwetters erschreckt.

Wie bei einer anderen Tour, der von 1994, auch auf diesen Bergen hier, aber Richtung L'Alpe d'Huez. Damals kannte fast niemand Pantani, und vielleicht kannte auch Ronan Pensec ihn nicht, der sich beim Aufstieg die Seele aus dem Leib strampelte, aber als er aus dem Nichts diesen namenlosen Rennfahrer an sich vorbeischießen sah, versuchte er gar nicht erst mitzuhalten, sondern nahm nur die Hände vom Lenker, um in einer Geste der Verblüffung die Arme auszubreiten.

L'Alpe d'Huez, die einundzwanzig Kehren dieses Berges hat Pantani genutzt, um unwiederholbare Wunder zu vollbringen, und das Klassement der besten Anstiege dort oben ist eine Liste legendärer Champions, aber auf den ersten drei Plätzen stehen drei Namen klar und deutlich untereinander:

Pantani
Pantani
Pantani

Ihm aber sind Rekorde und Bestzeiten egal. Die Zeit ist eine Lüge, die Zeit kann in Momenten, die wirklich zählen, nicht zählen. Die Zeit ist die kaputte Armbanduhr, die jener Don Ermete im Amazonasgebiet vor seinem Tod Don Basagni geschenkt hat. Würde er sich nach der Zeit richten, wäre Pantani heute niemals ausgerissen, vielleicht hätte er nicht einmal sein Hotel verlassen. Stattdessen ist er jetzt hier und fährt, und er überquert als Erster und ganz allein den Galibier, womit er den Sonderpreis für den Ersten am höchsten Punkt der Tour gewinnt.

Der Preis heißt Souvenir Henri Desgrange, zu Ehren des Begründers und Vaters der Tour de France, der in diesen Berg verliebt war. Sowie in den gesamten Radsport. Eine brodelnde Leidenschaft, zerstörerisch und süß zugleich. Er weinte, wenn ein Radrennfahrer sich verausgabte, um die Strecken zu ehren, die er entwarf, dann stellte er sich wieder auf den Wagen der Tourdirektion, und mit einer langen Reitgerte peitschte er ohne Mitleid auf die zu ungestümen Fans am Straßenrand ein.

»Desgrange, das war wirklich ein großer Mann«, hat da Don Basagni gesagt, den Mund verklebt von Erdnüssen und Emotion. »Weißt du, dass sein Vater ihn als jungen Mann zum Arbeiten in einer Kanzlei untergebracht hatte? Er sollte Anwalt werden, und er hat es versucht, aber am Ende hat er alles hingeschmissen, um seiner Leidenschaft nachzugehen, hat allem Lebewohl gesagt und ist auf dem Fahrrad ausgerissen.«

Don Basagni hatte das mit starr auf die Etappe gerichtetem Blick gesagt, aber es war klar, dass er mich damit meinte. Und ich habe genickt, ich wollte etwas erwidern oder auch nur richtig über diese Geschichte nachdenken. Aber jetzt ging das wirklich nicht.

Denn Pantani ist oben auf dem Galibier, und bevor er sich in den eisigen Fluss der Abfahrt stürzt, muss er den Umhang von seinem dritten Teammanager Maini entgegennehmen, der ihn mitten im Orkan am Straßenrand erwartet.

Maini wird das schon Tausende Male gemacht haben, aber diesmal ist er steif, hölzerne Beine tragen Arme aus Stein. Denn er muss zwar etwas ganz Einfaches tun, aber wenn er einen

Fehler macht, wird Marco sich klatschnass und nackt ins Eis stürzen müssen, und dieser winzige Fehler kann diese große, diese gigantische Tat, die Pantani gerade vollbringt, zunichtemachen.

Doch Maini schafft es, und er ruft Marco zu, wie großartig er ist, während der den Umhang packt und zum Sturzflug den Berg hinunter ansetzt, und die Fernsehkameras richten sich jetzt auf das kleine Feld um Ullrich, um zu prüfen, wie viel ihm bis oben noch fehlt.

Aber ausgerechnet jetzt, während sie hochfahren und ich an Desgrange auf dem Fahrrad denke, löscht ein Aufschrei des Fernsehkommentators diesen Gedanken und den Rest der Welt aus:

»Achtung! Er ist gestürzt! Pantani ist gestürzt!«

Es ist nur ein Moment, aber er bringt das Herz zum Stillstand. Das unsicher wieder zu schlagen anfängt und auch erst nach einer Weile, als nämlich klar wird, dass er gar nicht gestürzt ist. Vielmehr hat er es bei der Abfahrt zwischen den Windböen, die sich bei jeder Kehre verändern, unter dem Regen, der ihn blind macht, und mit den vom Eis steifen Händen nicht geschafft, in den Umhang zu schlüpfen. Also hat er angehalten, ihn sich angezogen und dann weiter runter, mit aufgerissenem Mund, das Unwetter verschlingend.

Und auch im schwarzen Nebel, der alles zudeckt, ist das Wunder dieses irren Fluges offenbar, über nackte Kehren, die Schluchten voller Wolken streifen. Und auf dem Rand dieser Schlucht, am Rande des Erfrierens fährt Pantani.

Er hat sein Kopftuch nicht abgenommen, heute etwas auszuziehen, ist undenkbar, aber trotzdem versucht er das wahnwitzigste Entermanöver in seinem gesamten Seeräuberleben. Mittlerweile hat er zwei Minuten Vorsprung, und dieser Rausch läuft Gefahr, einen Sinn zu bekommen.

Und den hat vielleicht auch ein junger Mann, der den Berg

hinunterfliegt, ohne Gewicht, das ihn auf dem Asphalt halten würde, ohne Fleisch, das sein Herz und seine Lunge gegen das Eis verteidigen würde, das Eis, das sich an seine Haut klebt und ihm in die geflickten Knochen dringt: ein gebrochenes Handgelenk, gebrochen ein Schlüsselbein und ein Mittelfuß, zwei angebrochene Rippen, ein offenes Knie und eine Meniskusverletzung, eine ausgerenkte Schulter, zwei gequetschte Lendenwirbel, ein zersplittertes Schien- und Wadenbein und ein paar Schädeltraumata. Wenn du so kaputt und zerschunden bist, hörst du entweder auf dich zu bewegen, oder du fliegst für immer. Und Pantani fliegt.

Aber nicht, weil er nicht leiden würde: Das Leiden begleitet ihn beim Rennfahren immer, es steht ihm ins Gesicht geschrieben, das zu einer Grimasse verzerrt ist. Doch er lässt sich von diesem Leiden nicht unterkriegen, er fährt mit seinem Rad darauf entlang. Er kennt es gut, hat es zu spüren bekommen wie wenige andere. Einmal wurde er gefragt, wie er beim Anstieg so stark in die Pedale treten könne, und er hat geantwortet, dass er das tue, um seine Qual zu verkürzen.

Diese Qual verwandelt Pantani in ein beeindruckendes, ergreifendes Schauspiel. Und ausgerechnet heute, bei diesem Unwetter, bei dem man nichts sieht, vollbringt der Pirat sein größtes Wunder.

Während Ullrich und die anderen nicht etwa hinter ihm sind, sie sind regelrecht in einer anderen Welt. In der realen, soliden, sicheren Welt. Der deutsche Champion hat beschlossen dortzubleiben, als Marco losgesprintet ist, und er ihn hat ziehen lassen. Jetzt aber schaut er sich um, im Schmerz und in der Kälte, und bemerkt, dass es auch hier keinen Halt gibt, wenn du wirklich aufs Ganze gehst.

Und da wartet noch ein letzter Anstieg auf sie. Pantani ist schon auf den ersten Rampen und nimmt ihn in Angriff, mit einem Vorsprung von fast vier Minuten!

Das ist viel, das ist mehr als viel, das ist etwas, was die modernen Fans kaum verkraften. Und doch reicht es nicht. Denn am Samstag, vor dem Finale, wird es ein weiteres verfluchtes, langes, technokratisches Zeitfahren geben, und da kann Ullrich aufholen und ihn erneut überholen. Deshalb muss Marco, auch wenn seine Heldentat schon jetzt immens ist, auf den letzten neun Kilometern Aufstieg bis zum Ziel noch großartiger sein, so als hätte er bisher sein wahres Können noch gar nicht gezeigt.

Vielleicht ist das unmöglich, ja, aber das Gute am Unmöglichen ist: Wenn du einmal die Grenze überschritten hast, kann alles passieren. Sogar, dass der Regen noch stärker wird, obwohl er vorher schon so dicht war wie eine Mauer. Und die Rennfahrer weiter hinten vermischen sich miteinander und mit den Autos, den Fans, den Fahnen, die diese zu schwenken versuchen, die aber klitschnasse Lappen im Schwarz des Himmels sind, unbeweglich wie der Blick von Ullrich, der vornübergebeugt auf seinem Rad hängt, der nicht mehr bergauf fahren will.

Während Pantani im elektrischen Gelb der Scheinwerfer, die ihm folgen und die überall vom Wasser widergespiegelt werden, immer noch im Stehen in die Pedale tritt und das ausflippende Publikum sich vor ihm öffnet.

Neben der Ziellinie steht eine bequeme Tribüne für VIPs und Würdenträger, die wegen der Kälte leer ist. Hier auf der Straße dagegen, unter dem sintflutartigen Regen, sind alle Fans dageblieben. Stunden unter dem Strudel dieser Polardusche, entschädigt von dem Augenblick, in dem ein einzelner, dürrer Mann an ihnen vorbeifährt und ihnen zeigt, für einen Augenblick und für immer, dass zwischen dem Möglichen und dem

Unmöglichen eine feine und künstliche Grenze verläuft, gezogen von uns selbst wie die zwischen Ländern, Linien auf dem Boden und im Kopf, die zu Gittern des Gefängnisses werden, in dem wir uns selbst einsperren.

Dabei gibt es mögliche Dinge, die nie passieren werden, und andere, unmögliche, die es eines Tages satthaben, hinter dieser Linie zu bleiben, die sich durchdrängeln und einfach geschehen. Und tatsächlich geschieht es ja heute, an diesem Tag Ende Juli, dass ein eisiger Wintertag vom Himmel gefallen ist. Genau wie mir als Kind das Gegenteil passiert ist: Als ich im Mantel von der Schule nach Hause kam, erwartete mich zu Hause ein Hochsommernachmittag, mit Mama und Papa im Badezeug, mit Wassermelone und meinem Onkel, der Kokosnüsse brachte.

Zwischen dem Möglichen und dem Unmöglichen gibt es eine Grenze, die uns Angst macht, aber um sie zu überwinden, muss nur jemand einen Schritt tun, nur einen einzigen, und schon verschiebt sich diese Grenze, für ihn und für alle anderen.

Heute ist dieser Schritt ein Tritt in die Pedale, dann noch einer und noch einer. Und Tausende Menschen vor Ort und Millionen zu Hause vor dem Fernseher sehen zu, folgen ihm bis ganz nach oben, wo unsere Träume tanzen, wo sie auf uns warten und sich fragen, wo wir bleiben.

Und aus den vier Minuten Vorsprung werden fünf, werden sechs.

So was hat man schon Jahre nicht mehr gesehen, und wenn man nachzurechnen versucht, wie viele, kommt man zu dem Schluss, dass man so etwas vielleicht noch nie gesehen hat.

Auch Don Basagni und ich nicht, die wir mit unseren Blicken am Fernseher kleben. Aber dann habe ich mich umgedreht und ihn angeschaut, und jetzt war die Last, die ich auf mir gespürt hatte, verschwunden, also bin ich vom Stuhl aufgesprungen, habe mich zu ihm runtergebeugt und ihn umarmt. Feste. Und im ersten Moment hat er es nicht erwidert, aber dann schon, und zwar auch ganz feste! Ich weiß nicht, wie lange, Sekunden oder Minuten oder Jahrhunderte. Aber was sind schon Jahrhunderte? Was ist die Zeit?

Was sind schon die sechs Stunden dieser mörderischen Etappe? Nur ein unermesslicher Augenblick, in dem Pantani das Ziel erreicht, mit aufgerissenem Mund in die Luft beißend über die Ziellinie fährt, und für einen Moment schließt er die Augen, bläst die Luft aus, die er nicht mehr hat. Dann hebt er die Arme und klatscht wie üblich ein einziges Mal in die Hände, womit er den Beifall des gesamten Universums auslöst.

Ullrich, aufgedunsen im Gesicht und innen leer, wird neun Minuten später ankommen. Neun. Er war der Erste im Klassement, jetzt ist er nicht mal mehr unter den ersten drei, er weiß nicht einmal mehr, wo er ist.

Während das Gelbe Trikot zu ihm wandert, zu Marco. Der es gerade anziehen will, aber nicht weiß, dass es ein besonderes Trikot ist, für die Siegerehrung, mit dem Reißverschluss auf dem Rücken, damit die Brust glatt und sauber bleibt. Tatsächlich will er es gerade falsch herum anziehen, weil er in den vielen Jahren der Abenteuer und Entermanöver heute zum ersten Mal in ein Trikot der Tour schlüpft.

Mittlerweile dachte er schon, er würde es nie tun. Er glaubte nicht mehr daran und auch sonst niemand.

Vielmehr, einer schon. Und seinetwegen ist Pantani ja hier, seinetwegen ist er hier oben angekommen. Und kaum halten sie ihm ein Mikro vor den Mund, nach sechs Stunden Todesqualen im Eis und auf dem Rand der Felsspalten, spricht er nur zu ihm:

»Der Wille hat mich mehr leiden lassen, als man es normalerweise schafft. Ich habe geglaubt, etwas Wichtiges zu tun, ich habe von Weitem angegriffen und alles riskiert, es hätte auch schiefgehen können. Luciano Pezzi … Ich denke, dass dieser Sieg … ihm nicht nur gewidmet werden muss, sondern dass es sein Sieg ist … Er hat an mich geglaubt, als ich noch an Krücken ging … Er hat an mich geglaubt und hat alles getan, um ein Team aufzustellen, das mich eines Tages zum Gelben Trikot führen würde … Und ich denke, dass das voll und ganz sein Sieg ist.«

Er hat daran geglaubt. Luciano hat daran geglaubt. Und Pantani hat an ihn geglaubt, der daran glaubte. Nur das, und so hat ein Mann, der schon tot ist, die Tour de France gewonnen. Denn glauben ist alles. Wenn du daran glaubst, machst du dich auf den Weg, und wenn du dich auf den Weg machst, riskierst du anzukommen: Du musst nur daran glauben, und der Weihnachtsmann existiert.

Und ausgerechnet dem Weihnachtsmann ähnelt dieser Fan, den sie in der Menge vor der Bühne zeigen, klitschnass und in Tränen und mit weißem Bart, der tropft und zittert. Er umklammert das Mikrofon und schreit auf Romagnolisch hinein, mit von der Kälte und vom Wein verzerrter Stimme:

»Wir sehen uns am Montag, wir sehen uns alle am Montag in Cesenatico, um Marco willkommen zu heißen, wenn er nach Hause kommt! Wir müssen alle für ihn da sein, für den großen Marco Pantani, um zu sagen: Danke, Pirat, im Namen von uns allen! Danke!«

Er redet so weiter, und vielleicht würde er bis nachts so weitermachen, aber sie schaffen es, ihm das Mikro aus der Hand zu nehmen, und zeigen wieder das Podest.

Und der Fan ist nicht mehr zu sehen, man weiß nicht, wer er ist, ich werde es nie erfahren.

Ich weiß nur, was Don Basagni mir gleich sagen wird, dessen Kopf zu mir herumschnellt und der seinen Blick in meine Augen bohrt. Denn ich denke gerade das Gleiche, nach den Worten des Weihnachtsmannes:

»He, Herr Anwalt, mach dich bereit, da müssen wir am Montag auch hin!«

32

Vergeudete Jahre

Die Autobahn ist ein herrliches Land, so offen und sauber, ohne Kreuzungen und Ampeln, schnurgerade da vor dir. Doch die Leute auf der Autobahn fahren stur auf der Überholspur und vertreiben dich mit der Lichthupe, wenn du nicht sofort Platz machst, ganz besessen davon, ununterbrochen zu überholen, um anzukommen, wo sie hinmüssen, dabei ist der perfekte Ort, der Ort, an dem es sich so lange wie möglich zu bleiben lohnt, genau hier.

Und tatsächlich habe ich mich so richtig gut gefühlt, als wir endlich die engen Verkehrsstaus hinter uns gelassen und uns hier hineingestürzt hatten, wie Pantani, wenn er aus dem Feld seitlich ausschert, aus dem Sattel geht und los, den zwar mörderischen, aber freien Anstieg vor ihm hoch.

Vielleicht kam es mir deswegen so vor, als wären wir auf der Flucht, während ich durch die Windschutzscheibe, die so groß war wie die eines Lastwagens, die Autobahn betrachtete.

Ich umklammerte das Lenkrad des Schulbusses. Und auch das war groß, genauso wie der Schalthebel, der aussah wie ein Knüppel, und es war nicht leicht, in einen anderen Gang zu schalten. Hier auf der Autobahn musste man fast nie schalten, aber mitten in Pisa war es echt hart gewesen, es war mir unmöglich vorgekommen, diesen gelben Riesenkasten, der mir nicht gehörte, da durchzuschleusen, und doch hatte ich es geschafft. Vielleicht weil auch ich nicht mehr wirklich ich war.

Schließlich glaubte nicht einmal ich selbst, was ich gerade getan hatte, bevor ich die Autobahn Richtung Romagna genommen hatte. Wie dann erst Don Basagni neben mir auf dem Beifahrersitz.

»Nein, du tischst mir ein Märchen auf, das glaube ich nicht einmal, wenn ich es sehe.«

»Na gut, aber ich zeige es Ihnen trotzdem«, habe ich gesagt. Ich habe mich unter dem Lenkrad gestreckt, um den Zettel aus der Hosentasche zu fischen. Er war schon ganz zerknittert, aber er würde mir ohnehin nie zu irgendetwas nützen.

Don Basagni hat ihn genommen und ihn studiert, während ich die Musik aus dem Kassettenrekorder auf dem Armaturenbrett genoss, die mit dem sanften Surren der neuen Reifen auf dem Asphalt eine gute Verbindung einging. Und als er am Ende des Blattes angekommen ist, wo das Wappen der Uni war: »Verdammt noch mal, Herr Anwalt, du hast es wirklich getan!«

Und ich habe nicht geantwortet. Ich habe nur an diesen Moment vor einer halben Stunde gedacht, die mir gleichzeitig wie ein Jahrhundert und wie eine Sekunde vorkam. Am Schalter im Sekretariat. Es war der letzte Öffnungstag, bevor sie für die Ferien im August zumachten. Ich hatte es als ein Zeichen genommen.

Normalerweise gab es eine elendig lange Schlange, die von dem Schalter die Treppen runter bis auf den Betonplatz rund um das Gebäude reichte, heute Morgen dagegen waren nur ich da und die Dame hinter der Glasscheibe. Die im ersten Moment dachte, sie hätte sich verhört, dann, ich hätte es schlecht erklärt. Ich habe dreimal wiederholt, was ich wollte, und habe ihr das Studienbuch durchgereicht, während sie mir erklärte, dass wenn man das macht, es dann auch so ist und tschüss.

Und genau das habe ich geantwortet: »Tschüss.« Da hat sie genickt, hat den Bildschirm ihres Computers zu mir umgedreht, da war eine Karteikarte mit meinem Namen, meinen Daten, den sieben Prüfungen, die ich in fünf Jahren Jurastudium abgelegt hatte, mit Datum und Note. Sie hat den Finger über der Taste schweben lassen, hat mich noch einmal angeschaut, und ich habe noch einmal genickt. Also hat sie ihn gedrückt, und augenblicklich ist alles verschwunden. Die Tage der Prüfungen, Monate und Jahre des Studiums, der Vorlesungen, der hin und wieder gut gegangenen, aber sehr viel häufiger fehlgeschlagenen Versuche. Die tausend Regionalzüge hin und her, im Stehen, weil kein Sitzplatz frei war, die leeren Worte, mit denen ich den Professoren geantwortet hatte, wenn ich überhaupt eine Antwort herausbrachte, die Lügen meinen Eltern, meiner Tante, meinen Freunden gegenüber. Ein Riesending, verschwunden in einem Augenblick. Und in diesem Augenblick hielt ich den Atem an. Dann hat die Dame »Auf Wiedersehen, oder besser: Leben Sie wohl« zu mir gesagt und hat mir diesen Zettel gegeben, mit dem jetzt Don Basagni herumwedelte.

»Exmatrikulation! Verdammt, Herr Anwalt, was für ein schwerwiegender Schritt, was für eine knallharte Entscheidung! Für so extrem hätte ich dich nicht gehalten!«

»Tja, Sie wissen es zwar nicht, Padre, aber wenn ich will, gehe ich bis zum Äußersten, ich …«

»Aber wirklich bis zum Äußersten. Du hättest es ja auch etwas sanfter tun können, aber nein.«

»Nein, nein, sanft nie. Alles oder nichts. Außerdem, wie meinen Sie das, etwas sanfter?«

»Na ja, statt dich gleich zu exmatrikulieren, hättest du auch die Fakultät wechseln können. Du hättest ein Fach wählen können, das dir besser gefällt, vielleicht hätten sie dir die eine oder andere Prüfung auch da anerkannt.«

Das hat Don Basagni gesagt, und ich habe weiter den Kopf geschüttelt. Doch dann habe ich aufgehört. Nur noch Stille, die aus meinem offenen Mund kam. Ein Laster hat uns überholt, dann zwei Autos, dann ein Pick-up.

Dann: »Entschuldigen Sie mal, Padre, hätten Sie mir das nicht früher sagen können!«

»Ich? Daran hättest du selbst denken können! Außerdem, wer hätte sich denn vorstellen können, dass du das wirklich tun würdest, Herr Anwalt!«

»Na gut, hören Sie zu, nennen Sie mich wenigstens nicht mehr Herr Anwalt!«

Der Direktor hat gelacht, dann hat er nur noch auf die Straße geschaut. Und ich genauso, während ich der Musik aus dem Kassettenrekorder lauschte, von der Kassette, die ich eingelegt hatte, die ich extra für diese Reise von zu Hause mitgebracht hatte.

Es war *Strange Days*, eine wunderbare Platte, wunderbar und wie gemacht für diese Tage, die wirklich seltsam waren. Und gespielt von den Doors, gesungen von Jim Morrison. Denn jetzt wusste ich zwar nicht mehr, was ich tat, wer ich war, was aus mir werden würde. Aber verdammt noch mal, wenigstens konnte ich wieder die Doors hören, also wollte ich ihre Songs hören, bis mir die Ohren sausten.

Auch wenn Don Basagni nach einer Weile wieder angefangen hat zu reden: »Na gut, ich nenne dich nicht mehr Herr Anwalt. Aber wie soll ich dich dann nennen?«

»Ich weiß nicht, zum Beispiel bei meinem richtigen Namen?«

Er hat mich angeschaut, dann wieder auf die Straße, dann wieder mich.

»Warten Sie, Padre, Sie wissen nicht, wie ich heiße?«, und er nichts, Stille. »Sie drängeln sich mit Gewalt in mein Leben, weil Sie genau wissen, was ich falsch mache, was besser für mich wäre, weil Sie wissen, was ich will und was nicht, aber Sie wissen nicht, wie ich heiße!«

»Mal abgesehen davon, dass nicht ich bei dir alles durcheinandergebracht habe. Außerdem ist es nicht so, dass ich es nicht wüsste. Ich erinnere mich bloß nicht. Du wirst es mir sicher gesagt haben, aber ich habe schon ein gewisses Alter, ich bin nicht mehr so in Form.«

»Ich bitte Sie, darauf falle ich nicht mehr rein, Sie sind sogar zu gut in Form.«

Denn an dem Morgen war ich früh aufgestanden und wollte ihn gerade oben in seinem Zimmer abholen. Ich hatte Don Mauro gebeten, mir zu helfen, ihn in den Rollstuhl zu setzen und die Treppen runterzutragen, und Flora war da mit einer Tüte voller Handtücher und einem Schwamm, denn bei dieser Hitze würde er im Auto vielleicht schwitzen und sich schmutzig machen …

Doch dann ist sie verstummt und hat mich angestarrt. Und auch Gina neben ihr und Don Mauro, mit weit aufgerissenen Augen. Aber sie starrten gar nicht mich an, sie starrten auf einen Punkt hinter mir. Vielmehr: auf jemanden. Eine schwarze Gestalt, groß und bestimmt, die sich mit langen Schritten der stechenden Sonne auf dem Platz näherte. Eine glänzende Kutte voller Stickereien und Fransen, ein schwarzer Hut, einen schwarzen Lederkoffer in der Hand.

»Heilige Madonna, eine Inspektion«, hat Don Mauro leise gesagt. Denn das musste zwangsläufig ein geistlicher Inspektor sein, einer von denen, die von Konvent zu Konvent fahren und kontrollieren, ob alles regelkonform läuft. Und hier würde er einen Priester vorfinden, dessen Atem schon morgens um sieben nach Grappa roch, einen Direktor, der sich um nichts kümmerte, sondern im Bett lag und fluchte, ein Mädchen, das in einem Hühnerstall wohnte … Wir waren geliefert, das war das Ende. Abrupt und total.

Aber von wegen, es war nicht das Ende. Und es war auch kein Inspektor. Es war Don Basagni.

»Marino!«, hat Don Mauro gesagt. »Bist … bist du das?«

»Herr Direktor!«, meinte Flora. Beide stocksteif wie ich. Die Einzige, die sich gerührt hat, war Gina, die mit den Armen schlagend losgerannt ist. Aber nicht in die andere Richtung, um abzuhauen, sondern geradewegs auf ihn zu. Sie ist mit ihren seltsamen Lauten um ihn herumgeflattert, dann ist sie vor ihm stehen geblieben, mit einem Lächeln, wie ich es bei ihr noch nie gesehen hatte. Und auch ihre Mutter nicht, die zwischen den Lippen ein »Jesus Christus!« hervorgepresst hat.

Don Basagni hat einen Arm ausgestreckt und Gina über die Haare voller Federn gestreichelt, wie man über den Kopf eines Huhns streichelt. Mehrmals hat er »Fein, Gina, fein« gesagt.

Dann zu mir: »Also, junger Mann, fahren wir?«

»Padre, aber … aber Sie laufen ja!«

Und er hat uns angeschaut, hat sich angeschaut, dann hat er die Arme zum Himmel gehoben: »Du hast recht! Mein Gott, ein Wunder! Ich laufe, ich kann laufen!«

Flora wusste nicht, ob sie das glauben sollte, und im Zweifel hat sie sich dreimal bekreuzigt. Doch dann er, nach einem Lacher: »Natürlich laufe ich. Ihr lauft doch auch, darf ich das etwa nicht?«

»Schon, aber … ich dachte, Sie können nicht«, habe ich geantwortet. »Sie liegen doch immer in Ihrem Bett, Sie stehen nie auf.«

»Ich stehe nicht auf, weil ich nirgendwo mehr hinmuss oder -will. Wozu soll ich aufstehen? Aber jetzt muss ich wohin. Also, lass uns losfahren.«

»Aber warum kommst du dann nicht runter, wenigstens zum Mittagessen?«, hat Don Mauro gefragt. »Dann essen wir zusammen.«

»Um Gottes willen. Ich esse lieber in meinem Zimmer, mit Zimmerservice.«

»Ach, du lässt dich also gerne von den anderen bedienen«, hat Don Mauro gesagt und ein wenig gelächelt.

Aber ich lächelte sehr viel weniger: »Ja, und er lässt sich sogar waschen von den anderen!«

Und Don Basagni: »Nun, nach so vielen harten Jahren als Missionar habe ich mir ein bisschen Komfort verdient.« Und er hat auf eine Art gelächelt, wie ich es von ihm nicht kannte. Auch seine Stimme war anders, und so im Stehen, aufrecht und bestimmt, wirkte der Direktor auch jünger. Er wirkte wie ein echter Priester. »Jedenfalls reicht es jetzt mit dem Gerede, gehen wir.«

Mein Fiesta stand auf seinem Platz hinter dem Tor, ich wollte gerade losgehen, aber Don Mauro hat mich aufgehalten: »Nein! Nicht diese Schrottkarre! Euch erwartet eine richtige Reise, dafür braucht es ein richtiges Gefährt.« Er hat seine Taschen im Blaumann abgetastet, hat einen Schlüssel rausgezogen, an dem ein glänzender goldener Schlüsselanhänger baumelte, ein kleiner Christophorus, Schutzheiliger der Autofahrer.

»Ihr nehmt den Schulbus!«

Und ich konnte es nicht glauben, normalerweise wollte Don Mauro nicht einmal, dass wir ihn zu lange anschauten, weil wir ihn sonst noch abnutzten, und jetzt bot er uns seinen kostbaren Schulbus an, um damit bis zur gegenüberliegenden Küste Italiens zu fahren.

Das schien mir unmöglich, doch dann habe ich mich zu Don Basagni umgedreht, wie er da plötzlich aufrecht stand und gut gekleidet war, und habe wieder an Pantani gedacht, der am Vortag in Paris angekommen war und den Pokal der Tour de France in die Luft gereckt hatte. Kurz, nichts war unmöglich in jenen seltsamen Augusttagen.

»Ach, lieber nicht«, habe ich gesagt, »am Ende mache ich noch Kratzer rein, vielleicht …«

»Aber nein, nicht doch! Außerdem machst du mir damit eine Freude, ich bestehe darauf! Er ist so vollkommen, er kann es kaum erwarten, gefahren zu werden. Und außerdem, Kinder wurden bei uns dieses Jahr ohnehin nicht gesichtet, es tut ihm gut, etwas zu galoppieren. Wenn ihr zurückkommt, müsst ihr mir aber unbedingt erzählen, wie er sich benommen hat und ob er euch irgendwelche Probleme gemacht hat, aber das macht er bestimmt nicht!«

Er hat mir den Schlüssel gegeben und mit seiner großen, starken Hand meine zermalmt, sodass es jetzt noch schwieriger sein würde, diesen blitzblank polierten gelben Kleinbus zu fahren, der uns da unten erwartete, in seiner strahlenden Aura der Siebzigerjahre.

»Gut, sehr gut. Wir werden keine Probleme haben«, hat Don Basagni gesagt. »Ein Schulbus mit einem Priester an Bord: Wer würde es da wagen, uns Ärger zu machen?«

Und im Stechschritt ist er über den Platz in Richtung der Treppe und des Parkplatzes marschiert, während Gina ihm folgte und glückliche Laute ausstieß.

Wir kamen nur mit Mühe hinterher, und als wir unten angekommen waren, ist uns eingefallen, dass das Tor des Konvents seit Jahren verschlossen war, mit einer Kette, für die wir keinen Schlüssel hatten.

Ein Moment der Ernüchterung, dann hat Don Basagni ihn aus seiner Kutte gezogen: »Natürlich hatte ich den, ich bin doch der Direktor, oder nicht? Und wie viele Quälgeister so ein abgeschlossenes Tor fernhält.«

Ich bin eingestiegen, und während Don Mauro mir die wenigen Dinge erklärt hat, die ich in seinem Geschöpf zu tun, und die vielen, die ich zu lassen hatte, ist Flora etwas abseits stehen geblieben und hat ihre Tochter angeschaut, die herumlief, um Steinchen und Blumen zu suchen und sie Don Basagni zu bringen.

Und er: »Fein, Ginalein, sehr gut!« Dann gab er wie sie einen Hühnerlaut von sich, schüttelte seine großen Arme wie Flügel, und sie antwortete entsprechend.

»Aber …«, hat Flora gesagt, die versuchte, eine feste Stimme zu behalten, aber sie zitterte: »Versteht ihr euch etwa?«

»Natürlich, Flora. Wir verstehen uns bestens, stimmts, Gina?« Sie hat genickt und hat weiter nach schönen Sachen ringsum gesucht. »Wir unterhalten uns oft.«

»Aber wie, wo …?«

»Sie ist immer hier, auf dem Platz, mit ihren Hühnerfreundinnen, und ich schaue aus dem Fenster. Fast jeden Tag. Und … Oh, wie schön!«, hat der Direktor gesagt, weil Gina ihm ein Gänseblümchen gebracht hatte. Er hat es genommen, daran gerochen und es sich ins Knopfloch am Kragen gesteckt. Dann hat er in seiner Tasche gekramt und ein paar Erdnüsse herausgeholt, hat sie wie Futter auf den Boden geworfen, und Gina hat sich darauf gestürzt und sie gegessen.

Dann hat er ihr noch einmal über die Haare voller Federn gestreichelt, hat Flora die Hand gedrückt, wobei er nach ihrer Hand greifen musste, weil sie es nicht einmal schaffte, ihren Arm zu heben, dann hat er Don Mauro umarmt und ist mit einem Satz in den Schulbus gesprungen.

Ich habe den Zündschlüssel umgedreht, es gab einen Ruck,

und sofort fing der Motor an zu schnurren, ich habe den Kippschalter gefunden, um die Faltschiebetür zu schließen, dann habe ich rangiert und bin runter bis zum Tor gerollt, wohin Don Mauro schon gegangen war, um es zu öffnen. Als wir zwischen den beiden Pfeilern durchgefahren sind, habe ich tausendmal gehupt, Gina schlug immer noch mit den Armen und lief neben uns her, Don Basagni hat ihr aus dem Fenster noch mehr Erdnüsse zugeworfen, dann ging es los, unsere Abfahrt, die so absurd war, dass sie perfekt zu der Reise passte, die uns erwartete.

»Padre«, habe ich kurz darauf gesagt, »ich weiß ja nicht, ob das gut ist. Vielleicht ermutigen Sie sie so noch, oder nicht?«

»Wen, was?«

»Wenn Sie gackernd mit ihr reden und ihr Futter auf den Boden streuen, ermutigen Sie Gina, sich wie ein Huhn zu verhalten. Ich habe stattdessen versucht, ihr zu verstehen zu geben, dass das nicht gut ist, dass sie ein Mensch ist und …«

»Was für ein Scheiß, Herr Anwalt! Entschuldigung, ich meine, was für ein Scheiß, Herr Erzieher … Lass sie doch einfach. Warum musst du dich in ihr Leben einmischen? Sie ist glücklich so.«

»Was? Aber Sie haben sich doch auch in mein Leben eingemischt, und wie Sie sich eingemischt haben, vom ersten Moment an! All das Gerede, diese vernichtenden Urteile, warum haben Sie mich nicht einfach gelassen, wie ich war?«

»Ich wiederhole, sie ist glücklich so. Und du?«

Und ich, ich habe nichts mehr gesagt.

Ich bin nur gefahren.

Erst nach Pisa, wo ich, wie gesagt, in einem einzigen Augenblick auf fünf Jahre Mühe und Einsatz gepfiffen habe. Und fünf Jahre sind viel, vor allem wenn sie dir jetzt vergeudet erscheinen. Aber es gab halt nicht viele andere Möglichkeiten. Wie bei einer Freundin meiner Cousine Alessandra, die Sara hieß und ein schönes Mädchen war, aber Alessandra ging nicht besonders gerne mit ihr aus, weil sie nur über die Schule redete und dass sie ihren Freund echt nicht mehr ertrug. Der Piero hieß und mit dem sie seit sechs Jahren zusammen war. Und manchmal sagte Alessandra zu ihr, dass sie es nicht mehr hören könne: »Es reicht, Sara, hör zu, mach einfach Schluss mit ihm. Tu ihm und dir selbst den Gefallen. Und mir auch. Macht Schluss, ich bitte euch. Oder ich mache mit euch Schluss, irgendwer muss es tun.«

Und Sara: »Ich weiß, ich denke oft daran, Schluss zu machen. Aber wir sind jetzt schon sechs Jahre zusammen, wenn ich Schluss mache, kommt es mir so vor, als hätte ich all diese Zeit vergeudet.«

Das hat Sara geantwortet. Und tatsächlich hat sie nicht Schluss gemacht. Im Gegenteil, sie haben sogar geheiratet. Um nicht sechs Jahre wegzuwerfen, haben sie gemeinsam den Rest ihres Lebens weggeworfen.

Aber das ist keineswegs nur bei den beiden so, das machen viele. Das hatte auch ich gemacht, bis zu jenem Morgen. Dann, eine Taste am Computer und tschüss.

Und jetzt bin ich hier, am Steuer eines Schulbusses, neben mir ein Priester, der zusammen mit einem Radrennfahrer gerade mein Leben verändert hatte.

Jener Radrennfahrer wusste das nicht, der wusste nichts von mir. Aber das ist es ja eben, nicht einmal dieser Priester wusste, wie ich heiße.

»Fabio heiße ich. Ich heiße Fabio!«

»Aha! Du brauchst nicht zu schreien, ich habe dich verstanden, Fabio.«

Und so haben wir eine Weile weitergemacht, Jim Morrison zuhörend, der uns von einem unglücklichen Mädchen sang, das schnell wegfliegen musste und die Gelegenheit nicht verpassen durfte, im Geheimnis zu schwimmen.

»Wo wir schon mal dabei sind, wie alt bist du?«, hat mich Don Basagni gefragt.

»Ich sage es Ihnen zum tausendsten Mal: vierundzwanzig.«

Und er hat das Gesicht auf diese Art verzogen wie alle alten Leute, wenn du sie an dein Alter erinnerst: ein distanziertes, zärtliches und verzweifeltes Lächeln. Und dann wissen sie nicht mehr, in welcher Sprache sie mit dir reden sollen.

»Hör mal, Fabio, dein Vater, lebt der noch?«

»Ja. Es geht ihm nicht besonders gut, aber ja.«

»Das tut mir leid, Friede seiner Seele. War er ein guter Vater?«

»Sehr gut. Aber ich habe gesagt, dass er noch lebt.«

»Gut, gut. Und wann hast du ihn das letzte Mal gesehen?«

»Gestern Nachmittag. Wir haben das Ende der Tour zusammen geschaut.«

»Aha, verstehe.«

Und er hat aufgehört zu reden, als hätte ich etwas Schlimmes gesagt. Vielleicht war er eifersüchtig, dass ich das Schaulaufen bis zu den Champs-Élysées mit meinem Papa geguckt hatte: Marco, wie er das Gelbe Trikot anzog, den Pokal entgegennahm und ihn mit verlorenem Blick vor den Augen der Welt hochhob.

Oder vielleicht auch nicht, vielleicht war es keine Eifersucht. Denn die Frage, die mir Don Basagni gleich darauf gestellt hat, hatte nichts mehr damit zu tun, jedenfalls für mich nicht: »Und wenn du deinen Vater statt gestern Nachmittag schon länger nicht gesehen hättest, wie wäre das?«

»Wie wäre was?«

»Die Lage. Also, wärst du sauer auf ihn?«

»Nein. Ich glaube nicht. Kommt drauf an. Wenn ich ihn seinetwegen nicht gesehen hätte, vielleicht schon. Aber es kommt auch darauf an, wie lange ich ihn schon nicht gesehen hätte.«

»Nun, sehr lange.«

»Wie lange denn? So was wie einen Monat, ein Jahr?«

»Sagen wir dreißig.«

»Dreißig Jahre? Na gut, das ist nicht lange, das ist ein ganzes Leben!«

»Du übertreibst! Ich bin achtzig, das ist ein ganzes Leben! So gesehen sind dreißig Jahre gar nicht so viele.«

»Ehrlich gesagt, haben Sie vor Kurzem gesagt, es wären sehr viele.«

»Wann vor Kurzem?«

»Als Sie mir erzählt haben, dass Ihnen Ihre … Ihre Freundin aus Brasilien geschrieben hat. Dass Sie Ihnen nach dreißig Jahren einen Brief geschickt hat. Vor Kurzem haben Sie gesagt, dass dieser Brief wichtig ist, weil dreißig Jahre eine sehr lange Zeit sind.«

»Schon gut, schon gut, bist du aber pingelig, Herr Anwalt. Das heißt, Fabio. Aber du bist immer noch ein Anwalt, du siehst ja, wie knochentrocken du denkst, wie du die Zeit misst, immer dieses Hin- und Hergerechne … Lass dich doch mal gehen, von der Leidenschaft mitreißen.«

»Okay, und war er denn so voller Leidenschaft, dieser Brief?«

»Natürlich! Das heißt, nein. Aber irgendwie auch doch. Sie hat mir erzählt, wie die Dinge da unten jetzt laufen. Dass der Wald weiter weg ist, dass gebaut wird, dass …«

»Ehrlich gesagt, Padre, höre ich da nicht so viel Leidenschaft raus.«

»Natürlich nicht, weil du ein Anwalt bist! Du hast recht, sie hat mir vielleicht banale Sachen geschrieben, aber warum tut sie das, nach dreißig Jahren Funkstille? Seit ich weggegangen bin, und ich bin sehr schnell weggegangen, ja, fast von einem Tag auf den anderen, kam nie irgendwas. Totale Stille. Und jetzt, nach dreißig Jahren, schreibt sie mir plötzlich. Weißt du, wenn sie mir geschrieben hätte, dass sie mich liebt, dass sie ohne mich nicht leben kann, dass sie Tag und Nacht von mir träumt, wäre das nicht dasselbe gewesen: Wenn du jemandem nach dreißig Jahren schreibst und ihm von alltäglichen Dingen erzählst, als hättest du erst vor einer Minute mit ihm gesprochen, dann ist das die größte Liebeserklärung, die es gibt. Verstehst du, Herr Anwalt?«

Und ich habe genickt. Weil ich keine Lust hatte, noch weitere Beschimpfungen abzukriegen. Außerdem hatte ich es vielleicht wirklich ein wenig verstanden.

Während die Ebene bei Florenz aufhörte, wir Richtung Bologna fuhren und die Berge ringsum nach jedem Tunnel, der ihre Füße durchbohrte, immer höher wurden. Und Don Basagni und ich hörten die Doors und schauten die Berge an.

In diesen Monaten hatten wir viele Berge im Fernsehen gesehen, und wir hatten uns in einen jungen Mann verliebt, der nie durch Tunnel fuhr, der nie eine Abkürzung nahm, sondern sich die Berge hochquälte. Aber jetzt waren ein paar Tunnel nützlich, denn der Kleinbus fuhr zwar gut, aber damit Berge zu erklimmen, wäre vielleicht zu viel verlangt gewesen, und wir fuhren ja, um genau ihn zu treffen.

»Außerdem stimmt es nicht, dass sie nur über dies und das spricht«, hat Don Basagni nach einer Weile wieder angefangen. »Sie hat mir auch geschrieben, dass Don Ernesto gestorben ist und auch Don Felipe, der meine Stelle übernommen hatte. Ignacio und Teresa dagegen geht es gut.«

»Und wer sind die?«

»Ihr Bruder und die Frau ihres Bruders. Dann schreibt sie, dass es auch ihr gut geht, aber nicht in ihrem Herzen, denn Marina sei tüchtig und gutherzig, aber sie brauche Hilfe.«

»Und wer ist Marina?«

»Nun, das ist genau der Punkt. Wer Marina ist, weiß ich eben nicht.«

Als er das gesagt hat, hat Don Basagni weiter vor sich hin geguckt. Ich habe ihn kurz angeschaut, nur einen Augenblick, dann habe auch ich wieder auf die Straße geguckt. Und ich verstand es nicht, und dann plötzlich doch. Vielleicht. Nein, ohne vielleicht. Da wusste ich nicht mehr, was ich sagen sollte. Und er auch nicht.

Und unter den tausend Autos, die uns überholten, waren in einem hinten zwei Kinder, ihre Hände klebten an der Rückscheibe, und sie winkten dem Schulbus. Wir haben zurückgegrüßt, mit den Händen wedelnd, und Don Basagni hat gesagt, ich solle hupen. Ich habe es getan, zweimal, und sie haben uns überglücklich irgendetwas zugerufen, was wir aber nicht verstehen konnten, und sie riefen es uns weiter glücklich winkend zu, während sie am Horizont verschwanden.

Wer weiß, was sie zu uns gesagt haben, wer weiß, wohin sie fuhren. Ich weiß es nicht und werde es nie erfahren. Ich wusste nicht einmal so genau, wohin wir fuhren. Aber die Straße schlängelte sich zwischen dem Apennin durch Richtung Romagna, und es gab keine Ampeln oder Kreuzungen oder Entscheidungen, die man treffen musste, nur die Straße vor uns und den Bus, der darauf entlangschnurrte, und die Doors, die für uns spielten.

Und vielleicht war das gut so.

33

Ich werde fallen und dabei vom Fliegen träumen

»Am Ende der Straße biegt ihr links ab, dann seid ihr direkt davor, ihr könnt es gar nicht verfehlen.«

»Danke, vielen Dank und auf Wiedersehen.«

»Da unten, wo die Pinien stehen, seht ihr die? Da nach links, dann seid ihr da.«

»Ja, ja, bestens.«

»Sicher? Sonst steige ich ein und zeige euch den Weg.«

»Nein danke, alles klar, vielen Dank.«

Und Don Basagni hat mir bedeutet, das Fenster zu schließen, dann los in Richtung der Pinien, wie es dieser Herr in Radsportbekleidung gesagt hatte. Die Leute in der Romagna sind freundlich und erklären dir immer gerne den Weg, und wenn dann auch noch ein Priester in einem Schulbus danach fragt, ist es schwierig, nicht zum Abendessen bei ihnen zu landen.

Was schön gewesen wäre, aber wir hatten ein Ziel, und jetzt wussten wir, wo das lag. Wir sind weitergefahren, links in eine große Allee voller Menschen eingebogen, und Don Basagni hat sein Gesicht an der Scheibe platt gedrückt und gerufen: »Das Meer! Das Meer!«

Ich habe genickt, mich aber nicht umgedreht, weil gerade ein Haufen Leute die Straße überquerte, um genau dahin zu gehen, zum Meer, und ich wollte gerne, dass sie dort ankamen. Außerdem lebte ich ja am Meer, Don Basagni dagegen hatte es seit dreißig Jahren nicht gesehen. Deshalb wollte er später noch mal dahin, vor dem Sonnenuntergang, der im August noch eine lange Geschichte ist und uns etwas Zeit gab.

Aber auch nicht so viel, denn um die Mittagszeit hatten wir Hunger gehabt, ich hatte anhalten und an der Raststätte ein belegtes Brötchen holen wollen, aber Don Basagni hatte gesagt, dass er schon seit einem Jahrhundert nicht mehr auswärts essen war, jetzt wolle er ein richtiges Restaurant.

Wir sind an der Mautstation von Faenza raus, und nicht weit draußen waren da verloren in der Ebene drei Häuser, auf einem stand mit Farbe geschrieben *Trattoria da Flora.*

»Flora, wie unsere Flora!«, hat er gesagt, und wir haben davor angehalten. Ich bin ausgestiegen, der Rollladen war heruntergelassen, da hat aus dem Fenster obendrüber eine sehr alte Frau herausgeschaut und gesagt, dass montags geschlossen sei, es tue ihr sehr leid, aber sie habe wirklich nichts, was sie mir zu essen machen könne.

Als auch Don Basagni ausgestiegen ist, hat die Dame ihn angeschaut, wie er sich die Kutte richtete und die Felder ringsum studierte, und hat zu uns gesagt: »Kommt rein.«

Zwei Stunden mit typischen Teigwaren der Gegend wie Garganelli und Passatelli, Maltagliati und Cappelletti, und die Wirtin zum Erröten bringend, hat Don Basagni sogar einen Teller Strozzapreti, Priesterwürger, bestellt. Aber er ist nicht daran erstickt, also hat sie ihn um zwei, drei Worte im Privaten gebeten. Die eine weitere Stunde gedauert haben, weil die Signora Flora das Bedürfnis hatte zu beichten.

Kurz, am Ende haben wir uns so spät wieder auf den Weg gemacht, dass wir bei Sonnenschein hineingegangen waren und beim Rausgehen ein Gewitter vor uns aufzog, schwarz und wild, wie es nur Augustgewitter sind, geladen mit der verhängnisvollen Kraft des Sommers.

Ein Blitz nach dem anderen, manchmal sogar zwei oder drei auf einmal, also brauchten wir gar nichts zu sagen: Don Basagni hat die Kassette aus dem Rekorder genommen und eine andere eingelegt, er hat ein bisschen gesucht, schließlich erklang »Riders on the Storm«. Denn das waren wir, Reiter im Sturm. Und wir haben aus vollem Halse mitgesungen. Und als das Lied zu Ende war, haben wir zurückgespult und es noch einmal laufen lassen und dann noch einmal und noch, noch, noch einmal. Wir beide zusammen mit Jim Morrison, immer lauter.

So hatten wir jetzt, wo wir wie durch ein Wunder mitten im Sommer im Zentrum von Cesenatico einen Parkplatz gefunden hatten, kaum noch Stimme.

Trotzdem bedankten wir uns für die Wegbeschreibungen, wenn wir fragten, wo das Fest für Pantani sei, und uns alle antworteten, dass der »Pantani Day« am 13. August stattfinden solle, in zehn Tagen. Also fragten wir, wo der Imbiss seiner Mama sei, und da kamen wir jetzt endlich an.

»Sehen Sie, Padre, wir hätten auf den Pantani Day warten sollen, heute findet gar nichts statt.«

»Pah, der Name ist ja schon Quatsch, Pantani Day. Was geht uns dieses organisierte Zeug an? Da werden die VIPs, die Politiker sein. Wir wollen ja nichts feiern, und wir sind auch nicht hier, um gesehen zu werden. Wir sind hier, um dem Jungen Danke zu sagen, und so was macht man sofort, heute, wenn er zurückkommt. Du hast ihn doch auch gehört, diesen Typen im Fernsehen, der die Fans hierher bestellt hat.«

»Etwa der mit dem langen weißen Bart? Wer weiß, wer das

war, vermutlich betrunken, haben Sie nicht gesehen, was das für ein Typ war?«

»Und du? Was bist du für ein Typ? Eine Jungfrau, die mit einem Priester in einem Schulbus durch die Gegend fährt, und du traust dich, andere zu verurteilen. Nein, nein, der richtige Tag ist heute, vertrau mir.«

»Ja, aber bisher ist niemand da, und wer weiß, ob Pantani überhaupt da ist. Vielleicht ist er noch in Frankreich, vielleicht hat er Termine und …«

Ich verstummte, denn hinter einer Bar tauchte endlich der Imbiss auf, *Da Tonina crescioni e piadine*, und das Einzige, was man sah, war das Dach mit diesem Schriftzug, denn ringsum war ein Menschenmeer mit Spruchbändern, Schildern und Fahnen. Und da auf einer Seite, ganz in unserer Nähe, Marco Pantani in Person.

Da war er, er war es wirklich. Oder nein, das war zu sehr er: Kopftuch, Sonnenbrille und Mannschaftsoutfit, wieso sollte er sich an einem normalen Tag so anziehen, ohne sein Fahrrad?

Und tatsächlich war es nicht Pantani, es war einer seiner Fans, der genauso aussah wie Marco. Vielmehr, fast genauso, denn noch etwas weiter drüben war ein anderer, der ihm noch ähnlicher sah, mit gelb gefärbtem Spitzbart, wie Pantani es für die Ankunft in Paris getan hatte. Und noch ein weiterer stand beim Imbiss in der Schlange, während zwei Pantanis auf dem Bürgersteig saßen und in ihre Piadine bissen.

Ich habe mich zu Don Basagni umgedreht und bereitete mich schon auf seine fürchterlichen Kommentare über diese Leute vor, aufgetakelt wie an Karneval. Stattdessen: »Großartig!«, hat er gesagt. Nicht zu mir, sondern genau zu ihnen. »Ihr seid großartig! Pi-ra-ta! Pi-ra-ta!«, und dabei reckte er die Faust im Rhythmus der Rufe in die Luft. Und sie haben gelächelt und haben es ihm nachgemacht, indem sie riefen: »Hoch lebe der Pirat!«, und: »Hoch lebe der Padre!«, und solche Sachen.

Dann hat Don Basagni mich angeschaut: »Merkst du, was für eine Macht gewisse Taten haben können? Die da kommen vielleicht aus … aus wer weiß wo, von ganz weit her. Vielleicht aus dem Ausland, vielleicht aus dem Molise! Sie haben ihre sieben Sachen gepackt und sind bis hierhergekommen, genau wie wir, gerufen von der Kraft, von der Macht, von der Schönheit! Das Wunder der wahren Heldentaten besteht darin, dass sie tausend weitere Heldentaten hervorrufen! Da kann man nichts machen, ich muss diesen Jungen einfach umarmen. Ich will ihn fest umarmen und ihm Danke sagen. Für mich, für dich, für alle.«

Er bestätigte sich selbst mit einem Nicken, während er sich in die Schlange stellte, damit auch wir eine Piadina kaufen und vielleicht wenigstens seine Mama oder seinen Papa oder Marcos Schwester umarmen konnten. Auch wenn es keine wirkliche Schlange gab, denn das hier war ein Menschenmeer, und im Meer gibt es keinen Anfang und kein Ende.

Und Don Basagni hatte es noch im Kopf, das Meer, das er nach vielen Jahren gerade wiedergesehen hatte. Denn nachdem er eine Weile geschwiegen hatte: »Hör zu, das dauert hier eine Ewigkeit, und bald geht die Sonne unter. Machen wir es so: Du stellst dich an, für mich nimmst du eine Piadina mit Käse, Schinken und Pilzen, wenn es welche gibt. Wenn nicht, lässt du welche auftreiben. Kapiert?«

»Ja, Padre, aber wo gehen Sie denn hin?«

»Baden. Ich habe dreißig Jahre gewartet, jetzt kann ich es keine Sekunde mehr aushalten.«

»Jetzt? Es ist schon fast dunkel. Außerdem haben Sie keine Badehose dabei. Oder doch?«

Er hat gelächelt und die große schwarze Tasche hochgehoben,

die er unter dem Arm trug. Dann hat er da eine kleinere, dreifach zugeknotete Plastiktüte herausgezogen. Darin war etwas Weiches, es sah aus wie zusammengeknülltes Papier. Er hat mich gebeten, die Tüte für ihn zu halten.

»Und wenn in der Zwischenzeit der echte Pantani kommt und ich noch nicht da bin, umarmst du ihn auch von mir, verstanden? Aber so richtig, ja? Weißt du, wie man das macht, jemanden so richtig zu umarmen? So, dass du alles in diese Umarmung reinlegst, alles, was man in Worte einfach nicht reingepresst kriegt?«

»Ja, Padre. Das heißt, ich glaube schon, ich weiß es nicht …«

»Du weißt rein gar nichts, Herr Anwalt. Nein, Entschuldigung. Du weißt rein gar nichts, *Fabio*. Sieh mal, so musst du das machen, wenn du ihn triffst.« Er hat die Tasche abgestellt und mich gepackt, mich mit seinen Armen umschlungen, und er wirkte wie ein anderer, so aufrecht stehend und stark vor mir, an mir, dicht, ganz dicht. Und auch wenn diese Umarmung nicht mir galt, habe ich sie doch durch und durch genossen, denn sie war so wahr und lebendig, und darin lagen so viele Dinge, die Worte auf ihren kantigen Schultern wirklich nicht alle tragen konnten.

Dann hat er sich von mir gelöst, ganz plötzlich, und ohne mich anzuschauen, hat er ein »Danke. Ich danke dir wirklich« hingehaucht. Und auch wenn er nicht zu mir gesprochen hatte, habe ich spontan geantwortet: »Ich danke Ihnen, Padre.«

Er hat gelächelt, immer noch ohne mich anzuschauen, hat die Tasche wieder aufgehoben und ist Richtung Meer aufgebrochen, dabei tanzte seine Kutte leicht in der ersten Abendbrise.

Und ich bin da beim Imbiss stehen geblieben und habe versucht, in einer Schlange, die es nicht gab, meinen Platz zu behalten. Und dabei dachte ich darüber nach, wie viel nach Jahren des Nichts in dieser kurzen Zeit alles auf einmal passiert war. Mir, Don Basagni, Pantani.

Und auch meinen Eltern, die es aber noch nicht wussten. Am Vorabend, beim Abendessen, als ich meine Tasche für die Rückkehr in den Konvent schon gepackt hatte und meine Tante schon ins Bett gegangen, ich also mit Papa und Mama allein war, hatte ich es doch nicht geschafft, es ihnen zu erzählen. Von dem Ausflug nach Cesenatico, von der Uni, wo ich in einem Augenblick alle meine Prüfungen löschen lassen würde, die, die ich wirklich abgelegt hatte, und die, die ich mir ausgedacht hatte, was für sie aufs Selbe hinauskam.

Ich hatte es nicht fertiggebracht, es schien mir noch nicht der richtige Zeitpunkt. Deshalb habe ich sie nur gefragt: »Erinnert ihr euch an jenen Tag im Dezember, als ich von der Schule nach Hause gekommen bin, und ihr hattet euch einen Sommertag ausgedacht? In Badesachen mit Wassermelone?«

»Und Onkel Ettore mit Kokosnuss!«, hat Mama sofort gesagt. Papa hat gelacht, mit der Grimasse, die ihm mittlerweile immer den Mund verzog, aber es war trotzdem ein schönes Lächeln.

»Natürlich erinnern wir uns daran!«, hat Mama gesagt, die aufgehört hat, den Tisch abzuräumen. »Du hättest sehen sollen, was du für Augen gemacht hast, was für ein Gesicht! Und du hast es den ganzen Tag behalten, und als wir dich ins Bett gebracht haben, hast du immer noch so geguckt, bis zum nächsten Morgen. Das wissen wir, weil wir dich anschauen gegangen sind, als du geschlafen hast. Wie wunderbar!«

»Also, ich … also, ich erinnere mich auch noch daran, und zwar sehr gut. Was ich sagen wollte, also: danke.«

Papa hat den Kopf geschüttelt, um zu sagen, keine Ursache.

Mama: »Danke wofür? Sieh mal, wir haben das ja gar nicht für dich gemacht.«

»Nein? Für wen denn sonst?«

»Ja klar, für dich auch, aber auch für uns selbst! Dich glücklich zu sehen, war das, was uns am glücklichsten gemacht hat. Auch jetzt noch, weißt du. Das ist ganz normal, so ist das eben.«

»Danke, aber ich ... Also, trotzdem danke. Aber, also, ich meine, wie kann ich ... wie kann ich, hm, mich revanchieren?«

Das habe ich gefragt, hatte aber Angst, sie würden mir antworten, dass ich das ja schon täte, dass meine glänzende Unilaufbahn und meine prestigeträchtige Zukunft ihre Freude und ihre Genugtuung wären, ich bräuchte nur so weiterzumachen, und sie wären stolz und glücklich.

Stattdessen Mama: »Wofür denn revanchieren? Für so was muss man sich nicht revanchieren, du brauchst nichts für uns zu tun. Das heißt, eins schon. Wenn wir alt sind, steck uns bitte nicht in eins dieser Heime, die sie im Fernsehen zeigen. Und wenn du uns wirklich irgendwo unterbringen musst, dann komm ab und zu kontrollieren, wie sie uns da behandeln, das schon.«

Und ich wollte gerade antworten, dass ich sie nie, nie in so ein Heim stecken würde. Und auch sonst nirgendwohin. Das hier war ihr Zuhause, und das würde es immer sein, und ...

Aber nichts da, denn genau in dem Moment hat Papa angefangen zu reden. Und er hatte schon immer wenig gesagt, aber jetzt fast gar nichts mehr, weil wir ihn nicht verstanden und ihm das zu leidtat. Kaum hatte er also den Mund aufgemacht, waren wir sofort still und haben ihm zugehört.

Und er hat eine Weile gebraucht und musste bestimmte Wörter sehr oft wiederholen, weil sie verzerrt herauskamen, aber wenn man alles zusammenfügte, hat Papa am Ende gesagt: »Und außer der Sache mit dem Heim, ist das Einzige, was du für uns tun musst, unsere Arbeit fortzuführen. Jetzt bist du dran. Wir haben alles getan, damit du glücklich bist, aber jetzt bist du groß, jetzt ist das deine Aufgabe, und du musst selbst dafür sorgen. Wenn du glücklich bist, Fabio, sind wir auch glücklich.«

Das hat Papa gesagt. Und ich, ich habe getan, was alle in dem Moment getan hätten: Ich habe mich gebückt, um unter dem Tisch eine Gabel aufzuheben. Und ich habe ein paar Minuten dafür gebraucht, denn da war gar keine Gabel, aber viele, sehr viele Tränen.

Und auch jetzt weinte ich noch ein wenig deswegen, hier in der Piadina-Schlange. Denn ich dachte an die Worte meiner Eltern am Abend vorher und wie schön dieser Tag war und dass wir bald wieder den Schulbus nehmen und in den Konvent zurückfahren würden, aber ich würde Don Basagni um Erlaubnis bitten, zu Hause vorbeifahren zu dürfen, um sie zu grüßen. Um sie so richtig zu umarmen und lange, so, wie ich es gerade von ihm gelernt hatte.

Diese Umarmung spürte ich jetzt wieder. Dieser warme Druck, dieses *Danke* am Ende. Die Art und Weise, wie er sich von mir gelöst und gelächelt hatte, ohne mich anzuschauen, bevor er gegangen war.

Und erst jetzt verstand ich es vielleicht wirklich. Denn so funktioniert das, das Gehirn ist heikel, die stärksten Dinge spürst du mit der Haut sofort, aber bis auch der Kopf sie versteht, braucht es eine Weile. Wie bei bestimmtem Essen, das die Hände vielleicht schon anfassen können, obwohl es noch heiß ist, bei dem du aber einen Moment warten musst, bis du es isst, weil du dir sonst den Mund verbrennst.

Und bestimmte Momente sind zu heiß für das Gehirn. Du spürst sie auf der Haut, im Fleisch und im Blut, aber du verstehst sie erst nach einer Weile.

Erst jetzt.

Wo ich meinen Platz in der Schlange verlassen habe und weg bin von dem Imbiss und hin zu der großen Allee. Die ich überquert habe und dann an den Strand, bis ans Ufer mit dem flachen, ruhigen Meer vor mir und der Sonne im Rücken, die an dieser verrückten Küste im Land und nicht im Wasser versinkt.

Da waren zwei kleine Jungs, die badeten und sich nass spritzten, eine Mama, die ihnen vom Strand aus zuschaute. Sie hatten keinen Priester gesehen, weder sie noch der Bademeister, der die letzten Liegen zusammenklappte. Da war weder die Kutte noch die große Tasche. Nichts war da.

Nur die Plastiktüte, die er mich gebeten hatte zu halten, bevor er gegangen war. Sie war mit drei Knoten verschlossen, ich habe eine Weile gebraucht, um sie zu lösen, weil sie sehr fest waren und weil meine Hände etwas zitterten, aber schließlich habe ich es geschafft. Und was von außen wie zusammengeknülltes Papier aussah, war zusammengeknülltes Papier. Aber es umwickelte etwas Härteres in der Mitte. Die kaputte Uhr. Die ihm Don Ermete im Amazonasgebiet geschenkt hatte. Ich habe sie in die Hand genommen, da am Ufer des Meeres, die Uhr, die Don Basagni jetzt mir geschenkt hatte. Und schlagartig wusste ich, ganz klar, dass ich ihn nie mehr wiedersehen würde.

Aber ich hatte seine Uhr. Die nicht funktionierte, die das Leben nicht mit Räderwerk und Mechanik unterteilte. Sie sagte dir nicht, wie spät es war, wie viel Zeit vergangen war, wie viel noch blieb. Sie versuchte nicht mehr, die unendlichen Sekunden zu messen, wenn dein Mund sich einem anderen nährt, um ihm einen Kuss zu geben, der vor Lust brennt, oder die Sekunden, die dich vom Aufschlag auf dem Boden trennen, wenn du fällst.

Du fällst, und du weißt nicht, wie weh du dir tun wirst. Aber wenn du überlebst, wenn dich die Sonne morgen wieder auf deinen Beinen vorfindet, wie du etwas Schatten auf diese verrückte Welt wirfst, weißt du, dass du bereit sein wirst, noch einmal zu fallen, immer und immer wieder.

Für eine Zeitspanne aus Sekunden und zugleich aus Jahren, ein Leben und viele Leben zusammen, die sich zufällig begegnen, sich verflechten, sich zu einem einzigen vermengen.

Du weißt nicht, wie lange es dauern wird, und auch nicht, wo es dich hinführen wird.

Du weißt nur, dass es so sein wird, dass du weitere tausend unglückliche und wunderbare Male fallen wirst, und ich werde fallen.

Und dabei vom Fliegen träumen.

Irgendwo nach dem Ende

Valentinstag ist ein bescheuerter Tag.

Wenn zwei sich lieben, haben sie immer Grund zum Feiern, ein besonderer Tag bringt ihnen nichts.

Dich aber bringt er dazu, dich komisch zu fühlen, weil du allein bist und es dir damit vielleicht sogar gut geht, aber heute Abend weniger. Weil du von der Arbeit kommst und es regnet und du nach Hause willst, dafür aber durch die Straßen im Zentrum musst und dort Bündeln roter Rosen, riesigen Teddybären und unter einem Regenschirm zusammengedrängten Paaren ausweichen musst, die ziellos zwischen den Schaufenstern umherschlendern. Und du hast keinen Regenschirm, und jetzt holst du dir noch eine Erkältung und verpasst den Bus, und du wünschst dir, dass kein Valentinstag wäre, dass es ein normaler Tag wäre, einer von denen, die du mit dem Autopiloten der Gewohnheit zu Ende bringen kannst.

Dann das Geräusch einer neuen Nachricht, du holst sofort dein Handy raus und wirst langsamer. Du bleibst stehen. Du fängst an zu weinen.

Denn jetzt ist wirklich kein Valentinstag mehr, und ein normaler Tag wird es nie wieder sein: Heute ist der 14. Februar 2004, der Tag, an dem Marco Pantani gestorben ist.

In Rimini, in einer Wohnanlage, wo Familien ihre Sommerferien verbringen. Aber es ist Winter, und er ist allein. Und er ist gestorben.

An einem verlassenen Ort, weit ab von allen, wie es die stolzesten Tiere tun, wenn sie spüren, dass ihre Zeit gekommen ist. Aber seine Zeit hätte noch nicht gekommen sein sollen, er war erst vierunddreißig Jahre alt, er war ein Champion: Er war Marco Pantani!

Und doch kommt dieser Schmerz nicht aus dem Nichts, es ist der Aufprall nach einem sehr langen, schwindelerregenden Fall, der auf dem Boden eines Apartments an der Küste der Romagna endet. Aber er hat vor fünf Jahren begonnen, im Juni 1999 in Madonna di Campiglio. Als Marco zu sterben anfing.

Im Jahr nach dem sensationellen Sommer, in dem er den Giro d'Italia, die Tour de France und unser aller Herzen erobert hatte. Er war erneut beim Giro und dominierte ihn, mit göttlicher Klasse und Heldentaten, die ich, wenn ich wieder daran denke, immer noch nicht glauben kann, und die Etappe jenes Tages hatte am Ende einen Anstieg, der die perfekte Rampe für seinen finalen Flug war. Die Läden schlossen, es schlossen die Büros, die Kinder kamen früher aus der Schule, die Rentner zogen ihren Spaziergang vor, in der Bar La Gazzella ließ Signora Franca die Stammgäste rein, aber dann schlossen wir uns dort ein, um unsere Ruhe zu haben.

Und Marco bereitete sich in seinem Zimmer auf den Start vor, einen Moment bevor er erfuhr, dass er nicht starten würde: vom Giro ausgeschlossen wegen eines zu hohen Hämatokritwertes im Blut.

Im ersten Moment hat er es nicht verstanden. Er hat sich seine Radlerhose und das Rosa Trikot angezogen, dann ist er reglos an der Wand stehen geblieben, wo sich die Geladenheit wegen des Rennens mit einer unbestimmten Wut mischte, einem Zorn ohne Ziel, Wogen der Ungerechtigkeit, der Scham und anderen sehr bitteren Empfindungen, die er nicht erkannte. Er hat versucht, sie in einem Faustschlag gegen das Fenster abzureagieren, gegen das Glas, das dich wie das Schicksal sehen lässt, was dahinter kommt, dich aber aufhält, bevor du dort ankommst.

Das Fenster ist kaputtgegangen, es hat ihm die Hand aufgeschnitten, und Marco hat das Blut angestarrt, das vom Handgelenk den Arm hinabrann und auf den Boden tropfte. Wie an jenem Tag zu Beginn seiner Karriere, als er in den französischen Bergen gestürzt war und stehen blieb, um das kräftige, glühende Rot anzuschauen, während das Feld vor ihm verschwand, ehe er wieder aufs Rad gestiegen war und mit einem übernatürlichen Drang aufgeholt und alle abgehängt hatte.

Doch diesmal war es ein anderes Rot. Es leuchtete nicht, es entzündete in seinem Fleisch nicht das Verlangen, wieder loszufahren. Es war klebrig und düster, ein schlammiges Etwas, das ihn anekelte, und statt ihn zu beflügeln, zog es ihn hinab in seinen Sumpf.

»Ich bin so oft gestürzt und wieder aufgestanden, aber ich weiß nicht, ob ich es diesmal schaffen werde.«

Die ersten Worte, die er gesagt hat, und es war eine Lüge. Denn Marco wusste schon, dass er es nicht schaffen würde.

Es war ihm gelungen, mitten im Schneesturm zu fahren, aber das Gestöber, durch das er sich jetzt schleppte, war anderer Art, es war ein nicht enden wollendes Gestöber aus Ohrfeigen, er wurde bespuckt, von Zeitungen und Fernsehen, von Leuten auf der Straße und in den Bars, von tausend endlosen Prozessen, die ihm einen neuen »Giro d'Italia« auferlegten, allerdings ohne Fahrrad, und statt der Ziellinien waren da nur Gerichte.

Er hätte darauf pfeifen und wieder Radrennen fahren sollen, voller Energie, um sie alle zum Schweigen zu bringen, aber wie hätte er das machen sollen? Er, der, um sich leichter zu fühlen, sein Kopftuch von sich schleuderte, seinen Diamanten aus der Nase nahm und wegwarf, wie konnte er unter dem Gewicht so vieler schrecklicher Stimmen, die sich wie glitschige Würgeschlangen um seinen Hals wanden, den Kopf heben.

Die einzigen Stimmen, die er nicht mehr hörte, waren die seiner Opas, Sotero und Luciano, ihre zittrigen und zugleich so starken Stimmen.

Ähnlich denen, die ich jeden Tag höre, im Altersheim Biancofiore.

Hier arbeite ich seit einem Jahr, und auch wenn ich es nicht glauben kann, werde ich bald dreißig. Manchmal stelle ich mir vor, wie ich es Don Basagni beichte, dass mich die Dreißig erschreckt, und mich beruhigt die Antwort, die er mir sicher geben würde: »Ach, Herr Anwalt, scheiß doch drauf!«

Auch wenn ich ihn seit jenem Tag in Cesenatico nie wiedergesehen habe. Ich nicht und auch sonst niemand. Er ist losgegangen, um im Meer zu baden, und ist verschwunden. Wie die Kometen, wie die Zugvögel. Ich habe sogar Schwierigkeiten mit der Polizei bekommen, weil ich mit einem Priester losgefahren und ohne zurückgekommen war. Geholfen hat mir der Anwalt Ferroni, und meine Eltern sind jetzt zufrieden, weil ich nicht im Gefängnis gelandet bin, meine Tante, weil es Alessandras Verdienst ist, dass ich frei bin, und Ferroni ist zufrieden, weil er endlich seine Schulden beglichen hat und uns nicht mehr besuchen kommen und sich auch keinen so nichtsnutzigen Anwalt in seine Kanzlei holen muss, wie ich einer geworden wäre.

Was ich stattdessen geworden bin, weiß ich nicht. Vielleicht noch nichts, vielleicht wird aus mir auch nie etwas: Warum müssen wir unbedingt irgendetwas oder irgendjemand werden? Sind wir es nicht schon? Warum müssen wir immer weitergehen, um irgendwo anzukommen, obwohl wir noch nicht einmal wissen, wo das sein soll, und dabei das Panorama verpassen, das wir bei jedem Schritt unserer zusammenhangslosen Reise um uns herum vorfinden?

Ich weiß zwar nicht, was morgen ist, aber heute bin ich hier und arbeite an einem Ort, der dem Priesterkonvent oben in den Bergen nicht unähnlich ist. Wo sie es schließlich geschafft haben, das Kurhotel zu bauen. Don Mauro hat vorher den Abgang gemacht, sie haben ihn neben dem Schulbus gefunden. Er ist entschlafen, während er die Ölwanne reparierte, jetzt nervt er die Engel mit seinem vielen Gerede und poliert die wunderbaren Busse, die im Paradies fahren.

Aber seiner bleibt der schönste, er ist so viel wert wie alles Gold der Welt, doch Flora und ich haben ihn für achthunderttausend Lire gekauft. Jetzt steht er vor ihrem Haus, mit viel Stroh auf dem Boden und auf den Sitzen, sodass Gina dort zusammen mit den Hühnern und einer Glückseligkeit ihre Tage verbringen kann, die zu verstehen wir nicht in der Lage sind.

Wie man mittlerweile auch kein Wort mehr von dem versteht, was mein Papa sagt. Seine Krankheit ist eine Diebin ohne Eile und ohne Rast, die ihm nach und nach alles nimmt, aber er hat so viel zu geben, dass dieses Miststück noch lange brauchen wird, bis sie ihre Arbeit vollendet hat. Und auch wenn wir ihn nicht verstehen, spricht er mit einem Lächeln und einem Blick, dass wir trotzdem nicken, und auch er nickt, und zusammen bewegen wir die Köpfe im Rhythmus einer bezaubernden Musik. Wie die Songs der Doors, bei denen man ja oft auch nicht versteht, was Jim Morrison da singt, aber das ist voll in Ordnung so.

Verstehen wollen ist so eine Obsession von uns, dabei dient es nur dazu, uns von all der Schönheit abzulenken, die an uns vorbeizieht, während wir mit gesenktem Blick auf einem Blatt Papier unsere kleinen Berechnungen anstellen, das uns der Wind gleich aus den Händen reißen wird.

»Wie glücklich ich bin, seit ich nichts mehr verstehe«, hat mir heute Morgen Signora Christabel gesagt. Ich habe ein paar Stunden mit ihr verbracht, dann habe ich mich verabschiedet und die Tür hinter mir geschlossen, bin aber sofort wieder rein, weil ich meine Tasche vergessen hatte. Und sie: »Guten Tag! Wie schön, dass du mich besuchen kommst, wie wundervoll, dich zu sehen!« Sie ist wirklich glücklich, sehr glücklich. Und sie hat mir auch noch gesagt, dass ich ein schöner Mann sei. Und ich habe ihr gesagt, dass sie einen wunderschönen Namen habe, und sie hat zurückgeflüstert, dass ihr Name eine sehr seltsame und sehr fesselnde Geschichte habe und dass sie sie mir die Tage mal erzählen werde.

Und sie hat mir zugelächelt, auch wenn sie nicht verstand, wer ich war, und jetzt versuche ich zu lächeln, aber in diesem gleichmäßig prasselnden Regen gelingt es mir nur, noch mehr zu weinen. Also schaue ich nach vorne und gehe weiter.

Das ist keine Entscheidung, es passiert einfach, und gut ist. Weiterzugehen ist ein körperliches Bedürfnis wie das Atmen, wie Pipimachen. Um zu leben, musst du atmen, musst du pinkeln, musst du gehen.

Und ich gehe jetzt nach Hause. Den letzten Bus habe ich verpasst, aber ich gehe zu Fuß. Ich werde zwei, vielleicht drei Stunden brauchen, wen juckts: Am Handgelenk trage ich eine alte stehen gebliebene Uhr, die immer dieselbe Uhrzeit anzeigt, die richtige. Ich laufe und weine im Regen, und die sich umarmenden Paare lassen mich durch, schauen mich eine Sekunde an und glauben, dass dieser einsame Typ ohne Regenschirm am Abend des Valentinstags aus Liebe weint.

Und letztlich ist es genau das: Ab heute wird dieser Tag wirklich zum Tag der Verliebten. All jener, die in den Piraten verliebt waren, seine durchnässte und lädierte Schiffsmannschaft, die nicht mehr weiß, wo sie hinsoll, und die doch weitermacht. Wie die kaputten Autos, die trotzdem funktionieren, die kaputten Uhren, die die wahrere Zeit anzeigen, die kaputten Beine, die so schnell strampeln wie sonst keiner. Alle dem Piraten und zusammen unseren Träumen hinterher, den Zugvögeln, den Hühnern ohne Federn und den Schulbussen ohne Schule, den Priestern im Amazonasgebiet, den Reitern im Sturm und auch dem Weihnachtsmann. Wunderbare, dahintreibende Schiffbrüchige, die weinen und lachen, weinen und lachen, geklammert an dieses irrwitzige, unermessliche, unmögliche Wunder.

Der italienische Originaltitel dieses Romans, Cadrò, sognando di volare *(Ich werde fallen und dabei vom Fliegen träumen), stammt von dem Dichter Alfonso Gatto, der den Giro d'Italia verfolgte und darüber berichtete. Als sich die Nachricht verbreitete, dass er nicht Fahrrad fahren konnte, bot sich tatsächlich Fausto Coppi an, es ihm beizubringen. Eines Morgens, als er ihn im Sattel hielt, ihm Ratschläge gab und ihn ermutigte, gab er ihm anschließend einen sanften Schubs, um ihn allein in die Pedale treten zu lassen. Jenes fabelhafte vierzigjährige Kind versuchte es, und in den wenigen Augenblicken vor dem unvermeidlichen, desaströsen Epilog gelang es ihm, eine berauschende Freiheit zu finden und diese wunderbaren Worte: »Ich werde fallen, bis zum letzten Tag meines Lebens werde ich immer fallen, aber dabei vom Fliegen träumen.«*

Anmerkungen der Übersetzerin

Für den als Motto fungierenden Haiku von Mizuta Masahide war keine publizierte deutsche Übersetzung zu finden. Die hier zitierte deutsche Fassung stammt also von mir. In Ermangelung von Japanischkenntnissen ist es eine Übertragung anhand der italienischen Version in Fabio Genovesis Roman sowie der englischen Version von Lucien Stryk und Takashi Ikemoti, der die italienische Version folgt.

Das Lied zum Auftakt von Kapitel zehn ist ein Auszug aus dem Song »Nel Duemila« von Bruno Martino von 1959. Die Übertragung ins Deutsche ist von mir.

Inhalt